# LES JEUNES NOYÉES

# OUVRAGES ÉCRITS PAR LISA REGAN

En français

*Jeunes disparues*

*La Fille sans nom*

*La Tombe de sa mère*

*Ses Ultimes Aveux*

*Les Ossements qu'elle a enterrés*

*Son Cri silencieux*

*Reste calme*

*Retrouvez-la vivante*

*Sauvez son âme*

*Ton Dernier Soupir*

*Chut, ma puce*

*Son Contact mortel*

*Les Jeunes Noyées*

*La regarder disparaître*

*Disparition d'une ado du coin*

En anglais

Detective Josie Quinn

*Vanishing Girls*

*The Girl With No Name*

*Her Mother's Grave*

*Her Final Confession*

*The Bones She Buried*

*Her Silent Cry*

*Cold Heart Creek*

*Find Her Alive*

*Save Her Soul*

*Breathe Your Last*

*Hush Little Girl*

*Her Deadly Touch*

*The Drowning Girls*

*Watch Her Disappear*

*Local Girl Missing*

*The Innocent Wife*

*Close Her Eyes*

*My Child is Missing*

*Face Her Fear*

*Her Dying Secret*

*Remember Her Name*

*Husband Missing*

*The Couple's Secret*

# LISA REGAN

# LES JEUNES NOYÉES

Traduit par Marion McGuinness

bookouture

L'édition originale de cet ouvrage a été publié en 2021 sous le titre *The Drowning Girls*
par Storyfire Ltd. (Bookouture).

Publié par Storyfire Ltd.
Carmelite House
50 Victoria Embankment
London EC4Y 0DZ

www.bookouture.com

Le représentant légal dans l'EEE est Hachette Ireland
8 Castlecourt Centre
Dublin 15 D15 XTP3
Ireland
(email: info@hbgi.ie)



ISBN : 978-1-80550-225-8
eBook ISBN : 978-1-80550-224-1

*Pour Christine Brock, qui a su recoller nos morceaux quand
notre monde a éclaté en mille morceaux.*

1

L'air glacé lui pique les joues comme autant de minuscules aiguilles. Les feuilles et les brindilles séchées crissent sous ses semelles. Plusieurs fois, ses pieds glissent sur des plaques de neige au sol. Une main puissante pèse sur son épaule, et la guide dans l'obscurité. Le canon d'une arme à feu cogne contre la base de son crâne et son cuir chevelu la brûle toujours là où il lui a tiré les cheveux à les lui arracher. Le reste de son corps est engourdi par le froid. Elle aurait dû prendre son manteau.

— Je suis frigorifiée, lance-t-elle, regrettant que ses mots sonnent comme un geignement.

— Tais-toi.

Les doigts s'enfoncent dans sa chair, juste en dessous de sa clavicule. Le métal gelé de l'arme lui mord la peau.

— S'il te plaît. J'ai besoin d'un manteau.

— Tu n'auras pas besoin de manteau là où tu vas, lâche-t-il durement.

Où va-t-elle ? Vers une tombe mal creusée au fond des bois ?

L'idée – non, la certitude – qu'elle est en train de marcher vers sa propre mort accélère sa respiration. Ses dents se mettent à claquer. Elle ne saurait dire si c'est à cause du froid ou de la panique qui monte en elle à chaque pas. Comment peut-il savoir où ils vont ? Tout est d'un noir d'encre autour d'eux. La lune n'est guère plus qu'une tache floue derrière des nuages diaphanes.

— Tu n'es pas obligé de faire ça, tente-t-elle, sans essayer de dissimuler la supplique dans sa voix cette fois-ci.

— Tu as fait ton choix, grogne-t-il.

— S'il... s'il te plaît, balbutie-t-elle.

— La ferme.

Il la pousse violemment et ses jambes se dérobent sous elle. Quand elle tend les mains pour amortir sa chute, l'arête aiguisée d'un rocher entaille la paume de sa main gauche. Avant qu'elle ne puisse réagir, la main de l'homme empoigne de nouveau ses cheveux et la soulève. L'arme est braquée sur sa tempe et creuse sa peau.

— Maintenant, crache la voix rauque, tu vas me donner ce que je veux.

2

L'odeur du pop-corn brûlé envahit les narines de Josie. Quelques grains de maïs éclataient encore mollement derrière la vitre obstruée de fumée noire du micro-ondes. Nul besoin d'être un génie culinaire pour comprendre que ce n'était pas bon signe. Josie fit un pas vers l'entrée de la cuisine, l'oreille tendue pour savoir si sa famille et ses amis installés dans le salon avaient remarqué quoi que ce soit. Rien.

Enfin, pour l'instant.

Trout, son petit Boston Terrier, jappait et lui tournait autour. Il fixait sa maîtresse de ses yeux marron si profonds, un peu inquiet. Josie grommela un juron et ouvrit le micro-ondes, libérant ainsi le nuage opaque qui lui piqua les yeux. Une longue série de grossièretés jaillit de sa bouche tandis qu'elle agitait les mains en l'air, s'efforçant de disperser les volutes avant que le détecteur de fumée ne se déchaîne. Les restes carbonisés du sachet de pop-corn reposaient en un triste tas à l'intérieur de l'appareil désormais crasseux. Derrière elle, la voix de son amie Misty Derossi résonna une seconde avant que le détecteur ne se mette à hurler.

— C'est quoi, cette odeur de brûlé ?

Josie grimaça et toussota, avant de regarder autour d'elle, constatant que la fumée était beaucoup plus dense qu'elle ne l'avait imaginé. La sirène stridente lui faisait mal aux oreilles. Trout aboyait en cadence et se posta devant elle, comme pour la protéger d'une menace. Misty se tenait dans l'embrasure de la porte, les mains sur les hanches, les yeux plissés et déjà larmoyants. Josie n'entendait rien de ce qu'elle disait à cause du vacarme, mais réussit à lire sur ses lèvres.

— Du pop-corn ? *Vraiment*, Josie ?

Misty secoua la tête, traversa la pièce en trois grandes enjambées, ouvrit l'un des tiroirs de la cuisine et en sortit deux épaisses maniques. Elle en lança une à Josie qui l'agita en l'air et garda l'autre, éventant son visage avant d'aller ouvrir la porte de derrière et de tirer une chaise dans le coin de la pièce, juste en dessous du détecteur de fumée. Josie alla ouvrir la porte pour chasser la fumée dans la nuit froide de décembre. Le chien courait entre Josie et la porte, aboyant toujours, sans trop savoir ce qu'il devait faire : rester aux côtés de Josie et la défendre contre le détecteur de fumée, ou aller se soulager contre le lilas des Indes dans le coin de la cour ? Misty grimpa sur la chaise. D'une main experte, elle ouvrit le boîtier et retira la pile.

Jamais le silence n'avait paru si agréable.

Josie continuait à battre des bras pour dissiper la fumée dans l'obscurité. Trout se figea pour la surveiller. Harris, le fils de Misty, se tenait sur le seuil de la cuisine. Il observa la scène devant lui et secoua lentement la tête.

— Ce n'est pas ma fau...

Avant même que Josie puisse finir sa phrase, ses petits pieds claquaient déjà sur le parquet du couloir tandis qu'il repartait en courant vers le salon. Josie l'entendit crier :

— Tata Shannon ! Tata Trinity ! Tonton Christian ! Tonton Pat ! Brenna ! Tata JoJo a encore brûlé la cuisine !

Josie fronça les sourcils.

— Tu peux lui préciser que ça, là, ce n'est pas « brûler la cuisine » ?

Misty gloussa.

— Non, je ne peux pas. Enfin si, je pourrais, mais je n'en ai pas vraiment envie.

Josie lança la manique au visage de son amie, qui l'attrapa en vol, pliée en deux par un fou rire.

Josie referma la porte donnant sur la cour et marmonna :

— La maison est bondée et tu me demandes de m'occuper du pop-corn ? Je ne sais pas ce qui t'a pris.

— C'est vrai, admit Misty en se redressant.

Avec les deux maniques, elle attrapa ce qui restait du sachet de pop-corn et le jeta à la poubelle.

— Retournes-y, lança-t-elle à Josie. Je gère.

Soulagée, Josie reprit le chemin du salon, Trout trottinant à ses côtés. Dans l'embrasure de la porte, elle s'arrêta et se retourna vers Misty.

— J'ai vraiment juste suivi les consignes sur l'emballage.

Misty lui fit un clin d'œil. Qu'aurait-elle bien pu dire ? C'était de notoriété publique : Josie était complètement irrécupérable en cuisine. Elle était fondamentalement incapable d'accomplir la tâche la plus élémentaire dans ce domaine, même en suivant les instructions à la lettre. Au cours de sa carrière de détective dans la ville de Denton, en Pennsylvanie centrale, Josie avait affronté et défait certains des tueurs les plus fous et les plus rusés de la planète. Mais elle était infichue de faire du pop-corn.

Avec un léger haussement d'épaules, Josie tourna les talons. Elle s'immobilisa dans l'entrée, le regard rivé sur son salon. Noah et elle avaient installé un modeste sapin de Noël, surtout pour faire plaisir à Harris, et ses guirlandes multicolores scintillantes baignaient la pièce d'une lueur festive.

Sa famille était rassemblée face au grand écran de télévision, serrée sur son canapé et tout autour. Sa famille biologique :

son père et sa mère, Shannon et Christian Payne ; son frère, Patrick Payne, et sa petite amie, Brenna ; la sœur jumelle de Josie, Trinity Payne. Josie sentit une boule gonfler dans sa poitrine, à la fois de peine et de gratitude. Alors que Trinity et elle n'avaient que trois semaines, un être ignoble avait incendié la maison familiale et enlevé Josie. Pendant trente ans, les Payne avaient cru Josie disparue dans l'incendie. Mais durant tout ce temps, la ravisseuse de Josie l'avait maltraitée avant de finalement la laisser à une certaine Lisette Matson. Elles avaient eu toutes les raisons de croire que cette dernière était la grand-mère de Josie, jusqu'à ce qu'elles apprennent l'existence des Payne et que la véritable identité de Josie soit révélée. Malgré tout, Lisette avait élevé Josie, et avait été tout pour elle — son ancre, son étoile Polaire. Sa seule et unique source d'amour inconditionnel et de stabilité dans une vie qui n'avait cherché qu'à la broyer. Et aujourd'hui, Lisette n'était pas à cette réunion de famille. Elle était partie pour toujours. Assassinée huit mois plus tôt sous les yeux de Josie. Elle sentit un léger picotement au fond de sa gorge, signe avant-coureur de larmes. Ce n'était pas le moment. Elle aurait aimé que son mari, Noah, soit à la maison, mais il était lieutenant dans le même département de police qu'elle, et leurs emplois du temps étaient souvent incompatibles.

Harris était blotti entre Shannon et Trinity au milieu du canapé, les yeux rivés sur l'écran. La bande-annonce d'un reportage qui devait être diffusé le lendemain matin au journal télévisé national passait et le petit garçon tendit le doigt vers l'image d'un homme âgé qui racontait comment sa vie avait changé grâce à sa foi.

— Regardez ! C'est le monsieur de Dieu.

Trinity s'esclaffa.

— Le monsieur de Dieu ?

— C'est Thatcher Toland, intervint Shannon. Il dirige la mégaéglise en construction juste à la sortie de Denton.

— Il a acheté le vieux stade de hockey, là, celui qui appartenait aux Philadelphia Flyers et qui est resté à l'abandon pendant des années, ajouta Christian. Apparemment, il est en train de le réhabiliter et de le transformer en église.

— Et la circulation dans East Denton est devenue un véritable cauchemar à cause de ça, renchérit Patrick. C'est camion après camion de matériaux de construction et d'équipements. Ils disent que le bâtiment ouvrira la veille de Noël, et j'espère vraiment que ce sera le cas, parce que je ne veux pas avoir à supporter ce bordel quand je retournerai à la fac au prochain semestre.

— Il vient de sortir un livre, reprit Shannon. Ma voisine n'arrête pas de m'en parler. Je crois qu'elle s'attend à ce qu'on se convertisse dès que la nouvelle église sera finie.

— Le monsieur de Dieu est tout le temps à la télé, expliqua Harris en insistant bien sur les mots « tout le temps », les yeux au ciel.

— Je sais qui c'est, maman, répondit Trinity, amusée par les pitreries du petit. Si j'étais encore présentatrice pour le journal du matin, ce serait moi, là, en train de l'interviewer.

— C'est bientôt l'heure de ton émission ? demanda Harris.

Trinity consulta son portable.

— Dans cinq minutes. Attention, Harris, c'est une émission pour les grands. Est-ce que ta maman est d'accord pour que tu la regardes ?

— Mais tu es dedans ! Et je te connais.

Trinity gloussa.

— C'est vrai, je suis dedans. Mais on y parle de choses réservées aux grandes personnes.

— Si c'est ton émission, tu ne peux pas juste me dire si je peux regarder ou pas ?

— Non, insista Trinity, sans perdre patience. C'est à ta maman de décider.

Il bondit aussitôt sur ses pieds.

— Je vais lui demander !

Il se précipita vers la cuisine et s'arrêta brusquement devant Josie qui se tenait dans l'embrasure de la porte. Trout remua son arrière-train et tira la langue en observant Harris.

— Tata JoJo. Comme grand-mamie Lisette est au ciel, est-ce qu'on ne devrait pas mettre son urne sur la table pour qu'elle puisse aussi voir l'émission de tata Trinity ?

Josie sentit son corps se crisper. Dans le salon, les conversations se turent. Elle n'entendait plus que les déplacements de Misty dans la cuisine. Le bourdonnement du micro-ondes. Le ronronnement de la télévision. Trout gémit.

Shannon se releva en trombe du canapé.

— Harris, tu sais quoi ? C'est une super idée. Je suis sûre que tata JoJo serait d'accord. Hein, JoJo ?

Josie savait que sa mère la dévisageait, mais elle ne voyait que l'éclat de l'urne argentée de Lisette, posée sur une des étagères de la bibliothèque, au fond de la pièce. Elle devina la présence de Trinity à ses côtés et sentit la main de sa sœur sur son avant-bras.

— Josie, chuchota-t-elle. Ça va ?

Josie détacha son regard de l'objet brillant et baissa la tête vers le petit visage plein d'espoir de Harris. Comme toujours, sa vision enfantine du monde la laissait abasourdie. Josie craignait tant qu'un jour, la vieille dame ne soit plus qu'une accumulation de souvenirs. Une de ces vieilles choses, poussiéreuses et insignifiantes, que l'on garde sous le lit et dont on ne parle jamais. Harris, en toute innocence, la gardait en vie, invoquait sa présence. Dans son esprit, Josie revoyait le sourire espiègle de Lisette, l'entendait glousser, entendait sa voix aussi sûrement que si elle se tenait juste à côté d'elle. *J'aimerais bien voir l'émission, moi aussi, tu sais.*

Les pieds de Josie la portèrent jusqu'à l'autre bout de la pièce. Elle saisit l'urne, et fut frappée à la pensée que c'était tout ce qui restait de sa grand-mère si dynamique, si pétillante – un réceptacle lustré rempli de cendres. Elle avait perdu de nombreuses heures à ressasser ces idées. Les huit derniers mois avaient été les plus difficiles de toute sa vie. Elle se retourna et parvint à sourire à Harris.

— Grand-mamie Lisette aurait adoré.

Christian et Patrick firent de la place au centre de la table basse et Josie y déposa l'urne. Les lumières mouvantes de la télévision se reflétaient sur sa surface lisse, comme celles du sapin. Misty apparut dans l'entrée, un bol de pop-corn parfaitement éclaté dans chaque main.

— C'est presque l'heure, annonça Shannon.

— Maman, est-ce que je peux regarder l'émission avec les grands ? demanda Harris.

— Bien sûr, mon chéri, le rassura Misty avant de baisser la voix et d'ajouter à l'intention de Josie : et c'est bien parce qu'il sera endormi dans dix minutes.

Tout le monde s'entassa dans la pièce. Josie s'assit à côté de Trinity sur le canapé, Harris sur les genoux. Il appuya sa tête contre sa poitrine et elle sentit son petit corps se détendre contre le sien. Misty avait raison, il ne tarderait pas à s'assoupir. Les deux sœurs étaient entourées de Shannon et Christian. Patrick et sa petite amie occupaient la causeuse et Misty s'installa par terre, Trout au garde-à-vous à côté d'elle, attentif à chaque bouchée de pop-corn qui passait du bol à sa bouche. Misty jeta un coup d'œil vers le canapé.

— Trinity, comment ça se fait que tu ne sois pas à une grande première de ton émission à New York ? Avec Drake à ton bras ? En train de te faire photographier dans une superbe robe de soirée ?

Trinity éclata de rire.

— Drake avait trop de boulot, évidemment. Une grosse affaire. C'est toujours des grosses affaires avec le FBI. Enfin, bref, la chaîne n'organise pas ce genre de premières pour des émissions comme la mienne. Et puis, ce n'est qu'un aperçu. Ils diffusent cet épisode maintenant pour susciter l'intérêt du public, et il faudra attendre la fin du Super Bowl pour voir deux épisodes complets.

Shannon tapa dans ses mains, si impatiente qu'elle en avait les joues un peu rougies.

— C'est tellement excitant !

Le silence retomba lorsque les premières notes du générique résonnèrent. Les mots « *Unsolved Crimes*, présenté par Trinity Payne » apparurent à l'écran, suivis d'un montage rapide de photos de scènes de crime. Trinity surgit alors à côté d'un immense écran de télévision, très élégante dans un tailleur-jupe rouge près du corps qui mettait en valeur ses lèvres pulpeuses, rouges également, et ses longs cheveux noirs soyeux. Elle dégageait une grande solennité, debout, bien droite, dans la pose classique de la présentatrice, une main serrant légèrement le bout des doigts de l'autre devant elle.

« Bonsoir, les salua la Trinity à l'écran. Et bienvenue dans *Unsolved Crimes*. Je suis votre présentatrice, Trinity Payne. Dans l'épisode d'aujourd'hui, nous allons vous raconter l'affaire du trio de Rose Glen... »

Pendant une heure, la pièce resta plongée dans le silence. Tous étaient fascinés par l'affaire non résolue que Trinity et son équipe de producteurs et de scénaristes exposaient minutieusement aux téléspectateurs, et notamment par les théories les plus en vogue parmi les forces de l'ordre et les proches des victimes sur l'identité des coupables. Alors que le générique de fin défilait, tout le monde félicita Trinity.

— C'est incroyable, Trin, la complimenta Josie.

— Est-ce que tu vas continuer à suivre l'affaire si de nouvelles pistes apparaissent ? demanda Patrick.

Trinity s'apprêtait à répondre quand des coups retentirent à la porte d'entrée. Misty se leva d'un bond.

— Je m'en occupe.

Un instant plus tard, elle réapparut et souleva Harris des genoux de Josie.

— C'est Mettner. Il veut te parler.

Josie se redressa et tira sur son haut qui lui collait à la peau. Il était trempé de sueur à l'endroit où Harris s'était lové contre elle.

— Tu lui as dit d'entrer ?

Misty rallongea Harris et tira une couverture sur lui alors que les adultes discutaient de l'émission. Trout sauta aussitôt sur le canapé et se blottit contre l'enfant.

— Il ne voulait pas.

Josie se glissa dans l'entrée, où la porte était restée grande ouverte. Sur le perron se tenait l'inspecteur Finn Mettner. Josie savait que c'était aussi sa soirée de repos, il était donc habillé simplement d'un jean et d'un vieux sweat-shirt des Phillies, ses cheveux châtains en bataille. En s'approchant, Josie s'aperçut que ses yeux marron étaient écarquillés, comme hantés.

Quelque chose n'allait pas.

— Josie, la salua-t-il, et son prénom forma un petit nuage dans l'air froid. J'ai besoin de ton aide.

3

L'inspecteur Finn Mettner avait gravi les échelons de la police de Denton après Josie et Noah. Il avait débuté dans l'équipe de patrouille avant d'être promu inspecteur. C'était le moins expérimenté de toute l'équipe, ce qui ne l'avait jamais empêché de leur prêter main-forte pour résoudre certaines des affaires les plus complexes que la police de Denton avait dû traiter.

— Mett. Entre.

Il enfonça les mains dans ses poches.

— Je ne peux pas. J'ai juste... J'ai besoin de ton aide. Je me disais que tu pourrais peut-être venir avec moi.

Josie sentit poindre un mauvais pressentiment au fond de ses tripes. Elle sortit sur le perron, les bras serrés autour d'elle.

— Qu'est-ce qui se passe, Mett ?

Il recula d'un pas.

— C'est Amber.

Amber Watts était l'attachée de presse de la police de Denton. Mett et elle sortaient ensemble depuis plus d'un an, mais Josie ne savait rien de leur relation.

Le mauvais pressentiment se mit à grandir et à la titiller.

Elle scruta son collègue de haut en bas, en quête de signes laissant supposer qu'il s'était battu ou se trouvait menacé ou sous la contrainte d'un tiers. Elle se sentit aussitôt coupable de porter sur lui ce regard professionnel. Mettner ne lui avait jamais donné l'impression d'être du genre violent ou susceptible de se faire embarquer dans une affaire criminelle. Pour autant, quelque chose clochait, c'était indéniable.

— Mett, où est Amber ? Est-ce qu'elle est blessée ?

— Je ne sais pas, c'est ça, le problème. Je ne sais pas où elle est et il y avait un truc bizarre – vraiment, j'en suis sûr –, je suis allé chez elle et... Écoute, tu ne pourrais pas juste m'accompagner ?

Josie préféra ignorer sa demande.

— Tu es allée chez elle, et après, Mett ?

Il se détourna et fixa la rue. Josie l'imita, mais ne vit rien d'autre sous la faible lueur des réverbères que les voitures des membres de sa famille garées dans l'allée et débordant le long du trottoir.

Tout était calme et tranquille.

— Elle n'était pas là. Je ne sais pas où elle est et quelque chose clochait. Il y avait des trucs bizarres chez elle.

Pendant un instant, Josie se demanda s'il était en état de choc.

— Bizarres dans quel sens ? Mett, il faut que tu me le dises immédiatement si tu penses qu'Amber est blessée ou qu'elle a des soucis.

— Je ne sais pas, admit-il. Tu peux venir voir ?

Josie jeta un œil par-dessus son épaule. Sa famille était en pleine conversation autour de l'émission de Trinity. Comme ils devaient tous rester chez Josie et Noah pour la semaine afin de fêter Noël ensemble, elle les reverrait à son retour.

— Bien sûr. Je viens, mais je vais appeler Gretchen et Noah, ils sont tous les deux de service ce soir. S'il s'est passé quelque chose de vraiment grave, il faudra qu'ils viennent et...

— Non, la coupa Mettner. Je t'en prie, pas tout de suite. Je ne suis même pas sûr qu'on parle d'un crime, j'ai juste besoin que quelqu'un vienne et me dise si j'ai une bonne raison de m'inquiéter ou pas.

— Je n'aime pas ça... Quand est-ce que tu as vu Amber ou que tu lui as parlé pour la dernière fois ?

— Il y a deux jours.

— Tu as essayé de l'appeler ?

— Son portable est resté chez elle. Sa voiture aussi. Et son sac à main. Sa carte d'identité, tout, même son manteau. La plupart des lumières étaient allumées dans la maison. Je sais que tu vas me poser toutes tes questions d'enquêtrice, je me les suis déjà posées. Tout est chez elle, sauf elle.

— Tu es certain qu'elle n'est pas simplement sortie faire un tour, un jogging, ou un truc du genre ?

— J'ai regardé son téléphone : il y a des appels en absence et des messages de moi qui remontent à deux jours, mais c'est tout. Hier, c'était son jour de repos et...

— Et aujourd'hui elle n'est pas venue travailler, compléta Josie. Noah me l'a dit tout à l'heure. Il m'a appelé en prenant son service. Le chef était en pétard parce qu'elle n'avait ni appelé ni envoyé de mail pour prévenir de son absence. Mett, je crois qu'on devrait l'appeler. Lui ou Gretchen.

— Pas maintenant. Imagine, si je fais complètement fausse route ? Je ne veux pas en faire toute une montagne si ce n'est rien. Je ne veux pas qu'Amber pense que je suis dingue, tu vois ? Genre, que j'espionne tous ses faits et gestes. Je voudrais juste savoir ce que toi, tu penses de la scène d'abord.

La scène. Josie soupira.

— D'accord, attends-moi, je reviens tout de suite.

De retour au salon, Josie s'excusa, expliquant qu'elle devait aider Mett pour le boulot, monta se changer et quitta la soirée télé improvisée.

— Tu conduis, lança-t-elle à Mettner. Ma voiture est coincée.

Une fois dans sa Jeep Grand Cherokee, il monta le chauffage. Josie frotta ses mains gantées l'une contre l'autre et les posa contre la ventilation tandis qu'ils s'éloignaient. Noël approchait et des illuminations décoraient la plupart des maisons de Denton. En d'autres circonstances, elle aurait pu prendre plaisir à admirer ces décorations festives. Mais ce soir, Mettner dégageait une énergie nerveuse que Josie n'aimait pas du tout.

Il se faufila dans les rues de la ville, sortit du quartier de Josie, traversa le centre et se dirigea vers le nord-est. La ville s'étendait sur une soixantaine de kilomètres carrés dans les montagnes du centre de la Pennsylvanie. Le quartier commerçant se trouvait au cœur d'une vallée, le long d'un bras du fleuve Susquehanna. Le reste de la ville s'étendait comme les pattes d'une araignée, pénétrant les hauteurs environnantes.

— C'est sa rue, annonça Mettner en tournant dans une large voie bordée de part et d'autre de maisons individuelles de plain-pied, la plupart en briques rouges.

Chaque demeure se dressait sur un terrain que Josie estimait à deux mille mètres carrés. Elle savait que ce quartier de Denton était parmi les plus anciens. Le taux de criminalité y était faible à modéré, selon les informations qu'elle tenait de la police. Il y avait là une majorité de locataires, surtout de jeunes professionnels sans enfant qui voulaient plus d'espace et d'intimité que ce qu'ils auraient eu dans une résidence d'appartements. Josie ne compta que deux maisons illuminées pour les fêtes tandis que Mettner descendait la rue. Il s'arrêta derrière une berline bleu clair que Josie reconnut – la Toyota d'Amber.

Elle stationnait devant une petite maison dont les fenêtres brillaient de mille feux. À l'avant, la pelouse était traversée par une allée en béton. Mettner sortit sur le trottoir et une lampe torche apparut dans sa main. Josie le suivait, tandis que le faisceau lumineux perçait la nuit de haut en bas et de gauche à droite. Une seule marche menait au perron, surplombé par un petit auvent rouge. Une applique était installée à gauche de la porte, mais elle n'était pas allumée. Mettner braqua sa lampe sur une petite caméra de surveillance située à droite de la porte. Josie la reconnut : c'était l'une des caméras les moins chères du marché, qui fonctionnait avec des piles plutôt que sur secteur et sans fil grâce à une application sur le téléphone. Aucune lumière ne s'alluma pour indiquer qu'elle avait détecté leur présence.

— Les piles ont été enlevées, expliqua Mett.

Josie s'approcha et examina l'appareil rectangulaire. Il était parfaitement installé dans son support. Le malaise qu'elle avait ressenti un peu plus tôt chez elle ressurgit.

— Comment le sais-tu, Mett ?

— J'ai vérifié. Et Amber a une application sur son téléphone qui enregistre tout ce que la caméra détecte. Elle a quitté ma maison vendredi après-midi et il y a des images de son retour chez elle. Puis, dimanche soir – hier soir, donc –, on dirait que quelqu'un arrive par le côté, hors du champ de la caméra, et la déloge de son support. Ensuite, la vidéo s'arrête et l'application signale que les piles sont déchargées. Mais il n'y a pas de piles à l'intérieur, donc quelqu'un les a prises.

— Est-ce qu'Amber aurait pu retirer les piles sans être filmée ? demanda Josie.

— Eh bien, oui, je suppose. Mais pourquoi aurait-elle enlevé les piles de sa propre caméra de surveillance ?

Il ouvrit la contre-porte et posa sa main libre sur la lourde poignée de la porte d'entrée.

— Mettner. Tu as le droit d'entrer chez Amber ?

Il se figea.

— Je, euh, oui, elle laisse parfois la porte ouverte pour moi.

— Mais tu as dit qu'elle n'était pas chez elle. La porte était-elle déverrouillée ?

Il ne répondit pas. Josie soupira.

— Mettner, comment es-tu entré chez elle ?

Il lâcha la poignée de la porte et se retourna vers elle. Elle lut la peur dans ses yeux sombres lorsque le faisceau lumineux vacilla entre eux.

— J'ai cru qu'elle avait des ennuis.

Josie posa une main sur sa hanche.

— Comment es-tu entré ?

Il pointa la torche vers ses pieds.

— Par la porte de derrière.

— Et par effraction.

— Non, protesta-t-il. Non, j'ai juste…

— Pour l'amour du ciel, Mett. Tu es officier de police. C'est pour ça que tu m'as amenée ici ? Parce que tu crois que je vais couvrir ton effraction chez Amber ?

— J'ai juste cassé un carreau pour atteindre la poignée et la déverrouiller, et j'ai tout nettoyé et placé du carton pour boucher le trou, insista-t-il. Je pensais vraiment qu'elle avait des ennuis. Je me suis dit qu'elle était peut-être là-dedans, blessée ou même morte. Bordel, on est déjà lundi et personne n'a de nouvelles d'elle !

— Tu veux dire que toi, tu n'as pas de nouvelles…

— Elle n'est pas venue au boulot et n'a prévenu personne. Il n'était pas complètement déraisonnable de craindre qu'elle soit blessée ou morte dans sa maison.

— Mais ce n'est pas le cas, et tu ne peux donc pas juste entrer par effraction chez elle ni me ramener ici, à moins que tu croies vraiment qu'un crime a été commis, et si tu crois qu'un crime a été commis, alors tu aurais dû appeler Noah et Gretchen qui sont de service ce soir. Bon sang, Mett, qu'est-ce que c'est que cette histoire ?

Elle lui prit brusquement la lampe des mains et releva le faisceau pour qu'ils puissent se voir l'un l'autre. Mâchoire serrée, il ne répondit pas, et elle fit volte-face.

— On retourne à la voiture.

Elle entendit ses pas lourds derrière elle tandis qu'elle retournait vers la Jeep. Sous la lueur blafarde du réverbère, elle éteignit la lampe torche et le dévisagea, impatiente.

— On s'est disputés, d'accord ? Vendredi. Elle est partie de chez moi. J'ai essayé de l'appeler et de lui envoyer des messages, mais je n'ai eu aucune réponse. Et elle n'est pas allée travailler lundi. Je me suis inquiété.

— Mettner.

Il leva ses deux paumes en l'air.

— Je n'ai pas appelé Noah ni Gretchen parce que je sais très bien de quoi ça a l'air. On se dispute. Elle disparaît. Je rentre chez elle par effraction.

— Exactement, confirma Josie. Ça la fout mal.

— Je te jure que je ne lui ai rien fait. Je ne sais pas où elle est ni ce qui lui est arrivé, et je ne suis vraiment pas serein.

— Si tu es inquiet, tu appelles la police, Mett. Tu demandes qu'on envoie une patrouille, comme une personne normale.

— C'était moi, la patrouille !

— Jusqu'à ce que tu entres par effraction ! Qu'est-ce qui se passe vraiment, là ? Et réfléchis bien à ce que tu vas me dire, parce que t'es déjà sacrément dans la merde. Je dois tout savoir.

Il se passa une main dans les cheveux.

— Je me suis dit que j'allais laisser les choses se calmer une journée. Dimanche, je lui ai envoyé un message, mais elle n'a pas répondu. Alors aujourd'hui j'ai appelé et envoyé des messages mais, encore une fois, aucune réponse. J'ai appelé le commissariat, elle n'y était pas. Je suis venu ici, j'ai frappé à la porte, j'ai sonné. Rien. À travers la fenêtre de derrière, j'ai vu qu'il y avait son téléphone, son sac et ses clés sur la table de la cuisine, et son manteau sur l'une des chaises. Sa voiture était juste là. Les lumières étaient allumées à l'intérieur. J'ai tapé à la porte de derrière. J'ai essayé de jeter un œil par les fenêtres de devant et sur les côtés. Pas réussi à voir grand-chose. Un des stores de la chambre n'était pas bien fermé donc j'ai pu voir que la pièce était vide et que son lit n'était pas fait, mais c'est tout. Je ne voyais rien d'autre. C'est à ce moment que je suis revenu côté rue et que j'ai vu son pare-brise.

— Son pare-brise ? Pourquoi tu n'as pas commencé par là ?

Avant qu'il ne puisse répondre, Josie s'éloigna à grands pas en braquant la lampe torche vers la berline d'Amber. L'inspectrice s'attendait à trouver du verre brisé, mais le pare-brise givré était intact. Il lui fallut quelques secondes pour se rendre compte qu'un message était tracé dans la fine épaisseur de glace.

Des lettres fantomatiques, sans doute tracées du bout du doigt, apparurent tandis qu'elle balayait le verre feuilleté du faisceau de la lampe.

*Russell Haven 5A*

— Je ne comprends pas, admit-elle.

— Moi non plus. Elle n'a jamais mentionné un type qui porterait ce nom. J'ai regardé dans la base de données TLOxp, mais je n'ai rien trouvé. En tout cas, pas en Pennsylvanie. Je me suis dit que le 5A, c'était peut-être un numéro d'appartement ou un truc du genre. Mais pourquoi quelqu'un écrirait ça sur sa voiture ? C'est bizarre, non ? Je ne sais pas depuis combien de temps c'est là. J'ai tapé encore une fois à la porte, devant et derrière. Rien. Je sais que je n'aurais pas dû entrer, mais j'avais vraiment peur, alors j'y suis allé.

— Tu sais parfaitement que ça ne change rien. Tu es entré chez elle sans sa permission. Rien de ce que tu as pu voir de l'extérieur ne te laissait croire qu'un crime avait été commis ou qu'elle était en danger immédiat. Amber est une adulte. Si elle veut disparaître de la face du monde, elle a le droit de le faire.

— Mais, Josie, elle ne ferait jamais ça. Elle ne partirait jamais en laissant toute sa vie derrière elle.

— Ça, tu n'en sais rien, rétorqua Josie. Est-ce que tu la

connais vraiment ? Tu ne sors avec elle que depuis un an, à peine !

— Il y a quelque chose qui cloche. Elle n'est pas là. Sa chambre est en désordre, ce qui ne lui ressemble absolument pas, mais surtout, c'est comme si elle était juste partie comme ça, sur un coup de tête, sans téléphone, ni sac, ni manteau, ni papier d'identité et ni même sa voiture. Elle ne ferait jamais ça. On avait des projets ensemble !

Elle le dévisagea. Elle voulait lui révéler une vérité qu'il n'avait pas encore apprise au cours de sa carrière : parfois, même les personnes qu'on aimait et en qui on avait le plus confiance mentaient et nous laissaient tomber. Parfois, elles n'étaient pas du tout ce qu'elles prétendaient être.

Josie n'avait aucune idée du genre de personne qu'était Amber – elle savait seulement qu'elle était compétente et efficace dans son travail et loyale envers l'équipe d'enquêteurs. Mettner la connaissait mieux, mais cela ne suffisait pas à Josie. Elle avait connu son premier mari, Ray, depuis leurs neuf ans et, en fin de compte, elle ne l'avait pas connu du tout. Mais Josie n'avait pas le temps d'expliquer tout cela à Mettner. D'ailleurs, c'était une leçon qu'il devrait apprendre par lui-même un jour – que ce soit à cause d'Amber ou de quelqu'un d'autre. Elle jeta un coup d'œil sur les mots écrits sur le pare-brise, et reconstitua mentalement les faits et gestes de Mettner au cours des deux derniers jours.

— Tu es parti du principe que Russell Haven est une personne. Tu ne voulais pas risquer d'être humilié si elle était finalement juste partie avec un autre type.

Tout penaud, il baissa les yeux vers ses pieds.

— Bordel, Mett, soupira Josie.

— Si elle voit un autre homme, je vais passer pour un gros abruti, concéda-t-il. Et pour un harceleur, aussi, sans doute.

— Mais si elle a des soucis, on va croire que tu es impliqué.

Eh merde, Mett. J'appelle Noah et Gretchen. Et pour info : Russell Haven n'est pas un homme.

Il releva la tête, le blanc de ses yeux brillant dans la nuit.

— Ah bon ?

Josie lui rendit sa lampe torche et sortit son téléphone. Elle retira ses gants et envoya un message à Noah et Gretchen.

— Je croyais que tu avais grandi ici, marmonna-t-elle.

— Ben, oui.

— Russell Haven était un lotissement, Mett. Une dizaine de maisons construites au bord du fleuve à la limite sud de Denton. Il y a cinquante ans environ, tout a été emporté par une inondation. C'était horrible. Tragique. La plupart des familles sont mortes, et les survivants ont tout perdu. La ville a construit un barrage là-bas, après la catastrophe.

— Quoi ? Mais bon sang, comment tu sais tout ça ?

Josie glissa son portable dans sa poche et le dévisagea.

— Eh bien, d'une, je vis ici, et de deux, je suis les actualités locales. Les travaux de transformation de l'ancien barrage en une nouvelle centrale hydroélectrique sur le site de Russell Haven se sont achevés il y a près de trois ans.

— Merde. Pourquoi est-ce qu'on écrirait le nom d'un barrage sur le pare-brise d'Amber ?

— Aucune idée, mais je suis persuadée que 5A, ce n'est pas le numéro d'un appart. C'est une heure : 5 a.m., 5 heures du matin.

Mettner braqua de nouveau sa lampe sur la voiture, illuminant le 5 et la lettre A.

— Quelqu'un voulait qu'Amber le rejoigne sur l'ancien site de Russell Haven à 5 heures du matin, murmura-t-il, presque pour lui-même.

— Aujourd'hui ou hier, oui, confirma Josie. C'est ce que je pense. Mett, il y a un message codé écrit dans le givre sur son pare-brise ; les piles de sa caméra de surveillance ont disparu ;

toutes ses affaires sont encore là ; et les lumières de sa maison étaient restées allumées. Je pense que la prochaine étape logique, c'est d'aller à Russell Haven et de voir si on y trouve quelque chose, un indice de sa présence là-bas au cours des quarante-huit dernières heures. Je vais dire à Noah et à Gretchen de nous y retrouver.

— Comment aurait-elle pu s'y rendre ?

— Je ne sais pas, admit Josie. D'abord, voyons s'il y a un quelconque signe d'elle au barrage, et on avisera.

— Et la maison ?

— On ne peut pas entrer dans la maison, répéta Josie tout en remettant ses gants, le bout de ses doigts déjà gelés. Tu le sais très bien. Même si c'est une location, comme je le présume, Amber a droit au respect de sa vie privée, ce qui signifie que même son propriétaire ne peut pas nous donner l'autorisation d'entrer.

— On pourrait obtenir un mandat.

— Non, impossible. Aucun juge ne l'accorderait. Il n'y a aucune preuve qu'un crime a été commis ici, à l'exception de ton entrée par effraction. Puisque Amber n'est pas là pour porter plainte – et j'espère que, lorsqu'on la retrouvera, elle décidera de ne pas le faire –, tu ne devrais pas être inquiété pour ça, mais il faut que j'en parle au chef.

— Josie, la supplia Mettner.

— Tu es venue me voir parce que tu voulais que je te couvre ? Tu pensais vraiment que je le ferais ?

— Non, je voulais que tu… Je ne sais pas. Écoute, je veux juste retrouver Amber et m'assurer qu'elle va bien. C'est tout. Je me suis dit que tu saurais quoi faire.

Le ton de Josie se radoucit.

— Ce n'est pas pareil quand c'est quelqu'un à qui on tient, hein ?

Il acquiesça.

— Je ne peux pas te dire quoi faire, mais je peux te dire ce que, moi, je vais faire. Je vais rejoindre Noah et Gretchen à Russell Haven. Et toi, tu dois tout faire pour ne pas gêner les recherches. Donne-moi tes clés, je conduis.

4

Les rues de Denton s'assombrissaient à mesure qu'ils s'éloignaient du cœur de la ville en direction de l'extrême sud, où les hautes montagnes cédaient la place à des collines ondoyantes et des terres agricoles. Les illuminations de Noël disparurent lorsque Josie s'engagea sur une petite route rurale, une voie unique menant à la route de service du barrage de Russell Haven. Josie savait que Noah ou Gretchen auraient déjà essayé de contacter le directeur ou l'exploitant du lieu pour avoir accès aux zones interdites au public. Mais comme il était tard dans la soirée, elle doutait qu'ils aient eu la moindre réponse.

Des branches d'arbres étiolées s'étiraient dans la pénombre, se refermant autour du SUV tandis que Josie conduisait. Les pneus dérapèrent plusieurs fois sur des plaques de verglas. Du coin de l'œil, elle vit Mettner s'agripper à la poignée de sa portière, tendu. L'automne avait été exceptionnellement chaud et humide et ce n'était que maintenant, à la fin du mois de décembre, qu'un froid intense s'abattait sur la région.

Récemment, de légères chutes de neige avaient fondu à la lumière du jour avant de regeler durant les nuits glaciales qui suivaient. Il ne restait plus que des plaques de neige ici et là, mais les routes verglacées restaient dangereuses.

— Tu veux que je conduise ? proposa Mettner.

Josie le fusilla du regard.

— Sais-tu seulement où se trouve le barrage de Russell Haven ?

— Non, marmonna-t-il.

Josie reporta son attention sur la route d'un noir d'encre, les articulations blanchies à force de serrer le volant. Devant elle, sur la gauche, les phares éclairèrent un panneau blanc orné de lettres noires : « BARRAGE DE RUSSELL HAVEN. » Josie savait qu'on pouvait accéder au barrage par les deux rives du fleuve Susquehanna. Cette entrée les mènerait à la berge où était implantée la grande centrale hydroélectrique, un grand édifice gris qui s'avançait dans le lit du cours d'eau, jusqu'au bord du déversoir. Comme ils se rapprochaient de la centrale, le feuillage de chaque côté de la route d'accès recula et il n'y eut soudain plus que les ténèbres autour d'eux. La lueur dorée des projecteurs extérieurs de la centrale les conduisit à un portail de métal noir sur lequel était fixé un panneau annonçant : « ACCÈS RÉSERVÉ AUX VÉHICULES AUTORISÉS. » Un pick-up rouge stationnait de l'autre côté de la barrière.

— Tu viens souvent ici ? demanda Mettner.

— Non, répondit Josie. Mais ça m'est déjà arrivé, pour le boulot. On a perdu deux kayakistes ici. Sur l'autre rive. J'ai été appelée sur ces deux enquêtes, mais elles ont été très vite résolues. Morts accidentelles.

Josie arrêta le véhicule à quelques centimètres de la barrière.

— Des kayakistes ? Tu veux dire qu'ils ont franchi le barrage ? En passant par-dessus le déversoir ?

— Non. Ils sont arrivés là en remontant le fleuve, vers la face du déversoir. Il y a beaucoup d'affleurements rocheux et de petites îles accessibles à pied quand le niveau de l'eau est bas.

Lorsqu'ils relâchent l'eau du barrage, il y a pas mal de courant, en particulier près du bas de la goulotte et du déversoir. Certains en profitent pour faire du rafting en eau vive dans leurs kayaks. C'est dangereux, donc ils ne sont pas censés être là, mais il y en a toujours quelques-uns qui le font quand même. On n'a eu que deux morts.

Des phares surgirent dans le rétroviseur. Un instant plus tard, une voiture se gara derrière eux. Josie regarda dans son rétroviseur latéral Noah claquer la portière côté conducteur et s'approcher à petites foulées du SUV de Mettner. Sa respiration formait de petits nuages devant sa bouche.

— On a essayé de les appeler, mais on tombe sur une boîte vocale qui nous dit de rappeler pendant les heures d'ouverture. Le chef est retourné au commissariat pour essayer d'obtenir les numéros de portable ou de domicile du directeur de la centrale ou de l'exploitant – quelqu'un qui pourrait nous faire entrer.

Gretchen apparut à côté de Noah. Elle portait un épais manteau d'hiver violet et un bonnet tricoté assorti sur ses courts cheveux bruns courts et hérissés, légèrement grisonnants. À presque cinquante ans, elle était la plus âgée et la plus expérimentée de l'équipe d'enquêteurs. Elle avait travaillé pendant quinze ans à la police de Philadelphie, principalement à la brigade criminelle. Josie l'avait engagée pendant son court mandat de cheffe de police intérimaire. Gretchen brandit son téléphone en l'air.

— Le chef dit qu'il n'a rien trouvé pour le moment, mais qu'il nous tient au courant dès qu'il a du nouveau.

— Je me disais bien que ce serait un souci, lança Josie. En attendant de pouvoir contacter quelqu'un, pourquoi ne pas aller de l'autre côté du barrage ? Il n'y a pas de clôture, c'est complètement accessible au public. On pourra jeter un coup d'œil là-bas.

— Qu'est-ce qu'il y a, de l'autre côté ? s'enquit Mettner.

— Si je me souviens bien, il y a un poste de contrôle et

ensuite la goulotte d'évacuation de l'eau. C'est une ancienne échelle à poissons qui a été transformée en goulotte pendant la construction de la centrale. Ils ont installé un ascenseur à poissons mécanique de ce côté pour remplacer l'échelle.

— Une seconde, là, intervint Gretchen. Des échelles et des ascenseurs à poissons ? Qu'est-ce que tu racontes ?

Ils dévisagèrent tous les trois Gretchen, qui se contenta de hausser les épaules.

— Quoi ? J'ai passé quinze ans à Philadelphie avant de venir ici. Je ne connais pas ces trucs-là !

— Les aloses blanches – ce sont des poissons – remontent le courant chaque année en mai pour frayer, expliqua Noah. Avec le barrage, il faut prévoir un système pour leur permettre de remonter le fleuve quand même, et c'est à ça que sert l'échelle à poissons.

Josie se souvint des équipes de secours qui avaient sorti les kayakistes de l'eau juste en dessous de l'échelle.

— Ça ressemble un peu à une large série de marches. Celle que nous avons ici est en béton. C'est comme une longue glissière séparée du déversoir par un mur.

— Et c'est différent d'un ascenseur ? demanda Gretchen.

— Oui, un ascenseur est un dispositif mécanique, confirma Noah. Les poissons s'entassent dans une cuve, puis cette cuve est soulevée et passe par-dessus le barrage pour libérer les poissons.

— Peu importe, s'impatienta Mettner. Allons-y et inspectons l'échelle, la goulotte ou je ne sais quoi encore.

Josie lui toucha le bras pour le calmer.

— Et le poste de contrôle, est-ce qu'il y a quelqu'un là-bas ? reprit Noah.

Josie secoua la tête.

— Les deux dernières fois que j'ai travaillé sur des affaires ici, il n'y avait personne de garde, mais il y a une caméra extérieure. Les commandes sont dupliquées et l'accès à la caméra se fait depuis la salle de contrôle principale du barrage, précisa-t-elle en désignant le portail fermé devant eux et l'énorme bâtiment juste derrière. Là-dedans.

Gretchen soupira.

— Ça vaut le coup de jeter un œil. D'ici à ce qu'on ait tout vérifié, le chef aura peut-être réussi à joindre le directeur de la centrale ou l'exploitant du site.

5

Ils reprirent les voitures pour atteindre l'autre rive, ce qui prit près de vingt minutes puisqu'il fallait retourner vers South Bridge, traverser le pont puis redescendre vers le barrage. Josie ouvrait le petit convoi, Noah et Gretchen dans son sillage. Mettner tapota fébrilement sa cuisse pendant tout le trajet. Aucun des deux ne dit un mot. Josie savait qu'il se posait les mêmes questions qu'elle : qu'allaient-ils trouver sur l'autre rive du barrage ? Amber serait-elle là ? Que ferait-elle ici à cette heure de la nuit, dans un tel froid ? Comment aurait-elle pu arriver là sans sa voiture ? Quelqu'un l'avait-il amenée ?

Était-elle encore en vie ?

Josie sentit un frisson soudain remonter sa colonne vertébrale. Elle s'engagea sur la voie de service qui les mènerait à l'ancienne échelle, aujourd'hui reconvertie en goulotte d'évacuation, de l'autre côté du barrage de Russell Haven. Ici, les bois étaient beaucoup plus denses, ne révélant rien de ce qui les entourait, hormis ce que les phares éclairaient.

Elle repensa au message sur le pare-brise d'Amber. Qui l'avait laissé ? Et pourquoi à cet endroit ? Pourquoi ne pas avoir glissé un mot sous sa porte d'entrée ? Pour avoir la certitude qu'elle le verrait en quittant la maison ? Même si elle l'avait manqué en rejoignant sa voiture, une fois assise derrière le volant, il lui aurait sûrement sauté aux yeux – en supposant qu'elle ait pris sa voiture le matin, quand il aurait été le plus visible, griffé dans le givre. La question était donc de savoir à quel moment elle l'avait vu. Si elle l'avait seulement vu...

Ils dépassèrent l'un des nombreux panneaux qui bordaient la route permettant d'accéder à ce côté du barrage de Russell Haven, qui annonçait : « Danger. Risque de montée soudaine des eaux. »

— À quelle heure Amber part-elle habituellement au travail ? demanda Josie.

Tiré de ses pensées, Mettner tourna la tête vers elle.

— Quoi ?

— Le matin, à quelle heure Amber quitte-t-elle habituellement sa maison pour aller travailler ? Tu le sais ?

— Vers 7 heures, je crois. Pourquoi ?

— À quelle heure es-tu allé chez elle ?

— Ce soir. À 18 heures, je pense.

— Mais les piles de la caméra de surveillance ont été enlevées hier soir, précisa Josie.

— Oui.

— Il devait déjà faire nuit à 18 heures. Il a fait froid, mais je ne suis pas sûre que du givre se soit formé à 18 heures. Comment as-tu vu le message ?

— Où veux-tu en venir ?

— Réponds à mes questions, Mett. Comment as-tu vu les mots sur le pare-brise s'il n'y avait pas de givre dessus ?

— Comment est-ce que tu veux que je le sache, bordel ? s'emporta-t-il.

Josie lui lança un sévère regard d'avertissement et il leva une main.

— Désolé, désolé, se reprit-il. Je ne sais pas. J'ai... tout examiné de très près. J'ai vérifié la maison et, comme elle n'y était pas, je suis allé à sa voiture pour voir si le capot était chaud. Si ça avait été le cas, j'aurais su qu'elle venait de rentrer de quelque part avant de disparaître – mais il ne l'était pas. Je me tenais là avec ma lampe torche et j'ai vu des traces sur le pare-brise. La personne qui a laissé le message a dû utiliser le bout de son doigt, sans gants, parce que, même sans le givre, le message était encore là. Les huiles de la peau, je dirais. C'était vraiment difficile à discerner, mais j'ai fini par y arriver.

Même si c'était tout à fait possible, Josie ressentait toujours un léger malaise au creux du ventre. Amber avait tout à fait l'air d'être du genre à faire son lit tous les matins – même si tout le monde, même les gens un peu maniaques sur ce point, était parfois en retard le matin et pouvait donc devoir sauter cette étape.

— Tu as dit que son lit était défait. C'est surprenant, de sa part ?

Josie jeta un rapide coup d'œil vers son collègue et s'aperçut qu'il la fixait.

— Oui, elle fait même le mien quand elle dort chez moi. Ça me rend dingue. Pourquoi tu m'interroges sur ses habitudes ?

— Il y a quelque chose qui ne colle pas, remarqua Josie. Si elle a réussi à venir ici d'une manière ou d'une autre, c'est forcément parce qu'elle a vu le message sur sa voiture. Mais si elle quittait toujours la maison à 7 heures, comment aurait-elle pu voir le message avant l'heure prévue ? En supposant que le message signifie bien ce qu'on pense qu'il signifie – un rendez-vous ici.

— Tu veux dire que le message a dû être écrit sur son pare-brise dans la nuit de dimanche à lundi, hier soir ?

— Ce que je veux dire, c'est que je ne suis pas sûre qu'elle l'ait vu. Même si elle l'avait vu, pourquoi l'aurait-elle laissé là et comment serait-elle venue jusqu'ici ?

— Quelqu'un l'a amenée ? suggéra Mettner.

— Possible. Si quelqu'un l'a amenée ici, il ne lui a même pas laissé le temps de mettre son manteau, et encore moins de prendre son téléphone et son sac à main. De plus, les portes étaient verrouillées, mais tu as dit que les clés étaient à l'intérieur, c'est ça ?

Un autre panneau apparut, sur lequel on pouvait lire : « DANGER. LES SIRÈNES ET LES AVERTISSEURS LUMINEUX INDIQUENT QUE VOUS DEVEZ SORTIR IMMÉDIATEMENT DU FLEUVE. »

— Oui, confirma Mettner. Les portes de devant et de derrière étaient verrouillées et les clés étaient dans son sac à main. Mais si quelqu'un s'apprêtait à l'enlever, à quoi bon laisser un message ? Tu as raison. Tout ça n'a aucun sens.

Avant que Josie ne puisse répondre, le son des sirènes leur parvint, deux hurlements intermittents à des hauteurs différentes.

*Wiiii-wooo. Wiiii-wooo. Wiiii-wooo.*

Josie tourna pour rentrer dans le petit parking que la compagnie d'électricité avait alloué aux personnes qui fréquentaient le barrage à des fins récréatives. Il n'y avait que leur voiture et celle de Noah, qui se gara juste à côté d'elle. Ils laissèrent leurs phares allumés, éclairant une volée de marches en pierre usées qui menaient à la rive et à l'ancienne échelle à poissons.

*Wiiii-wooo. Wiiii-wooo.*

Lorsqu'ils sortirent du véhicule, le vent rabattit les longs cheveux noirs de Josie sur son visage. D'un geste, elle les écarta et vit Noah et Gretchen qui se dirigeaient vers les marches, chacun muni d'une grosse lampe torche. À côté d'elle, Mettner s'écria :

— Qu'est-ce que c'est que ce boucan ?

*Wiiii-wooo. Wiiii-wooo.*

— C'est l'alarme qui se déclenche avant qu'ils ne relâchent de l'eau, répondit-elle. Prenons les lampes dans la voiture.

Quelques instants plus tard, ils rejoignaient Gretchen et

Noah dans l'escalier, qui ouvrait un large chemin vers la berge. De chaque côté, des branches d'arbres dénudées se balançaient au gré des rafales. Josie vit des lumières clignotantes avant qu'ils n'atteignent le bas du chemin. Tout droit, il y avait d'autres arbres et ce qui ressemblait à de l'eau vive, la lumière ricochant à la surface, l'écume blanche se dressant alors que le courant tourbillonnait et s'écrasait sur les rochers émergés. À leur gauche se trouvait le poste de contrôle, une minuscule structure d'un étage au bardage beige, sans fenêtre, avec une seule porte d'entrée et une caméra de surveillance fixée en dessous du toit pentu. À côté, une lumière orange clignotait au rythme des sirènes.

*Wiiii-wooo. Wiiii-wooo.*

Elle évalua la distance qui les séparait de la caméra. Tant qu'ils restaient à l'extrême droite de l'escalier, ils lui échapperaient complètement. Elle se nota mentalement de récupérer les images des quarante-huit dernières heures une fois qu'ils auraient réussi à joindre quelqu'un du barrage. Sur leur droite, un sentier s'éloignait du poste de contrôle et descendait en zigzag jusqu'à la berge, à côté de la goulotte.

Devant eux, Noah demanda à Gretchen :

— Tu vois quelque chose ?

Elle secoua la tête.

*Wiiii-wooo. Wiiii-wooo.*

Le chemin de terre sinueux se terminait par une longue étendue de boue, de terre et de végétation morte et piétinée. Au-delà, il y avait le déversoir d'eau.

Du côté de la berge, seul un muret en ruine séparait la goulotte de la rive. Il rétrécissait au fond de la goulotte, là où ils se tenaient à présent. De grosses pierres se dressaient devant eux. L'eau serpentait au milieu, et la limite entre la rive et le lit semblait s'effacer. Josie sentit ses bottes s'enfoncer dans la boue. Même dans le froid glacial, elle sentait l'odeur fétide de la terre et de l'eau se mélangeant aux eaux de ruissellement et aux déchets de la nature. Le vent les frappait férocement.

La lumière orange clignotante n'atteignait presque pas la berge, aussi utilisèrent-ils leurs torches pour sonder la longue goulotte en béton. Elle était exactement comme dans les souvenirs qu'en avait Josie, datant des affaires des kayakistes : surmontée d'une grande grille métallique et d'un mur beaucoup plus haut sur le côté opposé, la paroi de béton incurvée la séparant du déversoir. Josie estima que la goulotte mesurait entre six et sept mètres de large. Elle était en mauvais état. La plupart des marches étaient fissurées et cassées. Elle était jonchée de pierres et, à plusieurs endroits, c'étaient même de gros rochers qui avaient dévalé la pente longeant la berge et qui s'étaient échoués dans la goulotte.

*Wiiii-wooo. Wiiii-wooo.*

Elle sentit la main de Mettner se resserrer sur son avant-bras une seconde avant que Gretchen ne s'écrie :

— Là !

Les yeux de Josie fouillèrent la goulotte, mais les faisceaux des lampes de Gretchen et de Noah sursautaient dans tous les sens tandis qu'ils se précipitaient vers la barrière métallique, tout en se gardant de quitter la terre ferme. D'autres bruits s'ajoutèrent aux hurlements de la sirène. Un craquement métallique, puis un grondement sourd. Le déversement de l'eau avait commencé.

— Qu'est-ce qu'il y a ? cria Josie, essayant de se frayer un chemin vers Noah et Gretchen, alors que Mettner s'accrochait à son bras.

D'une poigne de fer, il tira sur son bras pour aligner le faisceau de la lampe de Josie sur celui de sa propre torche, éclairant vers le haut, de l'autre côté de la goulotte. Plusieurs rochers étaient entassés là, formant ce qui ressemblait à une fine crevasse entre eux et la paroi de la goulotte.

— C'est elle ! s'écria Mettner.

Il disparut aussitôt. Josie chercha à éclairer de nouveau la crevasse, même si le faisceau de sa lampe avait du mal à illuminer la zone à cette distance.

*Wiiii-wooo. Wiiii-wooo.*

Le brouhaha de l'eau s'intensifiait, de plus en plus proche.

Sa torche se posa une fois de plus sur l'endroit désigné par Mettner. Cette fois, elle vit ce que tout le monde avait vu : un enchevêtrement de boucles auburn, comme des touffes de végétation emprisonnées. Un étau se resserra autour de sa poitrine. Malgré l'eau et les sirènes, elle entendait Noah, Gretchen et Mettner crier à plusieurs mètres de là. Ils étaient plus haut. L'eau les avait déjà atteints. Elle se fracassait contre le mur opposé, au pied de l'échelle à poissons, et les pierres s'éparpillaient partout avec une puissance mortelle.

— Tu n'y arriveras pas ! s'époumonait Noah en retenant Mettner qui tentait de traverser la goulotte pour rejoindre Amber.

L'eau ne l'avait pas encore atteinte.

Tout allait si vite, l'espace de quelques battements de cœur à peine, semblait-il, et pourtant, dans la tête de Josie, chaque seconde passait au ralenti. Entre les lumières orange clignotantes et les faisceaux des lampes, elle distingua le mur d'eau qui dévalait la goulotte, les flots surgissant à plusieurs mètres de hauteur. Elle vit ses collègues se disputer, essayant d'empêcher Mettner de se tuer en tentant de sauver Amber. Elle observa la distance qui la séparait de l'eau, et celle qui la séparait de la crevasse. Elle remarqua les rochers qui se dressaient entre elle et Amber – autant de points d'appui si elle était assez rapide. Plusieurs larges entailles dans le mur face à elle, qui séparait la goulotte du déversoir, lui serviraient de prises si elle se hissait assez prestement. Elle pourrait passer par-dessus le mur, soulever Amber et peut-être la maintenir hors de l'eau jusqu'à la fermeture des vannes.

Tous ces calculs défilèrent dans son esprit en un éclair.

*Wiiii-wooo. Wiiii-wooo.*

Même si elle réussissait à faire ce qu'elle avait envisagé, elle risquait d'être tuée. Emportée, écrasée contre les rochers. Elles seraient alors toutes les deux mortes – si Amber ne l'était pas déjà. Elle l'était certainement déjà.

Le faisceau de la lampe de Josie vacilla de nouveau vers les cheveux d'Amber. Le temps était compté.

*Wiiii-wooo. Wiiii-wooo.*

— Arrête, Mett ! Tu vas mourir. Elle est déjà partie, mec !

Une main pâle émergea de la fente entre les rochers et s'agita faiblement.

Le cœur de Josie manqua un battement.

— Merde, marmonna-t-elle.

Puis elle jeta sa lampe torche et se précipita dans la trajectoire de l'eau en furie.

6

Par-dessus le hurlement des sirènes et le fracas de l'eau, elle parvint étonnamment à entendre les cris de son équipe et plus particulièrement ceux de Noah.

— Josie, non !

Elle n'eut même pas le temps de prendre vraiment conscience du soupçon de culpabilité qui l'assaillait. Son corps était désormais en pilotage automatique. Elle bondit au-dessus du muret sur la rive pour atteindre la goulotte, ses pieds touchant à peine chaque pierre tandis qu'elle fonçait tout droit. C'était comme lorsqu'elle était petite et qu'elle jouait avec sa grand-mère Lisette à imaginer que le sol était en lave, en sautant d'un meuble à l'autre pour éviter de tomber dans le liquide brûlant fictif. Pieds légers, contact souple. Quelques secondes plus tard, elle passait au-dessus de la tête d'Amber. En calant son talon dans l'une des rainures, les mains tendues, elle essaya d'atteindre le haut du mur, le béton déchirant ses gants alors qu'elle en attrapait le rebord.

Elle sentit les éclaboussures sur son visage comme autant d'aiguilles glacées lancées à pleine vitesse. L'eau déferla, frappant son côté gauche jusqu'aux cuisses à l'instant même où elle se hissait sur le mur. À califourchon dessus, elle ignora la douleur et le froid qui s'infiltrait sous son jean.

*Wiiii-wooo. Wiiii-wooo.*

Elle se pencha en avant, plaquée contre l'épaisseur du mur, et tendit la main vers le bas, cherchant celle d'Amber à travers le déferlement des eaux. Dans tous les calculs mentaux qu'elle avait effectués en l'espace de quelques battements de cœur, elle n'avait pas pris en compte la hauteur de ce mur. Son manteau n'arrangeait rien, il était tellement épais qu'il lui faisait perdre des centimètres précieux pour atteindre Amber. Elle prit une profonde inspiration, se redressa, retira son manteau et ses gants, qu'elle jeta au loin. Puis elle pivota et ramena ses deux jambes du côté du déversoir. Sans même regarder, elle savait pertinemment qu'en cas de chute, elle mourrait à coup sûr.

Elle se pencha alors, en équilibre précaire – les jambes côté déversoir, le haut du corps côté goulotte –, et plongea les deux mains dans les tourbillons. L'eau était si froide qu'en quelques secondes elle ne sentit plus ses doigts. Pourtant, elle continua à tâtonner jusqu'à ce que sa main rencontre quelque chose de mou. Son corps tressaillit lorsqu'elle l'attrapa à bout de bras : c'était une main, elle le sut aussitôt. Elle pressa ses genoux et ses cuisses contre la face arrière du mur et contracta tous ses muscles pour faire levier et réussir à tirer Amber vers le haut. Si elle parvenait à lui sortir la tête de l'eau, elle pourrait peut-être la sauver.

*Wiiii-wooo. Wiiii-wooo.*

Une autre vague d'eau fluviale putride et glacée se fracassa contre le mur, lui éclaboussa les épaules et pénétra dans sa bouche.

— Pouah !

Elle recracha l'eau, mais ne lâcha pas la main d'Amber, s'évertuant à tirer dessus alors que l'eau allégeait en partie son poids. Le corps d'Amber remonta brusquement et faillit faire tomber Josie du mur. Elle tenta de se repositionner pour mieux maintenir Amber, mais elle chancelait, déséquilibrée. Ses doigts glissèrent le long de la main d'Amber jusqu'à son avant-bras, ses ongles s'enfonçant dans sa peau. Le bruit du crâne d'Amber heurtant le mur alors que son corps était ballotté par les courants secoua profondément Josie.

L'inspectrice passa un genou par-dessus la paroi, laissant retomber sa jambe du côté de la goulotte. Elle pivota ainsi son corps de quatre-vingt-dix degrés, le bassin toujours plaqué contre l'épaisseur du mur, et tira Amber vers le haut pour que sa tête soit à l'air libre, même si le reste de son corps était toujours submergé et ballotté par les flots chargés d'écume.

— Amber ! cria-t-elle par-dessus le hurlement des sirènes.

Son bras tressaillit entre les mains de Josie, tandis que son corps était secoué de quintes de toux. Josie était si près d'elle qu'elle l'entendait crachoter. De l'eau éclaboussa la tête d'Amber et le visage de Josie. Ses yeux piquaient, le froid mordait sa peau.

Combien de temps durait un lâcher d'eau ? Il lui semblait qu'elle tentait de tirer Amber hors de l'eau depuis une éternité. Entre la température glaciale qui lui engourdissait les doigts et l'eau qui rendait sa peau glissante, Josie sentait bien qu'Amber lui échappait peu à peu. Elle pressa ses cuisses contre le mur, s'efforçant de rester bien en place pour garder une meilleure prise. Mais à chaque fois qu'Amber toussait, Josie sentait sa poigne s'affaiblir, jusqu'à ce qu'elle ne retienne plus Amber que par son frêle poignet, ses mains comme deux blocs de glace.

— Josie !

Des cris lui parvinrent de la rive. Noah, Mettner et Gretchen étaient redescendus et se tenaient juste en face d'elle. Toutes les quelques secondes, elle les perdait de vue, une nouvelle trombe d'eau déchaînée s'interposant entre eux.

Les sirènes hurlaient toujours.

*Wiiii-wooo. Wiiii-wooo.*

Enfin, elle entendit ce qui ressemblait au crissement de la

vanne métallique au-dessus d'elles qui tentait d'arrêter l'écoulement de l'eau. Elle adressa une prière à quiconque voulait bien l'entendre pour que tout ceci soit bientôt fini.

Josie tenta de resserrer sa prise autour du poignet d'Amber, mais le courant afflua de plus belle, sa trajectoire déviée par la fermeture en cours de la vanne. L'eau les heurta de plein fouet, cruelle, et, pendant une fraction de seconde, Josie l'imagina comme une entité vivante dévorée par la colère s'abattant sur elles.

La force du courant sépara les deux femmes. L'inspectrice sentit les doigts d'Amber se cramponner à son poignet tandis qu'elle était emportée. Josie tomba alors du mur, entraînée à son tour dans la goulotte. Elle n'eut même pas le temps de crier. La moitié inférieure de son corps plongea dans l'eau tourbillonnante, et elle se cogna un genou et son autre tibia contre les rochers en contrebas. Alors qu'elle se sentait glisser et tomber dans la crevasse d'où elle venait de déloger Amber, ses doigts s'accrochèrent à une autre fente dans le mur. Elle y enfonça les deux mains et réussit à caler l'un de ses genoux au niveau de la crevasse pour se stabiliser le temps que la barrière se referme dans un crissement aigu et que le flot se tarisse en un mince tourbillon.

Elle flotta un peu sur place, battant des pieds pour garder la tête hors de l'eau. Elle lâcha finalement le mur et regarda autour d'elle. L'adrénaline bloquait toutes ses sensations physiques. Ses yeux avisèrent trois faisceaux de lampes torches qui s'agitaient dans sa direction. Noah hurla en se jetant à l'eau. Il avança jusqu'à elle, autant en fendant l'eau de ses mains qu'en escaladant les rochers. Ses bras entourèrent sa taille et elle le laissa l'éloigner du mur.

— Bon sang, Josie ! Qu'est-ce qui t'est passé par la tête ?

Les mouvements de son corps se calquèrent sur ceux de Noah sans même qu'elle y réfléchisse et ils progressèrent vers la rive où Gretchen et Mettner attendaient. Elle ne pouvait s'empêcher de scruter l'aval, toujours animée d'une infime lueur d'espoir, à la recherche d'une mèche de cheveux auburn au milieu des ténèbres.

Mais Amber avait disparu.

Quand ils eurent regagné la terre ferme, Noah se pencha et glissa un bras sous ses genoux pour la soulever contre son torse. Il remonta ainsi vers le petit chemin et Josie ne protesta pas.

Son corps et son esprit étaient complètement engourdis. Elle ne sentait plus que le souvenir de la main d'Amber juste avant que la jeune femme ne soit aspirée dans les eaux ténébreuses.

Par-dessus l'épaule de Noah, Josie vit Mettner debout, seul, les bras ballants, le faisceau de sa lampe tombant vers le sol mais diffusant quand même assez de lumière pour qu'elle puisse le voir lever les yeux vers elle.

— Je suis désolée, Mett, souffla-t-elle, la gorge irritée, la voix rauque. Je suis désolée.

7

Rapidement, le parking se remplit de véhicules d'urgence : une voiture de police, deux ambulances et le fourgon de la brigade fluviale qui tirait une remorque chargée de leur vedette de sauvetage. Josie reconnut même la Dodge Charger noire du chef Chitwood. Des gyrophares perçaient la nuit. Gretchen les avait obligés, Noah et elle, à s'asseoir à l'avant du véhicule de Noah, avec le chauffage à fond. Noah se retourna vers la banquette arrière pour attraper la couverture qu'il utilisait lorsque leur chien, Trout, finissait plein de boue après une promenade et la passa autour des épaules de Josie.

Elle ouvrit la bouche pour lui proposer de partager le plaid ou pour dire que ce serait une bonne idée de partager leur chaleur corporelle, mais ses dents claquaient si fort qu'elle ne put prononcer le moindre mot.

Par la fenêtre, elle observa Gretchen discuter avec les autres services de secours tandis que Mettner était debout, appuyé contre sa voiture, tête baissée. Josie sentit son cœur se serrer, une douleur familière et désagréable. Elle détourna le regard en essayant de ne pas penser aux premières étapes si éprouvantes d'un deuil inconcevable que son collègue allait pourtant devoir affronter. Noah refusait de la regarder. Ses mâchoires contractées laissaient deviner qu'il était en colère.

Il se mettait rarement dans un tel état.

— Je suis désolée, dit-elle d'une voix éraillée en resserrant la couverture autour d'elle.

L'odeur de chien mouillé lui parut réconfortante après son plongeon dans le fleuve.

— Vraiment ? répondit-il à mi-voix.

— Noah.

— Je sais que je t'ai promis de toujours foncer vers le danger avec toi, Josie, mais il y a une différence entre danger et mort certaine.

La culpabilité l'assaillit de nouveau.

— Je savais que je pourrais y arriver, tenta-t-elle.

— Tu savais ? Tu n'avais aucun moyen de le savoir. Tu aurais pu mourir là-dedans. Et ça n'est pas passé loin.

— Il fallait que j'essaie, réagit-elle. Elle était en vie, Noah. Elle était toujours en vie quand j'ai sauté dans la goulotte. Elle était toujours en vie quand elle a été emportée. Peut-être qu'elle est toujours...

— Je ne pense pas que quiconque aurait pu survivre à ça, rétorqua-t-il. Tous ces rochers, le courant... Mais, Josie, je ne parle pas d'Amber, là.

Elle se prépara à lui faire un grand discours sur les dangers de leur métier, sur toutes les fois où ils avaient frôlé la mort et survécu, à lui redire que c'était ce qu'elle faisait, ce qu'elle était même, qu'il l'avait toujours su, qu'il n'avait jamais eu de problème avec cette réalité auparavant, ou du moins qu'il ne l'avait jamais exprimé, mais elle n'avait plus la moindre énergie. Elle sentit de nouveau les doigts d'Amber serrer son poignet, puis la relâcher.

Quelques secondes s'écoulèrent, et seul le souffle du chauffage remplissait le silence entre eux.

— Je veux juste vieillir à tes côtés, Josie, reprit Noah.

Elle secoua la tête, sentant les larmes monter. Même si elle avait peu à peu appris à pleurer – comme si c'était une compétence à perfectionner – au cours des mois ayant suivi le meurtre de sa grand-mère, elle détestait toujours se laisser aller. D'autant plus au beau milieu d'une scène de crime.

— S'il te plaît, prends en compte les risques la prochaine fois, d'accord ?

— D'accord.

Mais une question la taraudait : qu'est-ce qui aurait été pire pour elle, avoir essayé de sauver Amber et finalement échoué, ou ne pas avoir essayé du tout ? Dans les deux cas, l'issue était la même. Ou peut-être pas. Se berçait-elle d'illusions en croyant qu'il y avait ne serait-ce qu'une infime possibilité qu'Amber ait survécu ? Qu'elle ait réussi à esquiver les rochers ? À se hisser sur le rivage ?

Une légère tape sur la vitre les fit tous deux sursauter.

Noah appuya sur le bouton de son côté pour la baisser, et Gretchen passa sa tête à l'intérieur.

— Je veux que vous alliez tous les deux dans l'ambulance la plus proche. Fraley, je suis sûre que tu vas bien, mais la patronne est restée dans l'eau bien plus longtemps. Il faut absolument qu'elle soit vue par quelqu'un.

— Des nouvelles d'Amber ? lança Josie.

Gretchen se détourna un instant, le visage levé vers le ciel de cette nuit d'hiver. Elle s'essuya les yeux avant de reporter son attention sur Josie, la voix encore saccadée.

— La brigade fluviale va commencer les recherches ce soir. Pour l'instant, ils parlent d'une mission de sauvetage. Mais s'ils ne la retrouvent pas sur l'une des îles ou sur la berge d'ici demain matin, ça deviendra une mission de recherche de corps. Dans ce cas, une fois le soleil levé, on verra si on peut mobiliser davantage de ressources.

À côté d'elle, Josie sentit la main de Noah glisser dans la sienne. Amber n'était pas membre de la police, mais elle était l'une des leurs. Ils avaient travaillé avec elle au quotidien pendant plus d'un an. Elle avait fait partie de leur équipe, et elle s'était bien intégrée malgré la résistance qu'elle avait dû affronter à son arrivée.

— Et Mett ? s'enquit Noah.

Gretchen prit une autre inspiration pour tenter de se ressaisir.

— Le chef va s'occuper de lui, expliqua-t-elle avant d'ouvrir la portière. Allez. Ambulance, maintenant.

Les jambes de Josie étaient raides et douloureuses, mais elle s'approcha tout de même tant bien que mal des portes ouvertes d'un des véhicules de secours. Noah la suivait, une main chaude au creux de son dos.

— Merde, lâcha-t-il quand ils arrivèrent au niveau de l'ambulance.

Josie jeta un œil à l'intérieur et vit Sawyer Hayes, vêtu de son uniforme de secouriste de Denton, occupé à préparer son matériel.

— On peut aller à celle d'à côté, proposa Noah.

— Non, refusa-t-elle. C'est ridicule. C'est lui qui ne veut plus me parler. Va chercher notre sac d'urgence dans le coffre, on devrait avoir des tenues de rechange dedans.

Il lâcha un grognement, puis elle entendit le crissement de ses pas sur le gravier, en direction de sa voiture. Elle grimpa dans l'ambulance et se trouva face à Sawyer. S'il était surpris ou déçu de la voir, il n'en montra rien. Il tapota le brancard entre eux deux pour l'inviter à s'y asseoir.

— La grande Josie Quinn, dit-il sans la regarder.

Sa voix douce était douce et sans venin, ce qui n'empêcha pas l'inspectrice de grimacer. La dernière fois qu'il l'avait surnommée ainsi, les mots dégoulinaient de rage et d'amertume. Avant qu'elle puisse répondre, il reprit :

— Il faut que tu retires tes vêtements.

— Quoi ? Je...

— Josie, tu vas finir gelée dans ceux-là. Promis, je ne regarde pas. Retire tout, sauf les sous-vêtements à la limite. J'ai des couvertures.

Il lui tourna le dos, fouillant dans l'un des nombreux compartiments alignés contre la paroi jusqu'à dénicher une couverture polaire grise qu'il lui tendit par-dessus son épaule. Elle l'attrapa et commença à se déshabiller, ne gardant que sa culotte et son soutien-gorge.

— Pose tes vêtements et tes chaussures par terre, je vais les mettre dans un sac.

Pratiquement nue, elle s'allongea sur le brancard et recouvrit entièrement son corps de la couverture.

— Je peux en avoir une autre pour mes épaules ?

Il trouva une seconde couverture et se retourna alors vers elle pour l'envelopper délicatement dedans, s'assurant que le moindre centimètre de peau en dessous de son cou était bien au chaud. Josie l'observa. Son regard bleu si perçant. La cascade de mèches noires qui barraient son front. Il ressemblait tellement à Eli Matson, ça lui faisait toujours un choc. La femme qui avait enlevé Josie quand elle n'était qu'un nourrisson l'avait emmenée à Denton et faite passer pour la fille d'Eli Matson. Eli était un père merveilleux, dévoué et attentionné. À sa mort, Josie s'était retrouvée seule aux mains d'une femme à la cruauté sans bornes. La mère d'Eli, Lisette, s'était battue bec et ongles pour obtenir la garde de Josie, et avait finalement réussi à l'avoir. L'épouvantable existence de la petite fille s'était alors muée en une vie magnifique.

— Tu as reçu l'album photos ? demanda Josie à Sawyer.

— Je l'ai reçu, oui, répondit-il d'une voix douce, toujours sans croiser son regard.

Il sortit un thermomètre, lui glissa sous la langue, et attendit qu'il sonne.

Ce que personne ne savait alors, c'était qu'avant que Josie entre dans la vie d'Eli, celui-ci avait eu une brève relation avec la mère de Sawyer, qui était tombée enceinte de lui. Elle avait néanmoins choisi de garder secrète l'identité du père, et ne l'avait avouée que sur son lit de mort. Eli, lui, n'avait jamais rien su de son fils.

— De rien, lâcha Josie, un peu agacée.

Sawyer s'esclaffa.

— Je suis heureux de l'avoir, c'est un lien avec Lisette.

Quand sa mère était morte, Sawyer avait découvert que le seul membre de sa famille encore vivant du côté de son père était Lisette, sa grand-mère. Il était allé la voir, et lui avait demandé de faire un test ADN – ce qu'elle avait accepté. Ils avaient rapidement appris à se connaître, cherchant à tout prix à rattraper le temps perdu. Puis Lisette avait été assassinée, et Sawyer tenait Josie pour responsable de sa mort.

Il lui demanda de tendre le bras pour prendre sa tension, puis vérifia son pouls et sa saturation en oxygène.

— Pourquoi ne suis-je pas du tout surpris que tu aies sauté dans le fleuve ? marmonna-t-il.

— Je n'ai pas sauté, en fait, rétorqua Josie. Je veux dire, techniquement. J'étais sur un mur, j'essayais de hisser Amber hors de l'eau et elle...

— Elle a été emportée, termina-t-il. Gretchen a informé tout le monde. Pour ce que ça vaut, je suis désolé.

Josie remit son bras au chaud sous la couverture. Sawyer se détourna de nouveau pour pianoter sur son ordinateur embarqué, avant de se remettre à farfouiller les tiroirs. Il en sortit plusieurs poches de chaud instantané qu'il secoua une à une pour les activer.

— Tu la connaissais, Amber ? s'enquit Josie.

— Pas très bien, juste assez pour lui dire bonjour. Je la voyais parfois dans le coin. Qu'est-ce qu'elle faisait dans le fleuve, d'ailleurs ?

— Je ne sais pas, admit Josie. Mett n'avait pas de nouvelles d'elle depuis deux jours. Il s'est inquiété, il est passé chez elle.

On a trouvé un truc qui nous a laissés penser qu'elle pourrait être ici.

Sawyer se figea, sourcils froncés, visage sérieux.

— Tu crois qu'elle voulait se faire du mal ?

— Non, plutôt qu'elle avait rendez-vous avec quelqu'un ici ou qu'on l'a emmenée contre sa volonté.

Sawyer entreprit de glisser des poches de chaud sous ses aisselles, sans la découvrir, avant de lui en tendre deux autres.

— Celles-là, c'est pour l'entrejambe. Je suppose que tu préfères les positionner toi-même.

Les joues rouges, Josie les saisit et les glissa entre ses cuisses. Même si elle se sentait mal à l'aise, en sous-vêtements sous une simple couverture, la chaleur était si agréable qu'elle ne pensait finalement pas à grand-chose d'autre. Les lèvres serrées, Sawyer cala deux autres poches sous ses genoux et une sous sa nuque. Elle ne le connaissait pas bien – ils semblaient toujours se prendre l'un l'autre à rebrousse-poil –, mais elle savait que cette mimique indiquait qu'il cachait quelque chose. Il lui fallut quelques secondes pour comprendre comment elle le savait. Son père, ou plutôt l'homme qu'on lui avait présenté comme son père pendant toute son enfance, Eli, le faisait aussi.

— Qu'est-ce qu'il y a ? lança-t-elle.

— Je ne suis pas sûr que ce soit bien important.

— Dis-moi, et je te dirai si c'est important ou non.

Il ne répondit pas, se contentant de ramasser les vêtements et les bottes sur le sol de l'ambulance pour les mettre dans un grand sac sur lequel elle lut « Effets personnels du patient ».

— C'est à propos d'Amber ? Tu viens de dire que tu ne la connaissais pas vraiment.

— Non, non, je ne la connais... je ne la connaissais pas. Mais je vois qui c'était, et je sais qu'elle sortait avec Mettner. Elle était avec lui à ton mariage.

— Sawyer, qu'est-ce qui se passe ?

— C'est juste que je l'ai vue il n'y a pas longtemps avec un autre type.

— Tu veux dire, quelqu'un d'autre que Mettner ?

— Voilà.

— Ils s'embrassaient ? Ils avaient l'air intimes ?

Il secoua la tête.

— Non, non, ce n'est pas ça. Ils semblaient se disputer. Il lui a attrapé le bras, mais elle s'est libérée brusquement. Il a encore tendu la main vers elle et elle l'a repoussé.

— C'était quand ?

— Il y a deux semaines, je dirais ?

— Où est-ce que tu les as vus ?

— Devant la librairie, tu sais, dans le quartier commerçant du centre, près du commissariat. Dans McAllister Street. Je ne sais rien du contexte, je passais juste en voiture. Aucune idée de ce qu'ils se racontaient, mais la situation semblait tendue, surtout quand ils ont commencé à se bousculer.

Josie haussa un sourcil.

— Tu ne t'es pas arrêté ?

Sawyer imita son expression étonnée.

— Pourquoi est-ce que je me serais arrêté ?

— Pour t'assurer qu'Amber allait bien.

Il la fixa un long moment, sourcils froncés.

— Josie Quinn ne me semble pas trop du genre à croire au mythe de la demoiselle en détresse.

Josie leva les yeux au ciel.

— Ça n'a rien à voir avec ça. Je n'ai jamais dit qu'Amber était une demoiselle en détresse, mais si je croisais deux personnes qui se disputent violemment sur le trottoir, je m'arrêterais pour être sûre que la situation ne s'envenime pas et que personne ne soit blessé.

— Évidemment, marmonna-t-il en se détournant.

Avant qu'elle ne puisse placer une remarque cinglante qu'elle regretterait plus tard, il reprit :

— Non, je ne me suis pas arrêté. J'ai regardé dans mon rétro après les avoir dépassés, et Amber était seule. Le gars s'éloignait. Je me suis dit qu'ils en avaient terminé.

Les portes de l'ambulance s'ouvrirent et Noah apparut. Il avait déjà enfilé sa tenue de rechange – un jean, un sweat-shirt gris chiné et une paire de baskets – et avait un sac à la main.

— Je t'apporte tes vêtements.

Noah jeta un regard noir à Sawyer avant de grimper et de s'asseoir sur l'une des banquettes contre les parois. Sawyer préféra garder ses distances. Les deux hommes ne s'appréciaient pas. En fait, lors de l'une de leurs dernières rencontres, ils en étaient venus aux mains.

— Merci, lui dit-elle. Sawyer, raconte à Noah ce que tu viens de me dire.

Avec un soupir, Sawyer croisa les bras avant de s'exécuter.

— Il ressemblait à quoi, ce type ? demanda Noah.

— Blanc. Grand. Plus grand que toi. Cheveux foncés. Carrure moyenne. Il portait un long manteau noir, un jean, des tennis noires. Pas facile d'évaluer son âge, j'étais loin et en train de conduire. C'est tout ce que je peux vous dire.

Noah tendit à Josie le sac qui contenait sa tenue de rechange.

— Pourquoi tu n'enfilerais pas ça, qu'on puisse aller discuter avec Mett ?

8

Sawyer et Noah descendirent de l'ambulance pour que Josie puisse se changer. Les vêtements secs glissaient comme une caresse sur sa peau. Le seul souci, c'était qu'elle n'avait ni manteau ni gants. Par miracle, son téléphone était bien resté dans la poche arrière de son jean. Ce n'était pas la première fois qu'il finissait dans l'eau, aussi, elle avait bon espoir qu'il fonctionnerait toujours. Elle ramassa le sac d'effets personnels et le balança dans le coffre de la voiture de Noah.

— Où est Mett ? lui demanda-t-elle.

— Toujours là, dans sa voiture.

Ils marchèrent jusqu'au SUV de Mettner. Il était assis, le front posé sur ses mains croisées devant lui. Il gardait les yeux fermés, et Josie vit ses lèvres bouger. Il priait. Malgré le froid, il n'avait pas allumé le moteur. Josie toqua doucement à la vitre. Dès qu'il les aperçut, il sortit de sa voiture.

— Je suis suspendu, annonça-t-il. Le chef vient de me le dire. Il m'a dit que je pouvais rester ici quand même. Jusqu'à ce qu'ils trouvent... quelque chose, je suppose. Il est sur la berge avec Gretchen.

Josie savait pertinemment que si le chef le gardait sous le

coude, c'était pour les mêmes raisons que celles qui l'avait poussée, elle, à l'emmener ici. Si Mettner devait être soupçonné d'une quelconque implication dans un crime, alors ils pourraient au moins se porter garants pour les heures qu'il aurait passées ici avec eux. Quand aucun des deux ne réagit, il reprit :

— Vous allez bien ?

— On va bien, oui, le rassura Josie.

Mettner tourna la tête vers les marches menant à la rive. La brigade fluviale avait allumé un imposant projecteur sur l'un de leurs bateaux. À intervalles réguliers, son faisceau blanc aveuglant perçait les arbres et éclairait jusqu'au parking.

— Peut-être que tu pourras obtenir un mandat pour qu'on aille voir chez elle, maintenant, lança Mettner. Maintenant qu'elle est...

Il ne termina pas sa phrase. Un sanglot agita son corps et il tenta de le réprimer en prenant plusieurs grandes inspirations. Noah lui serra l'épaule. Josie croisa son regard tandis que le jeune inspecteur s'efforçait de se ressaisir. Elle vit dans ses yeux le reflet de sa propre impuissance.

Noah et elle savaient d'expérience qu'aucun mot ne pourrait le réconforter. Il n'y avait pas de réconfort possible, aucun moyen d'apaiser le genre de souffrance que Mettner devait désormais supporter. Il lui faudrait vivre avec, voilà tout. Mal et péniblement, jusqu'à ce qu'un jour cette situation devienne sa nouvelle normalité.

Mettner leur fit de nouveau face et reprit :

— Un mandat, donc. Tu peux en obtenir un pour sa maison maintenant. Peut-être que j'ai raté un truc. Peut-être que vous pourriez y aller ce soir et jeter un œil.

— On ne peut pas faire ça, répondit Josie doucement.

— Quoi ?

— On ne peut pas obtenir de mandat, répéta Noah en ôtant sa main de son épaule. Pas avant qu'on l'ait formellement identifiée et qu'on puisse prouver l'acte criminel.

Une étincelle traversa les iris de Mettner.

— Parce que vous ne pensez pas que c'en est un ?

— Bien sûr que je pense que c'est criminel, rétorqua Noah. Mais on doit quand même suivre les règles. Tu le sais. Ou du moins, je pensais que tu le savais.

— J'emmerde les règles, réagit Mettner.

— Mett, tu es plus proche d'Amber qu'aucun d'entre nous, le coupa Josie afin qu'ils se concentrent sur ce qui était désormais une enquête. Qu'est-ce que tu peux nous dire sur sa famille et ses amis ?

— Elle n'a pas gardé le contact avec sa famille. Elle disait qu'ils étaient « toxiques » et qu'elle ne leur avait pas parlé depuis son départ pour l'université, il y a dix ans.

— Mais est-ce qu'elle t'a dit quoi que ce soit à leur sujet ? insista Josie. Ses deux parents sont en vie ? Elle a des frères et sœurs ?

— Elle m'a confié que ses parents sont divorcés, je suppose qu'ils sont encore en vie. Je suis presque sûr qu'elle a un frère et une sœur, mais pas à cent pour cent.

— Avec qui avait-elle l'habitude de passer les fêtes de fin d'année ? poursuivit l'inspectrice.

— Une amie de la fac, répondit Mettner. D'avant qu'on se connaisse. Elle s'appelle Grace Power, je ne l'ai rencontrée qu'une fois. Mais je peux te trouver ses coordonnées, elle vit à Lewisburg.

— Et ses autres amis ? intervint Noah. Dans le coin ?

Mettner croisa les bras sur son torse.

— Elle a deux ou trois copines de la fac avec qui elle sort de temps en temps boire un verre... Oh, et une des secrétaires de la mairie, aussi, mais c'est tout.

— Des ex-petits copains ? tenta Josie.

— Elle ne me parlait pas de ça.

Josie et Noah échangèrent un regard. C'était pourtant un sujet incontournable au sein d'un couple stable, surtout quand on avait des projets communs, comme Mettner l'avait souligné.

— Tu lui as parlé de tes anciennes relations ? s'enquit Noah.

— Oui, même s'il n'y a pas grand-chose à raconter.

— Mais tu ne t'es jamais demandé pourquoi elle ne parlait pas des siennes ? s'étonna Josie.

— Je ne voulais rien savoir.

— Tu avais déjà eu une relation sérieuse avant Amber ? demanda Noah.

Mettner haussa les épaules.

— Non. Enfin, je veux dire, je n'avais même jamais été amoureux avant de rencontrer Amber. Je suis sorti avec des filles, bien sûr, mais je n'avais jamais ressenti... ça.

Dans la lueur des gyrophares des véhicules de secours, Josie devina les larmes qui coulaient sur les joues de son collègue. Amber avait été embauchée par le bureau de la maire comme attachée de presse au service du commissariat. L'équipe de Josie n'aurait aucun mal à obtenir des ressources humaines les noms des personnes de confiance que la jeune femme avait inscrits dans son dossier. Elle ne souhaitait pas en discuter ici et maintenant devant Mettner, mais ils seraient probablement contraints de contacter un de ses proches pour identifier son corps.

— En imaginant qu'Amber soit venue ici pour y rejoindre quelqu'un ou parce que quelqu'un l'y a emmenée – et je veux bien sûr parler de la personne qui a laissé le mot sur le pare-brise –, aurais-tu la moindre idée de qui ça pourrait être ?

Mettner se mit à secouer lentement la tête.

— Non, aucune. Si ça avait été le cas, je serais directement allé lui demander s'il savait où Amber était.

— Tu n'as rien trouvé dans son portable ?

— Noah, le tança Josie. On ne peut rien utiliser de ce qu'il a pu voir sur son téléphone. Il est entré par effraction chez elle pour le prendre !

— Et tu vas vraiment t'abstenir de lui poser la question ?

— Si on suit une piste grâce à un élément que Mettner aurait découvert après s'être introduit illégalement au domicile d'Amber, ça tournera au cauchemar devant le tribunal. Soit ce sera irrecevable, soit ça posera des problèmes pendant le procès ou en appel.

Elle leva les deux mains en l'air et poussa un petit grognement exaspéré.

— C'est quoi, votre problème à tous, aujourd'hui ? Vous connaissez les règles aussi bien que moi ! Si quelqu'un a attiré Amber ici ou l'a carrément amenée ici, l'a blessée et l'a laissée agoniser au milieu de ces rochers, alors je veux attraper ce criminel et m'assurer qu'il restera en prison le plus longtemps possible. Et pour ça, il faut faire les choses dans les règles.

— C'est assez culotté de la part de celle qui a été suspendue deux fois pour ne pas avoir fait les choses dans les règles, répliqua Mettner.

— Hé, fais attention à ce que tu dis, gronda Noah.

Josie leva une main.

— C'est bon. C'est mérité. Mais, Mett, j'essaie d'apprendre de ces erreurs, justement. Je veux faire les choses correctement.

— Il n'y avait rien sur son portable.

Avant que Josie ne puisse dire un mot de plus, ils furent interrompus par le bruit des pneus d'autres véhicules crissant sur le gravier du parking. Deux camionnettes de la chaîne de télévision locale, WYEP, se garèrent à côté des ambulances. Plusieurs caméramans, deux producteurs et deux reporters en surgirent.

— Eh merde, lâcha Josie.

— Oh non, dit Noah. On n'a pas besoin de ça. Mett, retourne dans ta voiture. N'en sors plus.

Un jeune journaliste, visiblement à peine sorti de l'école, se précipita vers eux, son téléphone brandi telle une offrande, mais Josie savait pertinemment que c'était pour enregistrer leur éventuel échange.

— Inspectrice Quinn, c'est bien vous ! Inspectrice Quinn ! Est-il vrai qu'une femme s'est noyée dans le fleuve ?

Josie leva les mains et leur fit signe à tous de reculer.

— Je veux que vous retourniez derrière les ambulances, s'il vous plaît.

— Nous avons entendu sur la fréquence de la police que la brigade fluviale avait été appelée. Y a-t-il eu un problème avec le barrage ? Un employé du barrage ? Qui se trouverait dans le fleuve si tard dans la nuit ?

— S'il vous plaît, renchérit Noah, en avançant vers le journaliste et son équipe, les forçant à reculer de quelques pas. Cette zone doit rester dégagée. Les secours gèrent actuellement un événement.

Le journaliste ricana.

— Un événement ? Vraiment ? C'est tout ce que vous allez me donner ? J'en sais déjà plus que ça grâce à la radio. C'est bon. Ne me dites rien, mais je vais appeler votre attachée de presse. J'ai son numéro de portable. Je suis sûre qu'elle va adorer être réveillée au beau milieu de la nuit.

Josie se retint de répondre vertement au gamin. Noah trottina vers des officiers en uniforme et demanda à l'un d'eux de s'assurer que les journalistes restent derrière les ambulances.

— Dites-moi au moins s'il s'agit d'une mission de sauvetage ou de recherche de corps ! tenta le journaliste.

Josie entendit un brouhaha derrière elle.

— Quinn ! Fraley ! aboya le chef Chitwood.

Josie et Noah se tournèrent et virent le chef qui se tenait en haut des marches menant à la berge. Même s'il les dominait de toute sa hauteur, il était si maigre que son ample veste brune semblait l'engloutir. Un bonnet en maille de couleur foncée recouvrait son crâne dégarni. Il agita sa main gantée pour leur faire signe de s'approcher. Mettner sortit de son 4×4, mais le chef lui lança :

— N'y pensez même pas.

Il reporta aussitôt son attention sur Josie et Noah.

— Allez, vous deux. Je n'ai pas toute la nuit.

Ils avaient déjà descendu la moitié de l'escalier, sur ses talons et dans le faisceau de sa lampe torche, lorsque Noah demanda :

— Qu'avez-vous trouvé ?

— Une femme morte, lâcha Chitwood par-dessus son épaule.

Josie s'y attendait, mais elle eut tout de même l'impression de recevoir un véritable coup de poing dans le ventre à l'annonce de la nouvelle par le chef.

— Oh, Amber, souffla-t-elle.

Chitwood s'arrêta un instant et braqua sa lumière sur leurs deux visages.

— Pas Amber.

— Qu'est-ce que vous racontez ? demanda Josie.

— La femme que nous venons de sortir du fleuve n'est pas Amber, expliqua le chef.

— Mais nous l'avons vue, répliqua Noah. Ses cheveux...

Il se tourna alors vers Josie.

— Tu as vu son visage ?

— Non, admit-elle. Je ne l'ai pas vu. J'ai juste supposé que c'était elle.

— Eh bien, ce n'est pas elle, conclut Chitwood, avant de reprendre sa descente vers la berge.

— Si ce n'est pas Amber, alors où est-ce qu'elle peut bien être ? s'interrogea Noah.

9

Les pieds nus d'Amber tâtonnent sur le sol rocailleux tandis qu'elle cherche où les poser pour éviter de s'entailler la voûte plantaire. La peur la saisit, son corps est raide et paralysé entre ses griffes. Elle cligne rapidement des yeux pour tenter de distinguer quoi que ce soit dans l'obscurité. Comment peut-il y voir quelque chose ? Puis elle comprend qu'il n'a pas besoin de discerner leur environnement. Il le connaît si bien qu'il arrive à s'orienter dans le noir.

— S'il te plaît, ne fais pas ça, supplie-t-elle d'une voix rauque.

Il la tire violemment par les cheveux et l'envoie valser. Le tronc d'un arbre heurte son dos et elle en a le souffle coupé. Alors qu'elle s'effondre sur le sol, elle tente d'inspirer de l'oxygène, mais en vain. Par-dessus le hurlement de panique qui envahit son cerveau, elle entend ses pieds crisser sur les pierres, les brindilles et les feuilles mortes. Il fait les cent pas devant elle. La lune surgit un instant de derrière les nuages, et sa lumière passe entre les branches dénudées des arbres, se reflétant sur le canon de son pistolet.

— Je fais ce qui doit être fait, répond-il.

Elle ouvre la bouche pour répondre. Il n'en sort qu'un halètement. Elle porte les mains à sa gorge. Une substance chaude et humide coule sur sa peau. Elle se rend compte qu'il s'agit du sang de sa blessure à la paume.

— Dis-moi ce que je veux savoir, grogne-t-il. Tu peux mettre fin à tout ça tout de suite si tu me le dis.

Enfin, des mots jaillissent de sa bouche.

— Mettre fin à tout ça ? Et comment est-ce que ça se termine ? Combien de personnes vas-tu tuer pour dissimuler ce qui s'est passé ?

Il cesse ses gesticulations frénétiques.

— Tu penses que je dissimule quelque chose ? Que je cache quelque chose ? Je protège la vérité !

Elle tire sur la manche de son haut, et serre en boule le tissu au creux sa main entaillée. Son corps est trop froid pour ressentir la moindre douleur.

— Protéger la vérité ? crache-t-elle. Non, mais tu t'entends ? Tu sais au moins ce que tu fais, là ? Tu es devenu fou ! Personne n'a intérêt à ce que je te le dise. Personne. Je ne peux pas te le dire.

Elle le sent, debout au-dessus d'elle. Son haleine glisse en cascade sur sa nuque.

— Tu dois me le dire. Si tu refuses, tu mourras.

10

Cette femme n'était assurément pas Amber. Ils atteignirent la berge, où des membres de la brigade fluviale et Gretchen les attendaient autour d'une housse mortuaire. Elle avait été laissée suffisamment ouverte pour que Josie et Noah puissent voir, à la lumière des lampes torches, le visage de la victime à l'intérieur. Les boucles auburn aperçues un peu plus tôt au milieu des rochers encadraient ses joues pâles, mais ses traits n'étaient pas aussi délicats que ceux d'Amber. Sa mâchoire était plus carrée, son nez plus plat et plus large, ses yeux plus petits. Pourtant, elle était jeune, entre vingt-cinq et trente ans, et, quelle que soit son identité, elle était morte. Une tristesse familière gonfla dans la poitrine de Josie. Elle aimait son métier. Elle aimait mettre des gens affreux derrière les barreaux, elle aimait tenter de redresser les torts chaque fois que c'était possible. Mais jamais elle ne s'était habituée à ça – à la tragédie d'une vie arrachée. Josie frissonna et croisa les bras sur sa poitrine, sensible pour la première fois au froid depuis qu'elle était sortie de l'ambulance sans manteau.

— Elle avait une pièce d'identité sur elle ? demanda Noah.

Lui non plus n'avait pas de manteau, mais s'il avait aussi froid que Josie, il n'en montrait rien.

— Aucune, répondit Gretchen. Mais il y a une forte ressemblance. Est-ce qu'Amber a une sœur ?

— D'après Mett, oui, expliqua Noah, mais elle ne parle plus à sa famille depuis dix ans.

Josie remarqua une entaille sur sa lèvre inférieure, des bleus sur une de ses pommettes et autour d'un de ses yeux, ainsi qu'une grosse bosse violette près de sa tempe gauche.

— Était-elle... ?

— Elle était morte quand ils l'ont sortie de l'eau, déclara Gretchen. Personne n'a rien pu faire.

— Quelqu'un doit le dire à Mett, fit Noah.

— Quelqu'un doit empêcher Mett de retourner chez Amber et d'y entrer sans autorisation pour trouver des réponses, souligna le chef.

— Il peut venir chez moi, suggéra Gretchen. Il n'y a que moi, ma fille qui est déjà grande et un chat tyrannique. J'ai plein de place.

Chitwood éteignit sa lampe torche. L'un des officiers de la brigade fluviale s'accroupit et referma la housse.

— J'ai déjà appelé la docteure Feist, poursuivit Gretchen. Elle nous attend à l'hôpital. Comme la victime a été sortie du fleuve, elle ne pense pas que ce soit utile de jeter un coup d'œil à la scène. Elle m'a dit de passer vers 9 h 30 ou 10 heures demain matin, et qu'elle aurait alors des infos à nous donner.

— On peut s'en occuper, Noah et moi, proposa Josie.

— Vous vous connaissiez tous avant que je ne prenne la direction du département de police, lança Chitwood. J'ai fait monter Mett en grade et je l'ai promu inspecteur parce qu'il était un excellent enquêteur. Il le méritait. Des états de service exceptionnels. Il remplissait toutes les conditions. Jamais d'histoires avec lui. Mais si l'un d'entre vous pense qu'il est impliqué dans ce qui se passe ici, j'ai besoin de le savoir tout de suite.

Josie regarda Noah, puis Gretchen. Les officiers de la brigade fluviale hissèrent le corps sur une civière. Personne ne dit mot.

— Quinn ? insista Chitwood.

— Je ne sais pas, chef. Je ne peux être sûre de rien. Est-ce que je pense qu'il a fait quoi que ce soit à Amber ? D'après ce que je sais de lui, je dirais que non.

— Mais les gens font des folies quand ils sont amoureux, intervint Noah en faisant rouler son épaule droite.

C'était un geste inconscient que seule Josie avait remarqué. Elle lui avait tiré une balle dans cette épaule, plusieurs années auparavant. Elle n'avait pas voulu en arriver là. À l'époque, elle pensait ne pas avoir le choix. Elle l'avait fait pour protéger une personne vulnérable, en détresse. Josie ne se l'était jamais pardonné, mais Noah affirmait que lui, si. Il l'avait soutenue depuis ce jour, d'abord en tant qu'ami, puis en tant qu'amant, et maintenant en tant que mari.

Elle lui avait tiré dessus et il l'avait quand même épousée. Elle tenta de s'imaginer à la place de Mettner, avant son mariage avec Noah, lorsqu'ils vivaient chacun de leur côté. Et si Noah avait tout bonnement disparu ? Josie se demanda précisément quelle fenêtre elle aurait brisée pour s'introduire chez lui et s'assurer qu'il était en vie. Et s'il n'avait pas été là ? Et si toutes ses affaires avaient été là, mais pas lui ?

— Et vous, Palmer ? demanda Chitwood. Vous en pensez quoi ?

— Désolée, chef, s'excusa Gretchen. Mon instinct me pousse à dire que Mett est complètement innocent, mais dans ce foutu métier, qui sait ?

— C'est toujours le petit ami, marmonna Chitwood, presque pour lui-même.

— Qu'est-ce que vous dites ? réagit Josie.

Chitwood tourna la tête vers elle.

— On a tous envie de croire que Mettner est juste amoureux à la folie et qu'il est entré chez Amber rempli de bonnes
intentions parce qu'il est des nôtres. Mais peut-être qu'ils se
sont disputés, qu'il a fait une bêtise et que tout ça, ce n'est qu'un
écran de fumée. Peut-être qu'il couvre ses traces du mieux qu'il
peut.

— Ça n'expliquerait pas vraiment qui est cette autre femme,
ni pourquoi elle était ici, ni même le message laissé sur le pare-
brise d'Amber, fit remarquer Noah.

— C'est vrai, concéda Chitwood avec un soupir exaspéré.
Très bien. Voici ce qu'on va faire : Mett est suspendu pour être
entré par effraction dans cette maison. Comme Amber n'est pas
là pour décider ou non de porter plainte contre lui, ce n'est pas
un problème pour l'instant. Mais il n'est pas sur cette affaire. Je
ne veux pas qu'il s'approche de la maison d'Amber. Je veux
savoir tout ce qu'il sait, mais je ne veux pas qu'il soit mêlé à
cette histoire. Vous devez déterminer s'il sait comment joindre
la famille d'Amber pour qu'on puisse savoir s'il s'agit bien de sa
sœur. Comme Palmer l'a souligné, il y a un air de ressemblance.

— Pas de problème, chef, confirma Josie.

— Je veux aussi qu'on le surveille, ajouta Chitwood. Pour
qu'il ne sème pas la pagaille pendant qu'on tente de
comprendre ce qui se passe ici.

— Je m'en occupe, lança Gretchen.

Chitwood brandit son téléphone portable, écran allumé.

— J'ai eu des nouvelles du directeur de la centrale. Dès
qu'on en aura fini ici, au moins l'un d'entre vous devra retourner
de l'autre côté du barrage et parler avec l'exploitant. On doit
vérifier ce qu'il y a sur les caméras de surveillance. Il vous
ouvrira le portail quand vous arriverez.

— Josie et moi, on peut y aller, proposa Noah.

Chitwood fit signe à la brigade fluviale d'attendre. Josie et
Noah coururent annoncer la nouvelle à Mettner avant qu'il ne

voie la housse mortuaire sortir des bois. Il descendit de sa voiture en les voyant arriver.

— Vous l'avez trouvée, lança-t-il d'une voix aiguë en se tournant vers l'escalier. Elle est morte, c'est ça ? Il faut que je la voie. Je dois la voir.

Noah s'interposa entre Mettner et les marches.

— Ce n'est pas elle, Mett.

— Il faut que je la voie.

Josie s'approcha de lui et lui toucha l'épaule.

— Mett, ce n'est pas Amber.

Il se débattait toujours pour échapper à Noah. À la lumière des lampes, Josie remarqua son air d'animal effrayé. Elle dut se résoudre à crier pour attirer son attention. Il cessa de chercher à se faufiler derrière Noah et se tourna vers elle, comme s'il la voyait, mais ne comprenait rien à ce qu'elle disait.

— La brigade fluviale a trouvé un corps, articula Josie haut et fort. Ce n'est pas Amber.

Mettner dévisagea Noah, comme s'il voulait une explication aux paroles de Josie. Il ne comprenait pas. Noah hocha la tête.

— C'est vrai. Ce n'est pas elle. Ce n'est pas Amber.

Mettner poussa des deux mains contre le torse de Noah.

— Vous n'en savez rien. Bouge de là, il faut que je la voie.

Josie se joignit à Noah pour empêcher Mettner d'accéder à l'escalier, et ils résistèrent à chacune de ses tentatives pour les pousser ou pour les contourner.

— On sait à quoi ressemble Amber, lui dit-elle. Ce n'est pas elle.

— Les gens changent une fois morts. Vous le savez très bien ! Ça pourrait être elle. Vous ne la connaissez pas comme moi je la connais. Je le saurai. Je saurai si c'est elle. J'ai besoin de la voir.

Noah saisit les bras de Mettner et le força à s'immobiliser.

— Tu ne peux pas la voir ! cria-t-il.

Noah n'élevait jamais la voix. En fait, Josie était bien en

peine de se souvenir d'une seule fois où elle l'avait entendu hausser le ton. Mettner était aussi surpris qu'elle. Des larmes coulèrent de ses yeux. Après un long moment, il dit :

— Elle a une cicatrice dans le dos. Une cicatrice de brûlure. Ça remonte à son enfance. Ils faisaient du camping et elle est tombée à la renverse dans le feu. C'est une grosse cicatrice. Vous ne pourrez pas la rater.

Josie et Noah échangèrent un regard.

— Je vais aller voir, d'accord, Mett ? Mais toi, tu dois rester ici avec Noah.

Il ne répondit pas. Josie se retourna et redescendit l'escalier en trottinant, puis emprunta le sentier sinueux, le faisceau de sa lampe torche tressautant au gré de ses mouvements. Tout en bas, les deux officiers de la brigade fluviale montaient la garde autour du corps, l'un à la tête, l'autre aux pieds. Ils l'observèrent, le visage fermé. Ils étaient probablement gelés, tout comme elle, et impatients de quitter la berge.

— Alors ? s'enquit Chitwood.

Josie expliqua la requête de Mettner. Chitwood poussa un lourd soupir et secoua la tête, mais fit un geste vers la housse mortuaire.

— Allez-y.

Avec précaution, les deux officiers s'accroupirent et ouvrirent le sac, manipulant le corps de la femme avec délicatesse pour la tourner sur le côté et soulever le tissu de sa chemise jusqu'à la hauteur voulue. Josie, Chitwood et Gretchen braquèrent leurs torches sur le dos de la femme. Sa peau était immaculée.

— Merci, lança Chitwood.

Les agents la replacèrent dans la housse, et Josie remonta en courant le sentier puis l'escalier. Mettner l'attendait, penché par-dessus l'épaule de Noah qui le retenait toujours, les yeux écarquillés et effrayés. Dès qu'elle croisa son regard, elle lui annonça :

— Pas de cicatrice. Ce n'est pas elle.

Mettner se mit à genoux et éclata en sanglots. Josie savait que c'était du soulagement. Il y avait encore une chance qu'Amber soit en vie, encore une chance que Mettner la retrouve, si seulement ils parvenaient à la localiser.

## 11

Ils ne purent empêcher la presse de filmer le chargement du corps de la femme dans l'une des ambulances. Le journaliste les bombarda tous de questions tandis qu'ils grimpaient dans leurs véhicules et s'éloignaient. En passant, Josie le vit pianoter frénétiquement sur son téléphone. Il essayait probablement de contacter Amber. La boule au creux de son ventre gonfla encore. Si l'équipe était soulagée que la femme morte ne soit pas leur collègue, Josie craignait que la prochaine victime soit bien Amber. Gretchen reconduisit Mettner jusqu'au poste tandis que Josie et Noah retournaient à la centrale hydroélectrique pour parler à l'exploitant.

Lorsqu'ils s'arrêtèrent devant l'entrée, le portail s'actionna dans un faible ronronnement. Noah se gara à côté du pick-up rouge. Alors qu'ils descendaient de voiture, une porte s'ouvrit et se referma à l'avant du bâtiment de la centrale et un homme émergea de l'embrasure lumineuse. Il était grand et mince, avec des cheveux blonds hirsutes et des yeux brillants sous sa casquette.

— C'est vous, les flics ?

Noah fouilla dans la poche de son jean pour récupérer son

portefeuille et présenta son badge à l'homme. Il montra Josie du doigt.

— Voici l'inspectrice Josie Quinn, ma collègue.

— Je dois voir son badge aussi, dit l'homme. Il faut que je sache qui entre et sort d'ici. On n'est pas sous l'égide du gouvernement fédéral, donc ce n'est pas comme s'il y avait des trucs top secret ici, mais j'ai des superviseurs à la compagnie d'électricité à qui je dois rendre des comptes. S'il y a un problème, je vais devoir leur donner les noms de tous ceux qui sont passés par là.

Il couvrait ses arrières, comprit Josie. Heureusement, comme c'était sa soirée de repos, elle avait laissé son badge dans la voiture et il n'avait pas souffert de son plongeon dans le fleuve. Elle sortit ses papiers et son badge de la poche arrière de son jean et les lui tendit. L'homme les étudia puis soupira.

— Très bien alors, allons-y. Au fait, je m'appelle Will Wilson. Mon directeur a parlé à votre chef au téléphone.

Wilson se détourna et les conduisit vers la porte par laquelle il était sorti. Il l'ouvrit en grand et ils pénétrèrent dans une vaste pièce plus haute de plafond que la maison pourtant sur deux niveaux de Josie et Noah.

L'espace semblait entièrement constitué de poutres d'acier et de fenêtres en verre. Des passerelles en acier reliaient les énormes générateurs les uns aux autres. Josie compta trois de ces mastodontes au total, qui occupaient la majeure partie de la superficie du bâtiment. Chacun d'entre eux était rond, entouré de sa propre passerelle menant à son sommet. Le ronronnement des turbines et le bourdonnement de l'électricité faisaient vibrer le sol sous leurs pieds. Josie sentit dans l'air un mélange de différents lubrifiants industriels et un léger soupçon d'ozone.

Il ne faisait pas beaucoup plus chaud qu'à l'extérieur, mais c'était toujours ça de pris, car ni Josie ni Noah ne portaient de manteau. Ils suivirent Wilson en bas d'une flopée de marches en acier gris jusqu'à un sol en béton qu'elle savait être au-dessous du niveau du sol. À l'extrémité du bâtiment, au plus près du fleuve, une porte était marquée « Station de comptage ». Le long du mur de gauche, Josie vit d'autres portes : « Toilettes » et « Salle de repos ». Sur leur droite, de nombreux ordinateurs occupaient des tables.

— Je suis l'opérateur de service cette nuit, expliqua Wilson. Quand votre chef a appelé et a parlé au directeur de la centrale, je suis retourné vérifier les bandes. J'ai pas mal de vidéos de vous tous près du poste de contrôle ce soir, mais rien d'autre. Personne n'a essayé de venir à la station ces derniers jours. Il n'y a que les travailleurs habituels. Enfin, y a jamais beaucoup d'activité dans le coin à cette époque de l'année. D'habitude, tout est gelé, y compris le fleuve, mais même avec l'abaissement normal de la nappe en hiver, toute cette pluie est devenue un problème.

Il s'assit sur sa chaise, et le dossier grinça sous son poids. Il toucha la souris de l'ordinateur le plus proche et l'écran s'anima. Il affichait plusieurs petites fenêtres grises – des flux vidéo provenant de divers endroits à l'intérieur et autour du barrage, y compris la porte qu'ils venaient de franchir. La plupart des caméras entouraient le bâtiment, afin de s'assurer qu'aucune personne non autorisée ne pénètre dans le périmètre de la centrale hydroélectrique. Quelques caméras étaient positionnées sur le petit parking par lequel ils étaient arrivés.

— J'ai passé en revue les bandes de ces deux derniers jours, comme votre chef l'a demandé, et comme j'ai dit, rien d'inhabituel à signaler, en tout cas pas ici, près de la centrale électrique.

— Et près du poste de contrôle, vous avez remarqué quelque chose ?

Wilson cliqua encore quelques fois. Les carrés sur l'écran se réorganisèrent, puis l'un d'eux apparut en grand au milieu de l'écran. Josie vit de la terre, des arbres et, à la périphérie, une clôture en grillage, et elle sut que c'était celle qui entourait le poste de contrôle. Le reste de l'image représentait le début du chemin qui traversait les arbres de chaque côté, la boue piétinée par les passants. Wilson rembobina jusqu'aux premières heures de la matinée. Lundi. La lumière du jour n'était alors qu'un soupçon de gris sur l'écran. L'heure sur la vidéo indiquait 4 h 49. Quelque chose surgissait, s'effondrait sur le chemin et restait là pendant que les secondes s'égrenaient. Un, deux, trois, quatre.

— C'est elle, lâcha Noah.

C'était clairement une femme, avec des vêtements sombres et de longs cheveux ondulés, mais son visage restait caché, tourné vers le fleuve. Elle était à genoux, la tête penchée et à peine visible.

— Vous pouvez revenir en arrière ? demanda Josie.

Wilson cliqua jusqu'à ce que la séquence repasse : la lumière du matin pointait sur la partie du chemin que la caméra du poste de contrôle avait filmée. Puis la femme déboulait à l'écran, trébuchait et tombait à genoux avant de rester là, immobile. De longues secondes s'écoulaient. Une main gantée apparaissait alors dans le cadre et lui saisissait le haut du bras, l'entraînant hors du champ de la caméra. Toujours aucune image de son visage.

— Je ne sais pas si ça vous aide beaucoup, dit Wilson. Même en décembre, il y a des randonneurs, des personnes qui promènent leurs chiens, toutes sortes de gens qui passent par là. J'ai toujours dit qu'on devrait essayer de clôturer ce côté, mais personne ne veut en entendre parler. Là, c'est un peu étrange. Cette dame qui tombe n'a pas l'air en grande forme.

— C'est tout ce que vous avez sur cette rive du barrage ? demanda Noah.

Wilson acquiesça et se pencha en arrière sur sa chaise, qui grinça de plus belle.

— Oui. Ça ne vous dit pas grand-chose, hein ? La caméra ne montre pas tout le chemin, elle n'est là que pour voir si des gens s'approchent trop du poste de contrôle. Vous avez ce qu'il vous faut ?

— C'est la seule caméra de ce côté du fleuve ? demanda Noah. Il n'y en a aucune dans l'escalier, sur le sentier, la berge ou le parking ?

Josie voyait où il voulait en venir : il souhaitait savoir s'il y avait ou non des images de l'autre personne ou de son véhicule, peut-être sur le chemin du retour vers le parking.

Wilson fronça les sourcils.

— Fiston, vous avez pas entendu ce que j'ai dit ? C'est tout ce que j'ai.

— Est-ce qu'on pourrait récupérer une copie de la bande ?

— Pas de souci, répondit-il. Donnez-moi une minute.

Tandis qu'il sélectionnait les vidéos et les copiait sur une clé USB, Josie reprit :

— Est-ce que l'une de ces caméras vous alerte si une silhouette rentre dans son champ ?

Wilson secoua la tête.

— De ce côté du barrage ? Seulement si quelqu'un pénètre dans le poste de contrôle. Sinon, c'est pas du tout ce genre de système de sécurité. Comme je l'ai déjà dit, sur cette rive-là, j'aurais des alarmes toute la sainte journée. On n'a pas le temps pour ça. Pareil ici, on a des alertes uniquement si quelqu'un tente d'entrer dans la centrale.

— Combien de temps gardez-vous les vidéos enregistrées par les caméras ?

— Une semaine, dit Wilson en tendant la clé USB à Josie.

— Merci. Et est-ce que quelqu'un visionne régulièrement les bandes ?

La chaise de Wilson couina lorsqu'il la fit pivoter, ouvrant grand le bras pour embrasser l'espace tout autour.

— Est-ce qu'on a l'air d'avoir le personnel nécessaire pour que quelqu'un surveille ces caméras vingt-quatre heures sur vingt-quatre ?

— Et pendant la journée, au moins ? tenta Noah.

Wilson secoua la tête.

— Je suis là jusqu'à 7 heures et personne ne regarde les vidéos pendant tout ce temps. Je ne crois pas que l'équipe de jour le fasse non plus, mais vous savez, même si quelqu'un surveillait les caméras et avait vu ce qu'on vient de voir, ça n'aurait jamais été considéré comme une urgence. Vous savez combien de randonneurs, de kayakistes ou de gens avec leur chien tombent dans ces bois ? Personne ici ne s'embêterait à signaler un truc aussi stupide.

Josie sentit un éclair de colère la traverser en repensant à la femme piégée entre les rochers et emportée par le fleuve en furie.

Mais Wilson n'avait aucune idée de ce que Josie avait vu dans la goulotte du déversoir. Et puis, il avait raison. Il n'y avait rien de particulièrement alarmant dans cette vidéo, sauf peut-être l'hébétude de la femme. Même la main gantée n'était pas un élément suspect, en plein mois de décembre. D'ailleurs, Josie regrettait d'avoir jeté les siens dans l'eau.

— Bon, je vais interroger l'opérateur de jour à ce sujet, d'accord ? Ça vous irait ? demanda Wilson.

— Ce serait super, répondit Josie. Et si vous pouviez nous faire la liste de tous les employés qui ont travaillé ici dans les dernières soixante-douze heures, on vous en serait vraiment reconnaissants.

Il poussa un lourd soupir et secoua encore une fois la tête, comme si elle exagérait vraiment, mais il passa la main derrière son ordinateur, en sortit un bloc-notes et un stylo et commença à griffonner des noms.

12

Josie et Noah laissèrent le chauffage à fond sur le trajet jusqu'au commissariat de Denton. L'imposant bâtiment en pierres à trois niveaux les dominait lorsqu'ils se garèrent sur le parking municipal à l'arrière. Dans la nuit noire, le vieil édifice en devenait même intimidant, mais Josie l'aimait.

L'ancien hôtel de ville avait été transformé en commissariat près de soixante-dix ans auparavant. Avec son clocher et ses fenêtres en ogive à double battant, l'endroit ressemblait beaucoup à un château médiéval. L'intérieur aurait bien eu besoin d'une petite rénovation mais, comme il figurait sur la liste des monuments historiques de la ville et que le département de police serait contraint de se plier à de nombreuses formalités administratives pour lancer des travaux, Josie savait qu'il resterait en l'état probablement jusqu'à ce qu'elle prenne sa retraite.

Ils se traînèrent jusqu'à la porte de derrière et empruntèrent l'escalier jusqu'au premier étage, où se trouvaient le bureau du chef et la grande salle, un vaste espace ouvert rempli de bureaux et de meubles de rangement où l'équipe d'enquêteurs se réunissait et où les agents de patrouille venaient faire la paperasserie interminable et assez ingrate qui allait de pair avec le métier.

Gretchen et Mettner étaient déjà là. Parmi les officiers, seuls Josie, Noah, Gretchen et Mettner avaient des bureaux attitrés dans la grande salle. Les quatre tables étaient rassemblées pour former un large rectangle. Josie regarda l'heure sur son téléphone en se laissant tomber dans son fauteuil. Il était déjà plus de 3 heures du matin. Dans quelques heures, elle devait prendre son service. Elle aurait dû être au lit, lovée contre le petit corps chaud et câlin de Trout, à attendre le retour de Noah. Au moins, il y avait plein de monde à la maison si Trout avait besoin de caresses, et elle était sûre que Shannon ou Trinity le sortirait à leur réveil.

La seule autre personne à disposer d'un bureau permanent dans la grande salle était Amber. Le sien était installé dans un coin de la salle, méticuleusement organisé et décoré, depuis son agrafeuse jusqu'à sa corbeille à papiers, dans un même motif rayé blanc et bleu canard. Elle avait aussi de jolies punaises multicolores fichées dans le tableau de liège qu'elle avait demandé à Mettner d'accrocher au mur à côté de son fauteuil.

Josie s'approcha et observa les documents affichés, tous parfaitement alignés. Des mémos interservices. Un calendrier des événements de sensibilisation du public publié par le conseil municipal. Un répertoire de tous les membres de la police avec les noms, numéros de téléphone et adresses électroniques. Un prospectus imprimé sur du papier vert fluo annonçant la date et l'heure de la fête de Noël.

Le seul élément vaguement personnel était un tableau noir, de ceux sur lesquels on pouvait aligner de petites lettres pour écrire un message, de la taille d'une feuille de papier et entouré d'un épais cadre en bois. On y lisait : « Créez un présent que votre futur moi aimera. »

De l'autre côté de la salle, Mettner était avachi dans son fauteuil, les mains enfoncées dans les poches de son jean. Chitwood avait disparu dans son bureau, mais Josie l'entendait enchaîner les appels et, de ce qu'elle en discernait, il parlait avec la presse. Gretchen descendit dans la salle de pause du rez-de-chaussée pour lancer une cafetière.

— Pourquoi est-ce que je suis là si je suis suspendu ? demanda Mettner.

Noah s'assit et démarra son ordinateur. Josie savait qu'il y aurait des rapports à rédiger.

— On doit savoir tout ce que tu sais.

— Je vous ai déjà dit tout ce que je savais. Vous n'avez pas besoin de moi, là.

Josie inspecta le plateau du bureau d'Amber, mais rien n'attirait particulièrement son attention. Un calendrier en guise de sous-main, mais sans la moindre note dessus. Josie avait assez travaillé avec Amber pour savoir que celle-ci utilisait une application sur sa tablette et son téléphone pour suivre son planning.

— Si on te dit de rentrer chez toi, tu vas vraiment rentrer chez toi ? lança Josie.

Mettner regarda Josie, mais ne répondit rien. Seule une de ses paupières tressauta.

— C'est bien ce que je pensais, fit Josie. Au fait, tu vas séjourner chez Gretchen pendant au moins quarante-huit heures.

— Vous ne pouvez pas me forcer à aller chez Gretchen ! s'exclama Mettner.

Josie entreprit d'ouvrir les tiroirs du bureau d'Amber. Dans ceux sur le côté, uniquement des fournitures. Stylos, Scotch, papier pour l'imprimante, fiches bristol, surligneurs, une paire d'écouteurs sans fil. Josie l'avait vue les porter de temps en temps quand elle utilisait sa tablette. Amber ne quittait jamais sa tablette. Josie ouvrit le tiroir central et la trouva là, bien rangée dans sa pochette souple assortie au reste des objets. Elle la saisit, ouvrit la fermeture Éclair et en sortit l'appareil.

— C'est vrai, acquiesça Noah. On ne peut pas te forcer à

rester chez Gretchen. Mais on te le recommande vivement. Tu sais que tu es dans un sale pétrin, Mett, non ?

— Je m'en fous, rétorqua Mettner, haussant le ton jusqu'à presque crier. Je me fous d'être dans le pétrin ou dans une merde profonde ou ce que tu veux. Je me fous de ce que j'ai fait. Je me fous de mon boulot. Tout ce qui m'intéresse, c'est de retrouver Amber. J'ai besoin de savoir qu'elle va bien, tu piges ? Quelqu'un a laissé un message bizarre sur son pare-brise à propos de Russell Haven et, quand on y va, on trouve une autre femme qui lui ressemble ? Et maintenant cette femme est morte ? Amber est en danger, je le sais.

Josie brandit la tablette.

— Pourquoi elle est là ? Je croyais qu'Amber la rapportait toujours chez elle.

Mettner jeta un œil vers Josie.

— Elle l'a oubliée en partant vendredi soir. Elle m'a dit qu'elle repasserait la prendre samedi matin, mais on s'est disputés et je n'ai plus eu de nouvelles et après... Bref, on s'en fiche de sa foutue tablette, non ? Je vous l'ai dit : elle est en danger. Il faut que je fasse quelque chose. Je dois l'aider.

Josie essaya d'allumer la tablette, mais elle n'avait plus de batterie. Elle trouva un chargeur dans la pochette et la brancha.

— Si tu veux l'aider, réponds à nos questions. Ne pars pas pour aller chez elle, et évite d'allonger la liste de toutes les décisions de merde que tu as prises ces dernières vingt-quatre heures en te rendant coupable d'une autre effraction ou je ne sais quoi.

— Ne joue pas la flic avec moi, répliqua Mettner, avec une grimace agacée. Je sais comment ça marche.

— Très bien, alors, intervint Noah. Au boulot : on a besoin que tu nous fournisses le plus d'informations possible.

Les doigts de Josie effleurèrent le bord de quelque chose de fin au fond du tiroir du milieu. Elle le pinça du bout des ongles pour le sortir. C'était une carte. Une carte d'anniversaire.

Mettner remua sur sa chaise, les mains toujours enfoncées dans ses poches.

— Genre quoi ?

Josie ouvrit la carte. Le message imprimé était assez banal mais, en lisant les mots que Mettner avait ajoutés tout en bas, elle se sentit un peu voyeuse.

*Je veux fêter tous tes anniversaires avec toi. Je ne cesserai jamais de t'aimer.*

Josie la rangea discrètement au fond du tiroir avant de le refermer.

— Commençons par Amber et toi. Vous sortez ensemble depuis combien de temps ?

— Allez, quoi. Vous le savez déjà, vous étiez tous là.

— On sait que vous sortiez ensemble, c'est vrai, admit Noah. Mais rien de plus. Depuis combien de temps, alors ?

— Un an. On venait juste de fêter notre premier anniversaire. Mais qu'est-ce que ça a à voir avec toute cette histoire ? Ça ne va pas vous aider à la retrouver. Il faut qu'on la retrouve.

Josie fouilla les autres tiroirs, puis sous le bureau lui-même, y compris dans la poubelle, mais ne dénicha rien d'intéressant.

Elle tenta d'allumer la tablette, mais elle n'avait toujours pas assez de batterie. Josie s'assura que la prise était bien branchée, ce qui était le cas, et, alors qu'elle se relevait et se tournait, son coude cogna le bord du tableau qui tomba face contre le bureau.

— Fais attention ! s'écria Mettner. C'est à elle, tout ça.

— Je suis désolée, répondit Josie.

Elle ramassa le cadre. Il était lourd, plus qu'il n'aurait dû l'être. Josie le remit en place, puis le reprit et le secoua. Un coup sourd résonna à l'intérieur.

— Qu'est-ce que tu fabriques ? lança Mettner.

Peut-être qu'Amber rangeait les lettres restantes à l'arrière du cadre, et que c'était ce qui le rendait si pesant ? Josie ne l'avait jamais vue changer le message sur le tableau, mais elle n'avait jamais vraiment prêté attention aux activités d'Amber à son bureau. Elle reposa le tableau à plat et souleva les petits taquets à l'arrière pour retirer le panneau noir qui constituait son dos. Comme elle s'en doutait, un pochon à l'intérieur contenait quelques lettres blanches. Mais il y avait autre chose. Un Post-it jaune vif où Amber, de son écriture irréprochable, avait écrit : « Josie Q. » Il était collé à ce qui ressemblait à un journal intime de fillette. Un petit carnet avec une couverture en vinyle rose et une lanière cassée qui pendait sur le côté. Un cadenas en forme de cœur était encore accroché à l'avant du carnet, mais il n'avait pas non plus résisté à ce qui avait déchiré la lanière.

— Qu'est-ce que c'est ? demanda Noah.

— Je ne sais pas, admit Josie.

Elle caressa du doigt le Post-it. Combien de Josie Q y avait-il dans le monde ? Dans le monde d'Amber ? Soudain, Noah et Mettner l'entouraient et fixaient le papier entre ses mains.

— C'est à toi ? demanda Mettner.

— Non, répondit Josie. C'était au dos de ce cadre.

— Ouvre-le, dit Noah.

Mettner posa une main sur l'avant-bras de Josie.

— Ne fais pas ça. C'est peut-être privé, elle l'a caché pour une bonne raison, non ?

Josie le fixa.

— Mett. Au moment où je te parle, rien n'est privé si ça peut nous aider à la retrouver, expliqua-t-elle doucement.

Josie sentit son hésitation dans le poids de sa paume. Il retira sa main, les traits tiraillés.

— D'accord, ouvre-le, alors, céda-t-il avec un soupir.

13

Josie souleva la couverture du journal. Sur la première page était dessiné un joli cadre doré. À l'intérieur, le prénom d'Amber apparaissait, écrit au crayon à papier et à moitié effacé. Quand Josie tourna la page, le livre manqua se désagréger entre ses mains. Plusieurs pages volèrent jusqu'au sol et Noah et Mettner se précipitèrent pour les ramasser. Ils les étalèrent sur le bureau, les tournant d'un côté puis de l'autre, mais toutes étaient vierges. Josie posa le carnet devant elle et feuilleta soigneusement le peu qui restait du journal. Plusieurs feuilles avaient été arrachées. L'une des pages portait l'empreinte fantomatique de mots écrits sur la page précédente, qui faisait manifestement partie de celles qu'on avait déchirées. Josie essaya de déchiffrer les lettres, en vain. Sur l'une des dernières pages, Amber avait dressé une liste de chiffres et de lettres. Josie compta les lignes. Il y en avait onze en tout.

625800049595
112786009
9000176233343
07b-32-004-01-111

334689006
99-16-03
175821451
99-23-46
04c-00-321-32-009
09a-66-127-19-131
900016528173


Ces chiffres, eux aussi écrits au crayon, n'étaient plus très nets.

— C'est vieux, constata Josie. Ça doit remonter à son enfance ou à son adolescence.

Elle pointa du doigt la liste.

— Ces chiffres te disent quelque chose, Mett ?

Il les observa un long moment.

— Non.

Noah reprit chaque page qu'ils avaient étalée sur le bureau et en examina le recto et le verso.

— Elles sont toutes vierges.

— Chaque page restante est vierge, acquiesça Josie. On dirait que celles sur lesquelles elle a écrit ont été arrachées. Sauf celle avec les chiffres.

— Mais pourquoi aurait-elle caché ça ? demanda Noah en effleurant le cadre du tableau resté ouvert.

Mettner se pencha au-dessus de Josie et referma la couverture du journal pour que le Post-it soit visible.

— Et pourquoi est-ce qu'il y a ton nom là-dessus ?

— Je n'en ai aucune idée.

— Que signifient ces chiffres ? Tu les reconnais, Josie ? demanda Noah.

— Non. Ce ne sont pas des numéros de téléphone, ni des codes postaux, ni des numéros de sécurité sociale.

— Peut-être des numéros de compte bancaire ? proposa Noah.

— Oui, c'est possible, admit Josie. Même si quelques-uns contiennent des lettres. Est-ce que certaines banques mettent des lettres dans leurs numéros de compte ?

— Aucune idée, répondit Noah.

— Peut-être des comptes dans différentes banques ? lança-t-elle. Ou alors, c'est tout autre chose. On ne sait même pas si c'est lié à sa disparition.

— Pourquoi voudrait-elle que tu aies ce journal ? demanda Mettner.

Perplexe, Josie garda les yeux rivés sur les chiffres.

— Je n'en ai pas la moindre idée.

Amber et elle n'étaient pas proches. Elles avaient une relation professionnelle solide, mais elles ne se voyaient même pas en dehors du travail, hormis à l'occasion d'événements particuliers comme un mariage ou une fête de Noël.

— Amber ne l'a pas donné à Josie, souligna Noah. Elle l'a gardé caché ici.

— Mais pourquoi le garder au travail ? marmonna l'inspectrice. Si elle voulait que ça reste caché, pourquoi ne pas l'avoir gardé chez elle ? Amber vit seule. Mett, tu l'as déjà vue avec ce carnet ?

Il secoua la tête.

— Pas que je me souvienne.

— Tu vas souvent chez elle ? s'enquit Noah.

— Ça m'arrive, répondit Mettner. Mais la plupart du temps, on reste chez moi.

— Pourquoi ? demanda Josie.

Mettner lui lança un regard noir.

— Quel rapport avec l'enquête ?

Josie posa une main sur sa hanche.

— Si elle insistait toujours pour aller chez toi parce qu'elle cachait quelque chose et que cette chose a mené à sa disparition, alors ça a un rapport avec l'enquête.

— Mett, poursuivit Noah, on essaie juste d'avoir une idée de sa vie, en particulier ces dernières semaines. Vous vous êtes disputés, elle a disparu, une femme qui lui ressemble beaucoup a été retrouvée morte, il y a un message bizarre sur sa voiture et tu es entré chez elle par effraction. On vient de trouver cet étrange journal intime d'enfant caché dans un cadre derrière son bureau, sur son lieu de travail, mais on ne l'a jamais vue avec. Il y a un Post-it avec le nom de Josie, pas le tien. On a un paquet de questions, Mett, et aucune réponse. Aucune qui soit satisfaisante, en tout cas. On veut juste comprendre ce qui se passe ici.

Mettner serra les poings.

— Tu veux dire que vous essayez de comprendre si je joue la comédie en faisant comme si elle avait disparu alors que je l'ai tuée et enterrée quelque part ?

— Mettner, intervint Josie en ramassant les pages du journal et en les rangeant à l'intérieur. Personne ne dit ça.

— Mais vous le pensez. Vous le pensez tous. Je n'ai rien fait à Amber !

Sa voix s'éleva jusqu'à devenir un cri. L'un de ses poings s'abattit avec force sur le bureau. Josie referma le journal et le cala sous un bras. Inébranlable, elle soutint son regard.

— Personne n'a dit ça, Mett. On veut juste discuter.

Il pointa un doigt vers elle.

— Tu crois que je ne vois pas ce que tu fais ? Je sais comment tu fonctionnes. Je t'ai vue des dizaines de fois en salle d'interrogatoire. Tu me manipules.

— Je pose des questions, rectifia Josie.

— Calme-toi, Mett, dit Noah doucement, un léger avertissement dans la voix.

Il fit un pas et se positionna entre Mettner et Josie.

— Après les conneries que tu as faites aujourd'hui, tu as de la chance de ne pas être dans une salle d'interrogatoire, mais on peut la jouer comme ça, si tu préfères. C'est ce que tu veux ?

Un long moment de tension s'écoula. Josie entendait le *tic-*

*tac* de l'horloge murale au-dessus de la porte de la cage d'escalier. Enfin, Mettner se détendit. Il se détourna d'eux et se dirigea vers sa chaise, où il s'installa. Il enfonça les mains dans ses poches. Josie emporta le journal jusqu'à son propre bureau et s'assit. Avec son téléphone, elle prit des photos du journal et de la liste des numéros pendant que Mettner fixait le vide par-dessus sa tête.

— Tu as déclaré que vous aviez des projets d'avenir ensemble. Qu'est-ce que tu voulais dire par là ?

Un autre long silence. Josie se demandait s'il allait même répondre. La trotteuse de l'horloge avançait. Mettner croisa son regard suffisamment longtemps pour serrer les lèvres et lui lancer un regard mauvais. C'était une autre de ses techniques d'inspectrice. Ne pas dire un mot. Elle restait détendue, comme si elle avait tout son temps. La plupart des gens se hâtaient de rompre le silence. Mettner le savait. Il savait aussi que Josie attendrait aussi longtemps que nécessaire.

— Très bien, lâcha-t-il. Je lui avais demandé d'emménager avec moi. Elle a accepté. C'était il y a un mois. Mais on devait attendre parce qu'elle est locataire et qu'elle ne pouvait pas résilier son bail avant la fin du contrat. On avait quand même commencé à faire le tri dans mes affaires, à jeter des trucs, à faire de la place pour quand elle viendrait. Enfin, elle n'avait pas grand-chose.

— Vous alliez emménager ensemble, mais tu n'avais pas la clé de chez elle ? s'étonna Noah. Est-ce qu'elle avait la clé de chez toi ?

— Oui, elle l'avait... Elle l'a. Je n'ai pas la sienne parce que, comme je l'ai déjà expliqué, c'est une location, et elle m'a dit que le propriétaire ne le permettrait pas.

Josie savait que rien n'empêchait Amber de donner une clé à Mettner quand même, mais elle préféra ne rien dire.

— Elle était contente d'emménager avec toi ?

Un sourire se dessina sur les lèvres de Mettner.

— Oui, on était tous les deux ravis. On est ravis.

— Mais tu as dit que vous vous étiez disputés. Une dispute tellement grave qu'elle ne voulait plus répondre à tes appels, souligna Josie. Qu'est-ce qui s'est passé ?

Le visage de Mettner se ferma. Elle ne pouvait le décrire autrement que par cette expression : il s'était complètement fermé.

— Ce qui s'est passé, c'est qu'on s'est disputés. Comme tous les couples.

— À propos de quoi ? demanda Noah.

Mettner ne le regarda pas.

— Un truc personnel...

— Mett, insista Josie.

— Ça n'a rien à voir avec l'enquête, protesta-t-il. Croyez-moi, il n'y a aucun lien. Rien à voir avec tout ça.

— Ça, tu n'en sais rien, rétorqua Noah.

Les mains de Mettner ressurgirent pour agripper le bord de son bureau, si fort que ses phalanges blanchirent.

— Si, je le sais. Je fais le même boulot que vous, vous vous souvenez ? Pourquoi est-ce que vous me traitez comme un idiot ? Pourquoi ne me faites-vous pas confiance ? Rien de ce dont nous avons discuté n'a de rapport avec la disparition d'Amber ou la femme dans le fleuve.

La porte de la cage d'escalier claqua. Ils levèrent les yeux et virent Gretchen, chargée d'un plateau sur lequel se trouvaient quatre tasses de café fumant. Elle s'approcha des bureaux et les considéra tous en haussant un sourcil. Josie savait qu'elle devinait la tension ambiante.

— Qu'est-ce qui se passe ? demanda-t-elle en déposant le plateau sur le bureau de Josie.

Personne ne répondit.

— Très bien, reprit Gretchen en se tournant vers Josie. Tu lui as demandé pour la sœur ?

— On y arrive, déclara Noah.

— De quoi vous parlez ? s'étonna Mettner.

Josie prit une tasse et la lui tendit. Ils travaillaient tous ensemble depuis si longtemps que Josie était capable de déterminer quelle tasse était pour qui rien qu'à la teinte du café. Gretchen distribua les autres.

— La femme dans le fleuve, expliqua Josie. On pense que c'est la sœur d'Amber.

— À cause de ses cheveux ? demanda Mettner.

Gretchen s'assit à son bureau et sirota son café.

— Il y a une ressemblance, Mett. Que peux-tu nous dire sur sa sœur ?

— Rien. Amber ne parlait jamais de sa famille. Je ne connais même pas le prénom de sa sœur.

Josie posa sa tasse devant elle, cliqua sur la souris et aussitôt l'écran de son ordinateur s'alluma.

— Elle ne parlait jamais d'eux ou refusait d'en parler ? s'enquit-elle.

Mettner prit un instant pour réfléchir.

— Elle refusait.

— Elle ne t'a jamais donné aucun nom ? Celui de ses parents, de ses frères et sœurs ? Non ?

— Non, fit Mettner en secouant la tête.

Josie tapa le nom et l'adresse d'Amber dans l'une de leurs bases de données. Elle la trouva immédiatement, mais les informations rassemblées ici brossaient le portrait d'une femme qui avait rejoint le monde à l'âge de dix-huit ans, complètement seule. Il y avait un permis de conduire, plusieurs adresses, la plupart dans la ville où elle avait fait ses études. Plusieurs abonnements à des services publics à son nom, une voiture, deux anciens employeurs. Et c'était tout.

— Elle a grandi en foyer ou en famille d'accueil ? suggéra Josie.

— Je ne crois pas.

Josie chercha alors le nom de famille d'Amber, Watts, dans

le système. Il était bien trop répandu en Pennsylvanie pour remonter cette piste – à supposer qu'Amber ait grandi dans cet État, ce qui n'était pas certain.

— Est-ce qu'elle t'a déjà raconté des histoires sur son enfance ? tenta Noah.

— Non. Elle détestait parler de tout ça. Elle m'a seulement dit qu'elle avait beaucoup déménagé.

— Tu sais où elle est née ? Ici, en Pennsylvanie ?

— Je ne sais pas, avoua Mettner.

Avec un soupir, Josie referma l'onglet.

— Il faut que tu contactes son amie. Comment as-tu dit qu'elle s'appelait ?

— Grace Power.

— Ah, oui, c'était ça. Rentre avec Gretchen. Dors un peu et, demain matin, Gretchen pourra retrouver Grace et lui parler pendant que Noah et moi irons voir la docteure Feist. On trouve un message nous menant à Russell Haven sur la voiture d'Amber et, juste après, on tombe sur une femme qui lui ressemble comme deux gouttes d'eau : ça ne peut pas être une coïncidence. Et si c'est bien la sœur d'Amber, quelqu'un de leur famille va devoir identifier le corps.

## 14

Josie et Noah terminèrent leurs rapports et rentrèrent pour essayer de dormir quelques heures, à la grande joie de Trout. Ils prirent une douche chaude ensemble et Noah s'endormit aussitôt sa tête posée sur l'oreiller. Chaque fois que Josie sombrait dans le sommeil, elle sentait les doigts de la femme autour de son poignet. Ce dernier contact. Quand elle s'endormit enfin, elle rêva de sa grand-mère. Depuis le meurtre de Lisette, elle faisait des cauchemars presque toutes les nuits. C'était toujours un rêve-souvenir de la nuit où elle était morte, celle où Josie n'était pas parvenue à la sauver. Cette fois, Lisette était coincée entre les rochers du barrage de Russell Haven. Josie tentait de la sauver avant que l'eau ne déferle sur elles, mais c'était peine perdue. Elle se réveilla à bout de souffle, Trout lui léchant le visage et gémissant avec inquiétude.

Comme elle savait qu'elle ne pourrait plus retrouver un sommeil réparateur, elle descendit au rez-de-chaussée et alluma son ordinateur. Elle examina les photos des numéros qu'Amber avait écrits dans son journal. Trout ronflait à ses pieds, préférant lui tenir compagnie plutôt que de rester au lit avec Noah. Il avait dû sentir son agitation. Il en avait l'habitude. Josie commença par entrer chaque chiffre dans Google, mais sans résultat. Elle compta les chiffres de chaque ligne, fit des listes et des tableaux pour essayer de trouver un quelconque schéma logique. Elle dressa un inventaire de ce à quoi les chiffres pouvaient correspondre. Les numéros de comptes bancaires étaient en tête, mais il serait impossible de solliciter chaque banque du pays pour qu'elle recherche tous les numéros dans ses dossiers. Même si elle voulait le faire, Josie aurait besoin d'un mandat et elle n'avait pas établi suffisamment de liens entre les mystérieux numéros et la mort de l'inconnue ou la disparition d'Amber pour en obtenir un.

Lorsque Noah apparut dans la cuisine, fraîchement douché, la lumière du soleil filtrait à travers les fenêtres.

— Coucou. Tu as réussi à dormir un peu ?

— Pas énormément, soupira Josie.

Elle regarda l'horloge. Dans moins d'une heure, ils devaient retrouver la docteure Feist à la morgue.

Trente minutes plus tard, Josie et Noah étaient de nouveau à bord de la voiture de Noah et se dirigeaient vers le Denton Memorial. Le grand bâtiment de briques se dressait au sommet d'une colline rocailleuse qui surplombait la ville. Alors qu'ils remontaient la longue voie y menant, Noah changea encore et encore de station de radio, mais toutes parlaient de la femme non identifiée qui avait été repêchée dans le fleuve près de Russell Haven au beau milieu de la nuit. « La police la décrit comme une femme de type caucasien d'environ vingt-cinq ans, mesurant un mètre soixante, pesant soixante kilos, aux cheveux longs auburn et aux yeux bleus. Si vous avez des informations, veuillez contacter la police de Denton. »

Noah coupa la radio.

— Apparemment, le chef leur a donné la description. Peut-être qu'on aura quelques pistes.

Ils se garèrent et pénétrèrent dans l'hôpital. La morgue était située au sous-sol et n'avait donc pas de fenêtres. Le couloir menant à la suite de pièces sous la responsabilité de la docteure Feist était lugubre. Les murs étaient couverts de crasse et de poussière, et le carrelage, autrefois blanc, avait tourné au jaune bileux. Comme toujours, l'étage entier était étrangement silencieux. Anya Feist se tenait devant le comptoir en acier inoxydable qui bordait l'un des murs de la salle d'examen, tapotant sur son ordinateur portable. Elle portait une blouse bleue et ses cheveux blond argenté étaient recouverts d'un calot.

Josie fut saisie par l'odeur des produits chimiques et de la décomposition. Elle était déjà venue ici un nombre incalculable de fois, mais l'odeur ne manquait jamais de la perturber. La légiste leva les yeux à leur arrivée et leur offrit un mince sourire. Des cercles sombres marquaient la peau pâle sous ses yeux.

Noah lui tendit un café, ce qui lui valut un sourire plus franc.

— On sait que tu n'as pas dormi de la nuit.

— Merci. J'étais déjà ici sur une autre affaire pour le shérif du comté. Je me suis dit, autant rentabiliser ma nuit.

Josie observa les tables d'examen. Seule l'une d'entre elles accueillait un corps, recouvert d'un drap blanc d'où dépassaient des boucles auburn.

— C'est votre inconnue, expliqua la légiste.

Elle prit une gorgée de café avant de poser la tasse à côté de son ordinateur portable puis de s'approcher du corps.

— Vous avez une idée de son identité ?

— Non, dit Josie. On pense que ça pourrait être la sœur d'Amber mais, sans parent proche pour l'identifier, impossible d'en être sûrs.

— Pas de nouvelles d'Amber ? demanda la docteure Feist.

— Rien pour l'instant, répondit Noah.

Anya Feist soupira et rabattit le drap sur les épaules de la jeune inconnue.

Ici, dans la lumière crue et impitoyable de la salle d'autopsie, la femme paraissait beaucoup plus pâle, sa peau désormais cireuse, la grosse bosse sur sa tempe d'un violet plus vif que la dernière fois que Josie l'avait vue.

— Votre victime a été amenée ici vêtue d'un jean, d'un soutien-gorge, d'une culotte et d'un t-shirt à manches longues en coton sans aucune marque. Des chaussettes en coton blanc uni. Une basket. Elle a probablement perdu l'autre dans le fleuve. Pas de manteau, de gants ou de bonnet. J'ai demandé à l'agent Hummel de l'équipe d'identification criminelle de venir prendre ses vêtements, mais nous n'avons rien trouvé qui puisse nous aider à l'identifier. Elle semble avoir une vingtaine d'années et être en très bonne santé. Aucune pathologie sous-jacente ne ressort à l'examen ou à l'autopsie. Pas de cicatrices, pas de taches de naissance, pas de tatouages. Aucun signe d'agression sexuelle. La cause du décès est la noyade. Générale-ment, un tel constat peut être établi une fois que toutes les autres possibilités ont été exclues. Étant donné que cette femme a été sortie de l'eau et que l'on m'a dit que l'un d'entre vous avait confirmé que la victime était en vie avant d'être emportée par les flots, il semblait évident qu'elle s'était noyée. J'ai quand même procédé à un examen complet et à une autopsie. Comme je m'y attendais, j'ai trouvé de l'écume dans ses voies respiratoires supérieures et inférieures, du liquide dans son sinus sphénoïdal ainsi qu'un emphysème hydroaérique.

— Qu'est-ce que c'est ? demanda Noah.

— Ça veut dire que ses poumons étaient gonflés et gorgés d'eau, résuma Josie.

— En gros, oui, confirma la légiste. Comme c'est également le cas dans certains cas de noyade, il y avait des empreintes de ses côtes sur ses poumons ainsi que des taches de Paltauf, qui sont des hémorragies sous-pleurales, à la surface et sur les bords de ses poumons. J'ai fait un test pour voir s'il y avait des diato-mées dans l'eau trouvée dans ses poumons, mais il faudra attendre quelques jours avant d'avoir les résultats.

— C'est-à-dire que tu fais des tests pour voir si elle a absorbé des algues du fleuve ? s'enquit Noah.

— C'est un peu simpliste, mais oui, c'est ça. Les diatomées sont une famille d'algues. Des organismes unicellulaires. On les trouve généralement dans les tissus ou les organes des victimes qui ont aspiré de l'eau riche en diatomées. C'est un outil très efficace pour déterminer que la cause de la mort est la noyade. J'ai prélevé des échantillons de tissus de son cerveau, de son foie et de ses reins pour les envoyer au laboratoire. Si elle était encore en vie lorsqu'elle a inhalé de l'eau, on trouvera probablement des diatomées dans les échantillons de tissus, car elles auraient eu le temps de circuler dans son corps. Si elle était déjà morte lorsque l'eau a atteint ses poumons, les diatomées ne seront pas présentes dans les échantillons de tissus, seulement dans le liquide pulmonaire. J'ai également envoyé des échantillons pour analyse toxicologique mais, comme vous le savez, ce genre de procédure prend des semaines.

— On est convaincus que cette femme s'est noyée, dit Josie. Tu as trouvé autre chose qu'on devrait savoir ?

— En fait, il y a plusieurs éléments intéressants. Tout d'abord, il semble qu'elle ait été battue récemment. Elle a des bleus en voie de guérison sur les bras, les jambes et la poitrine. Comme vous le savez peut-être, les ecchymoses sont dues à un traumatisme. Les petits vaisseaux sanguins éclatent et le sang s'accumule sous la peau. Le premier ou les deux premiers jours, l'ecchymose est rouge. Après ça, le sang commence à perdre de l'oxygène, ce qui fait qu'elle change de couleur et devient noire, bleue ou violette. Ensuite, comme le corps produit de la biliverdine et de la bilirubine pour décomposer l'hémoglobine, l'ecchymose devient verte ou jaune. Cette étape survient environ cinq à dix jours après la blessure initiale. Dix à quatorze jours après le traumatisme, l'ecchymose devient brun-jaune ou marron clair. Elle a des ecchymoses allant du violet au brun-jaune sur tout le corps.

— Si elles sont à différents stades de guérison, réfléchit Josie à voix haute, alors elle a été battue plus d'une fois au cours des deux dernières semaines.

— C'est ce que je crois, oui. Les blessures constatées pourraient correspondre à des coups portés plus d'une fois au cours des derniers jours ou des dernières semaines.

— Tu ne peux pas l'affirmer avec certitude ? demanda Noah.

La docteure Feist fronça les sourcils.

— Je ne peux pas vous dire avec certitude de quand datent ces ecchymoses car, comme pour toute blessure, cela dépend de nombreux critères.

— Comme quoi ?

— Les facteurs de coagulation de cette femme, ses facteurs de santé, si elle était anémiée ou non. Un certain nombre de paramètres.

— Tu ne peux pas déduire tout ça grâce à l'autopsie ?

— J'ai bien peur que non, dit-elle en désignant le coin de la table d'autopsie. Voyez ça comme ça : mon assistant, Ramon, et moi-même nous cognons de temps en temps les hanches sur ce coin. J'ai des bleus, lui non. De la même façon, un enfant peut tomber d'un skateboard, se relever et aller très bien. Un autre enfant peut faire la même chute et se blesser gravement. Chaque personne est différente. Comme vous le savez, si je devais un jour témoigner au tribunal par rapport à mes conclusions sur cette autopsie, je ne pourrais pas dire avec certitude à quel moment sont survenues ces ecchymoses.

Noah grogna de frustration.

— Mais tu viens de nous donner tout le déroulé des étapes de leur formation.

La légiste acquiesça.

— Oui. Ce que je peux vous dire, c'est que ses blessures correspondent à des ecchymoses qui auraient commencé à se former au cours des deux dernières semaines. Elle a également une côte cassée qui commence à peine à guérir, et des coupures à l'intérieur de ses joues qui laissent penser qu'elle a pu recevoir des gifles ou des coups de poing au visage à plusieurs reprises. De plus, cette pommette, indiqua la docteure Feist en montrant la joue gauche de la femme, présente une fracture qui commence à cicatriser, ce qui me conduit à croire que toutes les blessures ont été infligées avant la mort.

— Comment peux-tu le savoir ?

La docteure Feist leur fit signe de s'approcher du comptoir en acier inoxydable où se trouvait son ordinateur portable. Elle afficha à l'écran une série de radiographies portant la mention « Inconnue ». Elle agrandit d'abord une image de cage thoracique.

— Ici, indiqua-t-elle en montrant ce qui ressemblait à une fine ligne verticale traversant l'une des côtes. Vous voyez cette espèce de nuage autour de cette ligne ? C'est ce qu'on appelle un cal. Lorsqu'un os se casse, il y a beaucoup d'inflammation et, généralement, un caillot de sang se forme à l'endroit de la fracture. Au bout d'une semaine environ, un cal commence à se former et à combler la fissure. Il est constitué de tissu fibreux et de cartilage. On peut parfois le voir sur les radiographies dès la semaine suivant la fracture, parfois non. Si on avait affaire à une fracture plus ancienne, je m'attendrais à voir davantage de calcification. Même chose pour l'os de la pommette.

Elle referma la radiographie des côtes et fit apparaître celle du visage de la jeune femme, avant de répéter ses conclusions.

— En ce qui concerne les coupures à l'intérieur de ses joues, il y a des signes de coagulation, ce qui n'aurait pas été possible si elle était déjà morte. J'ai trouvé des coupures sur son corps et quelques fractures qui semblent avoir été causées post mortem, probablement parce que son corps a été charrié par le fleuve et qu'il a été heurté par des rochers et d'autres débris.

— La bosse sur sa tempe, reprit Josie. Tu peux dire à quand elle remonte ?

La légiste revint vers le corps et tendit un index ganté vers la tête de l'inconnue. Josie lui était reconnaissante d'avoir arrangé les cheveux de telle sorte qu'ils ne voient pas la ligne laissée par la scie là où le crâne avait été découpé pour l'examen du cerveau.

— Encore une fois, je ne peux pas vous donner de date exacte, mais son apparence correspond à une blessure qui se serait produite dans les vingt-quatre heures précédant sa mort. Je sais que ce n'est pas post mortem, parce qu'il fallait qu'elle soit vivante pour que le sang s'accumule ici et provoque cette masse. Elle souffrait d'un hématome sous-dural aigu, ce qui explique pourquoi elle était affaiblie et probablement désorientée lorsque vous l'avez trouvée.

— Une idée de la cause ? demanda Josie.

— Malheureusement, non. Elle a pu tomber ou quelqu'un a pu la frapper avec un objet contondant. Souvent, lorsque les victimes sont frappées avec un objet, on repère des motifs sur la plaie, et l'objet responsable est comme décalqué sur la peau. Mais là, il n'y a pas de marques suffisamment nettes pour me permettre de savoir ce qui a causé l'ecchymose ou l'hématome. Ça ne veut pas dire pour autant qu'elle n'a pas été frappée avec un objet contondant, mais si c'est le cas, on n'a aucun moyen de deviner de quel objet il s'agit. En revanche...

Elle marqua une pause et s'approcha de la hanche de l'inconnue en découvrant avec précaution l'un de ses bras. Josie remarqua immédiatement ce que la légiste voulait leur montrer. Autour du poignet de la femme apparaissaient un certain nombre de vilaines éraflures rouges et violettes et, à certains endroits, des coupures droites, comme si un objet lui avait entaillé la chair. Des lacérations rouge vif sur un lit d'ecchymoses violettes.

— Celles-ci sont très récentes, expliqua la docteure Feist, mais elles sont superposées à d'autres qui sont plus anciennes –

et quand je dis « plus anciennes », je veux dire qu'elles datent de quelques jours seulement, voire d'une semaine ou deux.

— Tu veux dire qu'elles correspondent à des blessures causées il y a quelques jours, voire une semaine ou deux, paraphrasa Noah.

La docteure sourit.

— Ça y est, tu as compris comment ça marche.

— Elle était ligotée, conclut Noah. Qu'est-ce qui pourrait laisser de telles traces ? Des liens de serrage ?

La légiste acquiesça.

— Je crois, oui, confirma-t-elle en passant de l'autre côté de la table pour découvrir l'autre bras qui semblait tout aussi maltraité. Clairement, elle s'est débattue pour s'en défaire peu de temps avant sa mort. Sinon, on n'aurait pas autant de dégâts sur les tissus. Certaines de ces écorchures sont très profondes. En plus, si vous regardez ici...

Elle souleva alors le bras de l'inconnue pour qu'ils puissent observer l'extérieur de son poignet, du côté de l'auriculaire, où de longues éraflures rouge vif partaient des marques laissées par les liens de serrage et remontaient presque jusqu'au coude.

— On dirait qu'elle a essayé de les enlever elle-même en les frottant contre quelque chose. Les deux bras sont comme ça.

— Contre des rochers, peut-être ? proposa Josie. Elle était coincée entre deux gros blocs quand on l'a trouvée. Si elle avait été attachée, cela expliquerait pourquoi elle n'a pas simplement escaladé la paroi pour sortir.

— Tout à fait. J'ai réussi à prélever un peu de terre et de débris incrustés dans sa peau à l'intérieur de ces blessures. J'envoie les échantillons au laboratoire de la police d'État pour analyse, mais avec ce que je sais de la région, je ne serais pas surprise que les résultats correspondent aux échantillons de sol que Hummel prélèvera dans le fleuve.

Noah désigna les pieds de l'inconnue.

— Ses jambes aussi étaient entravées ?

La légiste hocha la tête et alla au bout de la table. Avec le plus grand soin, elle replia le drap jusqu'aux genoux de la femme. Ses tibias présentaient des ecchymoses et des écorchures superficielles. Sur ses chevilles, en revanche, plusieurs anneaux rouge vif se dessinaient là où la peau avait été arrachée par frottement. Les ongles de ses orteils étaient vernis d'un rose vif.

— Ces traces n'ont pas l'air aussi récentes que celles des poignets. Vous voyez qu'elles n'ont pas causé les types d'éraflures profondes qu'on a autour des poignets. Il semble qu'elle se soit écorché ou cogné les tibias dans les heures précédant sa mort, mais impossible de dire avec certitude si ses pieds étaient attachés ou non quand elle était dans le fleuve.

— Le courant est puissant, mais peut-être pas au point de déchirer des liens de serrage autour des chevilles de quelqu'un, si ? demanda Noah.

— Je ne suis pas sûre qu'on puisse vraiment répondre à cette question, déclara Josie.

La légiste acquiesça.

— Je pense que tout ce qu'on peut affirmer avec certitude, c'est que dans les derniers jours ou peut-être les dernières semaines avant sa mort, on a attaché les pieds et les mains de cette femme avec ce qui semble être des liens de serrage.

Noah fronça les sourcils.

— Elle marchait sur le chemin qui mène à la berge. On la voit sur une vidéo de surveillance. Elle est tombée, mais rien n'indique que ses pieds étaient attachés. Si ses jambes étaient libres, elle aurait dû réussir à grimper sur les rochers.

La docteure Feist grimaça.

— Je n'ai pas vu les rochers en question, alors je ne sais pas. Ce que je peux vous dire, en revanche, c'est qu'elle est restée longtemps dehors. Vous n'avez pas fait attention à ses doigts, hein ?

Josie et Noah secouèrent la tête. La légiste souleva l'une des mains encore découvertes de la défunte pour qu'ils puissent la voir. À mesure que Josie s'approchait, la couleur rose inhabituelle des doigts lui apparut plus clairement. On aurait dit qu'elle les avait plongés dans de l'eau bouillante jusqu'à la deuxième articulation.

— Des engelures, constata Josie.

— Oui.

— Il gelait à peine hier, réagit Noah. Est-ce qu'on peut avoir des engelures quand le mercure descend à peine en dessous de zéro ?

— Avec le vent, la température ressentie dehors est bien plus basse, donc c'est possible. Tout dépend de la vitesse du vent et de la durée d'exposition. Si elle a passé plusieurs heures dans la zone du barrage à essayer de se libérer de ses liens avec des rafales et une température ressentie bien au-dessous de zéro, alors oui, ce genre d'engelures est tout à fait possible.

Josie se remémora le scénario : cette femme était arrivée au barrage de Russell Haven à près de 5 heures du matin, peut-être pour y rencontrer quelqu'un, mais plus probablement parce qu'elle y avait été amenée. Puis son agresseur l'avait laissée, d'une manière ou d'une autre, entre les rochers, les mains attachées. Il aurait fallu la forcer à marcher jusque-là, car elle n'était pas convaincue qu'il soit possible de traverser la goulotte jusqu'à ces blocs en portant une femme adulte, même menue, pour l'y déposer.

— Les engelures ne l'auraient pas empêchée de se libérer, remarqua Noah.

— Certes, mais si elle est restée là toute la journée à essayer de se libérer, elle aurait eu des engelures.

— Elle n'était pas attachée quand nous l'avons trouvée, souligna Josie. Elle a levé une main en l'air. C'est comme ça que j'ai su qu'elle était vivante. Mais même si l'eau la faisait flotter, j'ai eu beaucoup de mal à la déloger d'entre les rochers. Est-il possible qu'elle ait été piégée là, qu'elle ait réussi à retirer les liens de serrage, mais pas à s'extirper d'entre les pierres ?

— Encore une fois, je ne peux pas émettre d'hypothèse sans avoir vu l'endroit où vous l'avez trouvée, mais je peux affirmer avec certitude que la côte cassée aurait fortement limité sa mobilité et que la blessure à la tête l'aurait affaiblie et désorientée. Elle a probablement perdu connaissance à un moment donné. Impossible de dire précisément si c'était avant qu'elle ne se retrouve entre les rochers ou un peu plus tard. Toutefois, sa coordination n'était peut-être pas optimale après le traumatisme crânien, en particulier lorsque l'hématome sous-dural a commencé à grossir et à exercer une pression sur son cerveau.

— Est-ce que le traumatisme crânien l'aurait tuée, si elle ne s'était pas noyée ?

La légiste toucha doucement le dessus de la main de la femme et baissa les yeux vers son visage.

— C'est difficile à dire. Encore une fois, tout dépend de facteurs individuels.

Josie repensa à son air hébété sur les images de la caméra de surveillance lorsqu'elle était tombée sur le chemin, à cette main qui avait surgi et l'avait traînée comme une poupée de chiffon. Avait-elle été trop faible pour se battre ? Son agresseur avait-il pu l'emmener sans trop de résistance jusqu'aux rochers ?

— Et concernant les circonstances du décès ? demanda Noah.

La docteure Feist releva la tête vers eux.

— La plupart du temps, dans le cas d'une noyade, à moins d'avoir des preuves très solides suggérant qu'elle a été provoquée par une personne tierce, nous devons indiquer que la mort est accidentelle.

— Ce ne serait pas un homicide ? s'offusqua Josie. Quelqu'un l'a amenée dans cette goulotte, entre ces rochers, pour qu'elle soit bloquée là quand l'eau serait libérée.

— C'est sadique, ajouta Noah. Impossible de penser qu'elle

a erré toute seule jusqu'à ces rochers avec cette énorme bosse sur la tête, une côte fêlée, et tout le reste. On sait très bien qu'il y avait quelqu'un avec elle. On a une vidéo qui montre un individu qui la relève après une chute sur le chemin qui mène à la berge.

— Ce qui compte, ce n'est pas tant ce qu'on croit que ce qu'on peut prouver, marmonna Josie. Et on ne peut pas prouver qu'une personne l'a coincée entre ces rochers.

La docteure Feist leva les deux mains pour les faire taire.

— Laissez-moi terminer. Vous avez raison. Ce qui compte, c'est ce qu'on peut prouver et ce qui, à mon avis, résistera au contre-interrogatoire d'un avocat de la défense au tribunal, si vous trouvez la personne qui a fait ça et que vous la traduisez en justice. Dans ce cas particulier, étant donné que j'estime qu'elle n'était pas physiquement capable de s'extraire de la goulotte en raison des blessures subies avant la mort, je conclurai à un homicide.

Josie ne put s'empêcher d'imaginer la peur qu'avait dû ressentir la jeune inconnue, consciente qu'à tout moment l'eau risquait de s'abattre sur elle et qu'elle était prisonnière.

— Merci, murmura-t-elle.

La légiste replaça le bras sous le drap.

— Maintenant, à vous deux de trouver la personne qui a torturé et tué cette femme.

— Volontiers, lâcha Noah. Anya, est-ce qu'il y a quoi que ce soit d'autre qui pourrait nous aider à savoir qui est cette femme ou qui a essayé de la tuer ?

— J'aimerais vous dire que oui. Hummel a pris ses empreintes quand il est passé ici. Il m'a appelée pour me dire qu'il les avait rentrées dans l'AFIS, mais qu'il n'y avait pas de correspondance. Jusqu'à ce que vous découvriez son identité et que son plus proche parent réclame son corps, elle restera ici avec moi.

— On va s'y atteler dès aujourd'hui, promit Josie.

15

Josie et Noah se garèrent derrière le commissariat. Josie laissa Noah et se rendit à pied au *Komorrah's Koffee*, à une rue de là. Elle n'arriverait jamais à survivre à cette journée sans une bonne dose de caféine. Noah lui avait donné un de ses vieux manteaux d'hiver en attendant qu'elle s'en achète un nouveau. Il était trop grand pour elle et l'air glacial de décembre remontait à l'intérieur, la frigorifiant au passage. À l'intérieur du café, l'air chaud qui soufflait de toutes parts fut un véritable soulagement, tout comme le fait que la file d'attente n'était pas très longue – il y avait seulement deux personnes devant elle. Les effluves de café et de pâtisseries lui mirent l'eau à la bouche et son estomac émit un grondement enthousiaste.

L'homme devant elle se retourna et lui adressa un sourire amusé sous sa casquette de base-ball. Il lui semblait familier, mais elle ne savait pas exactement pourquoi. Elle ne le connaissait pas. Il avait probablement la soixantaine, avec une barbe poivre et sel bordant sa mâchoire pointue et des cheveux blancs bouclant sous sa casquette verte des Philadelphia Eagles.

— Dure matinée, bredouilla Josie.

Elle leva les yeux vers la télévision allumée dans un coin de la salle. Sur WYEP, le journaliste qu'ils avaient vu hier soir se tenait sur le parking du barrage de Russell Haven et parlait du corps repêché dans le fleuve. L'édition nationale prit ensuite le relais et le visage de Thatcher Toland apparut à l'écran. Il était assis dans un fauteuil en face de l'un des coprésentateurs de la matinale. Vêtu d'un pull bleu marine par-dessus une chemise, d'un pantalon beige et de chaussures de ville marron, il avait l'air détendu, à l'aise devant les caméras. Sa chevelure grise épaisse ondulait et ses yeux bleus brillaient lorsqu'il parlait.

Josie avait lu dans la presse qu'il avait une soixantaine d'années, mais les rides autour de sa bouche et de ses yeux ne le rendaient que plus séduisant.

« Le nombre de vos fidèles a explosé l'année dernière, rappelait le présentateur du journal. À votre avis, pourquoi votre message a-t-il trouvé un tel écho auprès d'un si large public ? »

Toland souriait.

« C'est Dieu ! C'est à Dieu que je dois cette réussite. Je ne suis que le vecteur qu'il utilise pour transmettre son message. Et pour répondre à votre question, ce message est très simple : la foi est là pour chacun d'entre nous. Elle attend que nous ouvrions les yeux et que nous la voyions. »

Le présentateur esquissait un sourire très professionnel.

« Vous avez souvent dit qu'on pouvait changer sa vie en "s'éveillant" à la foi en Dieu. Qu'entendez-vous par là ? »

Toland devenait alors sérieux. Il s'avançait un peu sur son fauteuil, posait les coudes sur ses genoux et fixait intensément son interlocuteur.

« Lorsque vous adoptez la foi en Dieu, vous vous abandonnez à lui. Et ça vous soulage d'un grand fardeau. Ouvrir les yeux sur ce que Dieu offre, c'est se libérer du poids de l'existence terrestre. Lorsque vous vous éveillez à la foi, vous vous rendez compte du mal que vous avez fait aux autres tout au long de votre vie.

— Oui, acquiesçait le présentateur. Je vous ai souvent entendu dire que l'acte le plus important qu'on puisse faire, c'est réparer ses torts.

— Je le crois du fond du cœur. Lorsque vous commencez à prendre vos responsabilités, à assumer les péchés commis, Dieu vous met sur la voie de l'expiation. Vous n'avez plus qu'à la suivre. Grâce à la foi, même les pires d'entre nous peuvent retrouver le droit chemin aux yeux de Dieu. »

— Suivant ! cria la barista.

Josie détourna les yeux de l'écran au mur. L'homme devant elle fit un pas vers le comptoir et passa sa commande. Tandis qu'il parlait, la serveuse tapotait sur la tablette qui lui servait de caisse enregistreuse. Elle lui demanda son nom et il hésita.

— Euh, c'est, euh...

Son hésitation poussa la jeune femme à lever les yeux vers lui. Elle le dévisagea puis jeta un œil vers la télévision avant de se reconcentrer sur lui.

— Oh mon Dieu. Vous êtes le célèbre prédicateur, c'est ça ?

Il agita les deux mains en l'air.

— Non, non.

— C'est vous ! C'est vous à la télé ! s'exclama-t-elle, le doigt tendu vers l'écran où Toland expliquait comment utiliser la foi pour remettre de l'ordre dans sa vie. Ma mère a lu votre livre !

Derrière lui, Josie le vit se raidir sous son manteau de chantier beige.

— Non, non. Je suis désolé. Vous vous trompez. Je m'appelle John. Mettez juste John, d'accord ?

Josie baissa les yeux vers ses pieds et découvrit des bottes flambant neuves par-dessus un jean bien repassé. C'était un homme qui essayait de se fondre dans la masse comme un citoyen lambda du centre de la Pennsylvanie. À en juger par sa tenue, il pourrait être chasseur, ouvrier, artisan ou même chauffeur de camion. Il avait choisi de porter une tenue chaude et confortable, et protégé ses pieds de l'humidité et des blessures.

Mais son allure n'avait rien de naturel. On aurait dit qu'il portait les vêtements d'un autre.

— Vous pouvez me le dire, insista la barista sur le ton de la confidence.

Josie s'approcha de lui.

— Vous parlez de Thatcher Toland, c'est ça ?

— Voilà !

Josie leva les yeux vers le visage empourpré de l'homme. Elle lui fit un clin d'œil et se tourna vers la femme.

— Ce n'est pas lui.

La femme haussa un sourcil.

— Vous êtes sûre ?

— Absolument. Qu'est-ce que Thatcher Toland ferait ici ? Il est à la télé en pleine interview.

Des rides se creusèrent sur le front de la serveuse.

— Ça pourrait être préenregistré, vous savez. C'est souvent le cas, à la télé.

Josie lui adressa un petit sourire crispé.

— Eh bien, ma sœur m'a dit qu'il serait interviewé dans l'émission matinale de sa chaîne ce matin à New York, et il est là à la télévision, donc je suis plutôt sûre que c'est en direct.

Distraite par la mention de sa sœur et de la chaîne, la femme demanda :

— Vous êtes Josie Quinn, n'est-ce pas ?

— Et vous êtes nouvelle, répondit Josie.

Elle esquissa un faible sourire.

— Je suis désolée. Ils m'ont laissé un mot pour que je sache ce que vous prenez d'habitude. Quoi qu'il en soit, je suis désolée, monsieur, euh, John. Votre commande arrive tout de suite.

Elle s'éloigna du comptoir pour préparer sa boisson. Thatcher Toland se pencha vers Josie et lui souffla :

— Merci, mademoiselle Quinn.

— Inspectrice Quinn, rectifia-t-elle.

Il arbora un sourire en coin.

— Inspectrice ? Impressionnant.

Josie haussa les épaules.

— Pourquoi voulez-vous rester incognito ?

La barista revint avec sa boisson, et il lui tendit un billet de 50 dollars.

— C'est pour moi et tout ce que souhaitera l'inspectrice. Vous pouvez garder la monnaie.

Elle fixa le billet un instant puis releva les yeux vers lui.

— Vous êtes sûr ?

— Ça me fait plaisir.

Elle se tourna vers Josie pour avoir son accord. Celle-ci n'avait pas franchement envie que Thatcher Toland paie son café – elle ne le connaissait même pas, et elle avait tendance à se méfier des actes de générosité gratuits, vu tout ce qu'elle voyait au boulot –, mais elle ne voulait pas faire d'esclandre.

— Pas de souci.

— Je reviens tout de suite.

Sur ces mots, la femme attrapa une feuille de papier de l'autre côté de la caisse et s'en alla préparer d'autres boissons.

— C'est stupide, admit Thatcher en l'étudiant. La raison pour laquelle je préfère ne pas être reconnu. Votre sœur. Elle s'appelle Trinity Payne, n'est-ce pas ?

— Oui.

— Alors vous devez savoir tout ce qu'elle doit endurer. La rançon du succès.

Avant qu'elle ne puisse l'étouffer, un rire jaillit de sa gorge.

— Mais Trinity est journaliste. Ce n'est pas tout à fait le même niveau de célébrité. J'ai vu votre visage une demi-douzaine de fois ces dernières vingt-quatre heures, et pas par choix.

Son doux sourire ne faiblit pas.

— Je voulais juste un latte vanille. Ma femme, que Dieu la bénisse, aime orchestrer et coordonner toutes mes apparitions publiques, aussi insignifiantes soient-elles. Elle serait horrifiée qu'on me reconnaisse en train de commander mon propre latte.

— Ça semble un peu exagéré.

Il sirota son café au lait et poussa un petit râle de plaisir.

— Vivian m'a fait passer du statut de pasteur d'une Église d'une quarantaine d'ouailles à celui de personnalité publique célèbre avec des milliers de fidèles presque toute seule. Plus il y a de gens qui me rejoignent dans mon cheminement vers Dieu, plus je peux faire le bien dans ce monde. Quand elle parle, j'écoute.

Josie songea à l'achat par les époux Toland de l'ancien stade tout proche, d'une valeur de plusieurs millions de dollars. Elle se retint de lever les yeux au ciel.

— Vous pensez que c'est juste pour l'argent.

— Je n'ai pas dit ça.

— Mais c'est ce que vous pensez.

— John, dit Josie, en utilisant son faux nom. À moins que vous n'ayez tué, kidnappé, agressé ou dévalisé un citoyen de ma ville, ce que vous faites et pourquoi vous le faites ne me regarde pas.

Il s'esclaffa et, malgré elle, Josie apprécia le son de son rire. Sa joie était authentique.

— Je peux vous assurer que je n'ai rien fait de tout ça. Vous semblez...

Il s'interrompit et le silence s'étira entre eux.

— Impatiente ? proposa Josie. Amère ? Blasée ? Effrontée ? Abrupte ?

Il rit de plus belle.

— Vous êtes directe, hein ? J'aime beaucoup, inspectrice. Mais ce que j'allais dire, c'est que vous avez l'air de porter un lourd fardeau.

*Et c'est parti*, se dit-elle. *Ce type veut me faire entrer dans son culte géant.*

— Comme tout le monde, non ?

— Je suppose, mais certains fardeaux sont plus lourds que d'autres. Et le vôtre est rempli de culpabilité.

Josie pensa immédiatement à sa grand-mère. Des mois de thérapie ne l'avaient pas débarrassée de la conviction que le meurtre de Lisette était sa faute. Il avait raison, et elle voyait bien, à ses airs chaleureux et ouverts, à quel point il serait facile de lui parler. Elle comprenait que les gens puissent lui révéler leurs secrets les plus intimes, mais les réflexions les plus profondes et les plus sombres de Josie étaient plus soigneusement gardées que les codes nucléaires du pays, et la dernière fois qu'elle avait rencontré une personne aussi intuitive et charismatique que Thatcher Toland, elle s'était révélée être la gourou d'une secte, une meurtrière entourée d'un groupe d'adeptes tout aussi meurtriers.

— Mon ministère repose sur le principe de libération de son fardeau, vous savez. La culpabilité est le poids le plus lourd que nous ayons à porter. Plus lourd encore que le deuil, je crois. Mais lorsque nous nous éveillons à notre foi, nous sommes capables de confier tous nos fardeaux à Dieu et, ce faisant, nous sommes libérés. Ne voulez-vous pas être libérée ?

— Je veux un café, John. Juste un café.

— Voilà, lança la serveuse d'un ton radieux.

Elle poussa vers Josie un porte-gobelets contenant quatre tasses en papier, ainsi qu'un sachet de pâtisseries. Quatre. Pour Josie, Noah, Gretchen et Mettner. Mais Mettner n'était pas sur cette enquête parce qu'il était soupçonné d'être impliqué dans la disparition de sa petite amie.

Avec un soupir, Josie ramassa le porte-gobelets et jeta un dernier coup d'œil à Thatcher Toland.

— Si vous priez aujourd'hui, demandez à Dieu de nous aider à trouver le tueur que nous cherchons, voulez-vous ?

## 16

Au commissariat, Gretchen pianotait sur son clavier, les épaules voûtées. Noah était assis à son bureau et feuilletait une pile de documents. Josie déposa les cafés et les pâtisseries de chez *Komorrah's* sur son bureau et entreprit de distribuer les gobelets. Les lunettes de lecture de Gretchen tenaient en équilibre sur le bout de son nez et, quand elle prit le sien, Josie remarqua les larges cernes sous ses yeux.

— Est-ce que tu as quand même réussi à dormir ? lui demanda Josie.

— À ton avis ? répondit platement sa collègue.

— Où est Mett ?

— Chez moi. Enfin terrassé par le sommeil. Paula est à la maison, elle va garder un œil sur lui et elle me préviendra s'il quitte les lieux. Il n'a rien voulu me dire, au fait.

— À propos de sa dispute avec Amber, tu veux dire ?

— Oui. Ça me rend nerveuse, je me demande ce qu'il nous cache.

— Noah t'a dit, pour l'autopsie ?

— Oui, confirma Gretchen avant de prendre une gorgée de son café et de recommencer à taper sur son clavier. Le chef a communiqué à la presse la description de notre inconnue. Il espère que quelqu'un se manifestera.

— On a entendu ça à la radio, répondit Josie. Et je viens de voir le reportage à la télévision. Il ne veut pas encore rendre publique la disparition d'Amber ?

Gretchen secoua la tête.

— Et attirer toute la presse, qui se passionnerait pour la disparition de l'attachée de presse de la police ? Non. Pas pour le moment. D'autant plus qu'on ne peut pas relier le meurtre de l'inconnue à la disparition d'Amber. Tout ce qu'on a pour l'instant, ce sont des théories, mais pas de preuves tangibles. Aucune qu'on puisse présenter à la presse, en tout cas. Le chef veut que le message du pare-brise et la ressemblance avec Amber ne soient pas divulgués aux journalistes. Il ne veut pas qu'ils posent de questions sur le lien entre les deux tant qu'on n'en sait pas plus. Il nous a dit de ne pas mentionner Amber pour l'instant et de nous concentrer sur notre inconnue. J'ai aussi deux agents en uniforme qui font des recherches sur tous les employés de la centrale électrique. Ils me préviendront s'ils trouvent des points suspects. Noah m'a dit que tu as passé la moitié de la nuit à essayer de donner un sens aux chiffres dans le journal d'Amber. Ça a donné quelque chose ?

Josie se laissa tomber sur son fauteuil.

— Rien. Je n'arrive pas à comprendre à quoi ils servent, ce qu'ils signifient ou pourquoi ils se trouvent dans un journal intime qu'Amber avait quand elle était petite. Ce qui me semble le plus plausible, c'est qu'il s'agisse de numéros de comptes bancaires.

— Mais même pour accéder aux numéros de comptes bancaires d'Amber, il nous faudrait un mandat, ce qui est impossible pour l'instant, compléta Gretchen. À moins qu'on réussisse à relier ces numéros à sa disparition ou au meurtre de l'inconnue, je ne sais trop comment.

— On ne sait même pas s'ils ont un rapport avec l'une ou

l'autre affaire, intervint Noah. Ils ont été cachés, ce qui est curieux, mais je ne suis pas sûr qu'on puisse vraiment établir un lien entre les numéros – ou même le petit journal – et les deux affaires en question.

— Je vais continuer à essayer de les comprendre, décida Josie. Et toi, Gretchen ? Ça a donné quelque chose avec l'amie d'Amber ? Grace Power ?

Gretchen s'arrêta de pianoter sur son clavier.

— Écoute, oui. Je lui ai parlé il y a une heure environ. Elle devrait arriver d'ici peu. Elle vient de Lewisburg. J'ai aussi demandé aux ressources humaines qui était la personne à contacter en cas d'urgence dans le dossier d'Amber, et quelqu'un va aider l'un d'entre nous à accéder à sa tablette pro plus tard dans la journée. Ils n'ont pas pu me donner son mot de passe parce qu'elle l'a défini elle-même, mais on va nous rappeler pour le réinitialiser afin de pouvoir accéder au contenu.

— Super, répondit Noah. Et qui est la personne à contacter en cas d'urgence ?

— Grace ? proposa Josie.

— Oui, avant, dit Gretchen. Il y a un mois, Amber a changé sa personne à contacter en cas d'urgence, passant de Grace Power à Finn Mettner.

— Leur relation devenait bien sérieuse, comme Mett l'a dit, nota Noah.

— Mais elle ne lui a jamais donné la clé de chez elle, rétorqua Josie.

— Tu ne crois pas à cette histoire de propriétaire ? lança Gretchen.

— Quoi ? Que son propriétaire lui a interdit de donner la clé à quiconque ? railla Josie. Même si c'était vrai, rien ne l'empêcherait de faire un double de la clé et de le donner à qui elle veut. Ce n'est pas comme si le propriétaire pouvait contrôler ce genre de trucs.

— C'est vrai, dit Noah. Avant d'acheter ma maison, je vivais dans un appartement à South Denton. C'était pareil, je n'étais pas censé donner de double à quiconque, mais ma mère et mon ex en avaient un chacune.

— Qu'est-ce qu'elle cachait ? s'interrogea Gretchen. Qu'est-ce qu'elle cachait à Mett, pour planifier un avenir avec lui tout en refusant de lui donner une clé ?

Cette question restait sans réponse. Ils ne savaient pas. À ce stade de l'enquête, tout n'était que spéculation. Josie regarda son bureau, où trônait le mystérieux journal intime avec son fermoir en or brillant, sa lanière cassée, ses pages manquantes et son intrigante liste de chiffres.

— Si c'est la sœur d'Amber, reprit Noah, et qu'elle s'est rendue à Russell Haven à 5 heures du matin hier, comme l'indique le message sur le véhicule d'Amber...

— Elle ne s'y est pas rendue, l'interrompit Josie. Quelqu'un l'y a emmenée contre son gré.

Noah acquiesça.

— Si quelqu'un l'a emmenée là-bas, alors où est Amber et pourquoi le message a-t-il été laissé sur sa voiture à elle ? Comment a-t-elle pu disparaître de chez elle sans sa voiture, sans affaires, et sans que quiconque voie quoi que ce soit ?

— Les piles de la caméra de surveillance de la porte d'entrée avaient été retirées, expliqua Josie. C'est ce que Mett m'a dit. Et puis, on ne sait pas si personne n'a rien vu. On n'est pas allés interroger ses voisins.

— Parce que c'est une femme adulte et que les femmes adultes ont le droit de disparaître si ça leur chante. Et puis, il n'y a aucun signe de lutte chez elle, ajouta Gretchen. Enfin, aucun signe visible depuis l'extérieur et selon les infos de Mett. On n'est pas franchement face à un potentiel crime.

Noah secoua la tête.

— On a sorti un corps du fleuve hier soir qui ressemblait

beaucoup à Amber. On ne peut peut-être pas entrer chez elle pour jeter un œil à l'intérieur, mais rien ne nous empêche de faire du porte-à-porte. Surtout que le message concernant Russell Haven se trouvait là-bas, et que c'est sur le lieu du rendez-vous que nous avons trouvé notre inconnue. On pourrait probablement aussi relever des empreintes sur la voiture d'Amber.

Gretchen attrapa son téléphone portable.

— Je vais demander à une patrouille de surveiller la rue et à Hummel de relever les empreintes sur le véhicule.

Quelques instants plus tard, sa ligne fixe sonna. Elle décrocha, écouta, puis raccrocha.

— Grace Power est ici. Lamay l'a installée en bas, dans la salle de conférences.

— Allons-y, lança Josie.

Ils dévalèrent l'escalier et trouvèrent Grace Power assise à la longue table en bois lustré. Elle était petite et mince, avec la peau mate et des cheveux bruns qui encadraient son visage en un carré chic. Un grand manteau en cuir reposait sur le dossier de sa chaise. Elle portait un jean, un pull et une écharpe à motifs autour du cou. Elle leur adressa un faible sourire tandis qu'ils se présentaient et la remerciaient d'être venue si rapidement. Josie lui proposa du café ou de l'eau, mais elle refusa, croisant ses mains sur la table devant elle.

— Avez-vous des nouvelles ?

— Je suis désolée, nous n'en avons aucune, répondit Josie.

Grace desserra ses doigts et fouilla dans son sac à main sur la chaise à côté d'elle. Elle en sortit un mouchoir en papier qu'elle utilisa pour tamponner les larmes qui coulaient de ses yeux.

— C'est ma meilleure amie. Je n'arrive pas à croire ce qui se passe. Vous n'avez vraiment aucune idée de l'endroit où elle a pu aller ? Vous pensez que quelqu'un l'a enlevée ?

— C'est ce que nous essayons de découvrir, répondit Noah.

Madame Power, auriez-vous la clé de la maison d'Amber, par hasard ?

Grace chiffonna son mouchoir et secoua la tête.

— Non. J'habite tellement loin que ça n'avait pas de sens. De toute façon, elle est locataire, donc son propriétaire peut entrer dans la maison s'il y a un souci. Enfin, je veux dire, si elle s'enferme dehors, ce genre de choses. Je n'ai jamais pensé...

— Quand est-ce que vous lui avez parlé ou que vous avez eu de ses nouvelles, directement ou non, pour la dernière fois ? lui demanda Josie.

— Il y a deux semaines.

Elle fouilla dans son sac pour prendre son téléphone portable. Après avoir pianoté un moment dessus, elle le tourna vers eux et le fit glisser sur la table. Ils se penchèrent tous pour lire l'échange de textos. Amber s'excusait simplement de ne pas être venue pour Thanksgiving et disait qu'elle avait passé un moment merveilleux avec la famille de Finn. Les deux amies discutaient de leurs congés, puis convenaient de se retrouver pour un déjeuner ou un dîner avant Noël. Il n'y avait rien de suspect ou d'inquiétant dans les messages. Josie rendit le téléphone à Grace, qui le rangea dans son sac à main.

— Depuis combien de temps vous connaissez-vous ? reprit Noah.

— Bientôt dix ans. On est allées à l'université ensemble. On était colocataires en première et en dernière année. Toutes les deux étudiantes en communication. Je suis entrée immédiatement dans le monde associatif après mon diplôme. Aujourd'hui, je suis directrice de la communication au Women's Law Center of Pennsylvania. Amber est passée d'un emploi à l'autre, mais elle n'était pas vraiment épanouie jusqu'à son arrivée ici. Elle parlait en termes élogieux de vous tous et, bien sûr, de Finn...

Les yeux de Grace brillaient de larmes.

— Vous ne savez vraiment pas où elle est ?

— Je suis désolée, Grace, dit Gretchen. Nous n'en savons

rien. C'est pour ça que nous vous avons demandé de venir ici. Mett – je veux dire, Finn – nous a dit qu'elle passait toujours les fêtes avec vous et votre famille. C'est vrai ?

Un sourire se dessina sur les lèvres de Grace.

— Oui. Depuis l'université, quand j'ai compris qu'elle restait sur le campus chaque Noël. Elle est venue jusqu'à l'année dernière, quand elle a déménagé ici et rencontré Finn. Elle nous a manqué, mais j'étais heureuse qu'elle semble avoir trouvé sa... famille.

— En parlant de famille, enchaîna Josie, que vous a-t-elle dit de la sienne ? Je suppose que vous avez dû en parler ensemble.

Grace hocha la tête.

— Bien sûr qu'on en a parlé. On a passé beaucoup de très longues soirées arrosées à la fac. C'était le seul moment où elle parlait vraiment de sa famille – quand elle était soûle.

— Qu'est-ce qu'elle vous a raconté ? demanda Josie.

— Eh bien... Elle a dit que ses parents étaient divorcés et qu'elle n'avait parlé à aucun membre de sa famille depuis qu'elle était partie à l'université à dix-huit ans. Elle a dit qu'ils étaient toxiques. Et dysfonctionnels, aussi.

Josie se souvint qu'Amber avait utilisé le même mot pour parler d'eux à Mettner : toxiques.

— Elle a dit qu'elle se portait bien mieux sans eux. Je lui ai demandé si ça ne la rendait pas triste d'être seule, et elle m'a répondu que non, qu'elle était plus heureuse toute seule et qu'elle ne regrettait pas de s'être éloignée d'eux.

— A-t-elle déjà évoqué des maltraitances ? demanda Noah.

Une larme s'échappa du coin de l'œil de Grace.

— Je pense qu'ils étaient violents. Peut-être. Je ne sais pas.

— Qu'est-ce qui vous fait penser ça ? lui demanda doucement Gretchen.

Grace essuya une larme sur sa joue.

— C'est juste que... Eh bien, elle a une cicatrice dans le dos.

— Nous sommes au courant, l'informa Josie. Finn a dit que ça venait d'un accident de camping avec sa famille.

Grace se mit à secouer la tête, attristée.

— Oh, non. C'est ce qu'elle lui a raconté ? Je ne sais pas pourquoi elle est si gênée ou... honteuse... ou pourquoi elle ne veut jamais en parler. Ce n'était pas sa faute.

La cicatrice qui descendait de l'oreille de Josie, le long de sa mâchoire, jusqu'au milieu de son menton, la brûlait comme si elle était en flammes. Elle se souvint de la douleur fulgurante de la lame qui avait entaillé sa peau la nuit où sa ravisseuse lui avait infligé cette balafre. À l'âge adulte, Josie ne parlait jamais de cette femme qui l'avait maltraitée, sauf en cas de nécessité absolue.

— Qu'est-ce qu'Amber vous a dit à propos de la cicatrice ? réussit-elle à articuler.

— Ce n'était pas un accident. Quelqu'un lui a fait ça. Quelqu'un de sa famille. Quand on s'est rencontrées, elle m'a raconté l'histoire de l'accident de camping, forcément : on partageait juste la même chambre à la fac, à l'époque. Je l'ai vue une ou deux fois sans t-shirt et j'ai eu le courage de lui poser des questions à ce sujet. Elle m'a répondu que, lorsqu'elle était petite, elle était allée camper avec sa famille et qu'elle était tombée à la renverse dans le feu. Quelques années plus tard, après une soirée bien arrosée, on est rentrées à la maison et on a beaucoup discuté. Elle est devenue très triste et s'est mise à pleurer, et c'est là qu'elle m'a raconté. Quelqu'un de sa famille l'a poussée dans ce feu. Ils l'ont forcée à mentir à l'hôpital.

Josie s'évertua à étouffer le frisson qui parcourut son corps au souvenir de son propre séjour à l'hôpital et de sa tortionnaire qui insistait pour qu'elle mente à propos de l'origine de son entaille au visage. Sous la table, Noah posa une paume chaude sur le genou de Josie avant de demander à Grace :

— Elle n'a pas révélé qui était le coupable ? Sa mère, son père ? Un de ses frères et sœurs ?

Grace secoua la tête.

— Elle a refusé de le dire, mais j'ai eu l'impression qu'ils étaient tous présents. Ils savaient tous ce qui s'était réellement passé. Vraiment un truc de détraqués.

— Est-ce qu'elle vous a donné les noms des membres de sa famille ?

Grace secoua de nouveau la tête.

— Non. Elle disait juste « mon père », « ma mère », « ma sœur », « mon frère ». Oh, et il y avait une tante du côté de son père qui était toujours dans le coin aussi. Une vraie peau de vache, apparemment.

Même si le contact de Noah lui apportait du réconfort, Josie ne parvenait pas à endiguer l'anxiété qui la gagnait. Pendant plus d'un an, elle avait travaillé avec Amber. Elle n'avait jamais imaginé que celle-ci avait vécu un événement aussi similaire à son propre passé traumatique. Elle n'avait pas cherché à le savoir. Josie était toujours accaparée par son travail. Même son mari devait composer avec son obsession. Comme il avait le même métier, c'était plus simple.

— Vous pensez que c'est sa tante qui lui a fait cette cicatrice ? demanda Noah.

Josie se leva brusquement, et sa chaise tomba à la renverse contre le mur. Tout le monde la dévisagea. Une rougeur lui monta au cou.

— Je suis désolée. Il faut juste que... Vous m'excusez un instant ? Je reviens tout de suite.

Noah et Gretchen ne la quittèrent pas des yeux, et seule Grace esquissa un sourire en lui répondant :

— Bien sûr.

Josie se retint de partir en courant. Les mots de Grace la suivirent jusqu'à la porte.

— Je ne sais pas qui lui a fait la cicatrice... Elle n'a jamais...

Dans la cage d'escalier, Josie s'arrêta et prit plusieurs grandes inspirations. Adossée au mur, elle s'employait à faire l'exercice de respiration et de méditation que sa psychothérapeute lui avait enseigné. Au début, ça lui avait semblé tellement stupide. Enfin, c'était toujours le cas. Essayer de respirer alors que son anxiété était à son comble, c'était comme essayer de faire entrer un alligator dans une tasse de thé : tout bonnement impossible. Les émotions étaient trop intenses, la tâche, trop ardue. Mais elle tenta quand même de le faire, car sa seule autre option était de faire une crise de nerfs au travail, au beau milieu d'une cage d'escalier, alors qu'une de ses collègues avait disparu et qu'un autre était soupçonné. Avant, elle était douée comme personne pour repousser ses traumatismes au fin fond de son esprit mais, depuis le meurtre de sa grand-mère, depuis qu'elle avait commencé à éprouver tous ses sentiments en thérapie, c'était plus difficile.

— Foutues émotions, marmonna-t-elle pour elle-même, en continuant son exercice de respiration, les dents serrées.

Dans son esprit, elle entendait la docteure Rosetti lui prodiguer patiemment des conseils : *Détends ta mâchoire, Josie. Détends les muscles de ton visage.*

Imaginer la voix de sa psychothérapeute était le seul moyen efficace pour Josie de s'en sortir. Cette astuce n'avait jamais fonctionné avec sa propre petite voix. Cette femme-là était trop occupée à hurler à pleins poumons.

Une fois son rythme cardiaque revenu à une vitesse acceptable, elle monta deux à deux les marches jusqu'au premier étage et récupéra le journal d'Amber sur son bureau. Lorsqu'elle fit irruption dans la salle de conférences, seule Grace leva la tête et lui sourit.

— Vous a-t-elle dit où elle avait grandi ? demanda Noah.

— Elle a dit qu'ils déménageaient plusieurs fois par an, parfois plus. Elle m'a donné l'impression d'un foyer très instable. Je pense que c'est pour ça qu'elle était si heureuse ici, surtout depuis qu'elle avait commencé à sortir avec Finn. Pour une fois, elle avait de la stabilité. Elle semblait plus heureuse jamais, c'était vraiment génial de la voir comme ça.

— Des ex-petits amis ? s'enquit Gretchen, et Josie sut qu'elle pensait à l'homme avec qui Sawyer l'avait vue se disputer deux semaines plus tôt.

Grace agita vaguement la main.

— Oh, il n'y en a pas eu beaucoup. Sa relation la plus sérieuse avant Finn n'a duré que six mois et semblait très... morne.

Josie serra le journal contre son ventre et se rassit à sa place.

— Personne ne s'intéressait de trop près à elle ? demanda Noah. Pas d'anciens petits copains obsédés, par exemple ? Qui l'auraient harcelée ?

Grace secoua la tête.

— Non, pas que je sache.

Josie se racla la gorge, attirant l'attention de tout le monde.

— J'ai ici quelque chose qui appartient à Amber, et j'aimerais que vous y jetiez un œil.

Elle posa le journal sur la table et le fit glisser vers Grace. Avec un soupir, Grace effleura la couverture du bout du doigt.

— Ce vieux truc. Mon Dieu. Elle l'a encore.

— Il est vierge, indiqua Josie.

— Amber avait écrit dedans. Mais sa tante a déchiré toutes les pages pendant son adolescence.

— Est-ce qu'Amber vous a dit pourquoi ?

— « Parce que c'est une peau de vache. » Voilà ce qu'elle m'a dit.

— Pourquoi l'avoir gardé tout ce temps ? demanda Gretchen.

Grace caressa le fermoir doré en forme de cœur.

— Je ne sais pas. Par rancune, peut-être ? Ou pour se rappeler qui ils étaient vraiment, afin de ne jamais être tentée de retourner vers eux ?

Josie souleva la couverture et tourna les pages jusqu'à retrouver les onze lignes de numéros.

— Savez-vous ce que ces chiffres signifient ?

Grace se pencha pour étudier la liste, visiblement confuse.

— C'est bien l'écriture d'Amber, mais je ne sais pas ce qu'ils représentent ou veulent dire.

— Aviez-vous déjà vu l'intérieur du carnet ? l'interrogea Gretchen. Et ces chiffres ?

— Non. La seule fois où Amber me l'a montré, elle l'a feuilleté assez rapidement. Tout ce que j'ai vu, ce sont des pages vierges et ça, dit-elle en touchant les vestiges des pages arrachées au niveau de la pliure du journal.

— Pourquoi sa tante aurait-elle déchiré des pages de ce carnet plutôt que de le détruire entièrement ? Est-ce qu'Amber a déjà émis une hypothèse à ce sujet ?

Grace soupira.

— Je ne sais pas trop.

Josie, elle, savait. Tout comme elle savait pourquoi Amber avait gardé le journal toutes ces années, même avec ses pages vierges et sa lanière cassée. Un journal – surtout celui d'une adolescente – était intime, privé, et même s'il n'y avait probablement rien d'écrit dedans qui intéresserait cette adolescente devenue adulte, c'était toujours un objet précieux, un endroit où déposer ses pensées les plus confidentielles et ses secrets. En arracher des pages, c'était déjà un acte de cruauté en soi, mais le rendre à Amber dans cet état était tout simplement diabolique. Chaque fois qu'Amber regarderait son journal après ça, elle se rappellerait cette méchanceté, ce viol et cette profanation de son monde intérieur.

Josie repensa à toutes les fois où sa propre tortionnaire l'avait laissée croire qu'elle contrôlait sa vie avant de lui prouver le contraire ou garder un objet qu'elle aimait pour ensuite le détériorer complètement. Josie était prête à parier que ce journal était le seul moyen qu'avait trouvé Amber pour conserver concrètement des lambeaux de sa propre identité, même si rien de tout ça n'expliquait la liste de chiffres. Cette fois, Josie réussit à réprimer son frisson. Amber avait grandi dans la cruauté, mais est-ce que ça avait le moindre rapport avec sa disparition ?

— Connaissez-vous le nom de sa tante ? s'enquit Josie. Savez-vous si elle est encore en vie ?

Grace secoua la tête.

— Je ne sais pas. Amber n'a jamais dit son nom. Je suppose qu'elle est toujours en vie ; Amber l'aurait probablement mentionné, si elle était morte. Je pense qu'elle aurait été soulagée.

Josie referma le journal.

— Vous avez dit qu'Amber avait évoqué une sœur. L'avez-vous déjà rencontrée ?

— Non. Je n'ai jamais rencontré aucun membre de sa famille. Elle ne plaisantait pas quand elle disait qu'elle n'avait plus aucun contact avec eux.

— Le barrage de Russell Haven, ça vous dit quelque chose ? intervint alors Gretchen. Est-ce que ce nom vous parle ?

Un peu perplexe, Grace fit lentement non de la tête.

— Pas du tout... Pourquoi, ça devrait ?

— Est-ce qu'Amber a déjà parlé de cet endroit ?

— Non, pas que je me souvienne.

— En dehors de sa famille, Amber a-t-elle déjà eu des soucis avec des gens par le passé ? enchaîna Josie. Peut-être avec un voisin ou un collègue, quelque chose comme ça ? Est-ce que quelqu'un aurait pu lui vouloir du mal ?

Grace secoua encore la tête.

— Non, vraiment pas. Je ne me souviens d'aucun problème avec qui que ce soit. Au contraire, même : Amber m'a toujours semblé très solitaire. Elle ne le disait jamais, mais elle était tout le temps seule, vous voyez ? Ça devait être déprimant, parfois.

Gretchen glissa une carte de visite à Grace.

— Merci d'être venue nous voir aujourd'hui. Si vous pensez à quoi que ce soit d'autre, n'hésitez pas à nous appeler immédiatement.

Grace prit la carte et la glissa dans son sac à main.

— Je vous en prie, prévenez-moi dès que vous avez des nouvelles, supplia-t-elle. Je suis très inquiète pour Amber. Je ne veux pas qu'il lui arrive quelque chose de grave.

Ils acceptèrent sa requête, mais Josie ne put s'empêcher de penser que quelque chose de grave était probablement déjà arrivé à Amber.

Dans sa poche, son portable se mit à vibrer. Elle répondit aussitôt en voyant le nom de la docteure Feist à l'écran.

— Josie ? Je pense que tu devrais venir à la morgue. J'ai ici une femme qui prétend que l'inconnue est sa fille.

## 17

Josie s'attendait à voir la femme dans le couloir miteux devant les portes de la morgue, mais l'endroit était vide. Noah était parti voir Mettner pendant que Josie et Gretchen se rendaient à la morgue pour rencontrer celle qui prétendait être la mère de l'inconnue. Mais il n'y avait là que Ramon, l'assistant de la légiste, dans la salle d'examen, occupé à nettoyer les instruments et à remettre de l'ordre. Il leva les yeux à leur arrivée et les salua d'un signe de tête.

— La docteure est dans son bureau avec notre invitée. Juste une minute.

Il les laissa au milieu de la pièce. Cette fois, l'inconnue n'était pas sur une table d'examen, mais dans une housse mortuaire posée sur un brancard. La porte qui reliait la salle d'examen au bureau s'ouvrit et la docteure Feist entra, suivie d'une petite femme svelte dont les boucles brunes jusqu'aux épaules étaient parsemées de gris. Elle portait un tailleur-jupe épais à double boutonnage couleur fauve qui lui donnait une allure de directrice d'école privée austère. Seules ses bottines brunes Gucci adoucissaient son image. Même avec ces talons, elle était plus petite que Josie. À son épaule pendait un sac

Hermès en crocodile marron. Elle était très sérieuse, pénétrant dans la pièce comme une dignitaire étrangère en visite. Ses doigts étaient bardés de grosses bagues en diamant et elle portait un pendentif, en diamant également, autour du cou, en plus de minuscules diamants qui scintillaient à ses oreilles. Josie étudia son visage alors qu'elle se tenait parfaitement immobile devant elles, attendant que quelqu'un prenne la parole. Il y avait une ressemblance avec Amber et avec l'inconnue, mais elle n'était pas flagrante.

— Inspectrices, voici Lydia Norris, annonça Anya Feist.

Lydia ne tendit pas la main, mais précisa :

— Lydia Watts, à une certaine époque.

— Êtes-vous la mère d'Amber Watts ? demanda Gretchen.

Un sourire crispé se dessina sur ses lèvres.

— Oui, tout à fait, confirma-t-elle avec un geste vers le corps. Je suis venue parce que j'ai entendu aux informations que la police avait repêché un corps dans le fleuve qui correspondait à la description de ma fille.

— Amber ? insista Josie.

— Oui, Amber.

— Madame Norris, ce n'est pas Amber qui a été repêchée dans le fleuve la nuit dernière, l'informa Gretchen.

Une ligne inquiète se creusa entre les sourcils de Lydia.

— Êtes-vous sûres de bien connaître Amber ? Assez bien pour l'identifier ? C'est moi qui l'ai mise au monde.

Josie regarda Gretchen, puis Lydia.

— Nous travaillons avec Amber tous les jours depuis un an environ. Et notre collègue... Bref, nous savons que ce n'est pas Amber, mais on nous a dit qu'elle avait une sœur.

La façade imperturbable de Lydia vacilla un instant. La confusion plissa son front.

— Je ne... Qu'est-ce que... Mon autre fille ne serait pas ici. Amber, si. Elle vivait ici, travaillait ici. C'est forcément elle. J'en suis sûre.

Josie croisa le regard de la légiste et fit un petit signe de tête. La docteure se dirigea vers la housse mortuaire et en baissa la fermeture avec délicatesse, l'ouvrant de telle sorte que seul le visage de l'inconnue soit visible. Lydia, qui l'avait suivie, porta une main à sa bouche.

— Oh, souffla-t-elle, et un tremblement la parcourut de la tête aux pieds. C'est... C'est mon... mon Eden.

— Eden ? répéta Gretchen. C'est le prénom de votre autre fille ?

Elle tendit la main, comme si elle allait toucher Eden, mais se figea. Ses doigts tremblèrent en l'air avant qu'elle ne les replie et presse la main contre sa poitrine.

— Oui, murmura-t-elle. Eden Watts. C'est ma fille. Elle... Je ne comprends pas. Que s'est-il passé ?

— Nous espérions que vous pourriez nous aider à comprendre, dit Josie. Amber a disparu depuis trois jours. Nous avons trouvé un message devant chez elle indiquant qu'elle devait rencontrer quelqu'un au barrage de Russell Haven. Mais quand nous y sommes allés, nous avons trouvé Eden, coincée entre les rochers près de la goulotte de déversement de l'eau. Elle avait été torturée et entravée dans les jours précédents. Elle était gravement blessée, mais toujours en vie. Nous avons essayé de la sauver, mais elle s'est noyée.

— Quelqu'un l'a coincée délibérément entre deux rochers, précisa Gretchen. Celui qui l'a fait voulait qu'elle se noie.

Lydia pressa son poing sur sa bouche. Elle ferma les yeux. La docteure Feist remonta la fermeture Éclair du sac et posa une main sur le coude de Lydia afin de la détourner du corps d'Eden.

— Vous voulez vous asseoir, madame Norris ? demanda Josie.

La femme secoua la tête, mais garda les yeux fermés encore quelques instants, comme pour se ressaisir. Quand elle les rouvrit, Gretchen demanda :

— Quand avez-vous vu Amber ou lui avez-vous parlé pour la dernière fois ?

— Ça remonte à des années, admit Lydia. J'ai divorcé de son père quand les enfants étaient adolescents. Ils ne l'ont pas bien pris, ils ne voulaient plus rien avoir à faire avec moi après. J'ai essayé de garder un œil sur eux – c'est comme ça que j'ai su qu'Amber vivait ici, à Denton –, mais on ne se parlait pas souvent.

— Vous n'avez pas eu de contact avec Amber depuis des années ? insista Josie.

Lydia secoua rapidement la tête.

— Oui. Non. Je veux dire, je suis sûre de lui avoir parlé il y a... Je ne sais pas. Peut-être quand elle a déménagé ici ? Je ne me souviens vraiment pas. Comme je l'ai dit, elle était fâchée contre moi et contre son père. Ils le sont tous.

— Tous, répéta Gretchen. Vous voulez dire Amber, Eden, et votre fils ?

— Gabriel, oui. Je ne l'ai pas vu ni ne lui ai parlé depuis presque six ans. Depuis qu'il a rejoint cette Église. Vous savez, la très connue ? Celle de Thatcher quelque chose ? Il passe tout le temps à la télévision.

— Thatcher Toland ? demanda Josie. Il construit une mégaéglise dans le coin.

Lydia claqua des doigts.

— Voilà ! L'Église du Redressement. Un nom curieux, vous ne pensez pas ? Mais bon, je suppose que lorsqu'on fonde sa propre Église non confessionnelle, on peut bien l'appeler comme on veut. Quoi qu'il en soit, quand Gabriel a rejoint l'Église du Redressement, il a complètement arrêté de me parler.

— Est-ce que Gabriel a besoin de « redresser » quelque chose dans sa vie ? C'est pour ça qu'il s'est engagé ? demanda Josie.

Lydia éclata d'un rire étouffé tout en évitant soigneusement de croiser le regard de Josie.

— Non, non. Je ne pense pas. À moins qu'il se soit passé quelque chose après mon départ.

— Et Eden ? reprit Josie. À quand remonte votre dernier contact ?

Lydia jeta un coup d'œil par-dessus son épaule vers le corps de sa fille. Sa voix était triste, nostalgique, même.

— J'ai l'habitude de lui parler au téléphone deux ou trois fois par an. Elle ne veut pas me voir. Je ne l'ai pas vue en personne depuis presque dix ans, mais elle était la plus indulgente de tous mes enfants. Je ne lui avais pas parlé depuis l'été dernier. Comment Eden… ? Je ne comprends pas ce qui s'est passé. Elle vit à Philadelphie. Qu'est-ce qu'elle serait venue faire ici ?

— Elle est peut-être venue voir Amber ? suggéra Gretchen.

Lydia secoua la tête.

— Non, non. Amber ne voulait rien avoir à faire avec nous. Ça n'aurait aucun sens.

Gretchen et Josie se regardèrent, et une communication silencieuse passa entre elles. Finalement, Gretchen déclara :

— Madame Norris, c'est un sujet très délicat, et je sais que c'est un moment terrible pour vous, mais il a été porté à notre attention qu'Amber avait une grande cicatrice de brûlure dans le dos.

Lydia opina du chef.

— C'est vrai.

Josie enchaîna alors :

— Une de ses amies nous a dit qu'Amber racontait habituellement que c'était un accident, mais qu'en réalité, quelqu'un avait causé cette blessure. Que c'était un acte délibéré. Savez-vous quoi que ce soit à ce sujet ?

Des larmes brillèrent au coin des yeux de Lydia. Elle secoua lentement la tête de droite à gauche.

— Vous voulez la vérité ?

Josie et Gretchen acquiescèrent.

— Je pense que c'est ma belle-sœur qui lui a fait ça, mais je n'ai jamais pu le prouver.

— Votre belle-sœur, répéta Josie. La tante d'Amber ?

— Oui. Nadine. Les parents de mon ex-mari Hugo sont morts quand il était encore enfant. Il ne restait plus que Nadine. Elle a douze ans de plus que lui, et leur dynamique tenait plus de la relation entre un parent et son enfant que de celle entre une sœur et un frère. Nadine voulait absolument tout contrôler. Le moindre détail de nos vies. Comme vous pouvez l'imaginer, cette situation ne me convenait pas, surtout en ce qui concernait mes enfants. J'ai quitté Hugo à plusieurs reprises avant que tout ne s'écroule définitivement, et il laissait généralement les enfants chez Nadine plutôt que de s'en occuper lui-même.

La lèvre inférieure de Lydia tressautait et l'une de ses mains se contracta. Sa voix tremblait de frustration quand elle reprit :

— Ça l'aurait tué de se conduire enfin comme un père. Toujours est-il qu'une des fois où nous nous étions séparés, les enfants étaient chez Nadine, et j'ai reçu un appel de l'hôpital de Towanda m'informant qu'Amber avait eu un accident.

— Towanda, réagit Josie. C'est au nord, près de la frontière de l'État.

— Oui, juste au sud de l'État de New York. Nadine a une grande maison dans le comté de Sullivan, et l'hôpital le plus proche est celui de Towanda. C'est là qu'ils ont emmené Amber. J'y suis allée, pour la voir et pour récupérer mes enfants, et elle était dans un état lamentable. Elle m'a raconté qu'ils avaient fait un feu de camp et qu'elle était tombée à la renverse. Je ne l'ai jamais crue, mais je n'ai pas réussi à lui faire dire la vérité. Elle avait trop peur de Nadine. On avait tous peur d'elle.

— Pourquoi ? lança Gretchen. Vous étiez une femme adulte. Leur mère. Pourquoi auriez-vous eu peur de Nadine ?

Lydia frissonna.

— Elle trouvait toujours le moyen de nous faire vivre un véritable enfer. Des tactiques insidieuses, insupportables. On ne pouvait pas lui échapper. Hugo ressentait envers elle un genre de loyauté qu'il n'a jamais eu envers moi ou envers nos enfants. C'est finalement l'une des principales raisons de mon départ. Il refusait de nous mettre à l'abri de sa sœur.

— Amber avait un journal intime quand elle était adolescente, reprit Josie. Elle a dit à sa meilleure amie que Nadine avait déchiré la plupart des pages. Vous étiez au courant ?

Lydia fronça les sourcils.

— Non, pas du tout. Mais ça ne me surprend pas. C'est tout à fait le genre de chose que Nadine ferait.

Josie sortit son téléphone et afficha la photo de la page du journal avec la liste des numéros avant de le tendre à Lydia.

— Savez-vous ce que ces chiffres veulent dire ? Amber les a écrits dans son journal.

Lydia prit entre ses mains le téléphone de Josie et regarda attentivement l'écran.

— Je ne sais pas du tout... Qu'est-ce que c'est ? Des numéros de comptes bancaires ?

— C'est ce que nous essayons de découvrir, dit Gretchen. Vous n'avez aucune idée de ce qu'ils pourraient représenter ou signifier ?

Elle rendit le téléphone à Josie, et son visage se teinta de tristesse.

— Non. J'aimerais bien le savoir. Vous pensez qu'ils ont un rapport avec ce qui est arrivé à Eden ou avec l'endroit où est allée Amber ?

— Nous n'en sommes pas sûres pour l'instant, admit Josie. Quand avez-vous vu Nadine pour la dernière fois ?

— Probablement il y a quinze ans. Quand j'ai quitté Hugo pour de bon – je ne me suis jamais retournée.

— Vos enfants n'ont pas souhaité vous suivre ? demanda Gretchen.

Lydia frotta ses pouces contre ses bagues, à l'intérieur de sa main. Les anneaux glissèrent légèrement autour de ses doigts, projetant un millier de minuscules reflets au plafond.

— Gabriel était déjà adulte à ce moment-là, et les filles avaient presque terminé le lycée. On avait beaucoup déménagé pendant leur enfance. Je crois qu'elles ne voulaient pas être déracinées une fois de plus alors qu'il ne leur restait qu'une ou deux années à faire. Et puis, ils me tenaient pour responsable de tout ça.

— Tout quoi ? lança Josie.

Lydia haussa les épaules.

— Toute cette vie, je suppose. Toutes les épreuves qu'ils avaient traversées dans leur enfance, et maintenant... Mon Dieu, c'est vraiment épouvantable.

Comme elle sentait que Lydia risquait de perdre son sang-froid, Josie enchaîna :

— Où habitez-vous, madame Norris ?

— Oh, à environ une heure d'ici. Je peux vous montrer ma carte d'identité.

Elle fouilla dans les poches de sa veste et en sortit un mince portefeuille d'où elle tira un permis de conduire. Josie l'étudia et remarqua qu'elle vivait à Danville.

— Avec tout le respect que je vous dois, madame, intervint alors la docteure Feist, si vous n'avez pas vu votre fille Eden en personne depuis plusieurs années, comment savez-vous que c'est bien elle ?

— Je le sais, répondit Lydia d'une voix rauque. Une mère sait toujours.

Josie devinait que la légiste allait avoir besoin d'un peu plus que cette simple explication pour remettre le corps d'Eden à cette femme.

— Peut-être que vous pourriez me donner davantage d'informations, et remplir quelques formulaires. De mon côté, je vais faire le nécessaire pour confirmer l'identité d'Eden. Si vous savez où elle habitait, on pourra peut-être retrouver son dentiste et confirmer que c'est bien elle grâce à son dossier dentaire. Je pourrai alors vous la confier.

— Bien sûr, bien sûr, s'empressa de répondre Lydia. Je suppose que je dois m'occuper des funérailles maintenant, n'est-ce pas ?

— Vous avez le temps, la rassura gentiment Gretchen. Je suis sûre que la docteure Feist peut vous accorder un jour ou deux. En attendant, l'inspectrice Quinn et moi pouvons vous emmener où vous voulez. Un hôtel, peut-être ?

— Oh, je suis venue avec ma propre voiture. Je pense que je vais rester chez Amber pour l'instant.

— Comme nous vous l'avons dit, expliqua Josie, Amber n'est pas chez elle depuis au moins deux jours, peut-être trois, madame Norris. Elle a disparu.

Lydia sourit, un geste un peu forcé, comme si elle montrait les dents.

— Mais j'ai une clé. Elle m'a dit que je pouvais venir n'importe quand, même si elle n'était pas à la maison.

Josie vit presque les rouages s'enclencher et une alarme s'allumer dans l'esprit de Gretchen.

— Quand vous a-t-elle donné une clé ?

Lydia se toucha la tempe.

— Oh, je ne sais pas vraiment. Quand elle a emménagé, peut-être. Bref, je vais remplir ces formulaires maintenant, puis j'irai là-bas.

La docteure Feist disparut dans son bureau pour rassembler les documents nécessaires.

— Savez-vous où est partie Amber ? demanda Gretchen. Où elle pourrait être en ce moment ?

Lydia secoua la tête.

— Non, aucune idée. Je pensais que c'était elle, ici, qu'elle était morte. J'ai entendu parler du corps repêché dans le fleuve aux informations et je me suis inquiétée. C'est pour ça que je suis venue. Je savais que personne ne réclamerait son corps. Mais j'avais tort. Ce n'est pas Amber. Je suis sûre qu'elle réapparaîtra d'ici un jour ou deux. Je vais l'attendre chez elle et prendre les dispositions nécessaires pour qu'Eden repose en paix.

— Madame Norris, nous ne sommes pas sûres qu'Amber revienne, fit Josie. Nous avons des raisons de penser qu'elle pourrait être en danger. Puisqu'elle vous a donné la clé de sa maison, nous autoriseriez-vous à y jeter un coup d'œil ?

Josie observa attentivement le visage de Lydia, à la recherche d'un signe de surprise ou d'hésitation, mais ne remarqua rien, seulement un sourire poli.

— Bien sûr, oui, évidemment.

18

Amber ne se souvient de rien après le coup de crosse qu'il lui a asséné dans les bois sinistres. Elle se réveille encore dans l'obscurité, mais elle est à l'intérieur maintenant. Le sol sous son corps est un béton dur et froid. Une odeur de moisi imprègne l'air. C'est tout de même mieux que le vent glacial qui la frappait. Elle dresse mentalement l'inventaire des maux et blessures de son corps, et plie chaque membre lentement à mesure qu'elle s'assied. L'entaille dans sa paume la fait souffrir, et sa tête la lance tellement qu'elle a du mal à rester droite. D'autres parties de son corps sont douloureuses, mais elle surmonte la souffrance et se met à quatre pattes. Avec une lenteur extrême, elle rampe d'un bout à l'autre de la chambre, tâte le sol et les murs pour essayer de comprendre où il l'a emmenée.

Il n'y a aucun meuble. En fait, il semble n'y avoir rien d'autre qu'elle dans la pièce. Dans un coin, une série de tuyaux partent du sol et s'élancent vers le plafond. Ils sont froids au toucher et silencieux. On dirait qu'il l'a enfermée dans une sorte de sous-sol. Épuisée, elle s'effondre contre l'un des murs, et laisse sa tête tomber sur sa poitrine. Elle s'endort rapidement.

Elle n'a aucune idée du temps qui passe mais, lorsqu'elle rouvre les yeux, une lumière vive traverse la pièce. Dans un fracas de métal, il apparaît, seul, l'arme à la main, exactement comme lorsqu'il est venu chez elle pour l'enlever.

— Tu as repris tes esprits ? demande-t-il.

Amber réussit à se lever et observe la pièce vide. C'est bien ce qu'elle soupçonnait. Une cellule de béton peinte en bleu ardoise. Les tuyaux qu'elle a sentis sortent du sol et traversent le plafond. Il n'y a rien d'autre qu'elle et des toiles d'araignée.

— Où sommes-nous ? demande-t-elle.

— Là où tu vas rester jusqu'à ce que tu me dises ce que j'ai besoin de savoir.

— Sinon tu me tueras ?

Il détourne le regard.

— Je ferai ce que j'ai à faire.

Amber réfléchit rapidement.

— Si tu voulais me tuer, je serais déjà morte. Tu ne peux pas le faire. Si tu me tues, le secret meurt avec moi.

Il tapote le canon de l'arme contre sa cuisse.

— Non. Si je te tue, il sera simplement beaucoup plus difficile de découvrir la vérité.

— Ce sera même impossible.

Il fait un pas vers elle. Une veine palpite sur sa tempe.

— Tais-toi.

L'arme se lève lentement, l'œil du canon la toise, juste devant son visage. Tremblante, elle s'avance et appuie le front contre l'acier froid de l'arme. Puis elle ferme les paupières. Le calme de sa voix la surprend elle-même. Mais elle sait qu'elle fait le bon choix. Elle peut mourir en paix. Elle a toujours voulu faire ce qu'il fallait.

— Je ne te le dirai pas, dit-elle doucement. Si tu veux me tuer, fais-le maintenant.

Les secondes s'égrènent. Une, deux, trois, quatre.

— Attends ! s'écrie-t-elle. S'il te plaît. Finn...

Elle ouvre les yeux juste à temps pour voir son doigt appuyer sur la détente.

19

Josie et Gretchen patientèrent sur le parking pendant que Lydia Norris remplissait les papiers dont avait besoin la docteure Feist. Gretchen s'assit au volant de la voiture tandis que Josie consultait les renseignements personnels disponibles sur Eden Watts depuis le terminal de données mobile. Eden avait vingt-six ans et avait vécu dans plusieurs appartements dans le Sud-Est de la Pennsylvanie, la plupart à Philadelphie. Comme Lydia l'avait dit, son permis de conduire actuel indiquait qu'elle résidait dans cette ville, de sorte qu'elle se trouvait à deux heures de chez elle lorsqu'elle était apparue au barrage de Russell Haven à 5 heures du matin. Un seul véhicule était enregistré à son nom : une Mini Cooper rouge de 2016. Celle-ci n'avait pas été retrouvée à proximité du barrage, ce qui était logique si elle avait été retenue contre son gré, puis emmenée là-bas. La voiture était-elle restée à Philadelphie ? Ou bien Eden s'était-elle rendue à Denton avant d'être enlevée ? Il faudrait joindre la police de Philadelphie pour obtenir des réponses à la plupart de leurs questions. En attendant, Josie prit une photo du permis de conduire d'Eden et l'envoya par SMS à Noah, lui demandant de la présenter aux hôtels du coin pour voir si elle avait séjourné récemment à Denton.

Josie poursuivit ses recherches. Contrairement à Amber, Eden avait des contacts répertoriés dans la base de données TLOxp, parmi lesquels Gabriel et Hugo Watts. Tous deux vivaient en Pennsylvanie, Hugo dans la région de Williamsport et Gabriel dans une petite ville située à une demi-heure de Denton, Woodling Grove. Josie consulta leurs permis de conduire respectifs et constata qu'Eden et Amber tenaient de leur père leur épaisse chevelure auburn et leur allure singulière. Gabriel, avec ses cheveux bruns et son visage plus rond, ressemblait à Lydia. Josie prit des photos du père et du fils et les envoya par SMS à Sawyer, en lui demandant si l'un d'eux était l'homme qu'il avait vu bousculer Amber dans la rue quelques semaines plus tôt.

Il répondit en quelques secondes.

*Le plus jeune, peut-être. Impossible d'en être sûr. Ils étaient trop loin.*

Josie pianota un remerciement et montra à Gretchen l'échange de textos.

— Super, soupira Gretchen. Son frère était peut-être ou peut-être pas à Denton ces deux dernières semaines et a pu être en contact avec elle.

— On pourrait le retrouver et lui poser directement la question, suggéra Josie.

— C'est vrai, acquiesça Gretchen. Est-ce que Woodling Grove a son propre département de police ?

— Non, répondit Josie. Le shérif du comté s'occupe des affaires mineures et la police d'État, des affaires plus graves. Pour l'instant, je peux demander à quelqu'un du bureau du shérif d'aller sur place pour voir s'il accepte de se rendre au commissariat du comté avec eux. On pourrait s'y rendre dans la foulée. Enfin, quand on aura fini ici.

— Oui, fais donc ça, approuva Gretchen avant de se pencher et de prendre une photo du permis de conduire d'Eden Watts. En attendant, je vais envoyer ça à mon ancien partenaire de la police de Philadelphie pour voir s'il peut trouver des infos sur Eden pendant qu'on travaille sur l'affaire ici.

— Bonne idée, dit Josie alors que Gretchen tapait un message sur son téléphone. Assure-toi qu'il cherche sa voiture. Si elle n'est pas là-bas, je lancerai un avis de recherche.

— Ça marche.

Josie appela Judy Tiercar, son contact au bureau du shérif du comté d'Alcott, et lui expliqua la situation. Judy lui promit de la rappeler dès qu'elle parviendrait à contacter Gabriel Watts.

Après avoir raccroché, Josie consulta les réseaux sociaux d'Eden Watts avec son portable. Elle n'était pas sur Facebook, mais elle avait des comptes Twitter et Instagram. Ses posts portaient surtout sur différents types de café et sur divers établissements de Philadelphie – des clubs, un studio de yoga, un atelier de poterie. Quelques publications estivales montraient ses pieds, les orteils peints en bleu, sur le sable devant l'océan. Elles étaient accompagnées des hashtags « #jerseyshore », « #escapade » et « #oceanvibes ». Sinon, rien de personnel. Avec un soupir, Josie ferma les applications.

Gretchen surveillait les portes d'entrée de l'hôpital, guettant la sortie de Lydia Norris.

— Qu'est-ce qui fait que ce scénario paraît si bancal ? murmura-t-elle.

Josie tapa ensuite le nom de Lydia dans la base de données TLOxp.

— Tout, répondit-elle. Absolument tout. Amber a dit à Grace Power, sa plus vieille amie, que sa famille était toxique et dysfonctionnelle, et qu'elle n'avait parlé à aucun d'entre eux depuis le lycée – exactement ce qu'elle a dit à Mett –, mais sa mère a la clé de sa maison ?

Il y avait presque aussi peu de renseignements sur Lydia Norris que sur Amber. On trouvait une seule adresse à Danville pour elle au cours des douze dernières années, et c'était tout. Son permis de conduire était encore valide et elle payait ses factures à temps.

— Tu crois qu'elle a vraiment une clé ou qu'elle bluffe ? lança Gretchen.

Josie repensa à la réaction de Lydia lorsqu'elle lui avait demandé si elles pouvaient jeter un coup d'œil à la maison d'Amber.

— Elle n'avait pas l'air de mentir, et pourquoi nous aurait-elle dit de l'accompagner si elle n'avait pas réellement la clé ?

— Tu crois qu'Amber n'a pas donné de clé à Mett parce qu'elle en avait donné une à Lydia et qu'elle ne voulait pas que les deux se croisent par hasard ?

— Je ne sais pas, admit Josie tout en tapant « Nadine Watts » dans le moteur.

Pas de résultats. Cette femme était ou avait probablement été mariée. Josie se nota de demander à Lydia le nom de famille de Nadine.

— Elle semblait très surprise de voir son autre fille dans le sac mortuaire.

— Je pense que n'importe qui serait choqué de voir son enfant dans un sac mortuaire, marmonna Josie.

— Tu vois ce que je veux dire, insista Gretchen. Et puis, tu as vu toutes ses bagues ? Je crois que l'une d'entre elles vient de chez Harry Winston et l'autre de Blue Nile, donc elles valent très cher. Plusieurs dizaines de milliers de dollars par bague, peut-être plus.

Josie tourna la tête vers elle.

— Je n'aurais jamais pensé que tu étais experte en diamants.

Gretchen haussa les épaules.

— J'ai bossé sur une grosse affaire de cambriolage qui avait mal tourné à Philadelphie avant de venir ici. Le couple, très riche, avait été assassiné dans son manoir. La femme avait une collection assez conséquente de bijoux extrêmement luxueux. J'ai eu droit à un cours accéléré.

— Tu penses donc que Lydia est riche.

— On pourrait partir à la retraite juste avec ce qu'elle porte aux doigts. Ah, la voilà !

Josie leva les yeux et vit Lydia Norris sortir à grandes enjambées du bâtiment, ajustant la bretelle de son sac à main sur son épaule. Gretchen klaxonna rapidement et elle leur fit un signe de la main. Elle avait accepté qu'elles la suivent jusqu'à la maison d'Amber pour y jeter un coup d'œil. Elle monta dans une Mercedes-Benz noire et s'éloigna. Josie se connecta de nouveau au TDM et constata qu'une Mercedes-Benz noire Classe S était effectivement enregistrée à son nom.

— Tu avais raison de dire qu'elle était riche, souffla Josie. Elle conduit une voiture qui coûte plus de 100 000 dollars.

Gretchen suivit Lydia qui serpentait dans les rues de Denton et qui dut parfois faire demi-tour pour changer de direction.

— Elle ne sait pas où elle va, dit Josie. Elle ne sait même pas où habite Amber !

Au bout de vingt minutes, Lydia tourna enfin dans la rue de sa fille. Elle s'arrêta derrière la voiture d'Amber et coupa le moteur. Gretchen se gara juste derrière elle. Alors qu'elles sortaient toutes de leurs véhicules, Lydia se dirigea vers l'avant de la voiture d'Amber et fixa le pare-brise. Gretchen et Josie s'approchèrent, et Lydia se pencha plus près encore de la vitre.

— Ce sont juste des traces ou ça veut dire quelque chose ?

— « Russell Haven, 5 heures du matin. » Mais ce n'est pas Amber qui était là-bas à 5 heures du matin, c'était Eden.

— Est-ce que Russell Haven vous évoque quoi que ce soit ? demanda Josie.

Lydia fit non de la tête.

— Aucune signification particulière pour Amber, Eden ou un membre de votre famille ? insista Gretchen.

— Non, pas du tout, souffla Lydia, la voix tremblotante, un sourire peiné aux lèvres. On y va ?

Elles la suivirent dans l'allée. À la lumière du jour, Josie remarqua un crochet de berger en fer forgé noir sur leur gauche, tout près de la maison. Aucune plante n'y était suspendue. Au lieu de cela, Amber avait confectionné une gerbe de nœuds rouges et argentés pour les fêtes et l'avait fixée à l'extrémité du crochet.

Alors que Lydia gravissait la seule marche menant au perron, ses clés tintèrent entre ses mains. Elle se dirigea vers la porte d'entrée. Josie compta cinq clés en plus de celle de la voiture. Une à une, elle les inséra dans la serrure et essaya de tourner. Aucune ne fonctionnait.

— Madame Norris, vous n'avez pas de clé, n'est-ce pas ? demanda Gretchen.

Lydia ne se retourna pas vers elles, mais secoua la tête.

— Bien sûr que j'ai une clé. Je me suis juste trompée de trousseau.

Ses épaules s'affaissèrent et elle soupira.

— Il va falloir que je retourne à Danville pour la récupérer, lança-t-elle en pivotant, et son regard se posa sur le crochet de berger. Ou alors je peux utiliser le double qu'Amber cache en cas d'urgence.

— Quel double ? demanda Josie.

Sans répondre, Lydia glissa les clés dans son sac et le posa à côté de la porte d'entrée, avança dans l'herbe et saisit le crochet de berger à deux mains.

— Madame Norris ? s'étonna Gretchen.

Elle tira le crochet d'avant en arrière, encore et encore, jusqu'à réussir à l'arracher du sol gelé. Son visage était rougi lorsqu'enfin le pieu sortit de terre. Josie aperçut alors un sachet en plastique qui pendait de la base, accroché par une ficelle. Lydia le saisit et cassa la ficelle d'un coup sec. Elle renfonça dans le même trou le crochet de berger, qui penchait désormais vers la droite. L'un des rubans festifs tomba au sol. Une clé glissa du pochon dans le creux de sa paume.

— Quand mes enfants étaient petits, je faisais la même chose avec nos clés. Pour les jours où je ne pouvais pas rentrer avant eux. Certaines personnes utilisent de faux cailloux avec des compartiments secrets ou mettent la clé sous le paillasson, ce genre de chose. C'est trop facile à trouver. Alors j'ai imaginé ceci – une sorte de décoration de jardin avec une clé enterrée à son pied. Personne ne penserait jamais à chercher là.

Avec un sourire, elle passa les mains sur sa jupe et retourna sur le perron. La clé glissa facilement dans la serrure. Lydia la tourna et la porte s'ouvrit avec un déclic. Elle récupéra son sac à main.

— Est-ce qu'Amber vous avait dit que c'était là que se trouvait son double ?

— Bien sûr, affirma Lydia en franchissant le seuil.

Josie et Gretchen se regardèrent. Josie savait que Gretchen pensait la même chose qu'elle : Lydia Norris venait de s'introduire dans la maison d'Amber en les trompant sciemment. Malgré tout, elles la suivirent à l'intérieur.

## 20

La porte ouvrait directement sur un salon qui ne comptait que quelques meubles : un canapé, un fauteuil, une table basse et une table d'appoint. Josie suivit Lydia et Gretchen à travers cette petite maison de plain-pied, sobrement meublée et méticuleusement entretenue. Dans chaque pièce, les couleurs étaient assorties. On aurait dit que tout avait été mis en scène, comme si des agents immobiliers allaient venir prendre des photos pour mettre la maison en vente. Amber était soignée et méthodique, mais Josie ne se sentait pas à l'aise ici. Rien ne reflétait sa personnalité – ou une quelconque personnalité. Comme Mettner le leur avait dit, rien ne semblait avoir été déplacé. Elles suivirent Lydia dans sa déambulation à travers le salon, la salle à manger et la cuisine. Josie se demanda de nouveau si c'était la première fois qu'elle venait ici.

Dans la cuisine, Lydia s'arrêta et posa les mains sur les hanches, regardant autour d'elle. Par-dessus son épaule, Josie étudia la pièce. Des placards et des tiroirs blancs avec des boutons et des poignées noirs. Un grille-pain et une cafetière sur le plan de travail en faux marbre noir. Un réfrigérateur sans aucun magnet. Josie songea à celui qui trônait dans la cuisine qu'elle partageait avec Noah. Le moindre centimètre carré était couvert de dessins de Harris et de la nièce de Noah, de photos d'eux ensemble, d'eux avec leur famille et leurs amis, d'invitations à des fêtes et à d'autres événements. Elle pensa à ce que Grace avait dit à propos de la solitude d'Amber. La table blanche de la cuisine était petite et fonctionnelle, avec deux chaises noires rangées en dessous. Dessus se trouvaient un téléphone portable, un sac à main et un trousseau de clés, tous alignés côte à côte. Le manteau d'hiver d'Amber était suspendu au dossier de l'une des chaises.

Derrière la table se trouvait la porte arrière, avec une vitre manquante et rafistolée avec du carton. C'est par là que Mettner avait dû s'introduire, brisant la vitre et passant la main pour déverrouiller la porte. Il avait nettoyé les dégâts et réparé la vitre, comme il l'avait expliqué. Si Lydia remarqua ce détail, elle ne dit rien. Elle était occupée à scruter la cuisine, parcourant des yeux les rangées de placards et de tiroirs. Elle s'approcha du plan de travail et ouvrit un tiroir situé juste devant elle. Tout en fouillant parmi les torchons et les maniques, elle lança :

— Je vous offrirais bien un café, mais je ne sais plus où Amber range tout.

— Ce n'est pas nécessaire, lui dit Gretchen.

Lydia continua à explorer les tiroirs et les placards malgré sa réponse.

— Bon, dit-elle une fois son tour terminé, se tournant vers elles avec un sourire gêné. Il ne semble pas y avoir de café ici, de toute façon.

— Aucun souci, la rassura Gretchen. Vraiment.

Josie s'approcha de la table et fixa le téléphone d'Amber. Maintenant qu'il était confirmé que l'inconnue était la sœur d'Amber, ils pourraient probablement obtenir un mandat pour perquisitionner la maison d'Amber, ainsi que pour inspecter son téléphone et ses comptes bancaires. Mais ces démarches prendraient du temps, un temps qu'Amber n'avait peut-être pas. Lydia pourrait les autoriser à consulter le contenu du téléphone immédiatement. Ils auraient toujours besoin d'un mandat pour récupérer ses relevés téléphoniques, qui leur révéleraient notamment tout ce qu'Amber ou quelqu'un d'autre aurait pu effacer du téléphone, mais, pour l'instant, elles étaient en mesure de vérifier les dires de Mettner, à savoir qu'il n'y avait rien sur l'appareil. Josie le pointa du doigt.

— Ça vous dérange si je jette un coup d'œil au portable d'Amber ?

Aucune hésitation.

— Pas du tout. Si vous estimez qu'elle est en danger et que ça peut aider à la localiser, tous les moyens sont bons pour la retrouver.

Josie tira une paire de gants en latex de l'une de ses poches et les enfila avant de saisir le téléphone. L'écran de verrouillage affichait un selfie d'Amber et Mettner, joue contre joue, souriant à l'objectif. Amber portait un bonnet tricoté et leurs deux visages étaient rougis. En arrière-plan, Josie distingua le jaune et l'orange du feuillage d'automne. La photo avait probablement été prise en septembre ou en octobre, lorsque les arbres de Denton changeaient de couleur. Josie passa le doigt sur l'écran et le téléphone demanda un code secret. Mettner lui avait dit qu'il avait fouillé dans le téléphone d'Amber, ce qui signifiait que même s'il n'avait pas la clé de la maison, il connaissait le code de son téléphone.

— Madame Norris, connaissez-vous le code d'Amber, par hasard ?

— Oh non, je suis navrée. Je ne le connais pas. Je pensais que la police avait un programme spécial pour entrer dans les téléphones des gens.

Josie choisit d'ignorer cette remarque.

— Ça vous dérange si nous l'emportons pour l'examiner et que nous le rapportons plus tard ?

— Je vous en prie.

— Et le contenu de son sac à main ? Nous aimerions demander un mandat pour examiner ses relevés bancaires afin de voir si l'un de ses comptes est actuellement utilisé.

— Bien sûr, dit Lydia.

— Nous allons également jeter un coup d'œil dans les chambres à coucher, si ça ne vous pose pas de souci, ajouta Gretchen.

— Entendu.

Elle les suivit dans le couloir qui menait à la salle de bains et aux chambres. Dans la salle de bains, une serviette froissée reposait au fond d'un panier à linge. Quelques produits de toilette étaient alignés à côté du lavabo, mais Josie ne vit rien de déplacé ou d'inhabituel. L'une des chambres ne contenait qu'un tapis de course. L'autre était meublée d'un grand lit, d'une table de nuit et d'une commode assortie. Comme Mettner l'avait précisé, le lit n'était pas fait. À part cela, la chambre ne semblait pas plus habitée que le reste de la maison. Sur la table de nuit, il n'y avait qu'une lampe, un réveil et un chargeur de téléphone.

Josie parcourut la pièce du regard. Il n'y avait aucune touche personnelle perceptible. Elle ouvrit la penderie, étrangement soulagée de constater qu'Amber avait vraiment vécu ici. Plusieurs vêtements étaient suspendus à des cintres et quelques paires de chaussures étaient rangées au fond. Sur l'étagère au-dessus de la tringle se trouvaient des couvertures et des serviettes de bain pliées. Josie ne remarqua rien d'alarmant ou d'utile pour comprendre ce qui était arrivé à Amber. Gretchen fouilla les tiroirs de la commode les uns après les autres et Josie comprit au lourd soupir qu'elle poussa à la fin qu'elle n'avait rien trouvé non plus.

Elle ouvrit le tiroir de la table de nuit, qui ne contenait qu'un seul objet : un livre. *Éveillez-vous à la foi* de Thatcher Toland. Josie le prit et examina la couverture. Le beau visage buriné de Toland la regardait, un sourire prudent adressé à l'appareil photo. Ses yeux bleus paraissaient bien plus vieux que ses soixante et quelques années. Lorsqu'elle l'avait vu ce matin-là, hors de son environnement habituel, il avait semblé plus jeune. Elle lut le sous-titre : « Mon chemin de l'autodestruction à l'espoir et à une nouvelle vie. » Josie secoua la tête en le feuilletant. Amber ne lui avait jamais semblé particulièrement portée sur la religion, mais la popularité de Toland grimpait depuis des mois au niveau national et, partout où Josie allait, elle voyait des gens qui lisaient son livre. Il était en outre invité à toutes les émissions imaginables pour en faire la promotion et, avec l'ouverture de la mégaéglise toute proche, il continuerait de passer à la télévision pendant de nombreuses semaines encore.

Lydia entra dans la pièce après elles, d'un pas lent, comme si elle avait peur de réveiller quelqu'un. Elle s'approcha de Josie et remarqua le livre.

— C'était ici ? Dans la maison d'Amber ?

Josie montra d'une main le tiroir ouvert dans lequel elle l'avait trouvé.

— Juste là.

Lydia secoua la tête.

— Ça ne ressemble pas du tout à Amber. Elle n'a jamais... été attirée par ce genre de choses.

— Par la religion ? demanda Gretchen, à genoux de l'autre côté du lit pour regarder en dessous.

— Non. Par les télévangélistes et tout ça. Elle a toujours pensé que c'étaient des charlatans.

Après ce que Lydia leur avait appris sur la conversion de Gabriel Watts à l'Église du Redressement, Josie se demanda si Gabriel avait pu donner le livre à sa sœur. S'il était celui que

Sawyer avait vu accoster Amber dans la rue quelques semaines plus tôt, peut-être pensait-il qu'elle avait quelque chose à redresser dans sa vie.

Alors que Josie continuait à parcourir rapidement quelques pages, un bout de papier tomba du livre et voltigea jusqu'au sol. Lorsque Lydia se pencha pour le ramasser et le contempla, un petit cri lui échappa. Sa main libre se referma sur sa bouche. Josie ne voyait pas bien de quoi il s'agissait. On aurait dit une sorte d'article de presse imprimé sur une feuille.

— Madame Norris ? s'enquit-elle. Quelque chose ne va pas ?

Celle-ci secoua la tête avant d'écarter la main de sa bouche. Josie n'arrivait pas à comprendre les émotions qui défilaient sur son visage : surprise, choc, peur, puis soulagement. Lydia tendit le papier à Josie. Le titre disait : « Une femme du comté de Sullivan retrouvée morte noyée, les enquêteurs privilégient la piste criminelle. » C'était un article assez bref, que quelqu'un avait barré de quelques mots au marqueur noir : « DING DONG ! LA SORCIÈRE EST MORTE ! »

Josie tenta de lire l'article sous le feutre, mais ne put que saisir les grandes lignes de l'article : Nadine Fiore, qui avait dû autrefois s'appeler Nadine Watts, avait été assassinée à son domicile. Il n'y avait pas de date et rien ne permettait de deviner de quel journal l'article était tiré.

Lydia pressa les mains sur sa poitrine, comme si elle essayait d'empêcher son cœur d'exploser.

— Vous étiez au courant ? l'interrogea Josie en brandissant l'article.

Lydia secoua la tête.

— Est-ce que vous avez une idée de qui aurait pu donner ou envoyer ça à Amber ?

— Non. Aucune.

— Votre fils, peut-être ? demanda Gretchen en s'approchant et en prenant le papier des mains de Josie pour l'examiner.

— Je n'en sais rien. J'en doute. Amber et lui ne se sont jamais entendus. Peut-être Eden ? Nadine était cruelle avec mes filles, surtout.

— Eden était-elle membre de l'Église de Thatcher Toland ?

— Oh, non. Absolument pas. Elle détestait...

Lydia s'interrompit. Elle semblait ne pas savoir comment terminer sa phrase.

— Elle détestait Thatcher Toland ? proposa Josie. L'Église ?

— Les religions organisées, choisit finalement Lydia. Elle n'aurait jamais lu ce genre de livre. Jamais.

— Vous pensez que Gabriel a pu donner ce livre à Amber avec cet article ? Quelle relation avait-il avec Nadine ?

Lydia serra les lèvres.

— Pas une très bonne, finit-elle par répondre. Je ne pense pas que Nadine lui ait jamais rien fait – physiquement, je veux dire –, mais elle le détestait quand même. Cela dit, ce message, « La sorcière est morte », ça ressemble plus à Eden qu'à Gabriel.

Bien sûr, il était également possible qu'Amber ait acheté le livre elle-même, que quelqu'un lui ait envoyé la coupure de presse et qu'elle l'ait glissée entre les pages. Ou qu'elle ait reçu le livre de la part de Gabriel et l'article de presse de la part d'Eden. Il n'y avait aucun moyen de le savoir avec certitude, pas pour le moment.

— On peut garder ça ? demanda Josie à Lydia.

— Oui, bien sûr, je vous en prie.

Josie rangea la coupure de presse sous la couverture du livre.

— Y a-t-il un numéro où nous pouvons vous joindre si nous avons d'autres questions ?

— Vous pouvez m'appeler sur mon téléphone portable.

Josie enregistra le numéro que Lydia énonça dans son propre téléphone.

— Madame Norris, nous allons vous laisser pour l'instant. Je vous laisse ma carte au cas où vous auriez besoin de nous contacter. Une dernière chose : seriez-vous d'accord pour qu'on prenne la caméra de surveillance d'Amber, celle fixée à côté de la porte d'entrée ? Nous la rendrons en même temps que le téléphone et les autres objets, dès que nous les aurons examinés.

Lydia leur adressa un sourire larmoyant.

— Bien sûr. Tout ce que vous voulez.

Gretchen enfila des gants pour dégager la caméra extérieure de son support et la plaça dans un sac de pièces à conviction.

— Je vais demander à Hummel de la récupérer pour relever les empreintes.

Puis Josie et elle repartirent vers le commissariat. Quand elles tournèrent au coin de la rue d'Amber, Gretchen poussa un petit sifflement.

— Je n'arrive pas à comprendre ce qui se passe ici.

— Moi non plus, admit Josie en regardant les rues de Denton défiler. Tout ce que je peux dire, c'est qu'aucun crime n'a été commis dans cette maison. À part l'effraction de Mett. Si Amber a été enlevée là-bas, elle ne s'est pas débattue, ce qui me fait dire qu'elle connaissait la personne et qu'elle lui faisait confiance, ou qu'elle a été menacée d'une arme. Je penche pour cette dernière hypothèse puisqu'elle n'a pas pris de manteau ou quoi que ce soit d'autre.

— Je suis d'accord, approuva Gretchen. Mais tout ça n'a aucun sens. C'est comme si on avait les pièces de deux puzzles différents et qu'on essayait de les forcer à s'imbriquer.

— Qu'est-ce que tu veux dire ?

— On a deux affaires distinctes ici : le meurtre d'Eden et la disparition d'Amber, et la seule chose qui les relie, c'est le barrage et le fait qu'elles soient sœurs. Mais Amber n'était pas en contact avec sa sœur, d'après tous ceux à qui on a parlé jusqu'à présent. Si elles ne se sont pas parlé depuis dix ans, comment ont-elles pu se retrouver toutes les deux mêlées à quelque chose qui a mené à la mort de l'une et à...

— L'enlèvement de l'autre ? proposa Josie. Il nous manque un élément déterminant pour relier ces deux affaires. D'après tous les témoignages, même celui de sa propre mère, Amber n'était en contact avec personne de sa famille toxique, à part peut-être son frère.

— Qu'on n'a toujours pas retrouvé, rappela Gretchen. Mais si c'est l'homme avec qui Sawyer l'a vue, ça veut dire qu'il a eu une altercation physique avec Amber avant qu'elle ne disparaisse.

— Je vais voir avec mon contact au bureau du shérif si elle l'a retrouvé, dit Josie en envoyant un message à l'adjointe Judy Tiercar. Mais je pense que la situation se précise. Nous avons deux, voire trois membres de la famille – les enfants – impliqués d'une manière ou d'une autre.

— Vraiment ?

— Tu ne penses pas ?

— Tout ce qu'on sait avec certitude, c'est que Nadine Fiore et Eden Watts ont été assassinées dans deux secteurs différents et qu'Amber a disparu. On ne sait pas vraiment avec qui elle s'est disputée le jour où Sawyer l'a vue. Je ne veux pas qu'on se concentre trop sur la famille et qu'on passe à côté d'une autre piste. Les familles pourries, c'est courant. Mais la plupart des gens ne sont pas assassinés ou kidnappés par des membres de leur famille pourrie.

Le téléphone de Josie vibra. Elle jeta un coup d'œil au texto qu'elle venait de recevoir et soupira.

— C'est l'adjointe Tiercar. Gabriel Watts n'est pas chez lui.

Elle va repasser dans quelques heures pour voir si elle peut lui mettre la main dessus. Bref, qu'est-ce qu'on n'a pas examiné et qui, selon toi, mérite qu'on s'y penche plus attentivement ?

— Mett, lâcha Gretchen. Ils allaient emménager ensemble et elle ne lui a même pas dit qu'elle avait croisé son frère. Pourquoi ?

— Parce qu'elle ne voulait pas avoir à répondre à toutes les questions qui découleraient de cette conversation, répondit Josie. Voyons, Gretchen. Elle a eu une enfance merdique. Toi et moi, on sait ce que c'est. Elle ne voulait pas en parler.

— Il y a un truc qui cloche, insista Gretchen. Elle ne lui a jamais dit. Sawyer l'a vue dans la rue avec un type. Et si Mettner l'avait vue avec lui aussi, et pensait qu'elle le trompait ? Et si elle le trompait vraiment, d'ailleurs ?

Josie ouvrit la bouche pour réfuter immédiatement la théorie de Gretchen, mais elle repensa alors à la réaction initiale de Mettner, qui avait supposé que Russell Haven était un homme. Il s'en était inquiété.

— Il n'y a rien sur son téléphone qui laisse penser qu'elle trompe Mett – enfin, selon Mett. D'ailleurs, ne l'aurait-il pas simplement interrogée ? Ne serait-il pas allé la voir pour lui demander carrément si elle le trompait ?

— Tu penses ? lança Gretchen. Il est très amoureux d'elle. Je dirais même que ça frise l'obsession. À quel point on le connaît vraiment ? Est-ce qu'on peut vraiment dire sans aucune hésitation qu'on sait comment il est en privé ?

Josie songea à la carte d'anniversaire dans le bureau d'Amber. La note manuscrite de Mettner lui revint à l'esprit : « Je ne cesserai jamais de t'aimer. » Cette phrase pouvait être soit délicieusement douce, soit terriblement menaçante, selon le contexte.

— Il est impossible d'affirmer avec certitude qu'Amber ne trompait pas Mett. Comme tu l'as dit, pour l'instant, il n'y a que lui qui a regardé dans son téléphone et c'est lui qui nous a dit qu'il n'y avait rien d'intéressant dedans. On doit tenir compte de la source. Il a très bien pu effacer toutes les preuves de son infidélité. Il saurait très bien comment faire, puisqu'il fait partie des forces de l'ordre.

— Il y a toujours un moyen de retrouver les infos, même si elles ont été effacées, souligna Josie. Et Mett ne saurait pas comment éviter ça.

Gretchen secoua la tête.

— Personne à la police de Denton ne peut retrouver ce qui a été effacé. On n'est pas équipés pour ce genre de boulot.

— Et alors ? Il suffirait d'envoyer le téléphone à un service qui peut s'en occuper, lui fit remarquer Josie. Et Mett le sait aussi. Qu'est-ce que tu sous-entends vraiment, Gretchen ? Tu crois que Mettner a fait quelque chose à Amber ? Mais alors, qu'en est-il d'Eden ?

— Peut-être qu'il lui a fait quelque chose aussi. Peut-être qu'elle était au mauvais endroit, au mauvais moment, qu'il a été contraint de la tuer aussi, et qu'il a ensuite imaginé toute une mise en scène pour brouiller les cartes.

— Non, lâcha Josie.

— Ce n'est pas complètement farfelu, répliqua Gretchen. Mett est l'un des nôtres. Il saurait parfaitement comment nous pousser sur de mauvaises pistes.

Josie repensa à sa réaction sur le parking du barrage, quand ils pensaient que la victime était Amber, puis quand ils lui avaient annoncé que ce n'était pas elle. Il avait voulu à tout prix voir le corps de ses propres yeux.

— Je ne sais pas, admit Josie. Il a l'air sincère.

— Il est entré chez elle par effraction, patronne, lui rappela Gretchen.

Josie soupira et tourna la tête vers la vitre, derrière laquelle les rues de Denton se succédaient. Le soleil brillait sans chaleur. Même avec ses rayons qui inondaient la ville, tout semblait froid et gris. Oppressant. Josie refusait de croire

Mettner capable du pire, mais elle savait ce qu'il en coûtait de laisser des policiers corrompus s'en tirer à bon compte. Un frisson la traversa.

— Je déteste ça, mais on doit rester objectives. Comme si on ne parlait pas de Mettner.

— C'est exactement ce que je dis, rétorqua Gretchen. Regardons la situation en face. Le petit ami qui se dispute avec sa petite amie. Deux jours plus tard, il dit qu'il n'a plus de nouvelles. Il s'introduit chez elle. Rien ne manque et aucun signe de lutte dans la maison...

— Mais toutes ses affaires personnelles ont été laissées sur place, ses lumières étaient restées allumées et la caméra de surveillance semble avoir été trafiquée, intervint Josie.

— Oui, reconnut Gretchen avant de reprendre son énoncé des faits. Quelqu'un a écrit « Russell Haven 5A » dans le givre du pare-brise de sa voiture, ce qui n'est pas vraiment un moyen très fiable de laisser un message.

— On n'est au courant de l'existence de ce message que parce que le petit ami l'a porté à notre attention, ajouta Josie.

— Il l'a porté à l'attention d'une amie. Il ne t'a pas appelée en ta qualité officielle d'inspectrice, Josie. Il est venu chez toi. Tu n'étais pas en service. C'est toi qui as eu l'idée d'aller à Russell Haven.

— C'est vrai. Le message nous a conduits là où la sœur de la petite amie a été agressée, attachée et jetée dans les rochers, et où elle s'est noyée. La petite amie est toujours introuvable.

— En fouillant le bureau de la petite amie, on découvre un journal intime caché remontant à son enfance avec une liste de chiffres énigmatique.

— La meilleure amie de la petite amie confirme que le journal remonte à son enfance, poursuivit Josie. Je ne suis pas sûre que ce soit pertinent.

— Ce qui est pertinent, c'est qu'elle l'a caché au petit ami, répondit Gretchen. C'est pertinent qu'elle ait mis ton nom sur un Post-it collé dessus, surtout quand son petit ami est inspecteur de police.

— C'est étrange mais, encore une fois, je ne suis pas sûre que ça ait un rapport avec le meurtre d'Eden et la disparition d'Amber. Donc, ensuite, leur mère arrive et confirme tout ce que Mettner et Grace Power nous ont déjà dit, à savoir qu'Amber a grandi dans un environnement « toxique ».

— La mère qui savait où se trouvait le double des clés, souligna Gretchen. Ce que Mettner ne savait pas.

— Je crois que tu essaies trop de mettre tout ça sur le dos de Mett, déclara Josie.

Gretchen serra les mâchoires.

— À notre connaissance, Mettner est la dernière personne à l'avoir vue vivante. Il a été la dernière personne à entrer chez elle, la dernière personne à toucher à son téléphone. Il aurait pu nous cacher n'importe quoi de compromettant. On l'a laissé orienter l'enquête dès le début. Penses-y.

Josie était bien consciente de ce que Gretchen gardait en tête : dans leur dernière grosse affaire, l'assassin avait réussi à se mettre hors de soupçon très rapidement et, ce faisant, avait pu influencer la direction de l'enquête presque jusqu'au bout. Pour Josie, comme pour son équipe, cette erreur avait été une véritable bévue.

— Merde, lâcha Josie. Il n'a pas non plus voulu nous dire pourquoi ils se sont disputés.

— Ça ne sent pas bon, confirma Gretchen. Je pense qu'il faut lui mettre un peu plus de pression. On devrait le traiter comme n'importe qui d'autre dans la vie d'Amber, comme son petit ami – pas comme notre collègue. Il faut au moins qu'on établisse le fait qu'il n'est pas mêlé à tout ça pour pouvoir nous concentrer sur d'autres pistes.

Le commissariat de police de Denton apparut à l'horizon. Josie sentit son ventre se nouer.

— Je t'ai dit que je détestais ça ?

22

Noah était à son bureau, le téléphone collé à l'oreille. La tablette d'Amber était posée devant lui, l'écran allumé, et lui demandait un mot de passe. Josie comprit qu'il était en train de parler à l'assistance technique pour tenter d'accéder au contenu de l'appareil. Il couvrit le récepteur d'une paume et leur dit :

— Tous les employés de la centrale hydroélectrique ont été contrôlés. Les rapports sont sur ton bureau. Mett est dans la salle de conférences, si tu veux lui parler. Je suis allé le voir chez Gretchen et je lui ai demandé de revenir ici avec moi.

Gretchen posa les sachets de preuves contenant la caméra, le sac à main d'Amber et le livre de Thatcher Toland avec l'article de journal, et suivit Josie dans l'escalier qui descendait au rez-de-chaussée. Mettner était assis dans le fauteuil que Grace Power avait occupé quelques heures plus tôt, mais son visage était enfoui entre ses bras, posés sur la table. Lorsque Josie et Gretchen entrèrent, il leva les yeux. La moitié de ses cheveux châtains était hérissée. Une tache rose marquait sa joue là où il s'était appuyé sur sa manche de chemise.

— Vous avez du nouveau ? demanda-t-il.

Josie tira le fauteuil à côté de lui. Elle retira son manteau, le posa sur le dossier, puis s'assit.

— Tu veux un café ?

Il la fixa un long moment, le temps que le brouillard se dissipe dans ses yeux endormis.

— Non, je ne veux pas de café. Je veux savoir ce qui se passe.

Josie attrapa l'accoudoir du siège de Mettner et l'obligea à se tourner pour lui faire face. Le téléphone d'Amber apparut dans sa main.

— Elle t'a donné son code ?

Ses joues s'empourprèrent à tel point que la trace rose devint indiscernable. De l'autre côté de la table, Gretchen lâcha :

— Bon sang, Mett.

Il ne quitta pas Josie des yeux.

— Je l'ai vue le rentrer plusieurs fois.

— Tu n'avais pas le droit de fouiller son téléphone ?

— Elle n'était pas là ! Elle a disparu. J'étais inquiet. Je suis inquiet. Pourquoi tu me poses des questions sur son téléphone ?

Gretchen tendit la main et attrapa le portable.

— Je peux probablement obtenir un mandat pour y accéder, déclara-t-elle avant de quitter la pièce.

— La mère d'Amber s'est présentée à la morgue aujourd'hui pour réclamer le corps d'Amber après avoir vu les infos. Nous lui avons expliqué que ce n'était pas Amber. Elle ne nous a pas crues. Quand nous lui avons montré l'inconnue, elle nous a dit que c'était la sœur d'Amber, Eden.

— Quoi ? Comment cette femme a-t-elle su qu'elle devait venir ? Tu es bien sûre que c'est vraiment la mère d'Amber ?

— Mett, pourquoi quelqu'un se présenterait-il à la morgue pour réclamer un corps, sinon ? Ça coûte des milliers de dollars d'enterrer quelqu'un. Pourquoi est-ce qu'une femme se ferait passer pour la mère d'Amber et d'Eden ?

Il ne répondit pas.

— Mme Norris savait où Amber cachait le double de ses clés.

Il cligna lentement des yeux.

— Non. Elle n'a pas de double.

— Si. Mme Norris savait où il se trouvait, et elle nous a laissées jeter un coup d'œil chez Amber. Mett, il n'y avait rien de bizarre.

— Vous vous trompez. La clé... C'est une erreur. Il y a quelque chose qui cloche. Elle ne m'aurait pas caché un truc comme ça. Pourquoi elle aurait fait ça ?

— Je ne sais pas. Pourquoi te cacherait-elle des choses ?

Le silence s'étira entre eux, puis il tendit un doigt vers elle.

— Ne fais pas ça. N'essaie même pas. Tu penses que j'étais... Tu penses qu'elle me cachait des choses parce qu'elle avait peur de moi ?

Il avait à peine murmuré le mot « peur », comme si c'était une idée trop horrible pour être exprimée haut et fort. Josie avait envie de se lever et de quitter la pièce. Chaque fibre de son être lui hurlait de ne pas aller plus loin. Mett était un collègue et un ami. Mais c'était son travail.

— Est-ce qu'elle avait peur de toi, Mett ? réussit-elle à articuler.

Il secoua la tête, s'adossa à son fauteuil et croisa les bras sur son large torse.

— Bien sûr que non, voyons. Non, elle n'avait pas peur de moi. Elle n'aurait jamais eu de raison d'avoir peur de moi. Tout ce que je t'ai dit est vrai. On s'est disputés. Je n'ai eu aucune nouvelle pendant quelques jours. Je me suis inquiété. Je suis allé la voir. Oui, je suis entré par effraction chez elle et oui, j'ai fouillé son téléphone sans autorisation, mais c'est tout. Tu te trompes quand tu dis qu'il n'y avait rien d'anormal dans cette maison. Je t'assure. Elle est très rigide dans ses habitudes. Elle a une routine. Le lit était défait ! Les lumières étaient allumées ! Toutes ses affaires sont là, mais elle, non !

— Où étais-tu lundi matin à 5 heures ?

Son visage devint livide.

— Tu te fous de moi ? Tu penses que j'ai fait quelque chose à la sœur d'Amber ? Je ne savais même pas que Russell Haven était un endroit !

Josie repensa aux interrogations de Gretchen. Ne savait-il vraiment pas qu'il y avait un barrage à Russell Haven, ou était-ce de la comédie ? Était-il impliqué dans le meurtre d'Eden et la disparition d'Amber ? Si oui, dans quelle mesure ? Une fois de plus, un malaise l'envahit. Rien de tout ça n'était normal, et pourtant, Josie savait que c'était nécessaire. Elle se lança.

— On doit fouiller ta maison. On demandera un mandat si tu n'es pas d'accord, mais je pense que ce serait mieux pour tout le monde si tu nous donnais l'autorisation.

Mettner contracta ses mâchoires.

— Allez-y, alors, lâcha-t-il entre ses dents. Fouillez tout.

Il sortit ses clés et son téléphone de la poche de son pantalon et les jeta sur les genoux de Josie.

— Tu sais où j'habite. Je resterai chez Gretchen jusqu'à ce que vous ayez fini. Je ne veux pas que ma famille sache que je suis soupçonné d'avoir fait disparaître la femme que j'aime – ou d'avoir commis un meurtre. Bordel de merde. Fouillez ma voiture, elle est sur le parking. La clé est là. Saisissez-la, si vous voulez. Fouillez mon portable aussi, c'est ce qui vient après. Le code, c'est 5231. Vous pouvez tout vérifier dessus – mes mails et mes réseaux sociaux. Rien de tout ça ne vous aidera à trouver Amber. Josie, j'ai besoin de savoir ce qui lui est arrivé.

— Vous vous êtes disputés à quel sujet ? demanda Josie.

— Je te l'ai déjà dit. C'est privé et ça n'a rien à voir avec tout ça. Ça ne va pas vous aider à retrouver Amber.

— Tu n'as pas à être embarrassé si c'est un truc...

Mettner tapa du poing sur la table.

— Il n'y a rien d'embarrassant. C'est juste privé, et je veux que ça le reste. Maintenant, allez-y, faites ce que vous avez à faire pour m'écarter de la liste des suspects, comme ça vous pourrez enfin rechercher vraiment Amber – et celui qui a tué sa sœur.

Josie prit le téléphone et les clés de son collègue et remonta dans la grande salle. Noah était toujours au téléphone. Gretchen tapait à l'ordinateur la demande de mandat pour le téléphone d'Amber. Hummel, le chef de l'équipe d'identification criminelle, était également présent, occupé à enregistrer la caméra de surveillance, l'article de presse et le livre de Thatcher Toland dans l'inventaire des pièces saisies avant de les emporter.

— Vous voulez juste qu'on cherche les empreintes, c'est ça ?

— Oui, confirma Gretchen. Je veux dire, voyez si vous pouvez tirer quoi que ce soit de la caméra d'abord, mais je ne suis pas sûre que les données soient stockées dessus. Je pense qu'elles sont directement enregistrées sur un serveur.

Hummel ouvrit l'un des sacs de preuves en papier brun et y jeta un coup d'œil.

— Vous avez raison, il n'y aura rien là-dessus, ça marche avec une application. Mais si vous réussissez à accéder à son téléphone, on pourra certainement lire les vidéos enregistrées et qu'Amber n'a pas effacées directement dans l'application qui doit être installée dessus. Au fait, j'ai relevé des empreintes sur sa voiture. J'ai trouvé les siennes, celles de Mettner, et une demi-douzaine d'autres qui ne correspondent à personne dans le système.

— Une impasse, soupira Gretchen.

Josie retira une clé du trousseau de Mettner et la tendit à Hummel.

— C'est celle du SUV de Mettner. Il est garé dehors. Vous pouvez y jeter un œil ?

Il la dévisagea comme si une deuxième tête venait de lui pousser dans le cou.

— S'il vous plaît ? insista-t-elle.

— Bien sûr, marmonna-t-il avant de partir.

Gretchen leva les yeux vers l'horloge murale.

— Je vais aller déposer cette demande de mandat pour qu'elle soit signée par le juge. Et il faut que je mange, aussi. Je vous prends un truc ?

Noah leva un pouce en l'air.

— Avec plaisir, répondit Josie.

Après le départ de sa collègue, Josie fit un vague effort pour ranger son bureau. Elle se repencha sur le journal intime et l'ouvrit à la page des numéros. Elle les fixa pendant plusieurs minutes, en se creusant encore les méninges pour savoir ce qu'ils pouvaient bien signifier. Avec un soupir de frustration, elle se résolut à les mettre de côté une fois de plus et afficha sur son téléphone la photo qu'elle avait prise de la coupure de presse tombée du livre de Thatcher Toland. Il ne lui fallut qu'un instant pour trouver la version en ligne de l'article paru dans le *Sullivan County Review*. Il était daté de deux semaines plus tôt.

*Jeudi matin, le corps de Nadine Fiore, magnat de l'immobilier, a été retrouvé dans l'étang de son domaine de trois cents hectares à Eagles Mere. Christopher Wills, un homme à tout faire originaire de la région, devait se rendre chez Nadine Fiore ce jour-là. Comme personne ne venait lui ouvrir la porte ni ne répondait au téléphone, il a fait le tour de la propriété. « Je devais accrocher des tableaux pour elle. Je me suis dit qu'elle était peut-être dans l'une des dépendances. Puis je l'ai vue dans l'étang. J'ai sauté pour la sortir de là, mais il était trop tard. J'ai appelé les secours, qui n'ont rien pu faire non plus. C'est vraiment triste. »*

*Lorsque les secours ont compris que le décès de Nadine Fiore était suspect, ils ont sollicité la police d'État. L'inspectrice Heather Loughlin a indiqué que Mme Fiore avait des blessures défensives sur le corps et que le médecin légiste conclurait probablement à un homicide. « Malheureusement, Mme Fiore vivait seule et ne disposait pas de caméras de surveillance dans cette partie de sa propriété. Dans les jours à venir, nous examinerons la scène de crime ainsi que la résidence de Mme Fiore afin de recueillir d'autres preuves. »*
*Toute personne disposant d'informations est priée de contacter la police d'État.*

Josie imprima l'article. Elle et ses collègues avaient travaillé avec l'inspectrice Heather Loughlin sur plusieurs affaires par le passé. Loughlin était une enquêtrice compétente et avait l'esprit d'équipe. Josie décrocha de nouveau son téléphone et composa le numéro de portable de Loughlin. Après cinq sonneries, elle répondit.

— Josie Quinn. Que puis-je faire pour vous ?

Un des traits de caractère que Josie aimait chez Heather, c'était qu'elle allait droit au but.

— Que pouvez-vous me dire sur Nadine Fiore ?

— Soixante-dix ans. Mariée une fois. Veuve. A vécu seule dans une maison à deux millions de dollars à la lisière du parc national de World's End. Une immense propriété.

— Suffisamment grande pour que des gens viennent l'entretenir ? Des paysagistes ? Des femmes de ménage ? Des artisans ?

— Je vois où vous voulez en venir, et la réponse est oui, il faut beaucoup de monde pour entretenir une propriété aussi vaste. Malgré tout, elle s'est efforcée de réduire la liste des personnes qui allaient et venaient. N'oubliez pas qu'on parle du comté de Sullivan. Il n'y a qu'un seul feu de circulation dans tout le comté. Ça ne grouille pas franchement de gens qui rêvent de bosser pour cette femme. Les habitants la détestaient, et elle leur rendait bien, même si elle a eu cette maison dans la région pendant plus de vingt ans. Quoi qu'il en soit, tous les gens qui travaillaient pour elle sont partis, y compris Christopher Wills.

— L'homme qui l'a trouvée ?

— Lui-même.

— Parlez-moi du corps, demanda Josie. L'article évoque des blessures défensives.

— Des ecchymoses autour des poignets, de la peau sous ses ongles. D'autres bleus sur les avant-bras. Des traces de doigts autour de sa gorge, énuméra Heather. Quelqu'un l'a maintenue sous l'eau. Nous aurons un profil ADN à partir de la peau sous ses ongles, mais vous savez comment ça se passe.

— Il faudra des semaines, voire des mois, pour avoir les résultats et trouver une correspondance, termina Josie. Et il n'y aura de correspondance que si l'auteur est déjà dans le système car il a été arrêté ou condamné.

— Hélas, soupira Heather.

— A-t-elle été ligotée ? s'enquit Josie en repensant aux écorchures autour des poignets et des chevilles d'Eden.

— Il semble qu'on lui ait saisi les poignets, qu'elle se soit débattue avant d'être poussée et maintenue sous l'eau jusqu'à ce qu'elle se noie. L'autopsie a confirmé ce scénario.

— Les caméras ont filmé quelque chose ?

— Il n'y en a qu'autour de la maison, et elles la montrent seulement sortir sur son porche arrière vers 13 heures, la veille du jour où Chris Wills l'a trouvée, expliqua Heather.

Comme si elle anticipait les prochaines questions de Josie, elle poursuivit :

— Il n'y a pas beaucoup de matériel électronique, ce qui n'est pas surprenant puisque internet et le téléphone sont encore pourris dans ce coin. On n'a trouvé aucune preuve qu'elle s'était disputée avec quelqu'un ou que quelqu'un s'intéressait d'un peu trop près à elle. Ce n'était qu'une vieille dame excentrique vivant au milieu de nulle part et profitant de son argent. De toute évidence, elle possède un très beau portefeuille d'investissements immobiliers. Son plus proche parent est son frère, Hugo Watts. Il vit à Williamsport. Il a été prévenu le lendemain de la découverte du corps, et il a un alibi.

Josie soupira. Le comté de Sullivan était extrêmement rural et isolé : se rendre là-bas, a fortiori en hiver, pouvait s'avérer laborieux, et les maisons les plus reculées étaient parfois difficiles à localiser. Le meurtrier de Nadine Fiore lui en voulait personnellement.

— Elle s'est noyée dans son étang, releva Josie. Il n'était pas gelé ?

— Non, il a fait anormalement chaud. On n'a de la neige que depuis la semaine dernière. Il est probablement gelé, maintenant, il fait un froid de canard.

— D'accord, répondit Josie.

Denton avait connu la même météo.

— Vous avez quelque chose pour moi ? demanda à son tour Heather.

— Je ne sais pas.

Josie récapitula leurs enquêtes en cours, et Heather poussa un petit sifflement.

— Peut-être une histoire de famille inachevée.

— Ça commence à y ressembler, en effet, confirma Josie. On est en train de chercher les autres membres de la famille Watts, Gabriel et Hugo.

— Vous me tenez au courant ? Je n'ai pas nécessairement Gabriel Watts en ligne de mire, mais s'il s'avère qu'il est impliqué dans vos affaires, surtout, dites-le moi.

— Bien sûr. Au fait, Heather, vous avez dit que les habitants détestaient Nadine Fiore. Qu'est-ce qui vous fait penser ça ?

— Eh bien, chacune des personnes du coin à qui j'ai parlé a dit la même chose à propos de Nadine Fiore, et je cite : « C'était une peau de vache. »

23

Gretchen revint au commissariat avec des plats à emporter pour un déjeuner tardif. Noah n'avait toujours pas accès à la tablette d'Amber, mais il attendait un appel de l'assistance technique. Josie envoya un texto à Judy Tiercar, qui lui répondit qu'elle était repassée au domicile de Gabriel Watts à Woodling Grove, mais qu'il n'était toujours pas là. Elle jeta un nouveau coup d'œil aux chiffres du journal, s'évertuant d'y déchiffrer un fil conducteur, quoi que ce soit qui l'aiderait à comprendre leur sens. Mais rien ne lui venait, à part de la frustration. Ils engloutirent leur repas et Josie et Gretchen en profitèrent pour mettre Noah au courant de tout ce qu'elles avaient appris de la bouche de Lydia Norris et de ce qu'elles avaient trouvé chez Amber, puis Josie leur parla du meurtre de Nadine Fiore. Elle consulta leur base de données pour trouver les numéros de téléphone portable de Hugo et de Gabriel Watts. Aucun ne répondit. Elle leur laissa à tous les deux un message vocal. Le portable de Gretchen sonna.

— C'est mon ancien partenaire de la police de Philadelphie, annonça-t-elle avant de répondre.

Elle l'écouta un long moment, hochant la tête même s'il ne pouvait pas la voir, puis répondit :

— Oui, oui. Je te rejoins là-bas.

Elle raccrocha et regarda Josie et Noah.

— Il a des informations sur Eden Watts. Je vais le retrouver à mi-chemin entre ici et Philadelphie. Ils ont filmé sa Mini Cooper en train de s'engager sur l'autoroute il y a dix jours.

— Eden Watts a quitté Philadelphie il y a dix jours dans son propre véhicule et a terminé on ne sait comment dans les rochers du barrage de Russell Haven ? Où est la voiture ?

— Lançons tout de suite un avis de recherche à l'échelle de l'État.

Gretchen enfila son manteau.

— Ce serait bien. À mon retour, si ton contact au bureau du shérif ne l'a pas retrouvé, on ira rendre visite à Gabriel Watts nous-mêmes.

Josie utilisa la base de données du Pennsylvania Criminal Intelligence Center pour émettre un avis de recherche pour la Mini Cooper d'Eden Watts. L'avis était diffusé dans tout l'État pour informer les forces de l'ordre des autres secteurs que la police de Denton essayait de la localiser. Ensuite, elle se connecta à la base de données du National Crime Information Center pour signaler la plaque de la Mini Cooper afin que les agents de tout le pays sachent qu'ils devaient arrêter et retenir pour investigation ce véhicule au cas où ils le croiseraient. Lors de ses recherches sur les systèmes de navigation, Josie découvrit que les Mini Cooper possédaient leur propre application, appelée Mini Connected. Cependant, elle n'avait été installée que sur les modèles datant de 2019 et plus, et malheureusement celle d'Eden Watts n'en était donc pas équipée. Josie passa tout de même quelques appels à différentes sociétés de systèmes de navigation pour voir si l'une d'entre elles avait une trace d'Eden Watts ou de sa Mini Cooper. Certaines lui donnèrent l'information par téléphone – elles n'avaient aucune trace d'Eden ou de sa Mini Cooper. D'autres demandèrent des mandats, que Josie prépara. Elle brava le froid pour les faire signer par un juge et, à son retour, les envoya par mail aux sociétés concernées. S'ils parvenaient à localiser la voiture d'Eden, ils pourraient en savoir beaucoup plus sur ses déplacements et peut-être même sur ses fréquentations entre son départ de Philadelphie et sa mort dans le fleuve Susquehanna, à Denton, dix jours plus tard.

Noah était de nouveau au téléphone avec l'assistance technique, la tablette d'Amber allumée devant lui, demandant encore une fois un code d'accès qu'aucun d'entre eux ne connaissait. En attendant qu'il s'en dépêtre, elle s'assoupit. Ils manquaient tous de sommeil et, avec le ventre plein et un siège confortable, Josie avait du mal à garder les yeux ouverts. Dans son état de demi-sommeil, Josie sentit de nouveau les doigts d'Amber toucher son poignet. *Pas Amber*, lui rappela une petite voix dans sa tête. *Eden*. Elle essayait de s'accrocher. Elle essayait de rester en vie.

Alors que Josie glissait de rêve en rêve, elle entendit le bruit de l'eau qui déferlait sur elles et se réveilla en sursaut. Elle se redressa dans le fauteuil, agrippée aux accoudoirs. La sueur perlait sur son front. Juste en face d'elle, Noah leva les yeux de la tablette d'Amber sur laquelle il pianotait.

— Des cauchemars ?

Josie acquiesça et but une gorgée du café désormais froid que Gretchen lui avait laissé.

— Lisette ?

— Non. Eden Watts. Je n'arrête pas de la sentir m'échapper.

— C'est quand tu te sens impuissante que ça t'arrive, tu sais.

— Qu'est-ce que tu veux dire ? demanda Josie en prenant une autre gorgée de café.

— Tes cauchemars. Ils arrivent quand tu te sens le plus impuissante. Lisette, Eden. Tu n'as pas réussi à les sauver. C'est ta pire peur.

Une boule se forma dans la gorge de Josie. Elle tenta de

déglutir, mais ne réussit qu'à tousser. Elle n'était pas assez bien réveillée pour cette conversation.

— Toute ton enfance, poursuivit Noah, c'était juste toi à la merci de tous ces adultes. Seuls Eli et Lisette voulaient te protéger et même eux ont échoué à bien des égards. Et ce n'était pas faute d'avoir essayé.

Il avait raison, comprit Josie. Eli Matson avait perdu la vie en essayant de la sauver de la femme qui l'avait arrachée à sa véritable famille. Lisette avait consacré des années et des dizaines de milliers de dollars à tenter d'obtenir la garde de Josie.

— Depuis, tu n'as cessé de courir après ça, lui dit Noah, les yeux toujours rivés sur la tablette, balayant du doigt et parcourant des yeux l'écran.

Josie s'éclaircit de nouveau la gorge.

— Courir après quoi ?

— La puissance, répondit-il sans détour. La capacité d'agir. Et tu les as trouvées depuis un moment déjà. Depuis que Lisette a obtenu ta garde, quand tu avais quatorze ans. C'est juste que quand on perd quelqu'un...

Il croisa son regard avant de terminer sa phrase.

— ... même sans être responsable, on se sent coupable parce qu'on n'a pas pu l'empêcher.

— Tu as discuté avec ma psy ? rétorqua Josie en se forçant à sourire.

Sa main tremblait lorsqu'elle porta de nouveau la tasse de café à ses lèvres. Noah sourit. Il attrapa la tablette et vint s'agenouiller près de son fauteuil avant de poser l'appareil sur son bureau.

— Non, bien sûr que non. Mais tu devrais en parler à la docteure Rosetti. On ne peut pas tout réparer, Josie. Il y a des choses avec lesquelles il faut juste apprendre à vivre. Même si c'est inconfortable. Tiens, l'assistance technique m'a finalement aidé à réinitialiser le mot de passe et à accéder à la tablette.

Il pointa du doigt l'écran lumineux. Josie se pencha en avant pour voir ce qu'il avait ouvert. C'était un mail envoyé sur le compte professionnel d'Amber une semaine avant qu'ils ne retrouvent Eden, et envoyé de l'adresse lydwanor@spurmobile.com. L'objet du message était vide. Le corps du mail disait : *J'ai reçu ça par la poste aujourd'hui. Faut-il qu'on se parle ?*

— Il y a une pièce jointe ? demanda Josie.

— Il y en a même deux.

Noah cliqua sur le premier fichier et la photo d'une carte postale posée sur une table en bois vernis apparut. Une vue aérienne du barrage de Russell Haven. Noah cliqua sur l'autre fichier et le verso de la carte postale s'afficha à l'écran. Il n'y avait rien au dos de la carte postale, à l'exception du nom et de l'adresse de Lydia Norris, tapés à l'ordinateur et imprimés sur une étiquette adhésive. Le cachet de la poste était daté du même jour que le mail et indiquait « Harrisburg », ce qui n'était pas très utile puisque tout le courrier de Pennsylvanie centrale transitait par le centre de tri postal de Harrisburg.

— Encore Russell Haven, marmonna Noah. Quel est le lien ?

— Je ne sais pas, admit Josie en pointant du doigt l'adresse électronique. Lydwanor ? Lydia Watts Norris. Lydia a envoyé ce mail à Amber. Mais pourquoi ?

— Elle ne l'a pas mentionné quand Gretchen et toi avez discuté avec elle, si ?

— Absolument pas, confirma Josie. Elle est restée très vague sur la date de leur dernier contact. En plus, elle a prétendu que Russell Haven ne lui évoquait rien du tout.

— Elle a menti.

— Sans l'ombre d'un doute.

— Personne ne sait pourquoi on en revient toujours à ce barrage, résuma Noah. Grace Power n'en avait aucune idée. Mett ne savait même pas que c'était un barrage. Mais regarde ce mail. Pourquoi est-ce qu'elle lui demande « Faut-il qu'on se parle ? » ?

— Il faudra interroger Mme Norris. Est-ce qu'Amber a répondu ?

— Oui, et son mail à elle est encore plus énigmatique.

Il afficha le message d'Amber à Lydia à l'écran. Il avait été envoyé dans les minutes suivant la réception de celui de sa mère avec les photos de la carte postale. Il disait simplement : *On n'a pas besoin de se parler. Ne parle à personne. Quoi qu'il arrive, ne dis pas un mot. Ne me contacte plus.*

— « Quoi qu'il arrive », marmonna Josie.

— C'est de mauvais augure, non ?

Josie serra l'arête de son nez entre son pouce et son index – un mal de tête commençait à poindre.

— Si Amber ne voulait pas que sa mère la recontacte, pourquoi Lydia a-t-elle insisté pour aller chez elle après notre départ de la morgue ? Qu'espérait-elle y trouver ?

— Encore un point à discuter avec elle la prochaine fois qu'on la verra, estima Noah.

— Il y a autre chose d'intéressant ?

— Je ne vois rien qui mette la puce à l'oreille, lui répondit-il en continuant tout de même à pianoter sur la tablette.

— L'historique des recherches ?

— Pas mal de trucs de boulot. Elle a aussi consulté des annonces immobilières sur un site spécialisé, mais aucune des propriétés n'est située à Denton. Philadelphie, Coatesville, Harrisburg, Doylestown, Ardmore, Collegeville, Pittsburgh, Villanova, Edgeworth, New Hope, State College, Pocono Springs, Newtown... La liste est longue. Elle a consulté ce site immobilier il y a plusieurs semaines.

— Peut-être qu'elle pensait déménager ?

Il secoua la tête.

— Pas avec son salaire. Toutes ces maisons coûtent plus d'un million de dollars.

— Vraiment ? Est-ce que Nadine Fiore était propriétaire de l'une de ces propriétés ?

Encore quelques tapotements sur la tablette.

— Certaines sont situées dans des comtés qui mettent en ligne leurs registres de propriété. Parmi celles-là, je n'en vois aucune qui appartienne à Nadine Fiore. Les autres se trouvent dans des comtés qui ne permettent pas la consultation des registres en ligne. Il faudrait que je vérifie auprès du service administratif de chaque comté pour le savoir.

Josie soupira.

— Mettons ça de côté pour l'instant. Je ne suis même pas sûre que ce soit pertinent, surtout si elle a fouillé le site il y a plusieurs semaines déjà.

Noah éteignit la tablette et croisa son regard.

— Et si elle était morte, Noah ? chuchota Josie. Peu importe dans quoi elle était impliquée, elle était l'une des nôtres. Mett est amoureux d'elle.

Ses yeux s'assombrirent d'inquiétude. Il avait la même stratégie que Josie et Gretchen : ils repoussaient toutes ces questions et leurs propres émotions pour pouvoir résoudre l'affaire et retrouver Amber. Mais pour Josie, la réalité ressurgissait sans cesse.

— Et si on n'y arrive pas ? reprit-elle à voix basse, ses doigts effleurant le journal intime rose devant elle.

Noah se pencha vers elle et passa une main derrière sa nuque avant de déposer un baiser sur ses lèvres.

— On y arrivera. Parce qu'on y arrive toujours et, quoi qu'il arrive, on y fera face. Viens, on va discuter avec Lydia Norris de ces mails et de la raison pour laquelle elle a décidé d'aller chez Amber. Ensuite, si on a le temps, on ira faire un tour chez Gabriel Watts et on verra si on a plus de chance que l'adjointe Tiercar.

Josie fixa le téléphone et la clé de la maison de Mettner sur son bureau.

— Il faut aussi qu'on inspecte l'appartement de Mett. Et il m'a donné le code de son téléphone.

— Ajoute ça à la liste. Je conduis, décida Noah, comme ça tu pourras consulter son téléphone sur le trajet. Allons chez Amber.

Lydia Norris n'était pas chez Amber. La maison était plongée dans l'obscurité et la voiture de Lydia n'était plus garée devant. À la place se trouvait une voiture de patrouille de la police de Denton, vide. Josie savait que c'était l'agent chargé par Gretchen de surveiller la rue. Il avait manifestement passé la majeure partie de la journée sur place, puisque l'après-midi touchait déjà à sa fin. Josie distingua à peine le crochet de berger dans le petit jardin de devant. Son bouquet de jolis nœuds de Noël était tombé, les rubans étaient éparpillés sur la pelouse. Tandis que Noah faisait le tour de la maison pour jeter un œil par chaque fenêtre à l'aide d'une lampe torche récupérée dans leur voiture, Josie tenta d'appeler Lydia au numéro qu'elle leur avait donné, mais tomba directement sur la boîte vocale. Une voix robotique lui proposa de laisser un message, ce qu'elle fit.

Elle avait peu d'espoir que Lydia Norris la rappelle.

Noah surgit de l'allée latérale.

— Je ne vois rien. Enfin, il n'y a pas grand-chose à voir. La plupart des stores des fenêtres sont entièrement tirés.

Noah montra la rue du doigt.

— Tiens, regarde. C'est notre homme qui fait du porte-à-porte.

Josie se retourna et vit un agent de police en uniforme, un bloc-notes à la main, sortir de la maison située juste en face de celle d'Amber. Josie et Noah retournèrent à leur voiture et lui firent signe de s'approcher. Il s'appelait Daugherty, à en croire le badge épinglé à sa poitrine.

Josie le salua et désigna sa voiture.

— Avez-vous vu une Mercedes-Benz noire garée quelque part dans la rue quand vous êtes arrivé ?

Daugherty secoua la tête.

— Non.

— Vous êtes là depuis combien de temps ? demanda Noah.

— Quelques heures. En fait, je suis revenu pour parler à ce voisin, ici, expliqua-t-il en tendant la main vers la maison d'où il venait de sortir, parce qu'il avait vu un homme plusieurs fois dans cette maison au cours de la semaine dernière. J'ai appelé l'inspectrice Palmer pour savoir si elle avait des photos à lui montrer.

— Elle vous en a envoyées ?

Il sortit son téléphone et le leur montra.

— Une de l'inspecteur Mettner. Le type a dit que ce n'était pas lui. Il savait que Mettner était son petit ami. Il a dit que c'était un autre gars. Alors je lui ai montré celle-ci.

Il passa à la seconde photo fournie par Gretchen. C'était celle du permis de conduire du frère d'Amber, Gabriel Watts.

— Il dit que c'est peut-être lui, mais qu'il n'en est pas complètement sûr.

— Combien de fois a-t-il vu ce type ? intervint Noah.

Daugherty rangea son téléphone et reprit ses notes.

— Trois fois. La première fois, il y a environ deux semaines, puis deux fois la semaine dernière. Il rôdait. C'est pour ça qu'il l'a remarqué. Il restait debout sur le trottoir, comme s'il attendait qu'Amber sorte ou un truc du genre.

— Et elle est sortie ?

— Non, pas quand il était dans le coin. En tout cas, pas selon le témoignage du voisin.

— Comment était-il habillé ?

Daugherty jeta de nouveau un œil à ses notes.

— Un long manteau noir et des baskets. C'est tout ce qu'il a pu me dire.

La description correspondait à celle de l'homme avec qui Amber avait eu une altercation dans McAllister Street selon Sawyer.

— Et ces trois derniers jours ? demanda Josie. Il a vu quelqu'un d'autre ?

Daugherty secoua la tête.

— Non. Il a dit qu'il n'avait vu que Mettner, puis vous et l'inspectrice Palmer avec une femme aujourd'hui. C'est tout. Oh, attendez. Il a dit qu'après votre départ avec l'inspectrice Palmer, un autre type est venu frapper à la porte. La dame est sortie, ils ont parlé un moment et il est reparti. Quelques heures plus tard, elle est sortie, a pris sa voiture et a quitté les lieux aussi.

— Mais ce n'était pas le même type que celui qu'il avait vu rôder ? voulut savoir Josie.

— Non. Il a dit que celui-là était plus âgé et qu'il portait... commença Daugherty avant de tourner une autre page de son carnet. Une veste Carhartt, un jean, des bottes de chantier et une casquette verte.

— Vous êtes sûr ?

Daugherty releva la tête.

— Oui, oui, c'est ce que le voisin m'a dit.

Noah haussa un sourcil.

— Qu'est-ce qui se passe ?

— Thatcher Toland, répondit Josie. Le prédicateur. Il était là. Chez Amber.

— Comment sais-tu que c'était Thatcher Toland au *Komorrah's* ? demanda Noah une fois de retour en voiture.

Josie mit le chauffage à fond et haussa la voix pour se faire entendre.

— C'était lui. Il me l'a confirmé.

— Qu'est-ce qu'il fabriquait à Denton ? demanda Noah en s'éloignant de la maison d'Amber.

— Il n'a jamais répondu à cette question. J'ai supposé qu'il allait voir l'avancement du chantier au stade de hockey.

Noah secoua la tête.

— D'accord, mais qu'est-ce qu'il faisait chez Amber ?

— Ça, j'ai bien l'intention de le découvrir.

Josie recherchait déjà son numéro de téléphone sur le TDM. Il y en avait une douzaine pour lui et son épouse, Vivian. Pendant que Noah se dirigeait vers la maison de Mettner, elle appela chacun d'entre eux. Quelques-uns étaient hors service, les autres l'envoyèrent sur le répondeur. Josie laissa plusieurs messages.

— Tu n'arriveras jamais à le joindre, affirma Noah. C'est

une célébrité maintenant. Il y a probablement une armée de gens entre lui et le public.

— Je ne suis pas le public, protesta Josie.

— On ferait mieux d'essayer de savoir où il va être et de le rejoindre.

Josie soupira.

— Tu as probablement raison. Allons au stade de hockey maintenant.

— Il est près de 18 heures, tu crois vraiment qu'il y aura quelqu'un là-bas, a fortiori Thatcher Toland lui-même ?

— Ils sont pris par le temps, car ils veulent ouvrir pour la veille de Noël, qui n'est plus que dans quelques jours. Il y aura quelqu'un, crois-moi. Même si ce n'est pas Thatcher, voir la police débarquer sur leur lieu de travail va en faire trembler plus d'un.

Noah fit demi-tour pour reprendre la route vers East Denton et la nouvelle mégaéglise de Thatcher Toland. À mesure qu'ils se rapprochaient, des barrages routiers apparaissaient. Les travaux de construction en cours à l'intérieur de l'ancien stade de hockey et tout autour, sur le parking et les terrains environnants, étaient si massifs que plusieurs petites routes avaient dû être fermées pour permettre l'entrée et la sortie des équipements lourds et des gros camions. Noah contourna la zone jusqu'à trouver une entrée de chantier, où il s'engagea sur une longue route dans le sillage d'un camion-citerne. Devant eux, l'immense bâtiment circulaire s'élevait avec ses murs de briques récemment jointés, des panneaux de verre neufs et brillants sur tout le premier étage du bâtiment – l'une des salles prévues pour les rassemblements, d'après les souvenirs de Josie – et d'immenses lettres au néon qui annonçaient : « Église du Redressement : tout le monde est le bienvenu » et « Ministère de Thatcher Toland ».

Le camion-citerne bifurqua et contourna l'édifice. Plusieurs camions et véhicules plus modestes stationnaient juste devant l'entrée. Les lumières extérieures brillaient, perçant la nuit de décembre. Noah se gara et ils sortirent de la voiture. Plusieurs portes vitrées s'alignaient sur la façade du bâtiment. Ils se dirigèrent vers l'une d'entre elles, maintenue ouverte par une poubelle chromée étincelante. Lorsqu'ils pénétrèrent à l'intérieur, la chaleur caressa le visage de Josie, un apaisement bienvenu contre l'air mordant de l'hiver. Le sol en béton autrefois constellé de taches de nourriture et de bière était désormais recouvert d'une moquette bordeaux. Devant eux, une autre série de portes. Josie s'approcha de l'une d'elles et constata avec satisfaction qu'elle n'était pas verrouillée.

Le hall d'entrée était inondé d'une lumière douce et dorée qui s'échappait des appliques murales disposées à intervalles réguliers. Les chaussures de Josie semblèrent s'enfoncer encore plus profondément dans la moquette rouge foncé – ou peut-être était-ce simplement la splendeur de la pièce qui lui donnait cette impression. L'ancien hall du rez-de-chaussée faisait toujours le tour du cœur du bâtiment, mais il n'était plus envahi par les kiosques de restauration ou les stands de produits dérivés autour du hockey. Les murs en béton avaient été dissimulés derrière un papier peint texturé représentant des vignes dorées serpentant sur un fond jaune plus pâle. Entre des bancs tuftés de la même teinte que la moquette installés à intervalles réguliers se trouvaient de petites tables en teck sur lesquelles étaient disposées des brochures. Le visage de Thatcher Toland rayonnait sur chacune d'entre elles, bien qu'il soit habillé différemment en fonction de la nature du flyer : un programme pour les jeunes, un autre pour l'aide à la communauté, un camp d'été, divers groupes de soutien, et même des offres pour organiser des mariages et d'autres « événements clés de la vie » à l'église du Redressement. En avançant dans le hall, Josie remarqua que les murs étaient tapissés de croix et de photos de Toland. Il y avait aussi des vitrines avec des clichés encadrés, des articles de presse et des prix célébrant le parcours et le succès du pasteur Toland.

— Je peux vous aider ? lança une voix masculine.

Josie et Noah se retournèrent et virent un homme vêtu d'un pantalon noir bien repassé et d'un polo marron avec les mots « Ministère Toland » brodés en lettres d'or sur le cœur. Il devait avoir une trentaine d'années, et ses cheveux blonds étaient ramenés en arrière de son visage large. Dans l'une de ses mains, un porte-bloc, dans l'autre, un téléphone portable qu'il brandissait comme une arme, son pouce lévitant au-dessus de l'écran allumé. Josie se demanda s'il avait préparé un appel au 911 au cas où ils seraient là pour causer des ennuis.

Noah s'avança vers lui, arborant ce sourire charmeur qui mettait presque toujours les gens à l'aise. Il lui tendit son badge de police.

— Lieutenant Noah Fraley. Voici ma collègue, l'inspectrice Josie Quinn.

Celle-ci s'approcha et lui montra aussi son insigne.

— Nous sommes de la police de Denton. Nous aimerions parler à M. Toland, reprit Noah.

L'homme ne bougea pas, même si, lorsque l'écran de son téléphone s'éteignit, il ne fit pas un geste pour le rallumer.

— Il y a un problème ? lança-t-il d'un air méfiant.

— Pas du tout, le rassura Josie. Nous avons juste quelques questions à lui poser.

— À quel sujet ?

— Nous ne sommes pas autorisés à vous le dire, répondit Josie.

L'homme glissa le porte-bloc sous son bras et prit son téléphone à deux mains. Ses doigts ramenèrent l'écran à la vie une fois de plus.

— Je suis désolé, M. Toland n'est pas là pour le moment, mais je peux prendre vos numéros si vous me dites de quoi il s'agit.

*Bien essayé*, pensa Josie.

— Nous lui avons déjà laissé des messages, expliqua Noah. Nous espérions pouvoir le croiser.

— Comme je l'ai dit, il n'est pas ici. Je peux lui demander de vous appeler si vous voulez bien me dire...

Une voix de femme l'interrompit.

— Paul ? Où es-tu ? Je n'arrête pas de t'appeler. Il y a encore des chaises à remplacer...

En arrivant derrière lui, elle aperçut Josie et Noah et se tut. Josie la reconnut immédiatement : c'était Vivian Toland. Même si elle préférait laisser la vedette à son mari, elle avait fait quelques apparitions dans la presse à ses côtés. La cinquantaine bien entamée, elle était grande, mince et charismatique, avec des cheveux blonds coupés court habituellement bien coiffés, bouclés et laqués à quelques centimètres de sa tête. Aujourd'-hui, ils tombaient en vagues ramassées, retenus par un bandeau noir. Au lieu de son habituel tailleur-jupe strict, elle portait un jean, des bottes, une chemise noire à manches longues et une doudoune sans manches par-dessus. En personne, avec une tenue moins formelle, elle faisait beaucoup plus jeune que son âge.

Elle tendit d'abord la main à Josie avec un sourire.

— Vivian Toland. Votre visage m'est familier. On s'est déjà rencontrées ?

Josie lui serra la main.

— Non, on ne s'est jamais rencontrées. Je passe souvent aux infos. Inspectrice Josie Quinn, de la police de Denton. Ma sœur jumelle est Trinity Payne. Elle est reporter.

La surprise et la joie illuminèrent les traits de Vivian Toland.

— Oh là là ! Je suis une immense fan de Mlle Payne ! J'ai vu l'avant-première de sa nouvelle émission l'autre soir à la télévi-sion. Quel plaisir de vous rencontrer !

Elle se tourna alors vers Noah et répéta :

— Vivian Toland.

Il lui serra également la main. Noah et Josie montrèrent à Vivian leurs badges, tandis que Paul restait en retrait derrière elle, piétinant avec un air renfrogné. Une fois les présentations terminées, il déclara :

— Ils ne veulent pas me dire la raison de leur présence.

Vivian se tourna vers lui.

— Peut-être que tu n'es pas la personne avec qui ils souhaitent avoir affaire, Paul. Je vais m'en occuper. Pourrais-tu aller voir la première rangée de chaises de la section 209 ? Elles ont besoin d'être remplacées, je pense.

Sa mine boudeuse ne se détendit que marginalement. Pendant un long moment, il se contenta de la fixer. Puis il tourna les talons et s'éloigna à grands pas. Vivian pivota vers eux, les yeux au ciel.

— Je suis vraiment désolée ! C'est notre Paul. Il travaille avec nous depuis les débuts de notre petite congrégation à Collegeville. C'est un atout pour le ministère, mais il peut parfois se montrer très méfiant à l'égard des nouveaux venus, expliqua-t-elle avant de glousser. Imaginez donc : nous sommes une Église ! Je lui ai demandé à maintes reprises d'être plus accueillant. Enfin, bref, je suis navrée. Que puis-je faire pour vous ?

— Nous devons parler à M. Toland, répondit Josie.

Le sourire bienveillant de Vivian ne faiblit pas.

— Je serais ravie de vous aider, mais Thatcher doit prendre la parole ce soir à Philadelphie lors d'un événement caritatif de Noël pour les enfants. Il sera de retour assez tard. Je peux lui demander de vous appeler demain matin à la première heure. À moins, bien sûr, que je puisse vous aider d'une manière ou d'une autre.

— Un peu plus tôt dans la journée, un témoin a vu M. Toland frapper à la porte du domicile d'une femme nommée Amber Watts. Est-ce que vous la connaissez ?

Vivian secoua la tête.

— Amber Watts, vous dites ? Ce n'est pas votre attachée de presse ? Je l'ai vue à la télévision. Elle fait un travail remarquable. J'aimerais beaucoup que quelqu'un comme elle s'occupe de nos relations publiques. Vous avez dit que Thatcher était allé lui parler ? C'est peut-être pour ça.

— Chez elle ? s'étonna Josie.

Vivian haussa les épaules.

— Pourquoi pas ? Thatcher fait toujours ce qu'il veut.

— Vraiment ? Parce que je l'ai croisé dans un café ce matin et qu'il s'était déguisé pour essayer de se fondre dans la masse. Il m'a dit que vous seriez très contrariée de découvrir qu'il avait fait une apparition imprévue en public.

Vivian tapa dans ses mains en s'esclaffant.

— Oh là là ! Il exagère tellement. Je gère son emploi du temps et, oui, je peux être assez stricte lorsqu'il doit assurer des événements, mais c'est seulement parce qu'il se laisse distraire facilement. Les gens attendent longtemps pour le voir et je dois veiller à ce qu'il soit ponctuel. Il croit que je le harcèle mais, en réalité, j'essaie simplement de faire en sorte qu'il soit à l'heure. Il me voit comme un contremaître tyrannique, mais c'est juste lui qui est trop mélodramatique. Il adore faire des montagnes d'un rien. Laissez-moi deviner : il portait une paire de bottes de chantier immaculées et une veste Carhartt si neuve qu'on s'attendrait à ce que l'étiquette soit encore dessus ?

Josie arqua un sourcil.

— Vous saviez qu'il était sorti en ville ?

Vivian agita une main en l'air.

— Pas dans ce cas précis, non, mais je connais son petit déguisement. Il l'enfile souvent. Parfois, il aime simplement sortir sans être reconnu, sans avoir à signer des autographes ou à être dans son rôle. Il préfère sûrement dire que c'est moi qui l'empêche de se promener dans la rue plutôt que d'admettre qu'il a besoin d'une pause de temps en temps.

Un bruit métallique retentit au centre du bâtiment, dans ce qui avait été la patinoire et les gradins. Vivian pencha la tête dans cette direction puis leur fit un signe de la main, les invitant à avancer.

— Entrez donc, je vais vous faire visiter pendant que nous discutons.

Ils la suivirent jusqu'à une double porte qu'elle ouvrit. De l'autre côté, un court couloir tapissé de brocart doré menait à l'étage inférieur de l'église. D'innombrables rangées de sièges marron rembourrés entouraient une grande scène – qui remplaçait l'ancienne patinoire. Josie et Noah observèrent l'immense espace. Il y avait trois niveaux de gradins, sans compter les sièges au niveau du sol, autour de la scène. Plusieurs hommes habillés comme Paul travaillaient sur l'estrade, tirant des fils ici et là, jouant avec l'éclairage et testant des microphones. Devant la scène se trouvait un genre d'enceinte rectangulaire en pierres. Alors qu'ils se rapprochaient, Josie vit qu'elle était remplie d'eau, un peu comme une piscine creusée dans le sol. Au centre, une grande fontaine circulaire en pierres également déversait de l'eau dans le bassin.

Les yeux de Vivian brillaient d'excitation.

— Voici nos fonts baptismaux. N'est-ce pas magnifique ? C'est ce que je préfère dans ce nouveau lieu. Venez, venez !

L'odeur de chlore piqua les narines de Josie alors qu'ils avançaient vers la cuve.

— Cet endroit est tout simplement incroyable, continua Vivian. Thatcher disait que j'étais folle de vouloir acheter et rénover un stade de hockey, mais il n'arrivait simplement pas à visualiser ce que, moi, j'envisageais.

— Quand je lui ai parlé, il m'a dit que lorsque vous parliez, il écoutait, se rappela Josie.

Vivian fit le tour du bassin et ils la suivirent.

— Comme si c'était si facile ! s'exclama-t-elle avec un petit rire. Thatcher n'en fait qu'à sa tête et il est très borné, mais il m'a écoutée sur ce coup-là. J'ai commencé dans l'immobilier, vous savez, avant de devenir la femme d'un télévangéliste.

Josie essaya de se souvenir si cela avait été mentionné dans une de leurs nombreuses interviews à la télévision ces derniers mois, mais elle n'y avait jamais vraiment prêté attention.

— Dans l'immobilier ? répéta-t-elle. Connaissez-vous Nadine Fiore, par hasard ?

Vivian s'arrêta de marcher et appuya un doigt sur son menton.

— Je ne crois pas, non.

— Son nom de jeune fille était Nadine Watts.

— Oh... Oh là là. Elle avait un lien de parenté avec votre attachée de presse ? Amber ?

— C'était sa tante, confirma Josie.

Vivian secoua lentement la tête.

— Je suis désolée, mais ça ne me dit rien du tout. Où travaillait-elle ?

— Dans le comté de Sullivan.

Vivian secoua de nouveau la tête.

— J'ai passé la majeure partie de ma vie dans le comté de Montgomery qui, comme vous le savez certainement, est très éloigné de celui de Sullivan. Je ne me souviens pas l'avoir rencontrée. Je peux demander à Thatcher, peut-être qu'il la connaissait ?

— Madame Toland, intervint Noah, à votre avis, pour quelle raison votre mari s'est-il rendu au domicile d'Amber Watts, si ce n'était pas pour la recruter pour les relations publiques de l'Église ?

Vivian se tourna légèrement et leva les yeux. Loin au-dessus d'elle, dans la section 200, Paul était penché sur une chaise qu'il avait tirée de la première rangée. Il notait quelque chose sur son porte-bloc. Vivian reporta son attention sur eux.

— Je ne sais pas, monsieur l'agent.

— Lieutenant.

— Lieutenant, répéta Vivian avec un sourire conciliant. Mais vous pourrez sans doute lui poser la question vous-même demain. Laissez-moi deviner, quand vous l'avez croisé au café, il a essayé de vous convertir ? Il vous a demandé de venir à l'église ? Je lui dis toujours de ne pas être trop insistant, de laisser les gens trouver leur propre chemin vers lui. Ils finissent toujours par aller vers lui. Mais il ne peut pas s'en empêcher. Ce ministère, ce n'est pas seulement ce qu'il fait, c'est ce qu'il est.

— Il s'est montré très persuasif, confirma Josie.

— Madame Toland, reprit Noah, Amber Watts a disparu depuis trois jours. Nous avons des raisons de penser qu'il pourrait s'agit d'un acte criminel. De plus, sa sœur, Eden Watts, a été retrouvée assassinée à peu près au moment où Amber a disparu.

Le visage de Vivian s'assombrit.

— Oh non, je suis confuse. Je suis là, à déblatérer sur mon mari et son Église, alors que vous tentez de résoudre un crime. Je m'excuse. Tout ce que je peux vous dire, c'est que je n'avais vu Amber Watts qu'à la télévision, je ne la connaissais pas par ailleurs, ni sa sœur... Comment avez-vous dit qu'elle s'appelait ?

— Eden, répondit Josie.

Vivian acquiesça solennellement. Elle croisa les mains sous son menton comme pour prier.

— Eden, répéta-t-elle doucement. Je prierai pour elle et pour Amber ce soir.

— Je suis surpris que vous n'ayez jamais entendu parler d'elles, réagit Noah. Leur frère Gabriel est un membre très loyal de l'Église du Redressement.

Viviane écarquilla les yeux.

— C'est vrai ? C'est merveilleux ! Il faut que je demande à

Paul de le retrouver. Il aura certainement besoin des conseils de Thatcher après avoir traversé une telle tragédie.

— Vous ne le connaissez pas personnellement ? demanda Josie.

Vivian inclina la tête vers la gauche en fronçant les sourcils.

— Je suis désolée, mais non. Malheureusement, notre congrégation est si grande maintenant qu'il m'est impossible de connaître chaque membre personnellement. J'aimerais que ce soit possible mais, comme vous le voyez, expliqua-t-elle avec un grand geste de la main vers l'immense salle, l'ampleur de ce que nous accomplissons avec l'Église du Redressement n'est plus compatible avec une attention individuelle envers chacun de nos membres. Nous espérons compenser cette perte avec nos programmes spécialisés et en confiant davantage de missions à nos jeunes et à nos pasteurs affiliés.

— Et votre mari ? insista Noah. Est-il possible qu'il connaisse Gabriel Watts personnellement ?

— Il ne m'a jamais parlé de lui mais, après tout, c'est possible. S'il ne le connaît pas encore, ça ne tardera pas. Thatcher va vouloir offrir à M. Watts tout le soutien dont il a besoin en ce moment. Mon Dieu. Perdre une sœur juste avant les fêtes de Noël...

Josie lui tendit une carte de visite.

— Demandez à votre mari de nous contacter dès que possible.

Vivian prit la carte et la glissa dans l'une des poches de sa doudoune.

— Je le ferai, merci. Et je sais que vous n'êtes pas du tout là pour ça, mais je vous invite tous les deux à venir à notre inauguration. Nous organisons un service la veille de Noël. Tout le monde est le bienvenu. Inspectrice Quinn, vous êtes bien connue dans la communauté et tout le monde vous aime, j'en suis sûre. Si les gens du coin savaient que vous vous sentez bien à l'église du Redressement, ils seraient peut-être plus enclins à venir aussi.

Josie lui adressa un sourire crispé.

— On verra. Pour l'instant, demandez juste à votre mari de nous appeler.

Lorsqu'ils quittèrent enfin la mégaéglise du Redressement à bord de la voiture de Noah, il était presque 19 h 30. Josie avait mal partout et ses yeux brûlaient d'épuisement. Elle savait qu'ils devaient rentrer à la maison pour se reposer, mais elle ne cessait de penser à Amber. Et si elle était vivante et retenue quelque part comme Eden l'avait été ? Chaque seconde comptait. Même si elle savait qu'ils devraient bien dormir à un moment ou à un autre, Josie n'était pas prête à en rester là pour la journée. Alors que Noah tentait de trouver un itinéraire évitant toutes les rues fermées, Josie lança :

— Allons chez Mettner.

— D'accord. En parlant de lui, qu'en est-il de son téléphone ?

— Ah oui, attends, répondit-elle en fouillant dans ses poches à la recherche du portable de son collègue.

Quand elle l'eut trouvé, elle le déverrouilla à l'aide du code que Mettner lui avait communiqué. Son collègue semblait n'utiliser que très peu ses réseaux sociaux et se contenter de liker et commenter les publications des épouses de ses frères, majoritairement des photos de ses neveux et nièces, qui lui permettaient de rester en contact avec sa famille. Une des photos montrait deux jeunes garçons, entre sept et dix ans, partis pêcher avec l'un des frères de Mettner durant l'été, tous deux brandissant une truite, et souriant de toutes leurs dents. Mettner avait commenté : *Elles sont de plus en plus grosses ! Belles prises ! Dis-leur que tonton Finn les emmènera pêcher sur la glace cet hiver !* En dessous, son frère avait répondu avec un émoji pouce levé suivi d'un émoji sourire et de quelques mots : *Ils ont hâte de te revoir. Tu devrais les prendre avec toi pour tout l'hiver. MDR.* Puis leur mère, à en juger par son nom, avait ajouté : *La maman ours va garder ses petits toute l'année ! Mais tu leur manques, tonton Finn !* avec un émoji cœur.

Sur son profil, il n'y avait guère que quelques photos d'Amber et lui mais, comme il ne publiait presque jamais, ce n'était pas surprenant. En revanche, il y avait dans sa pellicule des centaines de clichés d'Amber et d'eux deux, que Josie entreprit de faire défiler. Amber au *Komorrah's Koffee*, Amber dans le parc de la ville, Amber chez Mettner, dans son salon, sa cuisine, sa chambre, et même se brossant les dents vêtue d'un minuscule pyjama en soie. Sur cette dernière, Mettner se tenait derrière elle, torse nu, et les deux se reflétaient dans le miroir. Amber lui souriait de manière suggestive tout en se brossant les dents. Josie passa rapidement à un autre cliché – elle avait encore une fois l'impression de jouer les voyeuses. Il y avait des souvenirs d'activités faites ensemble : pêche, randonnée, festival, concert, mariage de Josie et Noah. Il y avait des photos d'eux avec la famille Mettner pour Noël l'année précédente et pour Thanksgiving cette année.

— Je ne pense pas que tu aies autant de photos de moi sur ton téléphone, remarqua Josie.

Noah la regarda avec un sourire.

— Je suis obsédé par toi depuis que j'ai quatorze ans, Josie. J'en ai tout un tas.

Elle éclata de rire et lui donna une tape sur l'épaule.

— Ne sois pas si flippant. Mais sérieusement, où est la limite entre l'amour et... l'obsession ?

— L'obsession malsaine ?

— Je ne sais pas, soupira Josie en continuant son exploration. Elle a l'air tellement heureuse sur toutes ces photos.

— Peut-être qu'elle en a autant de lui sur son téléphone. On n'a pas encore pu y jeter un coup d'œil.

— Ou peut-être qu'elle souriait juste sur le moment, tout en pensant à le quitter. Peut-être que c'est pour ça qu'ils se sont disputés, qu'il l'a mal pris et qu'il s'est passé un truc grave ?

Noah ne répondit rien.

Josie ouvrit la boîte de réception de Mettner. La plupart des mails étaient liés au travail. Les seuls messages personnels étaient envoyés par ses frères et concernaient l'achat d'un cadeau de Noël commun pour leurs parents. L'historique des textos entre Amber et Mett courait sur plusieurs semaines, et la plupart étaient doux et mignons. Certains avaient même un caractère suggestif. D'autres portaient sur l'endroit où ils allaient dormir ou manger ce soir-là. Tout en bas de la conversation, entre le dimanche matin et lundi après-midi, il y avait de nombreux messages de Mettner à Amber, laissés sans réponse. Aucun indice alarmant. Rien de bien utile. Avec un autre soupir, Josie ferma les messages et rangea le téléphone dans sa poche.

— Rien, annonça-t-elle.

— Tu devrais être contente. Je pense qu'aucun de nous ne souhaite que Mett soit un genre de...

Elle savait qu'il ne pouvait pas se résoudre à dire « meurtrier ».

— Monstre.

— Exactement.

Une fois de plus, la voix de Gretchen se fit entendre dans l'esprit de Josie : *Et s'il avait effacé tout ce qui aurait pu être suspect de son téléphone avant de te le donner ?*

— C'est là, lança Noah en arrivant devant chez Mettner.

Ils étaient déjà venus tous les deux, que ce soit pour passer prendre Mettner pour le boulot ou même pour quelques barbecues et autres moments conviviaux. Il habitait à la périphérie de la ville, sur une route rurale. Sa longue allée menait à une modeste maison de trois chambres au bardage gris et aux volets bordeaux. Sous le porche spacieux trônaient des meubles en bois rustiques. Mettner possédait quelques hectares derrière la maison, dont une partie était boisée. Il n'y avait pas de garage, mais il avait construit un abri sous lequel il rangeait un quad et un petit bateau, bâchés pour l'hiver. Les phares du véhicule de Noah les éclairèrent tous les deux lorsqu'ils se garèrent près de la maison.

Josie déverrouilla la porte et les fit entrer, allumant toutes les lumières à mesure qu'ils passaient d'une pièce à l'autre. Elle n'arrivait toujours pas à se débarrasser de cette impression d'invasion de l'intimité de Mettner. Même s'il leur avait donné l'autorisation d'aller chez lui, elle restait mal à l'aise. Pourtant, elle savait que c'était pour la bonne cause : il fallait découvrir ce qui était arrivé à Amber et, avec un peu de chance, à sa sœur, aussi. Elle chassa donc sa culpabilité et ils explorèrent l'intérieur, à la recherche de quoi que ce soit d'anormal.

La maison de Mettner était aux antipodes de celle d'Amber. Chaque pièce semblait surchargée de meubles. Un plaid en polaire était roulé en boule sur son canapé marron et douillet. Une paire de pantoufles masculines traînait sous la table basse. Une paire de pantoufles féminines était soigneusement rangée dans le placard du rez-de-chaussée. Des photos encadrées de la famille de Mettner ornaient chaque pièce. Des cannes à pêche en pagaille reposaient dans un coin de la cuisine. Dans le salon et la salle à manger, des croix en bois étaient accrochées aux murs.

La présence d'Amber se voyait partout : une tasse de voyage assortie à son bureau trônait dans l'égouttoir. Un peignoir rose était posé sur l'un des fauteuils du salon. Sur la table basse, deux numéros du magazine *Cosmopolitan*. Un pull que Josie l'avait vue porter à plusieurs reprises au travail était plié sur le dossier d'une des chaises de la salle à manger. À l'étage, le meuble vasque de la salle de bains était encombré d'articles de toilette qui appartenaient manifestement à une femme. Des produits d'hygiène féminine étaient rangés dans le placard en dessous, à côté d'un panier contenant un sèche-cheveux, un lisseur et une brosse ronde avec quelques cheveux auburn coincés dedans.

— On dirait qu'elle a déjà emménagé ici, souligna Noah.

L'une des chambres était aménagée en chambre d'amis avec un lit soigneusement fait qui semblait ne pas avoir été touché depuis des mois. La dernière chambre était remplie d'articles de pêche et de chasse, y compris un coffre-fort pour armes à feu, verrouillé.

Dans la chambre principale, le lit *king size* était défait, les couvertures rabattues au bout du lit, les oreillers de travers. Josie devinait sans mal, grâce aux tables de chevet, qui dormait de quel côté. Sur celle de Mettner, une photo encadrée d'Amber à côté de son réveil et de sa lampe. Sur celle de la jeune femme, une paire de boucles d'oreille, un tube de crème pour les mains, un chargeur de téléphone et une pile de livres. Il s'agissait de romans d'amour : *Moonlight Over Muddleford Cove* de Kim Nash, *If Only* d'Angela Marsons, *The Man I Loved Before* d'Anna Mansell et *Happily Never After* d'Emma Robinson. Rien à voir avec le livre de Thatcher Toland qu'ils avaient trouvé chez Amber.

Noah ouvrit l'armoire. Une moitié avait été vidée – pour Amber, pensa Josie – mais n'était pas encore reremplie. Elle entreprit de fouiller les tiroirs de la commode. Ceux de droite étaient vides à l'exception de celui du haut qui contenait des petites culottes et des soutiens-gorge. Josie tâta le fond du tiroir, en dessous des sous-vêtements, en vain. Les tiroirs de gauche étaient remplis de vêtements de Mettner. Celui du haut contenait également des sous-vêtements. Comme pour le tiroir d'Amber, Josie en tâta le fond. Cette fois, ses doigts touchèrent quelque chose qui ne ressemblait pas à un caleçon. Elle en sortit une pochette grise à cordon coulissant, laquelle contenait une boîte noire marquée du logo d'une bijouterie du centre-ville.

— Qu'est-ce que tu as trouvé ? demanda Noah en jetant un œil par-dessus son épaule.

Elle sortit de la boîte noire une autre boîte, plus petite et bleu marine. Elle s'ouvrait comme une fleur, ses côtés s'écartant pour révéler un lit de velours. Une grosse bague en diamant scintillante l'éblouit.

— Une bague de fiançailles, annonça Josie. La plus imposante que j'aie jamais vue.

Noah s'approcha et étudia le bijou.

— Je passe pour un gros nul à côté, plaisanta-t-il.

Josie posa la boîte sur la commode et reprit la pochette pour en extirper une petite liasse de papiers pliés. Il y avait là un certificat d'authenticité des diamants, une attestation d'assurance et un reçu indiquant le montant que Mettner avait payé et la date de la transaction.

— Il l'a achetée alors qu'il ne sortait avec elle que depuis trois mois, remarqua Josie.

Noah se pencha et jeta un coup d'œil au reçu.

— Et alors ?

— Ça me paraît un peu...

Elle s'interrompit, à la recherche du bon mot.

— Romantique ? proposa Noah.

— Effrayant.

— Il ne l'a pas demandée en mariage au bout de trois mois. Il a juste acheté une bague.

— Parce qu'il a l'intention de la demander en mariage, souligna Josie.

— Josie, ils emménagent ensemble. Je suis sûre qu'Amber s'attend à une demande en mariage à un moment ou un autre.

Avec un soupir, elle rangea la bague. Elle poursuivit son exploration du fond du tiroir et tomba sur plusieurs brochures en papier glacé. Quand elle les sortit, elle reconnut aussitôt le visage de Thatcher Toland. C'étaient deux des brochures qu'elle avait vues à la mégaéglise : celle pour leur programme d'aide à la communauté et celle invitant les fidèles à se marier à l'église, avec une cérémonie célébrée par Thatcher Toland en personne.

— Bizarre. Je n'aurais jamais pensé que Mettner était un adepte des mégaéglises.

— Il allait à l'église en bas de la rue du commissariat. Je suppose qu'il a été sensible à la campagne de recrutement en ligne et dans les médias de Thatcher Toland.

Elle remit les brochures et la bague sous les caleçons de Mett. Dans l'escalier qui les ramenait au rez-de-chaussée, elle lança :

— Je ne vois rien qui me fasse penser qu'un événement violent a pu se passer ici.

— Moi non plus, dit Noah qui la devançait. Mais Mettner est l'un des nôtres. Il saurait très bien comment supprimer les preuves. Pourquoi ne pas demander à Hummel de venir passer un peu de luminol à certains endroits pour voir s'il y a des taches de sang invisible à l'œil nu ? Même si elles ont été nettoyées, elles apparaîtront.

— Bonne idée.

Elle sortit son portable pour appeler Hummel et lui demander de venir avec un membre de son équipe d'identification pour chercher du sang chez Mettner.

— Je serai là dans vingt minutes. Au fait, j'ai analysé le SUV de Mettner : on a trouvé des traces de sang à l'arrière, mais c'était du sang animal, pas humain.

— Mett est un chasseur, expliqua Josie, donc ce n'est pas surprenant. À tout de suite.

Josie et Noah attendirent l'arrivée des agents Hummel et Chan. Ils s'installèrent ensuite dans leur voiture pendant que leurs collègues travaillaient dans la maison, à la recherche de preuves imperceptibles. Au bout de quelques heures, ils n'avaient rien trouvé d'inquiétant ou qui puisse être raisonnablement associé à un crime, quel qu'il soit. Hummel entreprit de ranger son matériel et Josie et Noah reprirent la route. Peu après, le téléphone de Josie sonna. C'était leur agent d'accueil, le sergent Dan Lamay.

— Que se passe-t-il ? lui demanda-t-elle.

— Patronne, je sais qu'il est déjà 22 heures passées, mais Hugo Watts est ici. Il vient juste d'arriver. Est-ce que je dois lui demander de repasser demain ?

Josie jeta un œil vers Noah.

— Non, dites-lui qu'on sera là dans un quart d'heure.

## 27

De retour au commissariat, Josie pénétra en premier dans la salle de conférences et fut immédiatement ébranlée par le sourire de Hugo Watts. C'était le même que celui d'Amber. La ressemblance était frappante et les mêmes traits délicats qui rendaient Amber si magnifique faisaient de son père un homme très fringant et séduisant. Il était bien plus grand qu'Amber, bien sûr, et ses cheveux étaient d'un auburn plus foncé que les siens. Il portait un costume noir sans cravate sous une parka grise ouverte avec une capuche bordée de fausse fourrure.

Josie se présenta ainsi que Noah et l'invita à s'asseoir. Il ôta son manteau et le jeta sur l'une des chaises vides. Il s'assit et croisa les mains devant lui, comme en prière. Josie s'installa à côté de lui, et Noah de l'autre côté de la table. Des rides inquiètes barraient le front du visiteur.

— J'ai vu les informations ce matin – avant que vous n'appeliez – à propos d'une femme qui avait été repêchée dans le fleuve. Quand vous m'avez contacté, je me suis repassé le journal télévisé. La description...

Josie posa une main sur son bras. Elle garda un ton calme et aussi apaisant que possible. Il n'y avait pas de bonne façon d'annoncer ce genre de nouvelle, aussi préférait-elle toujours le faire sans détour.

— Je suis vraiment désolée, monsieur Watts, mais la femme que nous avons sortie du fleuve était votre fille, Eden.

Son menton tomba sur son torse. Il porta une main à sa bouche et la laissa glisser jusqu'à son menton.

— Oh non, souffla-t-il. Oh non. Non, non, non.

— Nous vous présentons toutes nos condoléances, intervint Noah. Je sais que vous traversez une épreuve épouvantable, mais nous devons vraiment vous poser quelques questions.

Lentement, Hugo leva les yeux.

— Comment ? balbutia-t-il.

— Quelqu'un a tué Eden en la battant et en la laissant se noyer dans le fleuve, expliqua Josie. Au niveau du barrage, de la goulotte de déversement de l'eau, plus précisément. Nous pensons qu'elle a été retenue captive pendant un certain temps avant son décès.

Hugo déglutit péniblement, et sa pomme d'Adam tressaillit. D'une voix à peine audible, il demanda :

— Et Amber ?

— Amber est portée disparue depuis environ trois jours, répondit Noah.

L'homme laissa tomber sa tête sur ses mains, le front contre ses doigts croisés.

— Je ne comprends pas ce qui se passe, dit-il, ses mots un peu étouffés. Tout ça n'a aucun sens.

— À quand remonte votre dernier contact avec Eden ? demanda Noah.

Hugo sourit puis, comme s'il se souvenait qu'Eden n'était plus là, des larmes coulèrent sur ses joues et son sourire se mua en grimace.

— Eden était si douce, raconta-t-il d'une voix brisée. Elle était la seule à pardonner et à oublier. Vous savez, les enfants ont toujours estimé avoir eu une enfance terrible.

— Pourquoi ça ? s'enquit Josie.

Il secoua la tête.

— Je n'en ai aucune idée. À cause du divorce ? Des nombreux déménagements ? Qui sait ? En tout cas, ils étaient tous bizarrement convaincus que leur vie était horrible. Dès qu'elle a eu dix-huit ans, Amber n'a plus voulu avoir affaire à moi ou à Lydia. Gabriel a cessé de me parler après avoir rejoint cette Église de fous, mais Eden... Elle avait un si grand cœur. On n'était pas proches, mais on se parlait au téléphone au moins une fois par mois. J'essayais de la voir une ou deux fois par an, si elle le voulait bien.

— Et c'était le cas ? demanda Noah.

Josie poussa une boîte de mouchoirs vers Hugo et il en prit un pour se tamponner le visage.

— Oui, oui, elle voulait bien me voir. On se rejoignait généralement quelque part entre Philadelphie et Williamsport. On déjeunait et on essayait de faire quelque chose ensemble, une activité. La dernière fois, c'était en juillet. Le 4 juillet, pour la fête nationale.

— Et la dernière fois que vous lui avez parlé ?

— À Thanksgiving. Je l'ai appelée à Thanksgiving. On a discuté quelques minutes. Et si vous voulez savoir la même chose pour Amber, eh bien, je ne l'ai pas vue ni ne lui ai parlé depuis une dizaine d'années.

Ainsi, Amber avait bien dit la vérité sur ses relations avec sa famille.

— Et votre ex-femme ?

Il secoua la tête.

— La dernière fois que j'ai discuté avec Lydia, ça doit remonter à près de douze ans. Elle nous a quittés. Elle nous a abandonnés. On n'a plus rien à se dire depuis.

— Mme Norris nous a indiqué que vous aviez divorcé, que les enfants étaient furieux contre elle et qu'ils ont choisi de rester avec vous, résuma Noah.

Hugo lâcha un petit rire amer.

— On a divorcé parce qu'elle est partie ! Les enfants n'ont pas eu d'autre choix que de rester avec moi. Leur mère a disparu ! Sans prévenir. Elle a tout laissé derrière elle, même ses propres enfants.

— C'est pour ça qu'Amber dit autour d'elle qu'elle ne veut plus rien avoir à faire avec sa famille ? demanda Josie.

Il baissa la tête.

— Je ne sais pas pourquoi elle dit ça. Mes filles ont toujours eu tendance à tout dramatiser. J'ai fait de mon mieux avec elles, mais ce n'était jamais assez.

Josie n'avait jamais considéré Amber comme quelqu'un de mélodramatique. Elle était parfois stressée par les exigences de son travail, mais c'était normal. Amber était toujours professionnelle, d'humeur égale et très compétente.

— Est-ce que ça pourrait avoir un rapport avec votre sœur ? l'interrogea Josie.

Il releva la tête, l'air renfrogné.

— Et c'est reparti. C'est dommage que vous ayez d'abord parlé à Lydia. On ne peut compter sur elle que pour une chose.

— Et qu'est-ce que c'est ?

— Mentir.

## 28

Sans réagir, Josie étudia Hugo Watts pendant un long moment. On n'entendait que le *tic-tac* de l'horloge murale. Noah ne combla pas ce silence. Tous deux attendaient que Hugo cède. Du bout de l'index, Noah faisait rouler un stylo d'avant en arrière sur la table, comme s'il s'ennuyait. Hugo resta longtemps impassible. Josie commença à compter les *tic-tac* de l'horloge. Lorsqu'elle arriva à cent soixante-sept, Hugo desserra ses doigts, se frotta les mains comme s'il avait froid, puis les recroisa. À cent quatre-vingt-treize, il se racla la gorge. À deux cent cinq secondes, il dit enfin :

— Qu'est-ce que Lydia vous a dit à propos de ma sœur ?

Josie remua un peu sur sa chaise.

— Ça n'a pas vraiment d'importance, si ? D'autant plus que, comme vous le dites, elle nous aura menti.

Noah laissa son stylo rouler loin de lui et le bloqua brusquement avec sa paume. Hugo sursauta. Noah lui adressa un sourire avenant.

— Pourquoi ne pas nous dire ce qui s'est réellement passé ?

Hugo déglutit.

— Ce qui s'est vraiment passé quand ?

— Commençons par ce qui s'est passé pour qu'Amber décide de ne plus jamais vous revoir, fit Josie.

Il porta ses mains toujours croisées à son front et frotta son pouce contre la naissance de ses sourcils. Puis il baissa les mains et répondit :

— Je ne sais pas pourquoi elle a décidé de faire ça, d'accord ? Comme je l'ai dit, mes deux filles étaient difficiles. Jamais contentes, jamais satisfaites. Quand Amber a eu dix-huit ans, elle a dit qu'elle n'avait plus rien à faire dans cette famille. Elle était déjà à l'université. Elle a dit qu'elle partait et qu'elle ne voulait plus avoir le moindre contact avec nous. Elle ne voulait même pas que Lydia ou moi payions pour ses études. Elle voulait juste une rupture totale. Au début, je me suis dit que si on lui donnait tous un peu d'espace, elle reviendrait, mais les années ont passé et jamais elle n'a appelé ni essayé d'entrer en contact avec nous.

— Est-ce qu'un événement en particulier a causé cette « rupture totale » ? s'enquit Josie.

— Non, non. Elle était malheureuse depuis longtemps, depuis le divorce, en fait, et je pense que partir à l'université lui est apparu comme le moment idéal pour prendre ses distances.

Josie ne pouvait s'empêcher de penser que quelque chose clochait dans cette explication. Si la rupture d'Amber avec sa famille avait été progressive et le résultat de dissensions après le divorce de ses parents, pourquoi ne pas simplement le présenter comme ça autour d'elle ? Pourquoi refuser de parler de sa famille, même avec sa meilleure amie et l'homme chez qui elle s'apprêtait à emménager ?

— Vous dites qu'il n'y avait pas de problèmes particuliers avec votre sœur Nadine, dit Josie.

— Mon ex-femme m'a laissé sans un sou avec trois enfants à charge. J'étais un jeune avocat, pas encore bien établi. Ma sœur nous a hébergés jusqu'à ce que je m'en sorte financièrement et que je nous trouve un logement à nous. Contrairement à leur mère, Nadine leur a donné un cadre, des règles, une routine. Aucun d'eux n'aimait ça, ils préféraient la liberté que Lydia autorisait toujours.

Les deux versions des ex-époux étaient diamétralement opposées. Josie se demanda s'il y avait une quelconque vérité dans ce que l'un ou l'autre racontait.

— Amber a une brûlure dans le dos qui remonte à l'enfance. Que pouvez-vous nous dire à ce sujet ?

Hugo s'esclaffa mais, lorsqu'il se rendit compte qu'ils attendaient vraiment une réponse, l'agacement se lut sur son visage.

— Quel rapport avec ce qui m'amène ici aujourd'hui ? Vous croyez vraiment que savoir comment Amber s'est brûlée dans le dos quand elle était petite va vous aider à la retrouver ? Ou à découvrir qui a tué Eden ?

— Parfois, l'analyse des dynamiques familiales nous permet de mieux connaître les victimes et de comprendre pourquoi certaines choses leur sont arrivées, expliqua Josie.

— Donc découvrir comment Amber s'est brûlée vous permettrait de comprendre pourquoi elle a disparu ?

— Parlons donc de votre famille, proposa Josie au lieu de répondre à sa question. Nous avons entendu la version de Lydia. Quelle est la vôtre ?

Hugo poussa un soupir.

— Que voulez-vous savoir ?

Noah haussa les épaules.

— Commencez par le début. Par Lydia et vous.

— On s'est mis en couple quand on était jeunes. Je voyais déjà quelqu'un d'autre. J'étais tout jeune avocat et je vivais seul. Sans famille à charge, mes revenus me permettaient de vivre confortablement. Ma petite amie et moi avons décidé d'acheter un camping-car. C'est Lydia qui nous l'a vendu. Ma relation avec cette petite amie a duré exactement le temps d'une virée en camping. Je suis retourné voir Lydia pour voir si elle acceptait de reprendre le camping-car, et elle m'en a vendu un plus grand encore. On a fait le tour du pays à bord de ce véhicule. Lydia est tombée enceinte de Gabe. Puis d'Amber. On s'est mariés à ce moment-là. Puis est arrivée Eden. Mais après ça, Lydia est devenue...

Sa voix se brisa.

— Lydia est devenue quoi ? insista Noah.

Hugo décroisa les mains et les posa à plat sur ses genoux avant de se caler au fond de son fauteuil.

— Je crois que les exigences de la maternité étaient trop dures pour elle.

— Qu'est-ce qui vous fait dire ça ? demanda Josie.

— Eh bien, sinon, pourquoi serait-elle partie ? Je ne sais pas pourquoi elle est partie la première fois, quand les enfants étaient petits, mais elle est partie. Au début, elle a continué à s'occuper d'eux quand elle le pouvait, même s'ils vivaient avec moi.

— À quel moment ne pouvait-elle plus s'occuper d'eux ? demanda Noah.

— Quand son nouveau mari a décrété qu'il ne voulait pas d'enfants dans sa vie. Et il y en a eu plusieurs de cet avis.

— « Plusieurs » maris ? Combien de fois a-t-elle été mariée ?

— Sans me compter ? Cinq fois. On s'est remariés entre le quatrième et le cinquième mari, mais ça n'a duré que quelques mois.

— Vous avez dit que vous aviez divorcé parce qu'elle était partie, lui fit remarquer Noah.

Hugo secoua la tête.

— C'est la version un peu trop simplifiée. On était déjà divorcés depuis plusieurs années et elle était passée à autre chose, elle s'est mariée quatre fois de plus, mais on était ensemble à la fin. Avant qu'elle ne parte vraiment. On était en train de se réconcilier. Enfin, c'est ce que je croyais.

— Quel âge avaient vos enfants la première fois que vous avez divorcé ? demanda Josie.

— Ils étaient assez jeunes. Eden commençait tout juste à marcher. Amber était une toute petite fille et Gabe venait de commencer l'école.

— Et quel âge avaient-ils quand vous vous êtes remariés ? enchaîna Noah.

— Ils étaient tous adolescents à ce moment-là mais, comme je vous l'ai dit, le deuxième mariage n'a duré que quelques mois et Lydia est repartie, cette fois pour épouser le cinquième mari.

— Ses autres mariages se sont-ils aussi soldés par un divorce ? s'enquit Josie.

Hugo acquiesça.

— Sauf le dernier qui est mort, je crois. M. Norris. Je ne sais pas si les autres sont encore vivants. Ça fait des années... Vous pourriez faire des recherches sur eux, mais je ne vois pas en quoi ce serait bien utile dans cette affaire.

— Vous souvenez-vous de leurs noms, par hasard ?

— Les noms de famille, oui. Voyons voir... Il y a eu Kleymann, Vawser, Purdue, et... attendez... Chasko, je crois.

— Amber racontait qu'elle avait beaucoup déménagé pendant son enfance. C'était parce que les maris de Lydia vivaient dans des endroits différents ? reprit Noah.

— Oui. J'ai essayé de garder les enfants près d'elle malgré tout. Même si elle ne voulait pas les voir, je voulais que les enfants et elle puissent se retrouver.

— Votre femme vous a laissé, comme vous dites, « sans le sou avec trois enfants », et vous l'avez suivie dans tout l'État à chaque fois qu'elle s'est remariée ? s'étonna Josie.

Hugo acquiesça, les lèvres serrées.

— Je sais, ça paraît fou, mais je pensais que c'était mieux pour mes enfants, à l'époque. Comme je l'ai dit, la première fois que Lydia est partie, on est allés habiter chez ma sœur et ils n'aimaient pas avoir toutes ces règles, alors, une fois que j'ai pu me le permettre financièrement, j'ai fait en sorte que mes enfants puissent toujours voir leur mère. Rétrospectivement, je me dis que j'ai peut-être fait plus de mal que de bien, mais je voulais que les enfants aient une vraie relation avec elle, même si elle était mariée avec un autre. Si on habitait dans la même ville, il y avait toujours plus de chances qu'elle prenne le temps de venir les voir. C'était probablement stupide de ma part, d'autant plus qu'elle a fini par disparaître, mais j'étais leur père et j'ai fait de mon mieux pour eux.

— Monsieur Watts, le barrage de Russell Haven a-t-il une signification particulière pour vous ou votre famille ? lui demanda Josie, changeant complètement de sujet.

— Non, pas du tout. Je ne connais rien de cet endroit, si ce n'est que c'est là que ma fille vient de mourir. Inspecteurs, j'ai eu une longue journée. J'ai vraiment besoin de temps pour digérer la nouvelle, surtout celle concernant ma si douce Eden. J'aimerais pouvoir m'occuper de ses funérailles.

— Il faudra vous arranger avec Lydia et l'hôpital, expliqua Noah. Si vous contactez la morgue, je suis sûr qu'ils se feront un plaisir de vous aider. Encore une fois, nous vous présentons nos sincères condoléances.

— Vous avez le numéro de Lydia ?

Josie sortit son portable et afficha la fiche du contact à l'écran. Hugo Watts sortit une paire de lunettes de lecture de la poche de sa chemise et regarda attentivement la suite de chiffres avant de les taper sur son propre téléphone.

— Si vous réussissez à l'avoir, dites-lui qu'il faut qu'on lui reparle, le pria Josie.

— Pas de problème, répondit Hugo en se levant pour enfiler son manteau. Je pense que je vais prendre un hôtel ici pour quelques jours.

— Avant que vous partiez, lança Noah, je suis sûr que vous comprenez que nous devons vous poser la question : où étiez-vous lundi matin entre environ 4 h 30 et 5 heures ?

Hugo soupira.

— Oui, évidemment. Vous avez besoin de mon alibi, c'est

ça ? C'est une enquête de police, après tout. J'étais en Floride pour jouer au golf avec des amis. Je suis parti en avion il y a une semaine et je suis rentré cet après-midi. Mon vol de retour avait été annulé et j'ai décidé de rester quelques jours de plus.

— Vous avez des preuves à nous fournir ? demanda Josie.

Hugo sortit son portable de la poche de son manteau et leur montra plusieurs mails contenant des reçus de l'hôtel, de la compagnie aérienne et du club de golf.

— Je peux vous les transmettre si vous le souhaitez.

Noah lui épela son adresse mail et Hugo la rentra dans son téléphone, avant de le ranger et de remonter sa fermeture Éclair.

— Monsieur Watts, vous ne trouvez pas étrange le fait que votre sœur a été assassinée il y a deux semaines, que votre fille Eden a subi le même sort la nuit dernière, et qu'au même moment votre autre fille disparaît ? l'interrogea Josie.

Il croisa son regard.

— Je ne suis pas sûr de savoir ce que vous voulez que je réponde.

— Y aurait-il une raison pour qu'un tueur s'en prenne à toutes les femmes de votre famille, en supposant bien sûr que ces trois crimes sont liés ?

— Non, je n'en vois aucune.

— Quand avez-vous parlé à votre fils pour la dernière fois ? intervint Noah.

— Gabriel ? Il y a des années. Je vous l'ai dit, il ne me parle plus depuis qu'il a rejoint cette foutue Église. Il est devenu complètement fanatique. C'est une sorte de secte. Il n'arrêtait pas de dire qu'on ne pourrait avoir de relation que si je me « déchargeais de mon fardeau » et que j'essayais de « redresser » mes torts. Non, mes « péchés ». C'est comme ça qu'il les appelait.

— Vous parlez de l'Église du Redressement ? demanda Josie. Celle dirigée par Thatcher Toland ?

— Oui, voilà ! Gabriel a changé quand il l'a rejointe. Radicalement.

Lydia avait tenu le même discours – c'était peut-être le seul point sur lequel Hugo et elle étaient d'accord.

— Avez-vous des raisons de croire que Gabriel pourrait vouloir faire du mal à votre sœur et à vos filles ? demanda Noah.

Hugo sortit une paire de gants de l'autre poche de son manteau et les enfila, les yeux rivés sur la table.

— Non. Ça ne peut pas être lui. Il a changé, mais je ne le vois pas faire du mal à sa propre famille, même si on est une tripotée de pêcheurs pour lui. Vraiment, inspecteurs. J'ai vécu un sacré choc aujourd'hui. J'aimerais partir, maintenant.

Ils le regardèrent se diriger vers la porte.

— Si vous pensez à quoi que ce soit qui pourrait être utile à notre enquête, n'hésitez pas à nous contacter, lui lança Josie.

Sans un mot, Hugo leur fit un dernier signe de tête et sortit de la salle.

Noah attendit que la porte se referme derrière lui.

— Qu'est-ce que tu en penses ?

Josie se contenta de secouer la tête. Elle sortit son téléphone et découvrit un message de Gretchen. Elle était toujours avec son ancien partenaire de la police de Philadelphie. Josie savait qu'en plus des informations relatives à l'enquête en cours, ils avaient beaucoup de choses à se raconter. Gretchen ne serait probablement pas de retour avant tard dans la nuit.

— Je pense qu'on a besoin de dormir pour pouvoir réfléchir plus clairement, répondit-elle à Noah.

Celui-ci s'approcha d'elle et lui tendit une main, qu'elle saisit. Il l'attira contre lui et l'embrassa.

— Allez, on s'arrête là pour ce soir.

Épuisés, Josie et Noah reprirent la route pour rentrer chez eux. La famille de Josie dormait déjà dans les chambres d'amis. Noah et elle sortirent Trout pour une petite promenade nocturne, puis ils s'effondrèrent côte à côte dans le lit. Le sommeil la gagna si vite et si lourdement que Josie ne rêva heureusement pas du meurtre de sa grand-mère ou de la main d'Eden Watts glissant sur son poignet.

Noah la réveilla quelques heures plus tard en lui secouant doucement l'épaule. Elle l'entendit répéter son prénom comme s'il se trouvait loin dans une autre pièce mais, lorsqu'elle entrouvrit enfin les yeux, il se tenait au-dessus d'elle, sur le bord du lit, torse nu et vêtu d'un simple caleçon. Ses cheveux bruns étaient ébouriffés et il tenait son téléphone portable. L'écran allumé, dont la lueur forçait Noah à plisser les yeux, annonçait un appel entrant. Elle ne reconnut pas le numéro.

— Ton téléphone n'arrête pas de sonner, mais je ne sais pas qui appelle.

La sonnerie s'arrêta. Josie loucha de nouveau sur le numéro avant que l'écran ne s'assombrisse. C'était un numéro local.

— Je ne sais pas non plus. Mais un appel à 4 heures du matin, ce n'est pas bon signe.

Noah tendit la main vers la table de nuit et alluma la lampe. Sous les couvertures, Trout ronflait, pas du tout troublé par ce remue-ménage nocturne. Le téléphone se remit à sonner. Toujours le même numéro. Josie prit l'appel.

— Josie Quinn.

Une voix d'homme répondit :

— L'inspectrice ? C'est bien vous qui étiez ici, l'autre nuit ?

— C'est où, « ici », monsieur ? demanda Josie en clignant des yeux.

— Oh, pardon, le barrage de Russell Haven. C'est Will Wilson. L'opérateur de la centrale. Je ne voulais pas appeler le 911 parce que j'ai pas franchement envie que la presse envahisse le coin comme la dernière fois, et mon chef non plus, mais on a un problème.

Noah plissa les yeux en entendant la conversation.

— Quel genre de problème, monsieur Wilson ?

— Eh bien… on a trouvé un autre corps.

## 29

Quarante-cinq minutes plus tard, Josie, Noah, Gretchen et le chef se trouvaient à la centrale hydroélectrique et observaient Will Wilson, debout devant la porte du niveau inférieur marquée « Station de comptage ».

— C'est vraiment perturbant, les prévint-il.

Josie devinait à sa pâleur que ce qu'il allait leur montrer était effectivement perturbant, mais tout ce qu'elle avait en tête, c'étaient les mots qu'elle avait commencé à psalmodier en boucle silencieusement après l'appel téléphonique. *Par pitié, pas Amber. Par pitié, pas Amber. Par pitié, pas Amber.*

Le chef Chitwood haussa un sourcil broussailleux.

— Vous faites lever toute mon équipe au beau milieu de la nuit et vous nous faites venir ici. Y a plutôt intérêt à ce qu'il y ait un truc perturbant derrière cette porte.

Wilson retira sa casquette puis la remit en place.

— Je n'ai pas appelé toute votre équipe, juste elle, là, rétorqua-t-il en désignant Josie.

— Aucune importance, grommela Gretchen, agacée. Laissez-nous voir.

— Attendez juste une minute. Est-ce que vous savez tous ce qu'est une station de comptage ?

Josie se doutait à l'expression torturée de Gretchen qu'elle craignait elle aussi de découvrir le corps d'Amber.

— Monsieur Wilson... commença-t-elle à crier.

Mais Noah l'arrêta d'une main sur son avant-bras. Elle le dévisagea. Sans bouger, Josie suivit leur échange silencieux. Gretchen avait besoin de savoir. Si le corps que Wilson avait trouvé était bien celui d'Amber, ils avaient tous besoin que ce petit préambule se termine le plus vite possible.

— Ça va aller, lui chuchota Noah.

Elle secoua la tête et se détourna. Josie la vit essuyer une larme au coin de son œil. Noah fit face à Wilson et lui répondit :

— C'est l'endroit où l'on compte le nombre d'aloses qui passent par l'ascenseur à poissons au printemps, afin de pouvoir suivre leur migration.

L'homme parut surpris.

— Oui, fiston. C'est bien ça.

Le chef Chitwood grogna et tenta de contourner Wilson, qui se mit en travers de son chemin.

— Je suis sérieux, monsieur. Quand j'ai fait entrer mon directeur ici, il s'est presque évanoui. J'essaie de vous mettre en garde.

— J'en ai vu d'autres dans ma vie, lui répondit le chef en serrant les dents.

Josie ravala son inquiétude et joua le jeu.

— Comment comptez-vous les poissons qui passent par l'ascenseur ? Cette pièce le surplombe ?

— Non, il y a une fenêtre. Quand l'ascenseur remonte du fleuve et franchit le barrage, il est rempli d'eau et de poissons, et il y a une grande vitre, un peu comme dans un aquarium, qui donne sur la cuve. On a installé une lumière à l'intérieur et, quand l'eau est relâchée en amont, on peut voir les poissons passer devant nous.

Josie était ravie d'avoir le ventre vide. Elle savait très bien où Wilson voulait en venir, et ça lui retournait l'estomac.

— Monsieur Wilson, dit Noah patiemment, je vous suis reconnaissant des précautions que vous prenez, mais plus vite nous pourrons voir ce que vous souhaitez qu'on voie, plus vite nous pourrons commencer notre enquête. Je peux vous promettre qu'aucun d'entre nous ne s'évanouira.

Josie savait qu'il disait vrai – ils étaient tous des policiers chevronnés. Pour autant, si c'était bien Amber derrière cette porte, il était difficile de garantir que personne ne perdrait son sang-froid.

Wilson secoua la tête comme s'il ne le croyait pas, mais se tourna et appuya lentement sur la poignée. Ils découvrirent alors une petite pièce faiblement éclairée, aux murs en parpaings similaires à ceux qu'on retrouvait partout dans la centrale. Un bureau en L en occupait un coin. Au-dessus, fixée au mur, se trouvait une grande boîte chromée avec divers boutons qui devaient contrôler certains mécanismes de l'ascenseur à poissons. À côté, ainsi que Wilson l'avait décrit, il y avait une immense vitre épaisse, exactement comme dans un aquarium. Une faible lueur apparut derrière, éclairant l'ensemble d'un brun vert trouble.

Là, devant eux, flottant telle une sorte de spécimen de laboratoire grandeur nature, se trouvait Lydia Norris.

Tous les quatre la contemplèrent. Elle portait encore la tenue de directrice d'école privée qu'elle avait la veille lors de sa rencontre avec Gretchen et Josie à la morgue. Sa jupe s'évasait dans l'eau. Les diamants scintillaient sur ses doigts et le pendentif autour de son cou se détachait de sa peau, comme suspendu. Même ses bottes Gucci étaient encore à ses pieds. Ses cheveux formaient une auréole autour de sa tête et se balançaient doucement dans l'eau. Ses yeux et sa bouche étaient grands ouverts. L'une de ses mains reposait contre son corps, tandis que l'autre semblait vouloir s'élever vers le ciel.

Quelqu'un se racla la gorge. Personne ne bougea. Finalement, Wilson dit :

— J'ai essayé de vous dire que c'était très perturbant.

Noah prit la parole en premier.

— À quelle heure l'avez-vous trouvée ?

— Peut-être une heure avant que j'appelle votre inspectrice, parce que j'ai d'abord dû réveiller le directeur pour qu'il vienne jeter un coup d'œil. Et après, j'ai appelé cette dame, expliqua-t-il en montrant Josie du doigt. L'une des alarmes de l'usine s'était déclenchée. J'ai vérifié les caméras. Il y avait quelqu'un dehors.

— Où ça ? demanda Josie.

— Au niveau de l'ascenseur à poissons.

Il poussa un soupir frustré et attrapa quelques stylos dans un pot à proximité. De l'autre côté du clavier, il prit un bloc-notes.

— Disons que ça, c'est le fleuve, commença-t-il en montrant le bloc-notes. D'accord ?

Les policiers acquiescèrent. Il posa un stylo horizontalement sur le bureau, à cheval sur le bord du bloc-notes – soit le fleuve, dans sa maquette improvisée.

— Ce stylo représente le bâtiment dans lequel on se trouve, la centrale électrique. Il dépasse sur le lit du fleuve.

Il récupéra un capuchon et le posa sur le bloc-notes à côté du stylo.

— Ensuite, on a une passerelle en acier qui rejoint et entoure l'ascenseur à poissons, continua-t-il en plaçant un autre stylo perpendiculairement au capuchon. L'ascenseur suit le sens du courant, comme ça.

Il posa un troisième stylo de l'autre côté du capuchon, à l'horizontale, jusqu'à l'autre bord du bloc-notes.

— Et là, on a le déversoir, qui traverse le fleuve de part en part.

Il désigna le stylo perpendiculaire représentant l'ascenseur à poissons.

— L'ascenseur a une trappe supérieure à laquelle on accède depuis la passerelle. La personne se trouvait là.

— Là où ? Près de l'ascenseur à poissons ?

Wilson hocha la tête et tapota le stylo représentant l'ascenseur.

— Oui, sur la passerelle. Sur une vidéo, on voit la personne qui arrive par le fleuve et jette le corps par la trappe.

— Je croyais qu'on ne pouvait accéder à l'ascenseur que par l'autre côté, en passant par le poste de contrôle, qui est clôturé.

— Ben, oui, normalement. Mais je vous assure : cette personne n'est pas passée par là, elle arrive du fleuve.

Gretchen prit enfin la parole.

— Comment la personne a-t-elle pu arriver par le fleuve et accéder à l'ascenseur à poissons ?

— L'ascenseur à poissons se trouve *dans* le fleuve, répondit Wilson. La personne arrive par l'aval, pas par ici. Ni par ce bâtiment ni par la passerelle.

Une pointe d'impatience transparaissait dans sa voix, comme s'il s'adressait à des écoliers qui ne comprenaient tout simplement pas ce qu'il essayait de leur enseigner. Son doigt tambourinait maintenant sur le bloc-notes.

— Comment est-ce possible ? demanda le chef.

— En kayak, répondit Josie.

Ils se tournèrent tous vers elle et la dévisagèrent.

— Je ne pense pas que ce soit faisable, rétorqua Gretchen.

Wilson haussa les épaules.

— En fait, je pense qu'elle a raison. C'est même probablement le seul moyen d'y accéder depuis le fleuve. L'ascenseur n'est pas actif en hiver, seulement au printemps, quand les aloses migrent. N'importe qui peut pagayer jusqu'à la trappe supérieure.

— Avec un corps à transporter ? lança Gretchen.

— C'est possible, intervint Noah. Si le corps n'est pas trop lourd et si le kayakiste est suffisamment doué.

— Même à contre-courant ? s'étonna le chef.

— La centrale électrique bloque la majeure partie de l'eau entre la berge et l'ascenseur à poissons, expliqua Wilson. Ça fait comme un lac, il n'y a pas de courant. C'est aussi un endroit très prisé des kayakistes. Depuis toujours. On les incite à rester de l'autre côté du fleuve. Ils aiment cette descente à cause des rapides, et après on les retrouve partout tout autour du barrage. Ce sont des emmerdeurs, voilà tout. Y en a deux qui sont morts comme ça.

— Quelle est la profondeur dans cette zone ? demanda Josie.

— Dans le lac ? En ce moment ? demanda Wilson. Pas la moindre idée.

— Montrez-nous la vidéo. Ensuite, on ira voir dehors.

Quelques minutes plus tard, ils se serraient tous derrière Wilson, installé à son bureau. Il tapa sur son clavier jusqu'à trouver les séquences qu'il cherchait. Il lança ensuite la vidéo et des images grises et floues d'une passerelle en acier apparurent à l'écran. Placée en hauteur, la caméra filmait la passerelle coincée entre la centrale électrique et le déversoir. Sous la passerelle, un rectangle de béton dépassait de la surface du fleuve, et la cuve ainsi formée retenait une partie de l'eau. L'ensemble formait une sorte de ponton d'acier et de béton. La zone la plus proche du barrage abritait un dispositif métallique de la taille d'une maisonnette, avec divers câbles, cages et ce qui ressemblait à un ascenseur très compliqué. Wilson montra du doigt l'endroit le plus en aval, où l'image se perdait dans l'obscurité.

— C'est ici que se trouve la trappe supérieure.

— Je ne vois aucune trappe, fit Noah.

— Je sais bien, il fait trop noir. Mais vous pouvez me croire, elle est bien là. Voyez cette ligne, là ?

Du bout du doigt, il suivit le bord du mur de béton à l'écran.

— Oui, confirma Noah.

— Ça, c'est le mur. De l'autre côté, c'est le fleuve, mais il y a un affleurement à cet endroit précis.

— Comment ça, un affleurement ? demanda Gretchen.

— Comme une petite île qui émerge juste au bout de l'ascenseur.

— Quinn avait donc raison, dit le chef. Quelqu'un aurait pu partir en kayak de la berge, traverser le lac jusqu'à cette petite île avec un corps soit sur son propre kayak, soit remorqué derrière lui dans un autre kayak, traîner le corps jusqu'au mur, et le jeter par la trappe dans l'ascenseur à poissons ?

— Vous avez tout compris, monsieur, confirma Wilson.

Ils attendirent quelques instants. Les yeux de Josie étaient tellement fixés sur la ligne séparant le mur du fleuve – ou sur le petit affleurement de l'autre côté – qu'elle sursauta lorsqu'une silhouette surgit à l'écran telle une créature de film d'horreur. Un bras et une jambe se posaient d'abord sur le mur, puis la personne – ou plutôt la vague silhouette noire à forme humaine – l'enjambait et faisait passer son autre jambe. Elle s'accroupissait et, quelques secondes plus tard, deux ombres s'élevaient de part et d'autre de son corps.

— Ce sont les portes de la trappe, déclara Wilson. Maintenant, regardez bien.

La silhouette disparaissait du côté de l'affleurement pendant quelques minutes. Puis elle regrimpait sur le mur. Pendant un long moment encore, elle restait agenouillée. Les images étaient trop floues pour que l'on puisse distinguer ce qui se passait précisément, jusqu'à ce qu'un gros objet soit hissé sur le rebord du mur. Pas un objet, comprit Josie, alors que la personne le traînait vers les portes de la trappe. Le corps de Lydia Norris. Après l'avoir balancé dans la cuve, la personne refermait la trappe et disparaissait une dernière fois par-dessus le mur.

— C'est tout, conclut Wilson. Dès que j'ai vu ça, j'ai couru vers la passerelle mais, le temps que j'arrive, la personne était déjà loin. Rien vu en aval ou sur la petite île. Au début, je ne savais pas ce qui avait été jeté là-dedans, alors j'ai appelé le directeur, et il est venu. On a activé l'ascenseur et, quand il est arrivé au niveau de la station de comptage, eh bien... c'est là qu'on l'a vue.

Le chef soupira.

— Bon, chers inspecteurs. On a quelques coups de fil à passer.

## 30

Amber a froid. Il n'y a jamais de lumière dans la pièce, sauf lorsqu'il revient pour jouer à son jeu malsain de la roulette russe. Elle perd toute notion du temps, mais pas le compte du nombre de fois où il a pointé son pistolet vers sa tête et appuyé sur la détente.

Trois fois.

Trois fois, il lui a fait croire qu'elle allait mourir. Trois fois, il a tiré à sec, et elle s'est sentie défaillir et perdre le contrôle de sa vessie. Trois fois, il lui a crié dessus, exigeant qu'elle lui dise ce qu'il voulait savoir pour que tout ça s'arrête. « Tout ça » étant son petit jeu de psychopathe visant à lui extorquer des informations qu'elle s'était juré d'emporter dans la tombe. Jusque-là, elle tient. Mais Amber commence à craindre que son calvaire ne termine jamais. Les heures s'étirent devant elle. Elle ne connaît plus que le froid, l'obscurité, la faim, la soif et l'odeur rance de ses vêtements sales et souillés. Elle aimerait presque qu'il en finisse pour de bon.

Mais alors il n'obtiendrait pas ce qu'il veut.

La porte s'ouvre en raclant le sol. La lumière l'aveugle. Elle reste où elle est, recroquevillée sur elle-même près des tuyaux dans le coin. Plusieurs fois par jour, ils deviennent chauds. C'est la seule chaleur qu'elle connaît. Elle se protège les yeux avec son avant-bras. Elle entend ses pas lourds qui traversent lentement la pièce.

Elle sursaute lorsque quelque chose touche sa peau, elle se débat et crie jusqu'à ce qu'elle comprenne qu'il s'agit d'une couverture. Elle s'en enveloppe et son corps tremble d'aise.

— Je te dois des excuses, dit-il.

Elle lève les yeux, mais ne discerne qu'une silhouette noire qui se découpe dans la lumière de l'embrasure de la porte. Le calme de sa voix la fait frissonner, malgré la couverture.

— Je suis désolé de t'avoir traitée comme ça.

— Tu as essayé de me tuer, répond-elle, la voix chevrotante. Trois fois ! Tu ne peux pas t'excuser et faire comme si tout allait bien. Tu me gardes prisonnière.

Il s'agenouille devant elle et la fixe intensément.

— Je suis désolé. Je veux que tu saches que je n'ai pas le choix.

— Qu'est-ce que tu racontes ? Bien sûr que tu as le choix. Tu pourrais choisir de me laisser partir. On peut oublier tout ça. Je ne te dénoncerai pas. Tu sais que je ne le ferai pas. Je ne veux pas qu'on m'interroge sur les raisons qui t'ont poussé à m'enlever.

Il pousse un soupir.

— Je ne peux pas te laisser partir. Pas parce que j'ai peur que tu parles – je vois bien que tu sais garder les secrets –, mais parce que j'ai besoin des informations que tu détiens. Je ne peux pas te libérer tant que tu ne me les donnes pas. Pour autant, je veux que tu saches que je ne prends aucun plaisir à faire ça.

Elle resserre la couverture autour de ses épaules.

— Je ne peux rien te dire, couine-t-elle.

Il reste silencieux un long moment. Amber tremble sous son regard perçant. Finalement, il demande :

— Tu préfères mourir plutôt que de me confier ton secret ?

— Je sais que tu ne peux pas comprendre, mais oui.

## 31

Josie ne sentait plus ses doigts, ni son visage, ni même ses jambes moulées dans son jean. Elle se tenait sur la rive du fleuve, à quelques mètres de la clôture de sécurité entourant la centrale électrique. Comme l'autre nuit, le vent fouettait les flots, châtiant tous les êtres assez stupides pour se trouver sur son passage. Les lumières mouvantes des gyrophares des ambulances et de la police illuminaient le parking. On ne lui avait pas demandé de participer à la mission de récupération du corps de Lydia Norris dans l'ascenseur à poissons, à son grand soulagement. Au-dessus d'eux, le ciel grisaillait. La brigade fluviale de Denton avait été appelée pour transporter les membres de l'équipe d'identification criminelle depuis la berge jusqu'à la petite île voisine de l'ascenseur à poissons – qui n'était d'ailleurs pas vraiment une île, mais plutôt un rocher extrêmement haut et découpé qui émergeait de l'eau et sur lequel pouvaient tout de même tenir plusieurs membres de l'équipe de Hummel. Dans leurs combinaisons de protection, ils en examinaient les moindres recoins à la recherche d'indices.

Noah s'approcha d'elle.

— Ils emmènent Lydia Norris à la morgue. Anya va

commencer l'autopsie sur-le-champ. On n'a pas encore trouvé sa voiture mais, maintenant qu'il fait jour, le chef a envoyé quelques unités de patrouille pour ratisser le secteur au cas où elle aurait rejoint quelqu'un dans les environs, puisqu'elle a été vue quittant la maison d'Amber toute seule.

Josie acquiesça et enfonça les mains dans les grandes poches du manteau prêté par son mari. Elle avait vraiment besoin d'une nouvelle paire de gants.

— Qu'en penses-tu ? demanda Noah.

— Je pense que celui qui fait ça essaie de nous faire passer un message. On est en décembre, les températures descendent en dessous de zéro. Si l'automne n'avait pas été si chaud, ce lac serait probablement déjà gelé. Il a fallu beaucoup de préparation et d'efforts pour transporter le corps de Lydia Norris et le jeter dans l'ascenseur à poissons. Pas mal de cran aussi. Il s'est probablement garé ici, sur cette rive. On peut y descendre en voiture depuis la route d'accès, avant même de se trouver près de l'entrée de la centrale électrique. C'est suffisamment loin des installations pour ne pas être vu. Personne ne viendrait ici pendant la nuit. Il a probablement traversé en kayak, jeté le corps et fait demi-tour. Il faisait assez sombre pour ça. Il n'y a que Wilson ici la nuit et l'équipe ne change pas avant 7 heures. Le plus grand défi, outre le remorquage d'un corps, c'était sûrement de retourner à la voiture avec un kayak – ou deux – avant que Wilson ne se rende à l'ascenseur à poissons après le déclenchement de l'alarme. Il devait savoir qu'il serait filmé.

— C'est vrai. Mais la caméra ne capte qu'une ombre, en gros. On ne peut rien identifier à partir de ces images. Il fallait quand même qu'il connaisse l'existence de l'ascenseur, non ?

— Oui, mais comme tu l'as dit, tous les employés de l'usine ont été contrôlés. Et puis, il y a des visites guidées au printemps – pas de l'intérieur de l'usine, mais de l'ascenseur lui-même. Ouvertes à tout le monde. Chaque année, des lycéens viennent assister à une démonstration. Je ne crois pas qu'on trouvera notre tueur en suivant cette piste.

— Alors comment on va le trouver ?

— En découvrant ce que signifie le barrage de Russell Haven pour lui. Il est évident que le tueur y attache de l'importance. Il y a plein d'endroits où jeter un corps en plein mois de décembre qui seraient nettement plus faciles d'accès qu'un ascenseur à poissons. On doit aussi comprendre pourquoi la famille Watts est visée, car elle est manifestement ciblée par le tueur.

— Jusqu'à présent, aucun des Watts ne s'est montré très coopératif, et on va bientôt être à court de membres de la famille à interroger, fit remarquer Noah. Ton contact au bureau du shérif s'est rendu plusieurs fois chez Gabriel hier, et il n'était pas là.

Josie pensa à Amber et se demanda encore une fois où elle pouvait bien se trouver et si elle était encore en vie.

— Je sais. Je vais lui demander de repasser aujourd'hui jusqu'à ce qu'on puisse y aller nous-mêmes. J'aimerais aussi positionner quelques unités sur les deux berges du fleuve au cas où le tueur reviendrait.

Noah sortit son téléphone et commença à envoyer des messages. Josie l'imita avant de se retourner quand le gravier crissa derrière. Gretchen avançait vers eux, la capuche de son manteau rabattue sur sa tête et le lien serré sous son menton, ne laissant apparaître qu'un petit rond de visage.

— Une patrouille a trouvé la voiture de Lydia Norris.

— Où ça ? demanda Josie.

Gretchen montra du doigt le fleuve.

— De l'autre côté du barrage. Sur le parking, près des marches et du sentier qui mène à la goulotte de déversement.

— Là où on était l'autre soir quand on a trouvé Eden ? demanda Noah.

— Oui. Venez, le chef veut qu'on le suive jusque là-bas.

## 32

Ils formèrent un cortège jusqu'à l'autre côté du fleuve. Le soleil pointait à l'horizon lorsqu'ils se garèrent sur le parking. La Mercedes-Benz noire stationnait face à l'escalier. Noah et Gretchen sortirent de leurs voitures et se mirent à arpenter le périmètre du parking. Josie se dirigea vers la voiture abandonnée.

— Quinn, aboya le chef. Ne touchez à rien. Je ne veux pas que l'on dérange quoi que ce soit tant que Hummel n'a pas analysé la scène. Il faudra procéder à l'enlèvement du véhicule.

En guise de réponse, elle leva un pouce en l'air en arrivant près de la voiture. Elle se pencha pour voir à travers les vitres, en veillant à ne surtout rien toucher. Les clés étaient sur le contact. Le sac à main Hermès de Lydia traînait sur le plancher de la voiture, côté passager. Josie supposa que son téléphone et son portefeuille se trouvaient toujours à l'intérieur.

Elle leva les yeux et vit le chef s'approcher.

— Elle a dû venir pour rejoindre quelqu'un, supposa-t-elle.

— Je vais rester ici, déclara le chef, et sécuriser la scène jusqu'à ce que l'équipe d'identification criminelle puisse traverser et me rejoindre. On pourra peut-être relever des empreintes sur la voiture. Je vais leur demander de fouiller le sentier et les berges, au cas où. Vous, ramenez Fraley et Palmer au poste et réunissez toute l'équipe. Cette affaire ne cesse de prendre de l'ampleur, et il nous manque déjà un homme, vu que Mett est suspendu.

Josie ne se fit pas prier. Elle appela Gretchen et Noah, et tous les trois retournèrent à leurs véhicules. Une demi-heure plus tard, ils étaient réunis à leurs bureaux dans la grande salle du commissariat, des tasses de café fumant de chez *Komorrah's* devant eux. Josie avait encore le bout des doigts engourdis lorsqu'elle décrocha son téléphone fixe et composa les numéros de Hugo et de Gabriel Watts. Il était encore tôt, mais il n'y avait jamais de bon moment pour annoncer le genre de nouvelles que Josie avait à transmettre. Aucun des deux hommes ne répondit. Elle laissa des messages vocaux leur demandant de la recontacter. Elle se cala au fond de son siège, les mains serrées autour de sa tasse, et demanda à Gretchen :

— Qu'as-tu découvert sur Eden Watts ?

Gretchen avait gardé son manteau. D'une de ses poches, elle tira une paire de lunettes de lecture et les chaussa. Puis elle ouvrit son carnet et parcourut ses notes.

— Eden Watts était serveuse dans un café à quelques rues de son appartement. Elle entretenait des relations amicales avec les autres employés. Il y a même une femme, Karishma Sinha, qui prétend avoir été sa « meilleure » amie, sans rien savoir ou presque du passé d'Eden ni de son enfance, si ce n'est que M. et Mme Watts étaient divorcés et qu'ils avaient beaucoup déménagé quand Eden était petite.

Depuis son poste, Noah intervint :

— Donc Eden donnait des infos aussi vagues qu'Amber, mais ne qualifiait pas ses proches de toxiques ou de dysfonctionnels ?

— On dirait bien, acquiesça Gretchen. En tout cas, Karishma était effondrée quand elle a appris ce qui était arrivé à Eden.

— Elles travaillaient ensemble depuis combien de temps ? demanda Josie.

— Deux ans. Karishma semblait en savoir beaucoup sur la vie quotidienne d'Eden, même s'il n'y avait pas grand-chose à dire. Pas de petit ami, pas de dispute avec qui que ce soit. Aucun contact inhabituel dans les jours et les semaines précédant son départ de Philadelphie. La seule chose qui a marqué cette amie, c'est que deux après-midi du mois dernier, un vieil homme est venu au café à la fin du service d'Eden et tous deux se sont installés à une table dans un coin pour discuter pendant des heures. Karishma a d'abord pensé qu'il s'agissait, je cite, du « prédicateur de la télé ».

Josie se redressa.

— Thatcher Toland ?

— Oui, confirma Gretchen. Mais quand Karishma lui a demandé qui c'était, Eden a juste dit qu'elle l'avait connu quand elle était enfant et qu'ils rattrapaient le temps perdu. Quand Karishma lui a demandé si le type était Toland, Eden s'est mise à rire et a lui a dit que c'était ridicule, et que c'était juste un vieux voisin.

— Des vidéos de surveillance au café ? lança Josie.

Gretchen poussa un long soupir et tourna une page de son carnet.

— Déjà effacées. L'historique ne dure qu'une semaine. Eden vivait dans un deux-pièces avec un chat dont Karishma a maintenant la garde ; elle prenait des cours de poterie le samedi, faisait du yoga deux fois par semaine et elles sortaient toutes les deux boire un verre chaque week-end. Eden semblait très heureuse, pas du tout désespérée. Elle avait deux semaines de congé devant elle. Apparemment, elle ne prenait jamais de vacances et faisait toujours des heures supplémentaires quand on le lui demandait.

— Parce qu'elle était fauchée ? intervint Noah. Ou parce que ça la gardait occupée ?

— Difficile à dire.

Josie repensa au mot utilisé par la meilleure amie d'Amber pour décrire son existence : « solitaire », jusqu'à ce qu'elle commence à travailler à la police de Denton et qu'elle rencontre, comme Grace Power l'avait dit, « sa famille ». *Sacrée famille*, songea Josie, un peu cynique. Ils ne connaissaient même pas le passé de leur collègue, et maintenant ils risquaient de ne jamais savoir ce qui lui était vraiment arrivé.

— Elle a pris des vacances, résuma Josie. C'est pour ça qu'elle n'a jamais été portée disparue ? Ou est-ce que son amie a fait un signalement quand même ?

Gretchen tourna encore une page.

— Il y a bien eu un signalement de la part de Karishma, mais il semble que l'enquête de la police de Philadelphie n'ait pas donné grand-chose. Eden devait revenir il y a trois jours. Elle avait donné à sa collègue la clé de son appartement pour qu'elle puisse nourrir le chat. Karishma a dit qu'Eden a cessé de répondre aux appels et aux SMS presque aussitôt après son départ.

— Est-ce qu'Eden lui avait dit où elle allait ? s'enquit Noah.

— Elle a juste annoncé qu'elle partait en voyage à la montagne. C'est tout.

— En décembre ? s'étonna Josie.

Gretchen haussa les épaules.

— C'est exactement ce que Karishma lui a dit : « Pourquoi tu vas à la montagne en plein mois de décembre ? » Eden est restée vague un certain temps et puis, finalement, elle a admis qu'elle allait rendre visite à certaines personnes de son passé parce qu'elle avait besoin d'expier les erreurs qu'elle avait commises.

— Quel genre d'erreurs ? réagit Noah.

— Elle n'a pas voulu lui en dire plus. Quand Karishma a insisté, Eden lui a dit qu'elle avait regardé des vidéos de That-cher Toland en ligne et que sa façon d'affirmer qu'il n'est jamais trop tard pour réparer ses erreurs l'avait vraiment touchée. Que ça lui avait fait comprendre qu'elle ne pourrait jamais vivre une vie totalement épanouie tant qu'elle n'aurait pas redressé certains torts qui remontent à son adolescence. Karishma a trouvé tout ça très bizarre. Eden lui a dit qu'elle lui enverrait le lien vers la vidéo, mais elle ne l'a jamais fait.

— Elle regardait donc ses vidéos, résuma Josie. Le « vieux voisin » qu'Eden a rencontré, celui que Karishma pensait être réellement Toland, est-ce qu'elle a pu te le décrire ?

Gretchen consulta ses notes.

— Jean, casquette des Philadelphia Eagles, bottes, veste marron.

— Ça lui ressemble, dit Noah.

— C'est ce que je pense aussi, acquiesça Josie. Si c'est bien le cas, alors Eden l'a rencontré avant de partir. Ton ancien partenaire t'a dit s'il y avait un exemplaire du livre de Toland dans l'appartement d'Eden ?

Gretchen secoua la tête.

— Il n'en a pas parlé, non. Il m'a envoyé les photos qu'il a prises quand Karishma l'a laissé entrer et je ne l'ai pas aperçu. En revanche, il a emporté l'ordinateur portable d'Eden. Karishma connaissait le mot de passe, donc on y a accès.

Gretchen désigna de la main un sac de preuves en papier kraft posé sur le coin de son bureau.

— Tu l'as fouillé ? demanda Josie.

— Pas encore. Je vais le démarrer pour toi et tu pourras y jeter un coup d'œil.

— Donc, reprit Noah, il est possible qu'Eden ait rencontré Thatcher Toland, elle a clairement avoué à sa meilleure amie qu'elle avait regardé au moins une de ses vidéos, et qu'elle partait en voyage pour expier ses péchés. On a une idée de sa destination ?

Gretchen tendit l'ordinateur portable d'Eden à Josie et se replongea dans son carnet.

— Sa Mini Cooper a été filmée alors qu'elle s'engageait sur la Northeast Extension à Plymouth Meeting, à la sortie de Philadelphie. Elle a pris la sortie 95.

— Pour rattraper la Route 80, alors, réfléchit Noah.

Josie commença par jeter un bref coup d'œil aux photos et documents stockés sur l'ordinateur portable d'Eden, mais ne trouva rien d'intéressant. Elle ouvrit ensuite son navigateur internet. Beaucoup de gens se connectaient à leurs comptes de messagerie et réseaux sociaux sur leurs ordinateurs personnels, mais pas Eden. Josie ouvrit alors l'historique de navigation.

— On n'en sait rien, répliqua Gretchen. Si elle allait voir l'un de ses proches, elle avait probablement prévu de prendre la Route 80, mais on ne sait même pas si elle l'a atteinte. La police de Philadelphie a réussi à la repérer sur les bandes-vidéo des caméras de surveillance du café *Wawa* au niveau de cette sortie, près de la station-service juste en face de la bretelle d'accès à la Route 80, mais c'est tout. Elle a pris un café et une barre chocolatée.

— Et c'est tout ? répéta Noah. Après ça, elle disparaît jusqu'à ce qu'on la retrouve au barrage ?

— On dirait bien, confirma Gretchen.

Dans les semaines précédant son départ de Philadelphie, Eden Watts avait regardé cent quarante-deux vidéos de Thatcher Toland sur YouTube. Elle avait consulté plusieurs sites d'achat en ligne : Amazon, un site de livraison à domicile d'aliments pour chats... Elle avait cherché « comment faire un thé glacé maison » ; « comment savoir si mon chat a des allergies » ; « à quelle heure ouvre le Midnight City Rooftop Lounge » ; « meilleur mascara qui ne coule pas » ; et une foule d'autres recherches banales que Josie n'était pas du tout surprise de lire chez une maîtresse de chat célibataire de vingt-six ans. Elle avait en outre compulsé quelques annonces immobilières. La dernière page que Josie trouva dans l'historique était l'article sur la mort de Nadine Fiore. Eden avait cliqué vingt-deux fois sur ce lien.

Josie tourna l'ordinateur portable pour le montrer à Noah et Gretchen.

— Regardez ça. Il y a de fortes chances que ce soit Eden qui ait envoyé à Amber l'article sur le meurtre de leur tante.

Ils se penchèrent pour regarder ce qu'elle leur montrait.

— D'après les photos que j'ai vues de son appartement, elle avait une imprimante, déclara Gretchen en se renfonçant dans son siège. En plus, Lydia Norris a dit que si quelqu'un l'avait envoyé, à son avis, c'était Eden.

Josie retourna l'écran vers elle et se replongea dans les annonces immobilières que la jeune femme avait parcourues.

— Et le téléphone d'Eden ? demanda Noah à Gretchen.

— Je dois rédiger une demande de mandat pour accéder à tout le contenu et pour savoir où il a borné pour la dernière fois. Je vais m'en occuper tout de suite, faire signer ça par un juge et l'envoyer, mais il faudra quelques jours voire une semaine avant d'obtenir quoi que ce soit de son opérateur.

Josie afficha une à une toutes les annonces qu'Eden avait regardées et se trouva avec plus d'une douzaine d'onglets ouverts.

— Il faudrait aussi obtenir les relevés téléphoniques de Lydia Norris, fit remarquer Noah. Puisqu'elle a été assassinée.

— Je m'en occupe, déclara Gretchen.

— Je vais rédiger un mandat pour fouiller sa propriété à Danville, ajouta Noah, et voir si on trouve quelque chose. Ces gens manigançaient manifestement un truc.

— Au fait, lança Gretchen, la docteure Feist a laissé un message. Elle nous appellera pour nous donner les résultats de l'autopsie de Lydia Norris dès qu'elle aura avancé. Et vous deux ? Qu'avez-vous trouvé hier ?

Noah récapitula leur journée, depuis la rencontre de Josie avec Thatcher Toland au *Komorrah's* à ce qu'ils avaient appris du voisin d'Amber qui avait aperçu un homme correspondant à la description du prédicateur discuter avec Lydia Norris, en passant par leur rencontre avec Vivian Toland.

— Et Toland n'a pas encore rappelé, conclut-il.

— Si c'est vrai, fit Gretchen, je veux dire, si c'était bien lui chez Amber, alors ça veut dire qu'il est la dernière personne à avoir vu Lydia Norris vivante.

— J'ai besoin de la tablette d'Amber, la coupa Josie.

Noah et Gretchen la dévisagèrent.

— S'il te plaît. Tu peux me la donner et ouvrir sa session, Noah ?

— Bien sûr.

Il extirpa la tablette de sous une pile de papiers sur son bureau et l'alluma. Il la lui tendit et elle la posa à côté de l'ordinateur d'Eden afin de pouvoir comparer les annonces. Au bout de quelques minutes, elle lança :

— Regardez un peu : elles ont toutes les deux consulté les mêmes annonces presque au même moment.

— Qu'est-ce que tu racontes ? demanda Gretchen.

Elle se leva et s'approcha pour voir les deux écrans tandis que Noah faisait rouler sa chaise vers Josie.

— Amber a fait des recherches sur ces propriétés qui se trouvent un peu partout en Pennsylvanie, et qui valent toutes plus d'un million de dollars, quelques semaines avant sa disparition, expliqua Josie. Un peu plus tôt, juste avant son mystérieux voyage, Eden a elle aussi cherché plusieurs de ces mêmes propriétés.

— Combien d'entre elles correspondent ? demanda Noah.

Josie cliqua sur un écran, puis sur l'autre, pour tenter de les comparer. Plusieurs fois, elle ferma accidentellement des onglets. Noah posa une main sur son avant-bras.

— Laisse-moi faire. Je vais les imprimer et regarder combien il y en a en commun. Tu voulais te renseigner sur le barrage de Russell Haven, non ?

— Oui, souffla Josie, soulagée.

— Occupe-toi de ça, lui dit Noah, et moi, je prends la tablette et l'ordinateur. J'ai déjà fait quelques recherches pour voir si l'une des propriétés était liée à Nadine Fiore. Je vais faire une liste des autres, puis j'appellerai les greffes des différents comtés pour obtenir les actes notariés et voir s'il y a des liens cachés.

— J'ai une tonne de rapports à terminer, dit Gretchen. Tu as avancé avec les chiffres du vieux journal d'Amber ?

Josie secoua la tête. Pendant que Noah récupérait l'ordinateur et la tablette, elle ressortit le journal et le tendit à Gretchen.

— Je suis complètement larguée. Si tu veux essayer, fais-toi plaisir.

— Va pour la paperasse, alors, lança Gretchen en prenant le journal. Enfin, jusqu'à ce que Thatcher Toland appelle.

Noah grogna.

— S'il appelle...

## 33

Ainsi commença une longue et pénible matinée de formalités administratives. Josie rédigea ses rapports sur la découverte macabre du jour, puis entreprit des recherches sur le barrage de Russell Haven. Elle commença par Google, en ajoutant les mots « Denton, Pennsylvanie » sur son navigateur. Des milliers de résultats apparurent. Elle fit défiler les dizaines de titres de journaux sur l'implantation de la centrale hydroélectrique sur le barrage existant, puis plusieurs autres sur l'éventuelle création d'un bassin d'eau vive. Puis vinrent les articles sur les kayakistes qui avaient péri dans le déversoir où Josie avait lâché Eden Watts. Ces décès avaient mis un terme aux discussions sur l'installation d'un parc de loisirs au niveau du barrage.

Plusieurs pages de résultats plus loin, elle tomba sur un reportage du site web de WYEP qui remontait à treize ans. La vignette montrait une photo de Trinity, micro à la main, vêtue de son polo de la chaîne, devant le barrage de Russell Haven. Josie sortit des écouteurs de l'un des tiroirs de son bureau et les brancha sur l'ordinateur. Elle cliqua sur le lien et la vidéo se lança. Le bandeau annonçait : « Suicide d'un psychologue de renom. » Trinity, qui paraissait incroyablement jeune, se tenait là où l'immense centrale hydroélectrique allait être construite. À l'époque, ce n'était qu'un terrain boueux dominant une pente abrupte. Derrière elle, le fleuve Susquehanna débordait du déversoir, et l'écume s'élevait à mesure que les eaux se fracassaient dans le lit du fleuve.

Josie regarda la date du reportage. À cette époque, elle devait être une jeune agente sans expérience reléguée à la circulation. Elle ne se rappelait pas cet événement en particulier, au milieu des milliers d'accidents, de crimes et d'autres incidents qui survenaient à Denton chaque année. Elle monta le son pour entendre le reportage de Trinity.

« En début de semaine, les autorités ont repêché dans le fleuve Susquehanna le corps du célèbre psychologue Jeremy Rafferty, originaire de Harrisburg. C'est ici, au barrage de Russell Haven, que la dépouille a été découverte par des kayakistes après que sa famille a signalé sa disparition. La piste du suicide est privilégiée. Son véhicule a été retrouvé par la police à quelques kilomètres en amont du fleuve. Les autorités pensent qu'il s'est jeté à l'eau pour mettre fin à ses jours, et que son corps a été charrié par le courant jusqu'au barrage. Nos téléspectateurs se souviendront que le docteur Rafferty a été invité à de nombreuses reprises sur notre chaîne. Il s'était spécialisé dans la thérapie de couple et familiale. Il avait un cabinet privé, enseignait au prestigieux Preston Hill College, avait écrit plusieurs livres et était actuellement en pourparlers avec une chaîne du câble pour développer sa propre émission. Si certains collègues et patients avaient bien remarqué qu'il n'était plus tout à fait lui-même ces derniers mois, personne ne s'attendait à une telle tragédie. Sa famille a admis qu'il semblait souffrir d'une légère dépression, mais qui ne paraissait pas assez sévère pour qu'il tente de se faire du mal. Quant à savoir pourquoi il a choisi Denton pour commettre ce geste malheureux, certains de ses amis pensent que c'est parce qu'il a grandi ici avant de quitter définitivement la ville pour aller à l'université. »

On voyait ensuite les présentateurs installés sur le plateau de WYEP, visiblement aussi attristés que décontenancés. Ils posaient quelques questions à Trinity, puis un numéro de prévention du suicide clignotait avant que la vidéo ne se termine.

Josie lança aussitôt une nouvelle recherche sur le docteur Jeremy Rafferty, et des dizaines d'articles sur son décès et des centaines de résultats sur ses livres et ses apparitions à la télévision envahirent son écran. Il avait une cinquantaine d'années à la date de sa mort. Josie fit quelques calculs et se rendit compte que les enfants Watts devaient être adolescents à cette époque. Amber devait avoir entre quinze et seize ans, Eden, treize ou quatorze.

Y avait-il un lien ? Amber et ses proches « toxiques » s'étaient-ils tournés vers ce psychologue pour avoir des conseils ? Vivaient-ils dans la région de Harrisburg au moment du suicide ? L'une des annonces immobilières sur la tablette d'Amber et l'ordinateur portable d'Eden concernait un bien à Harrisburg. Il faudrait qu'elle creuse davantage tous ces sujets mais, pour l'instant, Josie savait que sa propre sœur était probablement la mieux placée pour lui confier tout ce que WYEP n'avait pas souhaité inclure dans son reportage. Elle retira ses écouteurs et prit les clés de sa voiture. Gretchen et Noah étaient partis faire signer leurs demandes de mandats, avant d'aller voir la docteure Feist pour connaître les résultats de l'autopsie de Lydia Norris. Le chef n'était pas encore de retour de Russell Haven.

Dix minutes plus tard, Josie se gara dans son allée. La voiture de ses parents avait disparu, mais le véhicule de location de Trinity était toujours là. En rentrant chez elle, elle prit le temps de s'occuper de Trout, le laissa sortir dans la cour et remplit son bol de croquettes. Puis elle monta à l'étage, où Trinity dormait encore profondément dans l'une des chambres d'amis. Le téléphone portable dans une main, sa sœur était allongée sur le lit, vêtue d'un long pyjama. Elle s'était probablement assoupie en attendant un appel de Drake. Avec un sourire, Josie lui secoua un peu l'épaule jusqu'à ce qu'elle émerge. Clignant des yeux, éblouie par la lumière pourtant faible, elle fixa Josie longtemps sans la voir, puis regarda son téléphone. Elle grogna en s'apercevant qu'il était presque 11 heures.

— Pourquoi tu me réveilles ? Je n'ai jamais l'occasion de faire une telle grasse mat'. Jamais.

Josie grimpa sur le lit et s'assit à côté d'elle.

— Je suis désolée. J'avais besoin de te parler.

— Ça fait des jours que je ne t'ai pas vue. Je suis une invitée chez toi, et ne me dis pas que tu avais du boulot. Tu dis tout le temps ça.

Josie leva les yeux au ciel.

— Comme si, toi, tu n'étais pas toujours en train de travailler ? Tu veux vraiment aller sur ce terrain avant même d'avoir pris ton café ?

La mine renfrognée, Trinity se redressa et se recoiffa sommairement. Elle avait toujours l'air glamour, dans n'importe quelle situation. Josie ne comprenait parfois pas comment elles pouvaient bien être jumelles – elle n'arrivait jamais à avoir des cheveux aussi brillants, surtout au saut du lit.

— Tu aurais pu apporter à manger, grogna Trinity.

— Je me rattraperai.

Trinity rit.

— Oui, bien sûr. Parce qu'on a évidemment toutes les deux le temps pour ça. Dis-moi juste pourquoi tu m'as réveillée. Qu'est-ce qui se passe ?

— Quand tu travaillais pour WYEP...

— C'est de l'histoire ancienne, la coupa Trinity.

— Laisse-moi parler. Tu as fait un reportage sur le docteur Jeremy Rafferty. Il s'est suicidé.

Au bout de quelques secondes, elle hocha la tête.

— Oui, le célèbre psychologue. Quelle tragédie. On aurait

pourtant tendance à penser que les psychologues sont en mesure de demander de l'aide. Pourquoi tu me parles de lui ?

— Son corps a été repêché au niveau du barrage de Russell Haven.

— Ah, oui, et tu enquêtes sur la femme qui est morte là-bas.

— Deux femmes, depuis la nuit dernière.

Trinity écarquilla les yeux.

— Quoi ? Sérieux ? Des meurtres ?

Josie acquiesça.

— Pourquoi tu ne m'as pas dit que tu avais fait un sujet dessus après la première victime ?

Trinity lui donna un léger coup de coude.

— Tu devrais vraiment essayer de rentrer chez toi à une heure raisonnable. Je répète : je ne t'ai pas vue depuis des jours. Tu as disparu depuis que Mett est passé, l'autre soir. Je n'ai pas eu le temps de te parler de quoi que ce soit, et encore moins de ça. Tu crois qu'il y a un lien entre le suicide de Rafferty et tes deux victimes ?

— C'est ce que j'essaie de comprendre... Qu'est-ce que tu te rappelles de cette affaire ? Y avait-il des détails qui n'auraient pas été gardés pour ton reportage de trente secondes ?

Trinity bâilla et posa son téléphone sur la table de nuit. Elle fronça les sourcils tandis qu'elle fouillait sa mémoire.

— Je me souviens juste que tout le monde – tous ceux qui le connaissaient – était surpris mais, en même temps, tous ceux qui le connaissaient disaient qu'il était dépressif. Personne ne savait précisément quand ça avait commencé ou pourquoi. Simplement, il ne semblait plus être lui-même. Bizarre, non ? Tous ces gens l'ont vu sombrer un peu plus dans la dépression chaque jour, mais personne ne s'est dit qu'il allait se faire du mal. Peut-être parce qu'il était psychologue, ses proches ont supposé qu'il ne ferait jamais un truc pareil. En tout cas, seule sa fille adulte refusait de croire au suicide.

— Pourquoi donc ?

Trinity haussa les épaules.

— Je ne sais plus… C'était il y a très longtemps, Josie. Tout ce dont je me souviens, c'est que mon producteur ne voulait pas qu'on l'interviewe, car il ne voulait pas exposer cette autre théorie alors que la police avait déjà bouclé toute l'affaire.

— Il a laissé un message ?

— « Je suis désolé », dans un document Word ouvert sur son ordinateur. La fille n'arrêtait pas de dire que n'importe qui aurait pu taper ces mots.

— Elle pensait qu'on l'avait assassiné ?

— Ou qu'on l'avait poussé au suicide.

— D'où lui venait cette idée ?

Trinity se laissa retomber en arrière dans le lit, enfonça la tête dans l'oreiller et ferma les yeux.

— Je ne me souviens vraiment pas. Mais tu pourrais probablement le lui demander. Je suis sûre qu'elle vit toujours en Pennsylvanie. Elle était professeure d'université, comme son père, mais pas dans la même fac. Elle enseignait la kinésiologie – ça, je me le rappelle bien parce que ça m'avait paru assez inhabituel.

— La kinésiologie ?

— C'est l'étude des mouvements du corps humain. La mécanique et tout ça. Je n'en sais rien. C'était très vague, et c'était il y a longtemps. Enfin, bref, elle s'appelle… Ça commence par un D… Devon, oui, c'est bien ça, Devon. Je m'en souviens parce que ça ressemblait à Denton. Même nom de famille que son père. Je ne sais pas si elle était mariée ou non. Je suppose qu'elle l'était, à l'époque, parce qu'elle m'a dit suivre des traitements contre l'infertilité après avoir fait plusieurs fausses couches. Elle en a d'ailleurs fait une autre après le suicide de son père. Le stress. C'était l'une des histoires les plus tristes que j'aie jamais couvertes. Sa mère était morte quand elle était petite. Elle n'avait que son père. Et je crois qu'elle a gardé son nom de famille de son père, donc tu devrais chercher une certaine Devon Rafferty.

— Merci, je te laisse te rendormir.

— Avec plaisir, répondit Trinity en remontant la couette jusqu'à son menton.

De retour au rez-de-chaussée, Josie lança une recherche concernant Devon Rafferty sur son ordinateur portable. À sa grande surprise, elle vivait à Denton, et c'était également là qu'elle enseignait la kinésiologie à l'université. Josie trouva facilement son adresse personnelle et l'entra dans l'application GPS de son téléphone. Elle irait d'abord au domicile de Devon et, en cas d'absence, elle essaierait de la trouver à l'université. Elle espérait que Devon serait chez elle, car l'idée de parcourir l'immense campus en quête du bon bâtiment ne l'enchantait guère.

Dans la voiture, ses yeux piquaient de fatigue, mais son esprit bouillonnait de questions. Thatcher Toland prenait peu à peu un rôle de premier plan dans ces affaires. Mais il y avait aussi Gabriel Watts qui avait peut-être été vu en train de parler à Amber avant sa disparition, et qui était introuvable depuis plusieurs jours. L'adjointe du shérif Tiercar était passée régulièrement à son domicile tout au long de la journée et ne l'avait toujours pas aperçu. Puis il y avait eu cette autre tragédie au barrage de Russell Haven.

Cette histoire de suicide était peut-être sans rapport, et toutes ces pièces de puzzle disparates laissaient à penser que c'était le cas, mais Josie était persuadée que le tueur avait choisi le barrage de Russell Haven parce que ce lieu était très important à ses yeux. Malgré les nombreuses hypothèses à explorer, ils n'avaient pas vraiment progressé dans la recherche d'Amber. Josie devait donc suivre la moindre piste, aussi obscure qu'elle puisse paraître. Elle envoya un texto à Noah et à Gretchen pour les informer de la nouvelle piste qu'elle suivait et qui pourrait soit ne la mener à rien, soit la rapprocher d'Amber – et d'un tueur.

## 34

Devon Rafferty habitait sur les collines surplombant le campus de l'université. Cette belle bâtisse en pierres était surmontée d'un toit de tuiles rouge vif, tant pour la maison que pour le garage attenant prévu pour trois voitures, au milieu d'un terrain très arboré d'environ huit mille mètres carrés, en retrait de la route.

Josie songea que les arbres devaient offrir beaucoup d'ombre pendant le printemps et l'été. De l'autre côté du garage se trouvait une terrasse avec des chaises Adirondack autour d'un brasero. Deux vélos étaient appuyés contre l'une des portes fermées du garage. Josie s'engagea dans la longue allée. Une petite berline Toyota beige était garée derrière un Land Rover argenté. Josie se gara à côté du Land Rover et remonta le chemin pavé jusqu'à la porte d'entrée. Elle sonna et attendit.

Quelques secondes plus tard, la lourde porte s'ouvrit et une jeune fille d'environ onze ou douze ans la dévisagea. Ses cheveux étaient coupés au carré. Un sweat-shirt trop grand, avec le logo de la marine américaine sur le cœur, semblait avaler toute sa frêle silhouette. Un legging bleu marine et des bottes UGG marron complétaient sa tenue.

Elle scruta Josie, les yeux plissés. Puis elle se tourna légèrement et cria par-dessus son épaule :

— Maman ! Papa ! La dame de la police qui passe tout le temps à la télé est là ! Vous avez déjà tiré sur quelqu'un ? lui lança-t-elle en se retournant vers elle.

Quelque part dans la maison, une voix d'homme cria « Lilly ! » sur le ton de l'avertissement, puis Josie entendit :

— J'arrive !

— Et toi ? demanda Josie.

Lilly esquissa un petit sourire et croisa les bras sur sa poitrine.

— Non, pas encore.

— Les gens qui font ça vont en prison, souligna Josie.

— Pas tout le monde. Mon père a tiré sur des gens. Il dit qu'il n'a pas le droit de dire s'il l'a vraiment fait, mais c'est un soldat de la marine, alors il l'a probablement fait et il ne peut pas le dire.

Un homme grand et costaud, vêtu d'un jean et d'un pull en polaire, apparut à son tour dans l'embrasure de la porte, un sac de sport à la main. Il avait une épaisse chevelure rousse, une barbe bien taillée et un sourire contagieux. Une petite croix en or pendait à son cou.

— Lilly ! s'exclama-t-il en déposant le sac par terre, avant d'écarter sa fille et de tendre la main à Josie. Je suis vraiment désolé, elle est un peu précoce. Je m'appelle Bob. Je suis vétéran de la marine, et voici ma fille, Lilly. Qu'est-ce qu'on peut faire pour vous ?

Josie lui serra la main.

— Inspectrice Josie Quinn.

Lilly leva les yeux vers son père.

— Peut-être qu'elle est là pour nous arrêter.

Bob s'esclaffa et passa un bras autour de ses épaules. Il baissa les yeux vers elle et lui demanda :

— Est-ce que la police arrête les jeunes filles qui posent des questions déplacées à des inconnus ?

— Je suis juste curieuse, se défendit Lilly. Maman dit que j'ai une âme curieuse.

Il déposa un baiser sur ses cheveux.

— Tu tiens ça de ta mère. Tiens, tu vas la chercher ? Elle aura très envie de discuter avec l'inspectrice.

Lilly partit en courant dans les entrailles de la maison. Bob fit signe à Josie d'entrer. Un long couloir carrelé menait à ce qui semblait être une cuisine à l'arrière de la bâtisse. D'un côté, un salon, de l'autre, ce qui ressemblait à un bureau. Les pièces regorgeaient de plantes d'intérieur, de meubles éclectiques aux couleurs vives et de peintures abstraites aux teintes éclatantes. Partout où se posait le regard de Josie, il y avait de la couleur. De la vie. L'endroit était accueillant et douillet. À côté de la porte d'entrée, une collection de chaussures. Des baskets, pour la plupart. Une paire de petites chaussures, une autre un peu plus grande. Aucune chaussure d'homme.

— Enchanté de vous rencontrer. Mon ex-femme sera...

Il hésita un instant, et son sourire sincère se mua en grimace.

— ... heureuse.

Josie ne voyait pas pourquoi quiconque serait heureux de la voir débarquer en sa qualité d'inspectrice, mais elle commença par l'interroger sur la première chose qu'elle avait relevée dans sa phrase.

— Ex-femme ? répéta-t-elle.

Il désigna le sac de sport.

— On a une enfant incroyable, mais on n'a pas su préserver notre relation. Je dépose juste Lilly, elle avait un rendez-vous chez le dentiste ce matin. On a choisi la garde alternée – elle retourne chez Devon pendant une semaine, puis elle reviendra chez moi.

— Vous vivez ici, à Denton ?

— Oui. À dix minutes d'ici.

Une femme sortit de la cuisine. Grande, la quarantaine, svelte, en pantalon de yoga, sweat-shirt et socquettes. On aurait dit qu'elle arrivait de la salle de sport. Ses cheveux noirs étaient tirés en arrière en une queue-de-cheval haute et Josie vit quelques cheveux grisonnants sur ses tempes. Ses yeux marron s'écarquillèrent lorsqu'elle s'approcha.

— Vous êtes là, lança-t-elle.

Même si Josie avait l'habitude d'être reconnue à Denton en raison de sa notoriété, elle avait cette fois l'impression déconcertante que Devon Rafferty l'attendait. Elle tendit la main.

— Madame Rafferty, je suis inspectrice à la police de Denton...

— Je sais qui vous êtes, la coupa Devon en lui serrant la main. Je vous ai vue à la télévision. Je sais que votre sœur est Trinity Payne. C'est pour ça que vous êtes là ? J'ai regardé sa nouvelle émission il y a quelques jours, *Unsolved Crimes*. Elle a couvert la mort de mon père quand elle était journaliste ici. Vous le saviez ?

— Oui, je...

— Dev, les interrompit Bob, je dois filer.

— Oh, oui, bien sûr, lui répondit distraitement Devon. Lilly est dans sa chambre, elle profite d'un petit temps d'écran bonus.

Bob leva les yeux au ciel.

— Elle va te laisser tranquille au moins une heure comme ça. Ravi de vous avoir rencontrée, inspectrice.

Il embrassa son ex-femme sur la joue et s'éloigna.

À peine la porte s'était-elle refermée derrière lui que Devon fondait sur Josie comme un faucon sur sa proie.

— C'est grâce à Trinity que vous êtes là ? Elle m'a promis à l'époque que si elle trouvait des informations sur la mort de mon père qu'elle jugeait utiles, elle me les communiquerait. Et maintenant que j'ai vu son émission, je me dis qu'elle pourrait faire un épisode sur lui, où le thème serait « Qu'est-il réellement arrivé au docteur Jeremy Rafferty ? » avec des théories. J'en ai quelques-unes. Entrez, mon bureau est juste là. Je ne donne pas de cours aujourd'hui. J'ai une réunion de professeurs plus tard dans l'après-midi, mais c'est tout.

Josie la suivit. En guise de bureau trônait une longue table fabriquée à partir de différents types de bois, ce qui la faisait paraître assez vieille et usée. D'autres plantes d'intérieur occupaient l'espace, posées sur toutes les surfaces – table, étagères, meubles de rangement. Le sol en parquet massif verni était recouvert d'un tapis coloré posé au milieu de la pièce. Une petite table basse ronde en occupait le centre, avec deux fauteuils à dossier marron de part et d'autre. Sur la table, le livre de Thatcher Toland. Josie réprima un soupir. Il était littéralement partout où elle allait et, pourtant, obtenir un rendez-vous avec lui s'avérait bien compliqué.

— Asseyez-vous, je vous en prie, l'invita Devon en désignant l'un des fauteuils.

Elle surprit Josie en train de fixer le livre et sourit.

— Vous l'avez lu ?

Josie ôta son manteau et le plia pour le poser sur ses cuisses avant de se percher sur le bord d'un siège.

— Non, je ne l'ai pas lu.

— Oh, vous devriez ! s'exclama Devon. En fait, vous pouvez même emporter cet exemplaire avec vous.

— Je ne... commença Josie.

Devon s'était déjà penchée, avait attrapé le livre et le lui tendait.

— Il est fabuleux. Vraiment, et je ne suis même pas dans cette... Église. Vous avez entendu parler de ce nouvel endroit qu'ils construisent à la place de l'ancien stade de hockey ?

Elle n'attendit même pas que Josie réponde pour reprendre :

— L'inauguration est prévue la veille de Noël. Je prévois d'y aller. Jusqu'à présent, je n'ai vu que ses vidéos en ligne, mais il sera là-bas en personne. Vous devriez lire ceci et venir au tout premier office. Peut-être pourrions-nous…

Elle s'interrompit soudain, et la lumière dans ses yeux s'éteignit. Elle se ressaisit et poursuivit, sur un ton plus calme :

— Je suis désolée. Oubliez ce que je viens de dire, vous n'êtes pas venue pour ça. Attendez une seconde, il faut juste que je retrouve quelque chose.

Devon se dirigea vers l'une de ses étagères et commença à chercher.

— Je veux quand même que vous preniez ce livre ! lança-t-elle par-dessus son épaule.

Josie entreprit alors de réorienter la conversation vers le sujet qui l'intéressait.

— Trinity m'a dit que vous aviez quelques doutes sur le fait que votre père se soit vraiment suicidé.

Un ange passa, puis Devon dit :

— J'avais des doutes, oui, et, dans une certaine mesure, j'en ai toujours. Je ne suis sûre de rien. Tout ce que je sais, c'est que si c'était un suicide, alors quelqu'un l'a poussé à le commettre.

Elle dénicha un grand classeur noir sur l'une des étagères. Au lieu de s'asseoir sur la chaise en face de Josie, elle s'installa en tailleur à même le sol et ouvrit le classeur.

— Est-ce que vous êtes au courant qu'au cours des six mois précédant la mort de mon père, il avait retiré plus de 50 000 dollars de plusieurs comptes bancaires qu'il possédait ?

— Non, répondit Josie. Trinity ne l'a pas mentionné.

— Je ne le savais pas à l'époque, expliqua Devon.

Elle glissa le doigt derrière un intercalaire vert pour atteindre cette section avant de tourner le classeur vers Josie, un doigt pointé sur ce qui ressemblait à un relevé bancaire.

— Je ne l'ai su que lorsque je suis allée régler sa succession quelques semaines plus tard. Ma mère est morte avant lui, vous voyez, donc il était célibataire. J'étais déjà indépendante à ce moment-là, mariée à Bob. Je n'avais pas besoin de toucher son héritage, mais ça m'a quand même choquée.

— Vous en avez parlé à l'un de ses conseillers bancaires ? demanda Josie, en étudiant le premier relevé sur lequel Devon avait mis en évidence trois retraits. Il n'a certainement pas pu retirer de grosses sommes d'un seul coup sans éveiller quelques soupçons.

— Oui, j'en ai parlé. Il s'agissait de trois banques différentes, plusieurs petits retraits au cours d'un même mois, dont le montant maximal s'élevait à 5 000 dollars.

Elle parcourut les relevés de comptes, montrant à Josie chaque retrait qu'elle avait remarqué, ainsi que les dates.

— Qu'a-t-il fait de cet argent ?

— Aucune idée. C'est ce que j'ai toujours voulu savoir. Je suis allée voir la police, mais ils m'ont dit que puisqu'il s'était suicidé et qu'il avait le droit de retirer son propre argent de la banque, ils ne pouvaient rien faire. J'espérais que votre sœur – avec cette nouvelle émission – pourrait peut-être intéresser le public à son histoire.

— Je ne sais pas si c'est possible, mais je peux lui en toucher un mot.

— Je vous en serais très reconnaissante.

— Madame Rafferty...

— Devon, je vous en prie.

— Devon, y a-t-il quoi que ce soit d'autre qui vous a paru étrange dans la mort de votre père ? À part les retraits d'argent ?

La professeure de kinésiologie revint à une section antérieure du classeur.

— Quand j'ai fouillé dans ses dossiers – vous savez, pour les rendre aux patients, puisque j'ai dû fermer son cabinet –, j'en ai trouvé un sur son bureau.

Elle sortit d'une pochette en plastique une vieille chemise en papier.

— Il utilisait des dossiers papier ? s'étonna Josie.

— Oui, il prenait des notes manuscrites. Il était très vieille école et surtout terrifié à l'idée que ses notes puissent être piratées s'il les gardait sur ordinateur. Il prenait la vie privée de ses patients très au sérieux. Il était assez célèbre, vous savez. Il pensait que l'informatique le rendait encore plus vulnérable si quelqu'un voulait fouiner, mettre la main sur ses dossiers et menacer d'en divulguer le contenu. Il aurait été ruiné.

— Vous avez dit que vous aviez parcouru les dossiers, la relança Josie. Vous avez trouvé quoi que ce soit d'inhabituel ?

— Ceci.

Elle tendit le dossier à Josie. L'inspectrice l'ouvrit, mais il n'y avait rien à l'intérieur. Sur la languette, simplement un nom écrit à la main : « Ella Purdue. »

— C'était sur son bureau, à côté de l'ordinateur où se trouvait le message.

Elle prononça le mot « message » avec un mélange de dégoût et d'incrédulité.

— Comme vous le voyez, il est vide.

Josie fronça légèrement les sourcils à la vue de ce nom de famille. Son esprit épuisé tenta de passer en revue toutes les informations glanées jusque-là. Où avait-elle donc entendu le nom « Purdue » ?

— Vous êtes sûre que ce n'était pas une nouvelle patiente qui ne s'est jamais présentée à son rendez-vous ? demanda Josie.

— J'y ai pensé mais, dans ce cas, n'aurait-on pas retrouvé un message ou une note quelque part ? Il avait l'habitude de consigner tous les messages téléphoniques dans un carnet spécifique qu'il gardait sur son bureau. Il n'y avait rien dedans. J'ai également essayé de trouver une Ella Purdue quelque part en Pennsylvanie, en vain. Il y a quatre-vingt-sept personnes portant le nom de famille « Purdue » dans tout l'État. Il m'a fallu trois ans, mais j'ai contacté chacune d'entre elles. Aucune ne connaissait de femme prénommée Ella ou n'avait de proche qui s'appelait comme ça.

Josie ne savait pas si elle devait admirer sa ténacité ou avoir de la peine pour l'orpheline, mais elle comprenait désormais ce que l'ex-mari de Devon avait voulu dire en précisant qu'elle serait « heureuse » de voir Josie.

— Où voulez-vous en venir ?

— Je pense qu'il n'est pas impossible qu'une femme qui prétendait s'appeler Ella Purdue lui a escroqué 50 000 dollars et l'a poussé à se suicider.

Purdue. Le nom résonnait dans la tête de Josie. Elle repensa à tous les entretiens qu'ils avaient menés ces derniers jours.

— Et comment cette femme s'y serait-elle prise ? demanda-t-elle.

Devon poussa un lourd soupir et reprit le dossier avant de le ranger dans sa pochette en plastique.

— J'aimerais le savoir. J'aimerais vraiment le savoir. Je ne vois pas comment quelqu'un aurait pu faire ça. Mon père était extrêmement intelligent et très aimé. Il aidait beaucoup de gens. Il n'avait pas de secrets. C'est à ça que j'ai pensé après : et si quelqu'un le faisait chanter ? Mais pour quelle raison ? Je n'en ai pas la moindre idée. J'ai même traversé ce que j'appelle mon « année du doute », pendant laquelle je me suis demandé si mon propre père était vraiment ce grand homme que j'avais toujours cru qu'il était ou s'il avait caché un horrible secret dont on se servait pour le faire chanter. Vous imaginez ?

Elle lança un regard profondément sincère à Josie, qui ressentit un élan de compassion. Elle savait ce que c'était que de vivre un deuil aussi dévastateur. Elle savait ce que c'était que de supporter un chagrin si puissant que certains jours ne pouvaient être vécus que minute par minute. Elle savait ce que c'était que d'être consumée par ses pensées pour l'être cher disparu et d'être obsédée par tout ce qui s'était passé avant sa mort, comme si une analyse approfondie de ces derniers instants, de ces dernières heures ou, dans certains cas, de ces dernières semaines ou mois, serait susceptible d'aider à donner un sens à sa mort. Alors qu'en réalité aucun effort de recherche, de déconstruction et d'analyse ne pourrait jamais changer l'issue fatidique. C'était ce qui faisait le plus mal. La conscience de cette réalité ne décourageait pas pour autant d'essayer. Les gens, Josie y compris, feraient n'importe quoi pour soulager la douleur des fêlures irréparables au fond de leur âme.

— Devon, reprit Josie en s'efforçant de maîtriser le tremblement de sa voix. Je vais demander à ma sœur de présenter l'affaire de votre père dans son émission. Pour l'instant, pouvez-vous me dire si Russell Haven avait une quelconque importance pour lui ?

— Oh, merci ! Euh, non. Pas du tout. Denton, en revanche, oui, parce que c'est là qu'il est né. En toute honnêteté, c'est pour cette raison que j'ai déménagé ici. Si c'est là qu'il a souhaité venir quand il s'est senti si mal, à la fin de sa vie, c'est ici que je veux être, moi aussi.

— Je suis vraiment désolée pour votre père, dit Josie. Je ne sais pas si je l'ai déjà dit, mais c'est sincère.

— Merci, répondit Devon avec solennité. Ça me touche. Et merci de m'avoir écoutée. Mais attendez, c'est bien pour cette affaire que vous êtes venue, n'est-ce pas ? Parce que votre sœur vous en a parlé ?

— J'aimerais vous dire que oui, mais la vérité, c'est que nous avons repêché deux corps cette semaine au niveau du barrage de Russell Haven.

— Oh mon Dieu, souffla Devon.

Elle baissa la voix, comme si elle craignait que quelqu'un l'entende. Josie jeta un coup d'œil vers la porte, mais il n'y avait aucun signe de Lilly.

— J'ai entendu parler de l'un d'entre eux aux infos, mais ils ont juste dit qu'on soupçonnait un acte criminel. Ce sont des suicides ?

— Non. Des meurtres.

Devon pâlit.

— Oh mon Dieu, répéta-t-elle.

Josie s'apprêtait à interroger Devon sur les autres dossiers de patients de son père lorsque ça lui revint enfin : Hugo Watts avait mentionné le nom de Purdue lors de son énumération des noms des ex-maris de Lydia Norris. Elle le revoyait clairement s'efforcer de lui fournir une liste : *Voyons voir... Il y a eu Kleymann, Vawser, Purdue, et... attendez... Chasko, je crois.*

— Inspectrice Quinn ? Tout va bien ? s'inquiéta Devon.

Josie cligna des yeux et lui sourit.

— Oui, pardon. J'ai encore quelques questions. Dans les dossiers des patients de votre père, le nom de famille « Watts » est-il apparu ? Parmi ses patients, des membres de la famille ou des amis de patients ?

Devon se leva et se dirigea vers son ordinateur portable.

— Je peux regarder. J'ai tous les noms et adresses des patients de mon père dans une feuille de calcul Excel – sauf pour Ella Purdue, puisque, apparemment, elle n'existe pas. Cette liste m'a beaucoup aidée lorsque j'ai dû archiver ses dossiers et envoyer des copies aux patients.

Elle se rassit sur le sol, ouvrit l'ordinateur et cliqua plusieurs fois. Enfin, elle tourna l'écran vers Josie.

— Personne du nom de Watts.

Josie se pencha et scruta les noms à l'écran, classés par ordre alphabétique. Elle parcourut la liste des noms commençant par la lettre W.

— Ça vous dérange si je cherche quelques autres noms ? Fiore ? Norris ?

— Oh, je vous en prie, répondit Devon. Je peux vous envoyer une copie par mail si vous le souhaitez.

— Ce serait formidable.

Aucun des deux noms ne figurait dans la liste. Avec un soupir, Josie retourna l'ordinateur vers Devon.

— Dites-moi, vous connaissez quelqu'un qui porte l'un de ces noms de famille ?

Devon secoua lentement la tête.

— Non, je ne crois pas. Le nom « Watts » me dit quelque chose, mais pas personnellement. Vous n'avez pas quelqu'un dans la police qui s'appelle comme ça ? La femme qui passe tout le temps à la télé ?

— Notre attachée de presse.

— Oui, se rappela-t-elle en caressant sa queue-de-cheval. Des cheveux auburn, c'est bien ça ?

— Oui, confirma Josie avec un sourire pincé.

Elle sortit son téléphone et fit défiler la liste des annonces immobilières que Noah avait compilée pour l'équipe et qui comprenait des propriétés qu'Eden et Amber avaient consultées. Quand elle trouva ce qu'elle cherchait, elle montra l'écran à Devon.

— Votre père vivait à Harrisburg. Est-ce que c'était sa maison ? A-t-il déjà vécu ici ?

Devon fronça les sourcils en regardant l'adresse et la photo de la maison.

— Non, on n'a vécu dans une seule maison à Harrisburg, et le bureau de mon père se trouvait à l'arrière, dans la dépendance. Tenez, je peux vous montrer.

Elle approcha l'ordinateur portable et tapota dessus jusqu'à ce qu'elle trouve l'adresse. Elle tourna l'ordinateur vers Josie et annonça :

— C'était notre maison. Depuis que j'étais toute petite.

Josie nota mentalement les coordonnées, mais elle savait pertinemment que ce n'était pas l'une des propriétés recherchées par les sœurs Watts.

— Merci, dit Josie.

Devon ferma son ordinateur portable et se pencha vers Josie, l'air grave.

— Vous pensez que votre affaire actuelle a un rapport avec la mort de mon père ? Parce que si c'est le cas, vous pourriez peut-être rouvrir son enquête ? Tout ce que je demande, tout ce que j'ai toujours demandé, c'est que quelqu'un réexamine les circonstances de son décès. Je vous en prie.

Le cœur de Josie se serra en entendant la supplique dans sa voix. Le lien avec Purdue était au mieux ténu. Peut-être que c'était une impasse, après tout.

— Je ferai de mon mieux, promit-elle.

— Est-ce que les tueurs en série n'ont pas une période de repli ou quelque chose comme ça ? enchaîna Devon. Et si son mode opératoire, c'était de tuer des gens et de jeter leurs corps dans le barrage ? Je sais que la mort de mon père remonte à longtemps, mais les tueurs en série ont ces périodes de repli, n'est-ce pas ?

Josie lui offrit un petit sourire, lèvres serrées. Devon détourna le regard, les joues empourprées.

— Je regarde trop de documentaires sur les criminels à la télé. Personne ne peut comprendre ce que c'est que de vivre avec un tel poids.

Elle toucha le classeur, le caressant de ses doigts comme si c'était un objet précieux. Josie savait qu'en un sens, c'en était un. C'était un lien avec son père. Pour Devon, cela représentait la dernière lueur d'espoir qu'il ne l'avait pas vraiment abandonnée.

— Mon père n'a jamais rencontré Lilly, reprit Devon, presque pour elle-même. Bob et moi avons essayé d'avoir des enfants pendant des années avant la mort de mon père. Je n'arrêtais pas de faire des fausses couches. J'étais d'ailleurs enceinte quand papa... Quand c'est arrivé.

— Trinity m'en a parlé, dit Josie d'une voix douce. Je suis vraiment désolée.

Devon gardait les yeux rivés sur le classeur, ses doigts effleuraient toujours sa couverture usée.

— La grossesse était plus avancée que jamais. Je pensais que cette fois serait la bonne, vous savez ? Mais le stress de perdre mon père comme ça, si brusquement et dans des circonstances aussi épouvantables… Mon corps n'a pas supporté. Le pire, c'est que c'est lui qui m'avait permis de surmonter toutes les fausses couches précédentes.

Devon sourit et croisa enfin le regard de Josie. Des larmes coulaient sur ses joues.

— C'était vraiment un psychologue exceptionnel.

Josie tendit une main et la posa sur celle de Devon, comme si elle promettait solennellement sur le classeur lui-même.

— Je jetterai un œil au dossier de votre père dès que mon affaire en cours sera close, d'accord ? J'en parlerai aussi à ma sœur.

Elle retira sa main et Devon essuya rapidement ses larmes.

— Je vous remercie. Ça compte beaucoup pour moi.

Josie lui tendit une carte de visite.

— Je vous recontacterai.

Elle reposa l'ouvrage de Thatcher Toland sur la petite table, mais Devon le reprit aussitôt et le lui fourra entre les mains. À contrecœur, Josie partit avec le livre.

Pour une fois, elle accueillit avec plaisir l'air froid sur son visage. Lorsqu'elle monta en voiture, elle ne prit même pas la peine de mettre le chauffage. Elle balança le livre sur le siège passager et consulta son téléphone, ignorant le tremblement de ses doigts. Il y avait là une myriade de SMS de Noah et de Gretchen, ainsi qu'un appel manqué de Noah.

Elle fit défiler les messages qui la mettaient au courant de l'avancée de l'enquête. Tous les mandats qu'ils avaient préparés avaient été signés et envoyés, et ils n'attendaient plus que la réception des dossiers réclamés. Noah avait fait de nombreuses demandes auprès de diverses greffes du comté pour obtenir plus d'informations sur les propriétés qu'Amber et Eden avaient recherchées. Thatcher Toland n'avait toujours pas donné de nouvelles. Noah était retourné sur le chantier de la mégaéglise, mais ni Thatcher ni Vivian n'étaient là, selon Paul. Gretchen n'avait pas réussi à décrypter les mystérieux numéros dans le journal intime et les avait laissés au chef pour qu'il les étudie. Et si Hummel avait relevé plusieurs séries d'empreintes sur le livre de Toland et sur l'article de presse que Josie avait trouvé dans la chambre d'Amber, aucune n'était enregistrée dans l'AFIS.

Le plus intéressant, c'était que Hummel avait relevé trois séries d'empreintes sur la caméra de surveillance d'Amber. Les deux premières appartenaient à Amber et à Mettner. Leurs empreintes étaient dans le dossier parce qu'ils travaillaient tous les deux pour la police. La troisième appartenait à Gabriel Watts. Il était fiché depuis une condamnation pour émission de chèques sans provision plusieurs années auparavant.

Le dernier message était de Noah : *On pense que Gabriel Watts est chez lui. Rejoins-nous à Woodling Grove dès que tu as terminé.*

## 35

Woodling Grove n'était guère plus qu'un hameau le long d'une route de montagne sinueuse au nord-ouest de Denton, en bas de laquelle se trouvaient un bureau de poste, une épicerie, une quincaillerie, un bar et trois églises le long d'un large ruisseau gelé depuis que le ciel avait décidé que c'était vraiment l'hiver. Les oreilles de Josie se bouchèrent à cause de l'altitude lorsqu'elle passa devant les petits commerces et grimpa vers les montagnes pour trouver la maison de Gabriel. Elle tripota les boutons de la console centrale pour augmenter le chauffage. Elle avait été émue par Devon Rafferty et son chagrin – que Josie ne connaissait que trop bien – l'avait glacée jusqu'aux os.

Elle aperçut la voiture de Gretchen garée sur le bas-côté, devant une maison de plain-pied à bardage blanc qui avait tourné au gris crasseux. La cour devant la maison était envahie de mauvaises herbes et un panneau criait : « Trouvez la foi. Rejoignez l'Église du Redressement. Envoyez un message au 33489 pour vous éveiller. » Les arbres se refermaient tout autour de la petite maison, leurs branches nues s'étirant vers le sol comme si elles s'apprêtaient à la prendre dans leurs bras grêles. Une boîte aux lettres penchait au sommet d'un poteau en bois usé par les intempéries. Des lettres et des chiffres noirs délavés indiquaient « Watts 35 ».

Josie se gara derrière Noah et sortit de son véhicule. Gretchen et lui la rejoignirent, et tous trois se positionnèrent à l'entrée de l'allée de gravier. À l'autre bout se trouvait un garage délabré d'une couleur vert pâle assez moche, aux portes fermées. Au cours de ses recherches sur Gabriel Watts, Josie avait appris qu'il possédait une vieille Ford Bronco enregistrée à son nom. S'il était chez lui, il ne l'avait pas laissée dehors. Josie les mit rapidement au courant de sa conversation avec Devon Rafferty avant qu'ils ne s'occupent de Gabriel Watts.

— Il est chez lui, déclara Gretchen. Enfin, c'est ce qu'on pense. Depuis qu'on est arrivés, les rideaux des fenêtres situées de part et d'autre de sa porte d'entrée ont légèrement bougé quatorze fois.

Josie balaya la zone du regard. Aucun voisin à proximité, du moins à portée de vue.

— Quelle taille fait son terrain ?

Gretchen sortit son carnet et feuilleta quelques pages.

— Il n'a qu'un demi-hectare. Derrière chez lui et de ce côté, il y a une réserve de chasse appartenant à l'État et, de l'autre côté, à environ huit cents mètres, le terrain appartient à un voisin.

Noah perçut l'inquiétude de Josie.

— Tu penses qu'il va tenter un truc ?

— Je ne sais pas, on ne sait rien de ce type.

— On est juste venus lui parler, répliqua Gretchen. Il devrait le savoir. Il a dû recevoir quoi ? Une bonne demi-douzaine de messages vocaux de toi lui expliquant précisément ça ?

Josie acquiesça. À part le fait qu'il avait peut-être trafiqué la caméra de surveillance d'Amber et eu une altercation avec elle dans la rue deux semaines plus tôt, rien ne laissait penser que Gabriel Watts était armé ou dangereux, et affronter trois policiers armés serait d'une bêtise monumentale. Pour autant, elle ne parvenait pas à réprimer un sentiment d'appréhension.

— Allons-y, décida Josie.

Gretchen ouvrit la voie vers la porte d'entrée. Le perron bancal se résumait à une dalle de béton cassée. Josie resserra son manteau autour d'elle tandis que Noah frappait lourdement à la porte d'entrée.

Ils attendirent, les nuages blancs de leurs respirations se mêlant dans l'air. Aucun bruit ne leur parvint de l'intérieur. Noah frappa de nouveau.

— Gabriel Watts !

Postée du côté gauche, Josie aperçut un mouvement au niveau de la fenêtre. Les rideaux remuèrent. Elle s'avança et frappa à son tour.

— Monsieur Watts, je suis l'inspectrice Josie Quinn de la police de Denton. Je vous ai laissé plusieurs messages. Je suis ici avec mes collègues. Nous avons vraiment besoin de vous parler.

Aucune réponse.

Gretchen tenta alors sa chance et cria le nom de l'homme. Toujours rien. Josie répéta ce qu'elle venait de dire. Cette fois, elle ajouta :

— C'est à propos de votre famille.

Quelques instants plus tard, un visage pâle apparut dans l'entrebâillement de la porte. Des yeux sombres les scrutaient avec méfiance.

— Je ne veux pas parler, lâcha Gabriel Watts.

Noah, Gretchen et Josie brandirent leurs badges, mais il n'y jeta même pas un regard.

— S'il vous plaît, partez maintenant. Je ne veux pas parler.

— Monsieur Watts, reprit Josie, c'est très important. C'est à propos de votre famille.

— Ma famille, c'est l'Église.

— Gabriel, intervint Gretchen, nous savons que vous avez été en contact avec votre sœur Amber au cours des deux dernières semaines. Nous savons que vous avez trafiqué la caméra de surveillance devant sa porte d'entrée.

Un silence s'étira. Son regard glissa vers chacun d'entre eux, puis vers le ciel, comme s'il décidait de ce qu'il allait répondre.

— Oui, je l'ai vue. Maintenant, partez, s'il vous plaît.

Il commença à repousser le battant. Josie haussa la voix.

— Nous devons savoir où elle se trouve, monsieur Watts.

L'homme se figea, la porte légèrement entrouverte. Seul un de ses yeux était désormais visible.

— Je ne peux pas vous aider.

— Alors, dites-nous de quoi vous avez parlé, tenta Noah. Amber a dit à ses proches qu'elle n'avait parlé à personne de votre famille depuis dix ans, qu'elle ne voulait rien avoir à faire avec vous, alors pourquoi êtes-vous allé la voir ? Pourquoi avez-vous touché à sa caméra ?

La porte s'ouvrit lentement, et Gabriel apparut, vêtu d'un jean, d'un t-shirt noir à manches longues et de baskets noires. Ses cheveux bruns ondulés étaient ébouriffés et plaqués sur un côté, comme s'il avait dormi dessus.

— Êtes-vous éveillés ? demanda-t-il.

Josie le dévisagea.

— Quoi ?

Il sortit sur le perron, refermant partiellement la porte dans son dos. Son regard brûlait avec une rare intensité lorsqu'il s'adressa directement à elle.

— Êtes-vous éveillée ? Vivez-vous dans la foi ? Avez-vous trouvé votre foi ?

— Nous pourrons parler de foi plus tard, Gabriel, proposa Gretchen. Pour le moment, nous gérons une situation très grave qui touche votre famille.

— Nous sommes à la recherche de votre sœur, Amber Watts, précisa Noah.

Gabriel tourna ses yeux sombres vers l'inspecteur.

— Je vous ai dit que je ne pouvais pas vous aider.

— De quoi avez-vous parlé, tous les deux ? demanda Josie.

Gabriel reporta son attention sur elle.

— Amber n'avait pas retrouvé la foi. Elle n'était pas éveillée. Elle avait des torts à expier et je l'encourageais à le faire. Je voulais qu'elle s'éveille à sa foi, comme le prêche le grand pasteur, et qu'elle fasse ce qu'il faut.

Josie avait du mal à trouver des points communs entre ce disciple au regard fou et l'allure charmante de Thatcher Toland. Vivian devait avoir raison : Toland ne connaissait certainement pas Gabriel personnellement. Josie n'était pas sûre qu'il en aurait envie, s'il rencontrait un jour Gabriel.

— Qu'est-ce qu'elle devait faire ? l'interrogea Noah.

— Ça, c'est entre Amber et Dieu.

— C'est très sérieux, insista Gretchen. Si vous savez où se trouve Amber, vous devez nous le dire ou nous conduire à elle.

Il transperça l'inspectrice d'un regard noir acéré.

— Je vous ai déjà dit que je ne pouvais pas vous aider.

— Après dix ans de silence, vous avez décidé un jour qu'Amber devait s'éveiller ? s'enquit Noah. C'est comme ça que ça marche ?

— Je fais ce que Dieu me demande de faire. Si vous voulez parler de votre foi, nous pouvons continuer à discuter. Sinon, j'aimerais que vous partiez.

Il posa une main sur la poignée de sa porte.

— Quand avez-vous vu votre sœur Eden pour la dernière fois ? se hâta de demander Josie.

— Je ne sais pas.

— Et votre mère ? tenta Gretchen.

Il ne répondit pas.

— Où étiez-vous lundi matin entre 4 et 5 heures du matin ? enchaîna Noah.

Pour la première fois, l'expression étrangement calme de Gabriel vacilla, et un éclair de confusion traversa ses traits.

— J'étais ici. Je dormais.

— Seul ? l'interrogea Gretchen.

— Oui, seul.

— Quelqu'un peut-il le confirmer ? poursuivit Noah.

— Non. Pourquoi quelqu'un aurait-il besoin de le confirmer ?

— Parce que c'est à peu près à cette heure-là que votre sœur Eden a été conduite à la mort au barrage de Russell Haven, lâcha Josie.

Gabriel cligna plusieurs fois des yeux.

— Comment ça, « à la mort » ? Qu'est-ce que vous voulez dire ?

— Vous n'êtes pas au courant ? s'étonna Noah. Votre sœur, Eden, est morte. Assassinée.

Gabriel baissa les yeux vers ses pieds. Quelques mots glissèrent si doucement entre ses lèvres que Josie ne parvint d'abord pas à les comprendre. Puis elle se rendit compte qu'il était en train de prier.

— Monsieur Watts, essayez de vous rappeler la dernière fois que vous avez parlé à Eden.

— Eden essayait de trouver sa foi, marmonna-t-il. Elle essayait, mais je ne suis pas sûr qu'elle ou Amber puissent jamais rectifier ce qu'elles ont fait. Surtout Amber. Le pasteur Toland nous enseigne qu'il faut mettre la lumière sur nos péchés et les assumer, puis faire tout ce qui est en notre pouvoir pour les rectifier, mais certaines choses ne peuvent pas être corrigées. Je suis désolé pour ce qui est arrivé à mes sœurs, mais vous devez comprendre qu'il y a des péchés que personne ne peut expier.

Josie et Noah échangèrent un regard perplexe.

— Quels péchés ? lança Noah. Quels péchés ont commis vos sœurs qui ne peuvent être expiés ?

— C'est entre elles et Dieu. Tout ce qu'on peut faire, c'est essayer de guider les autres dans la bonne direction. On doit aider les gens à s'éveiller à la foi.

— Avez-vous aidé Eden ?

Josie se demandait si l'abandon d'Eden au barrage n'était pas une sorte de baptême malsain.

— Je ne peux aider que ceux qui veulent être aidés.

Il se remit alors à marmonner ses prières.

— Et votre mère ? s'enquit Gretchen. Elle voulait être aidée ?

Il termina sa récitation avant de répondre :

— Ma mère a abandonné ses péchés il y a longtemps. Elle n'a plus qu'à se redresser. Quand elle sera prête, je l'aiderai.

Josie regarda d'abord Gretchen, puis Noah. D'une voix douce, elle annonça :

— Monsieur Watts, je suis vraiment désolée de vous l'apprendre, mais votre mère a été assassinée la nuit dernière.

L'air était si silencieux que Josie entendit une tourterelle triste roucouler quelque part au-dessus d'eux. Comme Gabriel ne répondait rien, Noah ajouta :

— Elle a été tuée au barrage de Russell Haven. Sauriez-vous pourquoi votre mère et Eden ont été tuées là-bas ? Est-ce que cet endroit a une signification pour votre famille ?

Il recommença à cligner très vite des yeux, mais ne dit toujours rien.

— Et le docteur Jeremy Rafferty ? ajouta Josie. Est-ce que ce nom vous dit quelque chose ?

Il ne répondit pas, et resta parfaitement immobile.

— Je ne sais pas si vous parlez souvent avec les autres membres de votre famille, continua Gretchen, mais il y a quelques semaines, votre tante Nadine est morte noyée dans un étang de sa propriété. Gabriel, nous sommes ici parce qu'il semble que vos proches soient tués les uns après les autres et parce que votre sœur, Amber, a disparu. Nous savons que vous l'avez approchée avant qu'elle ne disparaisse, et que c'est vous qui avez désactivé la caméra de surveillance de sa maison. Je pense qu'il serait préférable pour tout le monde que vous veniez avec nous jusqu'au commissariat pour en discuter. Nous ne sommes pas loin de Denton, nous pouvons vous y conduire.

Il posa une main sur le dessus de sa tête et cligna plusieurs fois des yeux.

— Je, euh, je... Laissez-moi prendre mon manteau.

Il disparut à l'intérieur, laissant la porte entrouverte. Ils l'entendirent se déplacer et Gretchen chuchota :

— Impossible que ce soit si facile.

— Effectivement, confirma Josie.

Elle descendit du perron et se fraya un chemin à travers les broussailles sèches de la cour, puis contourna la bâtisse. Elle venait d'atteindre le coin de la façade arrière quand Gabriel sortit par la porte arrière de la maison. Il avait bien enfilé son manteau. Elle l'observa refermer soigneusement et silencieusement derrière lui.

— Monsieur Watts. Vous allez quelque part sans nous ?

Il tourna la tête dans sa direction. Josie dégrafa son holster.

Et Gabriel Watts se mit à courir.

## 36

Josie cria pour appeler Gretchen et Noah avant de s'élancer à la poursuite de Gabriel. Les feuilles et les brindilles séchées crissaient sous ses bottes tandis qu'elle serpentait entre les arbres. La réserve de chasse qui appartenait à l'État et s'étirait derrière la maison était dense et épaisse. Elle perdit Gabriel de vue presque aussitôt. Il semblait savoir exactement où il allait, et elle se demanda s'il avait tout prévu. S'attendait-il un jour à avoir besoin d'une issue de secours ? Elle perçut vaguement le bruit de quelqu'un qui courait vite derrière elle, et devina que c'était Noah.

Le sol commença à s'incliner, d'abord progressivement, puis plus brusquement. Elle poursuivait un homme à flanc de montagne, et elle n'avait aucune idée de ce qui se trouvait en contrebas. L'air froid lui brûlait les narines et lui asséchait la gorge. Ses joues étaient tout engourdies. Elle prit de la vitesse à mesure que le terrain devenait plus escarpé, trébuchant et s'agrippant à des troncs d'arbres pour ne pas tomber. Devant elle, elle entendait des branches craquer. Gabriel dévalait toujours la pente. Lorsqu'elle l'aperçut de nouveau, elle respirait difficilement, les poumons en feu. Il était juste en dessous d'elle, courant le long d'une crête, sautant d'un énorme rocher à l'autre. Josie garda une trajectoire parallèle à la sienne, guettant une ouverture qui se présenta une seconde plus tard. Il sauta d'une grosse pierre et se retrouva sur une plaque de boue compacte. Elle plongea d'en haut en plein sur son dos et le plaqua au sol. Leurs deux corps roulèrent jusqu'au pied d'un immense grand pin. Elle était écrasée entre lui et le tronc, ses bras enserrant toujours ses épaules. Il se tortilla pour se relever, mais il était désorienté et elle pesait sur son dos.

— Arrêtez, lui intima-t-elle.

— Lâchez-moi !

Il agita les mains vers l'arrière pour tenter de la frapper, mais elle était trop collée à lui.

— Où est Amber ?

— Lâchez-moi.

— Où est-elle ? Dites-le-moi. Dites-moi où la trouver et ce sera fini.

— La ferme.

Le haut de son corps s'élança vers l'avant, mais elle bascula alors en arrière pour l'empêcher de trouver son équilibre.

— Est-elle encore en vie ? demanda Josie.

Il leva les mains pour attraper les bras de l'inspectrice qui l'entouraient, s'efforçant de les détacher.

— Dites-le-moi, répéta Josie. Est-ce qu'elle est encore en vie ?

Il tira d'un coup sec sur son poignet et une douleur fulgurante remonta jusqu'à son épaule. L'instant d'après, elle était au sol et le voyait en contre-plongée. De sa main valide, elle voulut attraper son arme mais, avant qu'elle ne puisse la saisir, il lui donna un coup de pied dans le ventre. Elle en eut le souffle coupé. Privée d'oxygène, elle ouvrit la bouche, mais ne réussit à en avaler aucune bouffée. Il se mit à genoux, son souffle chaud lui chatouillant l'oreille. Elle entendit à peine ses mots par-dessus le vacarme de son cœur qui battait la chamade.

— J'ai fait ce qui devait être fait.

## 37

Noah apparut quelques instants après la fuite de Gabriel, tandis que Josie haletait au milieu des bois. Elle lui fit signe de continuer à le suivre pour tenter de le rattraper pendant qu'elle reprenait son souffle. Noah repartit à la poursuite de l'homme. Il fallut quelques secondes à Josie pour se ressaisir, puis elle appela Gretchen et lui demanda d'envoyer des renforts. Elle se remit à courir dans le sillage de Noah. Après ce qui leur parut une éternité, ils se retrouvèrent tous les deux sur la berge d'un étang gelé au pied de la montagne, épuisés et transis de froid. Heureusement, Gretchen avait pu joindre le central. Le temps que Josie et Noah remontent au sommet de la montagne, le coin grouillait de policiers et d'adjoints du shérif du comté, tous à la recherche de Gabriel. La route était bordée de voitures de police et la maison au bardage crasseux entourée de Rubalise. Gretchen se tenait dans la cour, à côté du panneau de l'Église du Redressement, et consultait frénétiquement son téléphone.

— Vous allez bien ? leur demanda-t-elle alors qu'ils s'approchaient à grandes enjambées.

L'abdomen de Josie était douloureux, mais elle avait réussi à revenir jusqu'à la maison sans problème. Elle plia le poignet pour la douzième fois depuis qu'elle s'était relevée dans le sous-bois. Il lui faisait mal, mais elle ne pensait pas qu'il était cassé. De toute façon, elle aurait laissé Gabriel Watts lui casser le bras une centaine de fois si ça avait pu lui permettre de retrouver Amber.

— J'ai connu mieux, admit-elle. Tu as fouillé la maison ?

— Elle n'est pas là, annonça Gretchen.

— Merde, murmura Josie.

Noah avait l'air aussi hagard qu'elle. Il se passa une main dans les cheveux.

— On peut faire venir une brigade canine ?

— Ils sont en route, l'informa Gretchen. Allez, vous deux. Montez dans la voiture et réchauffez-vous. On parlera à l'intérieur.

Josie et Noah se glissèrent sur la banquette arrière de la voiture de Gretchen tandis que celle-ci s'installait à l'avant. Elle mit le contact et alluma le chauffage à fond. Noah attira Josie contre lui et elle posa la tête sur son épaule. Personne ne parla pendant plusieurs minutes, tandis que l'air glacial qui s'échappait des bouches d'aération se réchauffait peu à peu. Josie crut bien fondre sur Noah quand un peu de chaleur l'atteignit enfin. À mesure que le froid s'estompait et que son corps retrouvait ses sensations, d'autres douleurs se manifestèrent.

Finalement, Gretchen baissa le chauffage pour qu'ils puissent discuter. Elle attrapa son carnet de notes sur le tableau de bord et commença à le feuilleter.

— Le bureau du shérif nous envoie sa brigade canine. Le chef a sollicité toutes les ressources disponibles pour trouver ce type, surtout qu'il a attaqué Josie. Il essaie de nous obtenir un hélicoptère de la police d'État, mais je ne suis pas sûre que ça aboutisse. Hummel et plusieurs membres de son équipe sont à l'intérieur pour passer la maison au peigne fin. Et la docteure Feist a appelé pour nous donner la cause du décès de Lydia Norris : noyade.

— Quoi ? s'étonna Noah. Elle était encore vivante quand le tueur l'a balancée dans l'ascenseur à poissons ?

— Oui, confirma Gretchen.

— Laisse-moi deviner, lança Josie. Elle avait un hématome sous-dural qui l'a affaiblie et désorientée, peut-être même était-elle inconsciente.

Gretchen pivota sur son siège pour leur faire face.

— Elle avait bien un hématome sous-dural – et une fracture du crâne. Pas de plaie caractéristique, donc on ne sait pas avec quoi elle a été frappée, mais quelqu'un l'a tapée très fort, deux fois. Aucun signe d'agression sexuelle. Il y a aussi des écorchures autour de ses poignets qui suggèrent qu'elle a été ligotée à un moment donné avant sa mort.

— Très similaire à Eden, nota Josie. Est-ce qu'on a reçu des relevés téléphoniques ?

— Pas encore. Oh, et Mettner m'appelle toutes les quinze minutes.

Josie fouilla dans son manteau jusqu'à dénicher son propre téléphone. Elle vérifia les notifications. Sept appels manqués de Mett.

— Merde, grommela-t-elle. L'un de nous devrait aller lui parler. Pas de nouvelles de Thatcher Toland ?

— Aucune, répondit Gretchen.

Josie contempla par la vitre la triste petite maison de Gabriel. Hummel apparut dans l'embrasure de la porte, en combinaison intégrale, avec gants, surchaussures et charlotte. Il s'adressa d'abord à l'agent en uniforme debout sur le perron, un bloc-notes à la main. Puis il trottina vers leur voiture. Noah baissa la vitre.

— Vous avez trouvé quelque chose ?

Hummel appuya un avant-bras sur le toit et se pencha par la fenêtre ouverte.

— Cet endroit est un vrai dépotoir. Tout tombe en ruine, et je ne pense pas que ce type ait fait une fois le ménage depuis qu'il a emménagé. On a trouvé une arme. Un Beretta M9. Chargé.

— Chargeur plein ? demanda Josie.

Hummel secoua la tête.

— Il manque trois balles.

Pendant un moment, aucun d'entre eux ne parla. Puis Gretchen demanda :

— Il y a des kayaks là-dedans ?

— Non. J'ai vérifié le garage, aussi. Rien d'autre qu'un vieux camion tout déglingué.

— Autre chose ? s'enquit Josie.

— Dans son linge sale, on a trouvé un manteau avec du sang sur la manche. Et aussi deux longs cheveux auburn.

— Merde, souffla Noah.

— On peut analyser le sang sur place pour voir s'il correspond au groupe sanguin d'Eden ou d'Amber, mais les tests ADN pour le sang et les cheveux vont prendre beaucoup plus de temps.

Josie sentit des palpitations dans sa poitrine. Tout dans cette affaire laissait déjà croire qu'Amber était morte, et pourtant, plus les indices dans ce sens se multipliaient, plus elle avait le cœur brisé. Comme s'il sentait sa tristesse, Noah la serra encore plus fort contre lui. Elle mit ses émotions de côté, remercia Hummel et lui demanda de les prévenir dès qu'il aurait pu tester le sang sur la manche du manteau de Gabriel Watts. À peine Noah avait-il remonté la vitre que Josie déclara :

— On n'en parle pas à Mettner. Pas encore.

— Je vais quand même le rappeler pour lui dire qu'on est toujours sur l'affaire, annonça Noah en s'écartant de Josie pour descendre de voiture.

— Qu'est-ce que tu en penses, patronne ? demanda Gretchen. Watts est notre homme ? Tu veux rester ici ? Participer aux recherches ?

— Je ne sais pas si c'est lui, mais il faut quand même le

retrouver. Pour l'instant, c'est à peu près tout ce qu'on peut faire en attendant de recevoir tous les renseignements demandés, notamment les relevés téléphoniques d'Amber, d'Eden et de Lydia, et les informations sur les annonces immobilières que les sœurs ont consultées. Il y a quelques heures, je pensais que Thatcher Toland était notre homme, et on doit absolument lui parler, mais Gabriel s'est enfui quand on l'a confronté.

— Ce n'est jamais bon signe, nota Gretchen.

— Est-ce qu'on peut demander à un agent en uniforme de retrouver Toland et de le faire venir au commissariat ?

Les doigts de Gretchen se mirent à pianoter à toute vitesse sur son téléphone.

— Bien sûr.

— Pour le moment, allons donc participer aux recherches.

## 38

Lorsqu'ils rentrèrent enfin au commissariat, ils étaient tous affamés, épuisés et engourdis par le froid. Gabriel Watts s'était volatilisé. Le chef Chitwood s'était rendu sur place pour superviser les recherches nocturnes, tandis que Josie, Noah et Gretchen prenaient une pause. Ils passèrent chercher à manger et engloutirent leurs plats à leur bureau tout en rédigeant les rapports de la journée. Gretchen s'entretint avec l'agent chargé de retrouver Thatcher Toland. Jusqu'à présent, il s'était rendu à l'église et dans trois propriétés de Toland situées à moins de deux heures de route : l'homme était introuvable. Le policier n'avait pas vu Vivian non plus, ni même Paul. Gretchen lui demanda de rester dans sa voiture de patrouille devant l'église et de les appeler si Thatcher ou sa femme se présentaient.

Hummel appela pour indiquer que le sang trouvé sur la manche du manteau de Gabriel Watts était du A+ et que, d'après les dossiers qu'ils avaient pu obtenir du médecin traitant d'Amber, il correspondait au groupe sanguin de la jeune femme. Cette information assombrit l'ambiance. Josie envoya ensuite son équipe à Danville pour fouiller le domicile de Lydia Norris

– même si, d'après la tournure que prenait l'affaire, elle ne s'attendait pas à ce qu'ils y trouvent quoi que ce soit d'utile.

Peu après, la porte de la cage d'escalier s'ouvrit avec fracas et Mettner entra dans la grande salle. Il s'approcha des bureaux et se posta devant eux, les mains enfoncées dans les poches de son sweat à capuche, l'air presque malade. Il avait les cheveux gras et en pagaille, une barbe naissante, de profonds cernes, et sa peau était si pâle qu'elle semblait presque translucide – Josie distinguait les veines sur ses tempes, semblables à de fins rubans bleus. Elle pria silencieusement pour qu'ils retrouvent Amber vivante. Les problèmes que lui et Amber avaient, quels qu'ils soient, n'avaient rien à voir avec leur affaire, et ils ne pourraient les régler, pour le meilleur comme pour le pire, que si elle était encore en vie.

— Qu'est-ce qui se passe ? lança-t-il. Qu'est-ce qui se passe *vraiment* ? Vous avez trouvé son frère ?

— Assieds-toi, lui dit Noah.

— Je ne m'assiérai pas tant que vous ne m'aurez pas dit la vérité. Je n'en peux plus de rester les bras croisés. Ça me rend dingue.

Josie se leva, s'approcha de lui et posa délicatement une main sur son épaule.

— Je sais, Mett. Assieds-toi et on va te mettre au courant, d'accord ?

— Qu'est-ce qu'il y a ? demanda-t-il d'une voix éraillée.

Gretchen se leva à son tour et se tint juste en face de lui. Sa voix était empreinte de douceur et de patience.

— Rien, Mett. Rien pour l'instant. On fait tout notre possible. On explore toutes les pistes.

Il pointa un doigt vers Josie.

— Tu crois qu'elle est morte.

— Je ne le crois pas, non.

— Qu'est-ce que vous ne me dites pas ? Je suis blanchi, non ?

Noah les rejoignit et ils formèrent ainsi un demi-cercle autour de leur collègue.

— Tu es blanchi, oui, mais tu ne peux pas travailler sur cette affaire. Tu le sais.

Mettner désigna encore Josie du doigt.

— Elle a travaillé sur l'enlèvement de sa propre sœur ! Quand son fiancé a disparu, elle a mené l'enquête ! Tu n'as pas le droit de m'exclure. On parle de la femme que j'aime. Ma future épouse, si elle veut bien de moi. Tu ne peux pas changer les règles juste pour toi.

— Calme-toi, lui ordonna Gretchen.

Il fit un pas vers elle, l'air menaçant. Gretchen ne bougea pas d'un pouce.

— Non ! Je ne me calmerai pas. Je veux savoir ce que vous me cachez. Je sais que vous me cachez un truc. J'ai travaillé avec vous tous assez longtemps pour m'en rendre compte.

Noah et Gretchen ouvrirent la bouche, mais Josie leva la main pour les faire taire.

— On a trouvé un Beretta M9, chargé, avec trois balles manquantes dans le chargeur. Il y avait un manteau dans son panier à linge. Hummel a trouvé dessus deux cheveux auburn et du sang séché correspondant au groupe sanguin d'Amber.

Mettner écarquilla les yeux. Quand il commença à vaciller, Gretchen se glissa sous son bras pour le maintenir debout.

— Quoi ?

— Voilà ce qu'on ne te disait pas. Mais c'est tout ce qu'on a, Mett. On doit continuer à agir comme si elle était vivante. On doit continuer à avancer sur cette affaire.

Ses lèvres s'entrouvrirent, mais seul un cri étranglé s'échappa. Il agrippa Gretchen, qui glissa les bras autour de sa taille et s'accrocha à lui. Josie approcha son visage à quelques centimètres du sien et le força à la regarder.

— Écoute-moi, Mett. Tu as raison. J'ai travaillé sur pas mal d'affaires où j'avais des liens personnels avec la victime. Ça m'a détruite. Je ne recommande vraiment pas de faire ça. Pour l'instant, seul le chef peut te réintégrer. Aucun d'entre nous n'a le pouvoir de le faire. Mais tu peux t'installer avec nous. Personne ici ne te demandera de partir maintenant. Si tu as des suggestions ou des idées pour orienter l'enquête, tout le monde ici t'écoutera. Tu comprends ?

Il acquiesça.

— Mais ces émotions intenses que tu ressens en ce moment, continua Josie, tu dois trouver un moyen de les mettre de côté et de les garder pour plus tard. Si tu veux aider Amber, il faut que tu sois concentré. Contrôle-les, Mett, ou rentre chez toi et attends qu'on t'appelle.

Il déglutit.

— Je ne sais pas si j'en suis capable, admit-il, et son regard glissa sur Gretchen, Josie et enfin Noah. Je ne suis pas comme vous.

Noah haussa un sourcil.

— Ne sois pas ridicule. Tu es l'un des nôtres, Mett.

— Non, je ne suis pas comme vous. Je n'ai pas eu une enfance difficile. Je n'ai pas été kidnappé ou traqué par un tueur en série. Aucun de mes proches n'a été assassiné. Mes parents n'ont jamais essayé de me faire du mal ni de m'abandonner. J'ai une famille formidable. J'ai eu une enfance merveilleuse. Je suis équilibré. Je n'ai pas tous ces traumatismes qui me permettraient de ne rien ressentir.

— Tu penses qu'on ne ressent rien ? réagit Gretchen.

— En tout cas, c'est l'impression que vous donnez.

Noah posa une main sur l'épaule de Mettner.

— On ressent tout, Finn.

— Tout, répéta Gretchen. Tout.

— Finn, tu devrais être content de ne pas avoir à contrôler ce à quoi tu penses en permanence juste pour réussir à survivre, ajouta Josie doucement. Je suis heureuse que tu sois équilibré.

— Oui, confirma Gretchen. Ce n'est pas un défaut.

— Mais tu dois rester concentré, ajouta Noah. Josie a raison : si tu veux aider Amber, on a besoin de tes compétences de détective. Si tu penses être en mesure de garder ton sang-froid, alors reste. Assieds-toi. On allait justement tout repasser en revue et discuter de la suite des opérations.

Gretchen le relâcha. Il prit un moment pour se passer une main sur le visage et remettre de l'ordre dans ses vêtements. Puis il s'assit à son bureau. Une fois qu'ils furent tous installés, Josie envoya un texto au chef pour savoir si les recherches autour de Gabriel Watts avançaient mais, hélas, non. Josie, Noah et Gretchen récapitulèrent toutes les informations collectées ainsi que toutes les pistes suivies, y compris l'entretien de Josie avec Devon Rafferty et le lien ténu avec le nom « Purdue ».

— J'aimerais retrouver tous ces ex-maris, dit Josie. Je pense que personne ne nous a encore dit la vérité sur la famille d'Amber. On nous cache quelque chose. Je pense qu'il y a eu bien plus qu'une simple histoire de toxicité ou de dysfonctionnement, et surtout bien pire qu'un divorce.

— Comme quoi ? lui demanda Mettner.

Josie haussa les épaules.

— Aucune idée. Mais le seul Watts avec qui nous pouvons parler pour l'instant est Hugo, et il a contredit presque tout ce que Lydia et les meilleures amies des deux sœurs ont pu dire. Peut-être qu'on devrait élargir la cible et discuter avec des personnes plus éloignées.

— Et puis, les ex-maris de Lydia ont techniquement été les beaux-pères de Gabriel Watts. Je sais que Hugo a dit que les maris ne voulaient rien avoir à faire avec les enfants de Lydia, mais c'est peut-être faux. Peut-être que Gabriel avait une bonne relation avec l'un d'entre eux et que c'est là-bas qu'il est parti se planquer.

— J'ai la liste des maris dans mon carnet, lança Gretchen. Je peux faire des vérifications, si tu veux.

— On ne sait pas dans quels comtés vivaient ces hommes, ce qui pourrait rendre la tâche assez difficile, souligna Josie.

Gretchen arqua un sourcil.

— Est-ce que tu insinues que je ne suis pas aussi douée que toi pour la traque sur internet, patronne ?

Josie lui adressa un franc sourire.

— Peut-être bien que oui.

Gretchen hocha la tête et commença à bouger la souris de son ordinateur.

— Très bien, je relève le défi.

— C'est bien beau, tout ça, intervint Mettner, mais qu'est-ce que Thatcher Toland vient faire dans ce scénario ? Qu'est-ce qu'il fabriquait chez Amber ? Elle n'est même pas...

Il se tut et fixa ses genoux.

— Elle n'est même pas quoi, Mett ? le relança Noah.

Mettner secoua la tête.

— Elle le déteste. Éperdument. Chaque fois qu'il passait à la télévision, elle insistait pour changer de chaîne, même si ce n'était qu'une pub.

— Sachant que tu gardais une brochure promouvant les mariages dans sa nouvelle mégaéglise ainsi qu'une bague de fiançailles dans ton tiroir à sous-vêtements, ça devait être gênant, fit Noah.

Mettner laissa tomber sa tête entre ses mains.

— Évidemment que vous avez trouvé ça. Eh bien, oui, je ne lui avais même pas encore montré, surtout après avoir compris à quel point elle détestait ce type. J'ai essayé de lui parler de lui parce que j'avais regardé certaines de ses vidéos en ligne. Il n'est pas si nul que ça. Il a un bon message. Une fois, Amber est arrivée alors que je regardais l'une de ses vidéos et elle a pété les plombs. Comme si elle m'avait surpris en train de mater du porno ou un truc du genre. Puis quand elle a trouvé l'exemplaire de son livre...

— Tu lisais son livre ? l'interrogea Josie.

— Non. Ma mère l'avait lu et me l'a donné. Elle en a offert un à tous ses enfants. Elle adore ce type. Bref, avec l'inauguration de la nouvelle église la veille de Noël, ma mère voulait que toute la famille aille au premier service. Qu'on soit vraiment tous ensemble.

— Ça a dû beaucoup lui plaire, comme idée, souffla Gretchen.

— Amber était horrifiée, elle a dit qu'on ne pouvait pas y aller. Je lui ai répondu que c'était juste une fois, que ma mère ne nous demandait pas de devenir membres de cette Église, juste d'aller une fois à un service, et Amber a piqué une crise – encore une fois. Elle a dit que c'était un menteur et un être humain détestable, et que tous ceux qui croyaient à ses conneries étaient de sombres imbéciles.

— Oh là là, lâcha Gretchen.

Mettner acquiesça.

— Voilà, exactement. Je lui ai demandé si c'était ma mère qu'elle traitait de sombre imbécile, et c'est là que ça a complètement dérapé. J'ai lâché que, tant pis, j'irais sans elle, mais elle ne voulait pas que je m'approche de Toland. Je lui ai dit que c'était ma famille et que ça n'allait pas être facile d'esquiver l'invitation, c'était la seule chose que ma mère nous demandait. Alors, Amber m'a posé un ultimatum : choisir entre elle et ma famille. Je lui ai dit qu'elle était folle et que ce n'était qu'un télévangéliste. Après, j'ai crié des trucs horribles dont je ne suis pas fier. Elle a pleuré. J'ai essayé de m'excuser, mais c'était trop tard. Elle a pris le livre et m'a lu un passage stupide, puis elle m'a bombardé de questions bizarres, genre : « De quoi penses-tu qu'il parle, Finn ? Penses-y. » J'ai répondu que je n'avais aucune idée de ce dont il parlait et alors elle a dit qu'on n'avait plus rien à se dire pour le moment. Elle a pris le livre et elle est partie. C'est tout.

Josie le dévisagea.

— Le livre qui était chez elle est à toi ?

— À ma mère.

— C'était lequel, le passage ? s'enquit Noah.

Mettner haussa les épaules.

— Pas la moindre idée. Je ne l'ai même pas lu, ce livre !

Josie extirpa l'exemplaire que Devon Rafferty lui avait donné de sous une pile de dossiers sur son bureau et le lança à Mettner.

— Trouve-moi le passage en question.

— Tu es sérieuse ?

— Absolument.

— Mais je n'ai jamais lu ce bouquin.

— Alors, lis-le maintenant.

Il secoua la tête en scrutant le visage de Toland sur la couverture.

— Pourquoi ce type était-il chez Amber ? Est-ce qu'ils se connaissaient ?

Gretchen se cala au fond de son fauteuil, les doigts repliés sous le menton.

— On dirait bien, non ? Personne ne réagit aussi violemment à une célébrité qu'il n'a jamais rencontrée. Enfin, à mon avis.

— Merde, dit Mettner. Je suis vraiment stupide. Je n'avais même pas compris ça. Qu'est-ce qui ne va pas chez moi ? En plus, vous avez dit qu'il avait parlé à sa sœur, aussi, non ? Avant qu'elle ne meure ?

— C'est ce qu'on pense, oui, confirma Noah. Mais on ne peut pas le prouver.

Mettner tapota la couverture du livre.

— Qu'est-ce qu'il a fait ? Qu'est-ce qu'il a fait à Amber ?

— Je ne sais pas, admit Josie. Mais il n'arrête pas de réapparaître dans ces affaires, exactement comme le barrage de Russell Haven. Il y a un truc, on ne sait simplement pas encore quoi.

— Eden a dit à sa meilleure amie que le vieil homme qu'elle a vu au café était un ancien voisin, se rappela Gretchen. Il y a de fortes chances qu'elle ait dit ça pour que Karishma la lâche un peu, mais c'est peut-être vrai.

— On n'a même pas la liste de tous les endroits où les enfants Watts ont vécu pendant leur enfance.

— Peut-être que les propriétés que les deux sœurs ont regardées sur internet avant qu'Eden ne meure et qu'Amber ne disparaisse sont justement toutes les maisons dans lesquelles elles ont vécu, suggéra Josie.

— Je peux chercher dans nos bases de données les anciennes adresses de Thatcher Toland, Hugo Watts et Lydia Norris pour voir si Amber et Eden ont vécu dans une certaine ville en même temps que Thatcher Toland, proposa Noah.

— Il dirigeait une petite Église, souligna Josie. C'est comme ça qu'il a commencé. Elles y sont peut-être allées.

Mettner se leva.

— Je vais aller vous chercher du café, puis je verrai si je peux retrouver le passage dont parlait Amber.

39

Ils restèrent au commissariat jusqu'à minuit, à remplir des rapports, vérifier et revérifier les preuves, à discuter de l'affaire pendant que Mettner avançait autant que possible sa lecture. L'agent de patrouille que Gretchen avait posté devant l'église de Toland était rentré au commissariat et les avait informés que Paul était finalement arrivé à la mégaéglise à 23 h 30 pour vérifier que toutes les portes du bâtiment étaient verrouillées, et qu'il lui avait dit que les époux Thatcher étaient partis à New York pour gérer la campagne de presse jusqu'à l'ouverture de la mégaéglise.

Le chef débarqua à minuit et les renvoya chez eux. Les recherches de Gabriel Watts étaient suspendues jusqu'au matin. Tout était au point mort. Josie n'avait strictement aucune envie de rentrer chez elle – c'était s'avouer vaincue, et elle avait l'impression d'abandonner Amber. Et si la jeune femme était encore en vie ? Et si elle était là, quelque part, captive, attendant et espérant qu'ils la trouvent ? Sur le chemin du retour, l'image du Post-it qu'Amber avait collé sur le journal intime de son enfance lui revint sans cesse à l'esprit. Amber avait-elle voulu que l'inspectrice trouve ce journal avec ces chiffres à l'intérieur ? Mais qu'est-ce que Josie était censée en faire ? Le chef lui-même n'avait pas réussi à les décoder, et il avait des dizaines d'années d'expérience en tant qu'enquêteur. Qu'est-ce qu'Amber espérait accomplir en laissant ce carnet derrière elle ? S'était-elle doutée qu'il lui arriverait quelque chose ? Est-ce que c'était pour cette raison qu'elle l'avait caché là, au travail plutôt que chez elle ? Ou avait-elle prévu de le donner un jour à Josie ? Amber avait-elle eu l'intention de demander de l'aide à Josie avec ces séries de numéros ?

— Arrête, lança Noah depuis le siège du conducteur en s'engageant dans leur allée.

— Arrêter quoi ?

— De travailler dans ta tête. Tu as besoin de te reposer, Josie. On en a tous les deux besoin.

Elle savait qu'il avait raison. À l'intérieur, l'excitation de Trout et ses baisers humides furent un baume bienvenu pour son âme après la journée qu'ils avaient vécue. Ils l'emmenèrent faire une petite promenade, lui donnèrent à manger et passèrent un peu de temps à jouer avec lui avant d'aller se coucher. Il se blottit avec délectation entre eux dans le lit, son dos appuyé au flanc de Josie, les pattes contre la hanche de Noah. Pour un petit chien, il prenait beaucoup de place. Josie resta allongée sur le dos, les yeux rivés sur le plafond sombre, écoutant les ronflements de Trout et de Noah qui rivalisaient d'intensité. Elle était complètement épuisée, et pourtant le sommeil ne venait pas. Chaque fois qu'elle fermait les yeux et commençait à s'endormir, le souvenir sensoriel des doigts d'Eden Watts attrapant son poignet revenait en force, et elle se réveillait en sursaut. Au bout de trois fois, Josie renonça à se reposer.

Tout doucement, sans faire de bruit, elle ouvrit le tiroir de sa table de nuit et tâtonna jusqu'à toucher un chapelet. À la lueur du réveil, elle distinguait les perles vertes et lisses que son chef lui avait offertes lorsque sa grand-mère était mourante, à l'hôpital. Josie les prit dans le creux de sa main et ferma les yeux. Pendant des mois, elle avait gardé ce bracelet sur elle, jusqu'au jour où elle avait oublié de le mettre dans sa poche. Depuis, il était dans sa table de nuit. Parfois, lorsqu'elle avait l'impression qu'elle allait exploser, comme si sa psyché n'était qu'un mince morceau de papier de soie, elle le serrait entre ses doigts.

Elle n'était pas catholique. Elle n'était même pas particulièrement croyante, mais ce n'était pas pour cette raison que le chef lui avait offert ce chapelet. C'était pour la réconforter. Elle se souvenait encore parfaitement de ce jour-là.

> *« Qu'est-ce que c'est ?*
> *— Un chapelet, avait-il répondu.*
> *— Je ne suis pas catholique, monsieur, avait objecté Josie.*
> *— Moi non plus. »*
> *Elle avait considéré le bracelet. Il comportait une médaille sur laquelle figurait une femme vêtue d'un vêtement flottant. Autour d'elle, les mots « Marie qui défait les nœuds ».*
> *Josie était trop fatiguée pour démêler les intentions de Chitwood.*
> *« Je ne comprends pas, monsieur. »*
> *Il avait tendu la main vers elle et enroulé ses doigts autour du chapelet.*
> *« Un jour, je vous raconterai comment j'ai obtenu cet objet. Tout ce que vous devez savoir pour l'instant, c'est que même si l'on n'a jamais prié de sa vie, on apprend très vite, lorsque quelqu'un qu'on aime est en train de mourir. Une personne qui croyait profondément au pouvoir de la prière m'a offert ce chapelet, et il m'a été d'un grand réconfort à un moment. Peut-être que ça ne fonctionnera pas sur vous. Je n'en sais rien. Quoi qu'il en soit, si c'est l'heure de Lisette, rien ne la retiendra ici,*

*mais vous ? Vous allez avoir besoin de toute l'aide*
*possible. Gardez-le jusqu'à ce que vous soyez prête à me*
*le rendre, parce que je tiens à le récupérer, Quinn.*
*— Comment est-ce que je saurai que je suis prête à vous*
*le rendre ? » avait demandé Josie.*
*Chitwood, qui commençait à s'éloigner, avait lancé par-*
*dessus son épaule :*
*« Oh, vous le saurez. »*

Josie n'était pas prête à le rendre. Elle ne comprenait toujours pas comment elle saurait quand elle le serait. Avec Chitwood, elle avait toujours l'impression de jouer à un jeu dont elle ignorait les règles. Elle serra les perles jusqu'à ce que la médaille s'enfonce dans sa paume.

Quel réconfort Gabriel Watts avait-il trouvé dans l'Église de Thatcher Toland ? Quels péchés Eden avait-elle cru devoir expier ? Dans quoi la famille Watts avait-elle été impliquée pour que les trois enfants aient globalement coupé tout contact avec leurs parents ? Et quel était le rôle de Toland dans tout ça ? Et que venait faire le barrage de Russell Haven là-dedans ? C'était un élément essentiel, elle en était convaincue. Et ces foutus chiffres ! Qu'est-ce qu'ils pouvaient bien vouloir dire ?

Josie se redressa et laissa ses jambes retomber au bord du lit.

Trout gémit dans son sommeil et se retourna de façon que son dos se trouve collé contre le corps de Noah. Après avoir remonté les couvertures sur eux deux, Josie descendit dans la cuisine où son ordinateur portable patientait sur la table. Elle l'alluma et commença à chercher des liens entre Thatcher Toland et le barrage de Russell Haven. Pourquoi n'y avait-elle pas pensé plus tôt ? Mais elle ne trouva rien. Frustrée, elle lança une recherche plus générale sur Thatcher Toland. Des centaines de milliers de résultats s'affichèrent. Elle cliqua sur un article de presse intitulé « Ce n'est pas l'argent qui motive Thatcher Toland ».

*Thatcher Toland, véritable télévangéliste qui compte désormais des dizaines de milliers de fidèles et des millions d'adeptes sur internet, semble bien éloigné de son personnage. Installé avec moi pour un brunch au soleil en ce samedi matin dans sa ville natale de College-ville, il pourrait passer pour n'importe quel sexagénaire moyen. Vêtu d'un jean et d'un coupe-vent, les cheveux ébouriffés par la brise, il ne dégage pas une once de prétention. J'ai appris que ça faisait partie de son charme. Bien sûr, il a un message qu'il veut faire passer à des millions de gens. Bien sûr, il espère changer le monde grâce à son Église. Bien sûr, il veut trouver les opprimés, les pécheurs parmi nous, et leur donner de l'espoir, un objectif et peut-être même un nouveau départ dans la vie. Mais lorsque vous partagez un repas avec Thatcher Toland, il n'est qu'un homme simple, qui aime les œufs sur le plat et le bacon bien croustillant. Il demande au serveur son prénom, s'enquiert du déroulement de sa matinée – et paraît franchement intéressé par la réponse. Il a déménagé il y a des années et ne connaît plus personne dans cette bourgade.*

*Lorsqu'il se retourne vers moi, je sens que, là aussi, j'ai réellement toute son attention. Il pose même tellement de questions sur ma vie et ma famille que j'ai du mal à garder le fil de mon entretien. Lorsque je lui fais remar-quer pour la troisième fois que nous sommes là pour parler de lui et non de moi, il rit et s'excuse. « Allez-y, me dit-il. Posez-moi n'importe quelle question. Je suis un livre ouvert. » Ça sonne faux, non ? Comme s'il essayait de me vendre le Thatcher Toland qu'il veut que le monde voie.*

*Mais quand on discute avec lui, on se rend compte qu'il est véritablement sincère. Ses réponses sont parfois* brutalement honnêtes. Lorsque je l'interroge sur la dimension commerciale de son Église, il grimace et admet : « J'aimerais qu'il n'y ait pas d'argent. Ce n'est pas ce qui me motive. Vous savez, j'ai grandi dans la richesse. Mes parents possédaient une société de transport de marchandises qui a très bien marché. Je n'ai jamais manqué de rien. J'aurais pu continuer à travailler dans l'entreprise familiale, mais je voulais faire quelque chose qui nourrisse mon âme, une activité satisfaisante. »

Si vous avez lu le nouveau livre de Toland, *Éveillez-vous à la foi*, vous savez que les débuts de sa carrière de pasteur dans une Église non confessionnelle du Sud-Est de la Pennsylvanie ont été bien loin d'être satisfaisants. « Je pensais savoir ce qu'était la foi, me confie-t-il à propos de ces premières années. Mais j'étais jeune, stupide et tenté par toutes sortes de mauvaises choses. J'ai eu des relations que je regrette. Des relations inappropriées. Je pensais que j'étais au-dessus de toutes les règles de la société parce que j'étais un homme de Dieu. Je pensais avoir le droit de faire tout ce que je voulais, mais j'avais tort. J'ai blessé des gens et je me suis blessé moi-même. »

Lorsque je lui demande ce qu'il entend par « relations inappropriées », il esquisse un sourire gêné et préfère éluder pour préserver la vie privée des personnes concernées. « Ce n'est pas vraiment la question, non ? Je sais que les gens font des hypothèses. Avais-je une liaison avec une femme mariée ? Avec quelqu'un de l'Église ? Avec une collègue ? Ce n'est pas que je sois réticent à admettre au monde mes erreurs. C'est simplement que je préfère protéger les personnes impliquées. Je leur ai déjà fait assez de mal, et attirer l'attention sur eux sans leur *permission ne ferait que rendre mes péchés encore plus criants. Ce que j'essaie de faire, c'est de redresser les torts commis dans le passé. C'est le fondement même de ma mission. Je crois que si nous choisissons tous de nous éveiller, de sortir du sommeil qui nous berce dans nos illusions et d'assumer la responsabilité de nos péchés, nous pourrons vivre librement et dans l'amour de Dieu. Et ça, ça change complètement votre vie. »*

Josie ne trouva rien d'utile dans le reste de l'article, et revint à la liste des résultats. Quelques articles s'intéressaient à sa rencontre avec sa femme : elle était agente immobilière et lui avait vendu sa première maison. Thatcher pensait que Dieu avait fait entrer Vivian dans sa vie pour aider sa congrégation à grandir, afin que plus de gens puissent apprendre à s'éveiller à la foi et à redresser leurs torts.

Josie survola encore quelques résultats, les yeux brûlants de fatigue. Elle cliqua sur le lien menant vers un autre article titré : « Combien vaut vraiment Thatcher Toland ? » L'auteur de l'article estimait sa fortune à environ vingt-cinq millions de dollars.

— Putain de merde, murmura-t-elle.

Elle ferma l'onglet du navigateur, puis se connecta à une base de données pour en extraire une copie du permis de conduire du pasteur. Il était tenu d'indiquer une adresse dessus mais, avec une fortune de vingt-cinq millions de dollars et une femme agente immobilière, il possédait sans doute de nombreux biens. Sa recherche la mena jusqu'à une propriété à Gilbertsville, en Pennsylvanie, dans le comté de Montgomery, à environ une heure au sud de Denton. Josie consulta le cadastre du comté de Montgomery et ouvrit le dossier de la propriété. Toland et sa femme l'avaient achetée dix ans plus tôt pour plus d'un million de dollars. Josie s'apprêtait à fermer la fiche lorsqu'un détail attira son attention.

— C'est pas vrai, souffla-t-elle.

Elle se précipita à l'étage pour prendre son téléphone. Ni Noah ni Trout ne se réveillèrent, ni même ne bougèrent. Elle redescendit, afficha la photo qu'elle avait prise des chiffres dans le journal d'Amber et trouva ce qu'elle cherchait. Ça ne correspondait pas parfaitement, mais c'était un début.

Ce n'était encore pas cette nuit qu'elle allait dormir.

## 40

Dans la grande salle du commissariat, à 9 heures du matin, et devant toute l'équipe, y compris le chef Chitwood, Josie bouillonnait encore d'adrénaline. Elle était partie au travail avant que Noah ne se réveille, et lui avait laissé un mot pour lui demander de la rejoindre dès qu'il se levait. Elle avait besoin de son aide pour tout préparer, surtout qu'il avait effectué des recherches poussées autour des annonces immobilières. Tandis qu'il organisait les documents en piles distinctes sur leurs bureaux, la vieille imprimante dans le coin de la pièce bourdonnait encore, mais elle avait ce dont elle avait besoin.

— Allez, Quinn, lança Chitwood. Ce suspense va m'achever.

Elle leur distribua une feuille sur laquelle étaient imprimées les séries de chiffres du journal d'Amber. Elle avait surligné les lignes qui comptaient douze chiffres.

— Vous avez trouvé ce qu'ils veulent dire ? demanda le chef.

— Oui.

Mettner leva les yeux de la feuille.

— Tu te fous de moi ? Comment ?

— Une insomnie, apparemment, marmonna Gretchen.

— Eh bien, oui, confirma Josie.

— Qu'est-ce qu'on regarde, là, Quinn ? demanda Chitwood.

— C'est une liste de numéros de parcelles cadastrales, annonça Josie.

— Je ne sais même pas ce que c'est, souffla Mettner sur un ton fatigué.

— Un numéro de parcelle cadastrale est la référence que le service des impôts du comté attribue à une parcelle de terrain, l'éclaira Noah. C'est comme ça qu'on sait si les taxes foncières ont été payées ou non. Mais chaque comté est responsable de la collecte de ses propres impôts fonciers, et chaque comté procède à sa manière.

— Ce qui signifie que chaque comté de Pennsylvanie a un format d'identification différent pour les numéros de parcelles cadastrales, ajouta Josie. La nuit dernière, je n'arrivais pas à dormir, alors je me suis levée et j'ai commencé à faire des recherches sur Thatcher Toland. Sur son permis de conduire, l'adresse de son domicile est située dans le comté de Montgomery. Lorsque j'ai consulté le cadastre, j'ai remarqué que le format du numéro de sa parcelle était proche de certaines séries de chiffres de la liste d'Amber.

— J'avais fait des recherches sur quelques-uns des biens immobiliers qu'Amber et Eden avaient regardés sur internet et qui se trouvaient dans le comté de Montgomery, mais je n'avais pas vraiment fait attention aux numéros des parcelles.

— Il n'y avait pas vraiment de raison de le faire, le rassura Josie. Je n'ai pas non plus remarqué les numéros des parcelles quand on est tombés sur ces annonces immobilières pour la première fois. Mais depuis, je n'arrête pas d'étudier ces foutus numéros, encore et encore, si bien que je les connais presque par cœur.

— Ça veut dire que les numéros surlignés correspondent à des propriétés dans le comté de Montgomery ?

— Oui, acquiesça Josie, mais ce n'est pas tout : en fouillant dans les dossiers que Noah avait récupérés auprès de greffes de plusieurs comtés, j'ai fait correspondre non seulement ces numéros, mais aussi presque tous les autres. Tenez.

Elle se mit à distribuer prestement l'un des paquets de feuilles.

— Ce que vous avez entre les mains, c'est un contrat de vente et quelques documents de succession.

— Une maison dans le comté de Dauphin, releva Gretchen en parcourant les pages. Très chère. Le numéro de la parcelle figure sur la liste d'Amber. Achetée il y a plusieurs années par un certain Lemuel Purdue. C'est un des maris de Lydia Norris. J'ai fait des recherches sur lui.

— Je ne comprends pas, fit Mettner.

— Elle a été mariée à un certain Lemuel Purdue pendant dix-huit mois, expliqua Gretchen.

— Je ne comprends toujours pas, rétorqua Mettner.

— Regardez la rubrique qui mentionne l'agent immobilier de l'acheteur, lança Noah.

Le chef Chitwood émit un petit sifflement.

— Nadine Fiore était son agente immobilière.

— Oui ! s'écria Josie. Nadine Fiore était son agente immobilière quand il a acheté la maison.

— Attendez une minute, l'interrompit Gretchen, en prenant son carnet de notes posé sur son bureau et en tournant quelques pages. Les dates. Ces dates, là. Nadine Fiore a vendu cette maison à M. Purdue six mois avant qu'il n'épouse Lydia Norris.

— Oui, dit Josie, un doigt tendu vers une pile de papiers sur son bureau. On a tout ici. Nadine Fiore a vendu des maisons à chacun des maris de Lydia Norris dans l'année précédant leurs mariages respectifs avec celle-ci.

— Et tous les maris étaient riches, c'est ça ? demanda Mettner.

Gretchen tourna une autre page de son carnet.

— Non seulement ils étaient riches, mais ils étaient tous très âgés quand Lydia les a épousés. Les cinq maris dont Hugo a parlé ? Chasko, Purdue, Kleymann, Vawser et Norris ? Tous morts. En fait, ils étaient déjà vieux quand Lydia les a épousés et, quand je dis « vieux », je veux dire qu'aucun n'avait moins de quatre-vingts ans.

Le visage de Mettner se teinta de dégoût.

— Lydia n'avait-elle pas...

— Dans certains cas, elle avait quarante ans de moins qu'eux, oui, confirma Gretchen.

— Et puis, ils n'avaient pas d'enfants, donc Lydia héritait de tout. Je pensais que ce serait la révélation la plus choquante de la matinée. On dirait que tu es plus douée que moi pour la traque sur internet, finalement, patronne.

— C'était une immense escroquerie, résuma Noah, en se penchant sur la pile de papiers sur le bureau de Josie et en en tirant une autre série de documents à leur montrer. En tant qu'agente immobilière, Nadine Fiore était forcément au courant de la situation financière de ses clients. Actifs, dettes, tout.

— Et elle savait forcément aussi lesquels étaient âgés, sans enfant et célibataires, ajouta le chef Chitwood.

— Nadine trouve l'homme quand elle lui vend une maison. Elle leur envoie Lydia qui les séduit et les épouse. Peu de temps après, le type meurt et Lydia hérite de tout, récapitula Mettner.

— Maintenant, regardez les documents de la succession de Lemuel Purdue que Noah vient de vous donner, reprit Josie.

Elle était tellement excitée qu'elle sautillait sur la pointe des pieds. Tout le monde se mit à feuilleter ce nouveau document.

— Impossible, lâcha Mettner.

À sa pâleur, Josie comprit qu'il traversait les mêmes émotions qu'elle plus tôt dans la matinée. Les pièces du puzzle se mettaient en place et le tableau était choquant.

— Hugo Watts était l'avocat qui s'occupait de la succession de Purdue ?

— Oui. En fait, il était l'avocat et l'exécuteur testamentaire non seulement dans le cadre de cette succession, mais aussi de toutes celles des maris décédés de Lydia. Et comme il était à la fois avocat et exécuteur testamentaire, il a pratiquement doublé ses honoraires. En outre, Lydia n'a gardé aucune des maisons de ses maris, qui valaient bien un million, voire plusieurs millions de dollars. Elle les a toutes vendues, poursuivit Noah.

— Et son agente était Nadine Fiore, supposa Chitwood.

— Non, le contredit Josie. Et c'est là que ça devient vraiment intéressant.

Ils levèrent tous les yeux vers elle, stupéfaits.

— Plus intéressant que tout ce que tu viens de révéler ? s'étonna Mettner.

— Oui, confirma Josie en attrapant une autre pile de documents pour les distribuer rapidement. Voilà un autre contrat, concernant la maison de M. Purdue, que Lydia a vendue après sa mort.

Mettner lut le nom de l'agente immobilière que Lydia avait engagée pour la transaction.

— Vivian Smith. Et donc ?

— Eh bien, ce n'est pas Vivian Smith. Enfin, ce n'est plus Vivian Smith. Elle s'est mariée depuis cette époque où elle faisait carrière dans l'immobilier. Maintenant, elle s'appelle Vivian Toland.

Encore une fois, tous les regards se tournèrent vers elle. Gretchen laissa échapper un long flot de jurons.

— Vivian et Nadine travaillaient ensemble, expliqua Noah. Elles ont commencé dans la même agence. Vivian nous a menti quand elle nous a affirmé n'avoir jamais entendu parler de Nadine Fiore et ne l'avoir jamais rencontrée.

— Fiore était propriétaire du bien dans le comté de Sullivan, ajouta Josie. Mais elle en avait aussi plusieurs autres dans tout l'État. Elle a vécu dans le comté de Montgomery, tout comme Vivian Toland, pendant de nombreuses années quand elles mettaient au point leurs escroqueries.

Mettner fit un geste vers les autres piles de papier sur le bureau de Josie.

— Tous les dossiers sont du même acabit ?

Josie acquiesça.

Chitwood détourna les yeux des papiers qu'il tenait.

— On parle donc ici d'une escroquerie que Nadine Fiore, Hugo Watts, Lydia Norris et Vivian Toland ont montée ensemble ?

— Et qu'ils ont commise pendant des années, confirma Josie. Nadine dénichait des hommes aisés désireux d'acquérir des maisons coûteuses. Elle identifiait ceux qui étaient plus ou moins proches de la mort et qui n'avaient pas d'enfants. Lydia les séduisait et les poussait à l'épouser. Ils mouraient. Hugo gérait leur succession, percevait des honoraires exorbitants, puis Vivian revendait les biens une fois que tout était signé.

— Mais attends, intervint Mettner, c'est Lydia qui touche tout l'argent, alors. Elle a dû accumuler des millions d'actifs pendant toutes ces années.

— Je ne sais pas combien, précisa Gretchen. D'après mes recherches, ces hommes étaient riches, mais pas mégariches.

— Les mégariches auraient trop attiré l'attention, souligna Chitwood. Dans ces cas-là, il y a forcément des membres de la famille – plus ou moins proches, ça peut même n'être que des cousins éloignés – qui se manifestent pour contester l'héritage d'une nouvelle épouse plus jeune.

— C'est logique, concéda Mettner. Mais on parle de cinq mariages. Ça a dû lui rapporter un bon paquet.

— Possible, admit Gretchen.

— Quatre mariages intercalés entre ses deux mariages avec Hugo, reprit Noah. Elle ne l'a pas épousé une deuxième fois pour les enfants, ou parce qu'ils étaient amoureux ou qu'ils essayaient de « recoller les morceaux ». Ils se sont remariés pour qu'il puisse récupérer sa part.

— Putain de merde, lâcha Mettner. Attendez, qu'est-ce que

Vivian gagnait là-dedans ? On dirait qu'elle n'a touché que ses honoraires d'agente immobilière.

L'excitation de Josie retomba un instant.

— C'est ce que je n'arrive pas à comprendre. Ma seule hypothèse, c'est qu'elle a peut-être compris ce qu'ils tramaient, qu'elle a menacé de les dénoncer, et qu'ils l'ont donc laissée s'occuper des ventes finales.

— Ça explique pourquoi ils devaient déménager autant quand Amber était petite, dit Mettner. Quel gâchis. J'aurais aimé qu'elle me l'avoue.

Gretchen agita un document en l'air.

— Si c'était ton enfance, tu aurais vraiment envie de la raconter ?

Mettner grimaça.

— Pas faux.

— Et les enfants ? demanda Chitwood. On n'a pas parlé d'eux et de leur implication dans cette histoire. Je veux dire, si Hugo, Nadine, Lydia, et même Vivian Toland ont accumulé tant de richesses grâce à toutes les conquêtes de Lydia, pourquoi est-ce qu'Eden vivait dans un petit deux-pièces et bossait comme serveuse à Philadelphie ?

— Et pourquoi Gabriel habite-t-il dans un tel taudis ? ajouta Gretchen. On sait qu'Amber est partie, qu'elle a coupé les ponts. Elle ne voulait rien leur devoir, elle a même refusé qu'ils lui paient l'université. Mais qu'en est-il des deux autres ?

— Ni Hugo ni Lydia n'ont l'air d'être des parents modèles, fit remarquer Josie. Je suis sûre qu'une fois leurs enfants adultes, ils n'ont pas souhaité continuer à subvenir à leurs besoins. Mais la vraie grande question, c'est : qu'est-ce qu'ils ont fait faire à leurs enfants ?

— Ils vivaient avec la tante qui les maltraitait, répondit Mettner.

— Pas tout le temps, rétorqua Josie.

— Sinon, ils étaient ballottés à droite à gauche chaque fois que Lydia se remariait.

— Vous pensez vraiment que ces sociopathes n'ont pas tenté d'utiliser leurs enfants d'une manière ou d'une autre pour escroquer les gens ? lança Chitwood.

— Mais comment ? demanda Mettner. Comment utiliseraient-ils leurs enfants pour avoir de l'argent ?

— Le barrage de Russell Haven, murmura Josie.

— Quoi ? fit Noah.

— Le barrage de Russell Haven, répéta Josie. Le chef a raison. Ils ont bien utilisé les enfants.

— De quoi tu parles ? insista Mettner.

— Quand les enfants étaient petits, Lydia a dû passer des mois, parfois des années à construire des relations avec ces hommes. Hugo a dû s'occuper seul des enfants pendant de longues périodes entre les décès des maris de Lydia. Des périodes pendant lesquelles il n'aurait pas eu accès à l'argent de Lydia. Certes, il les laissait parfois avec leur tante Nadine, mais les enfants ne vivaient pas continuellement avec elle. D'après tout ce qu'on a appris sur elle, je doute vraiment qu'elle ait accepté d'élever les enfants de Hugo pendant qu'il menait sa barque et que Lydia escroquait des hommes riches. Hugo devait quand même les avoir près de lui une bonne partie du temps. Il nous a dit lui-même qu'il déménageait tout le monde chaque fois que Lydia se remariait.

— Pour que les petits restent proches de leur mère, se rappela Gretchen.

— Je n'y crois pas une seconde, dit Noah. C'était pour garder un œil sur Lydia et s'assurer qu'elle remplisse bien son rôle dans l'escroquerie.

— Ce serait logique, approuva Josie. Il a forcément utilisé les enfants. En les manipulant pour monter des arnaques à plus petite échelle, il aurait pu faire rentrer assez d'argent pour vivre avec les petits, pendant que Lydia s'occupait des gros poissons.

— C'est un avocat, rétorqua Mettner. Pourquoi aurait-il besoin d'utiliser ses enfants pour escroquer les gens afin d'avoir assez d'argent ?

— Je ne pense pas qu'il pratiquait beaucoup le droit, allégua Gretchen. Pas vu ses déplacements incessants d'un comté à l'autre. Peut-être que son cabinet ne rapportait pas beaucoup d'argent, ou peut-être qu'il le dépensait trop vite. Je pense que la patronne a raison : il a dû se servir des enfants pour monter de petites arnaques pour son propre compte pendant que Lydia s'occupait des plus grosses.

Josie acquiesça.

— Oui, exactement ! Je n'arrêtais pas de me dire qu'Ella Purdue devait en fait être Lydia sous un faux nom, et qu'elle était devenue une patiente de Jeremy Rafferty pour le faire chanter. Mais qu'est-ce qu'une femme adulte pourrait bien avoir comme moyen de chantage ? Rafferty était veuf.

— Une accusation d'agression sexuelle ? suggéra Mettner. Peut-être qu'elle a menacé de mentir publiquement en affirmant qu'il l'avait agressée.

— Non, dit Josie. Enfin, oui, ça pourrait, mais je ne crois pas que Lydia aurait eu le temps pour tout ça. Et puis, elle n'aurait pas voulu attirer l'attention sur elle et risquer de se faire mal voir auprès de ses futurs maris. Surtout, comme je l'ai dit, c'est Hugo qui avait besoin d'argent.

— Il s'est arrangé pour qu'une de ses filles devienne une patiente de Jeremy Rafferty, déclara Noah.

## 41

La phrase flotta longtemps dans l'air. Les nombreuses tasses de café que Josie avait bues ce matin-là lui brûlaient la paroi de l'estomac. Elle essayait d'imaginer Amber ou Eden, adolescentes, qu'on forçait à mentir et à manipuler des hommes beaucoup plus âgés.

— Vous insinuez que Hugo s'est arrangé pour qu'une de ses filles devienne une fausse patiente du docteur Jeremy Rafferty ? tenta de clarifier Mettner.

— Je pense que oui, confirma Josie. Puis, à un moment donné, il l'a poussée à accuser faussement Rafferty d'avoir eu un comportement inapproprié. Il a probablement menacé de rendre l'affaire publique ou d'aller voir la police si Rafferty ne lui donnait pas 50 000 dollars. Bon Dieu...

Gretchen grimaça.

— C'est diabolique.

— Rafferty a payé, poursuivit Josie. Mais c'était trop dur à supporter.

— À moins que la relation avec sa patiente n'ait vraiment été inappropriée, rétorqua Noah.

Josie repensa à la mission forcenée de Devon Rafferty pour blanchir le nom de son père.

— Je n'en suis pas si sûre. Mais bon, tout est possible. Quoi qu'il en soit, le fait est que Hugo utilisait les enfants pour faire son sale boulot. Pour faire rentrer de l'argent entre le décès de chaque mari de Lydia.

— Le fait qu'Amber ne veut absolument rien avoir à faire avec sa famille est parfaitement compréhensible, maintenant, déclara Gretchen. Tout comme le fait qu'elle refuse de dire pourquoi.

Chitwood s'avança vers le bureau de Josie et commença à fouiller dans les documents.

— On sait que Rafferty s'est suicidé il y a treize ans. Lydia était alors mariée à son quatrième mari. Le dernier avant qu'elle ne se remette avec Hugo. Elle a épousé un autre homme plus âgé après tout ça, mais elle n'a mis ni Hugo ni Nadine dans le coup. Elle en avait fini avec cette arnaque.

— Je suis convaincu qu'ils savaient tous ce qui se passait et ce qui s'est passé avec Rafferty, continua Noah. Peut-être même que Vivian Toland était au courant. Ils montaient ces escroqueries ensemble depuis des années. À ce moment-là, elle n'était même pas encore mariée à Toland.

— À moins que ça n'ait été une activité secrète que Hugo menait en parallèle, souligna Chitwood.

— Peut-être que Vivian n'en savait rien, concéda Josie. Mais je suis sûre que Lydia, si, et possiblement Nadine aussi.

— Lydia a reçu une carte postale avec le barrage de Russell Haven dessus, souligna Gretchen. Elle savait forcément. Mais elle n'a envoyé un mail qu'à Amber. Pourquoi ?

— Peut-être que c'est Amber qui a accusé Rafferty, proposa Josie.

Du coin de l'œil, elle vit Mettner grimacer.

— Inspecteurs, dit le chef. On n'a toujours pas abordé la

question la plus cruciale : pourquoi tuer toutes ces personnes maintenant ?

— L'expiation, expliqua Noah. Gabriel a rejoint l'Église de Thatcher Toland il y a des années. C'est un adepte dévoué. C'en est même un peu effrayant. Il ne parle que d'expiation des péchés. Il a admis avoir essayé d'aider Amber à expier ses fautes, mais qu'elle ne voulait rien savoir. Eden cheminait en ce sens. Il a été vu en train de se disputer avec Amber avant qu'elle ne disparaisse. Ses empreintes sont sur la caméra de surveillance. On a trouvé chez lui des traces de sang et des cheveux qui semblent appartenir à sa sœur, même si on attend toujours la confirmation du labo, et il a attaqué Josie quand il s'est trouvé face à la police.

— Mais en quoi les tuer serait une expiation ? s'interrogea Gretchen.

— Ça n'en est pas une, intervint Mettner. C'est de la vengeance.

— Et quel rôle joue Thatcher Toland dans tout ça ? demanda Chitwood. Sait-il seulement que sa femme est une arnaqueuse ?

— Je ne pense pas, répondit Josie. Il est peut-être, lui aussi, une victime de ses arnaques. Elle lui a vendu sa première maison, vous vous souvenez ? Il vient d'une famille riche. Vous le saviez ? Il avait déjà beaucoup d'argent avant que son Église ne soit lancée. Elle devait le savoir quand elle est devenue son agente immobilière. Peut-être qu'elle a vu en lui une occasion de se faire bien plus que de simples honoraires d'agent immobilier grâce aux longues escroqueries que Lydia, Hugo et Nadine menaient.

— Ou peut-être que tout ça, c'est une escroquerie, lança Noah. Peut-être que Thatcher est dans le coup, et que Vivian et lui travaillent ensemble. Il n'est devenu le célèbre télévangéliste Thatcher Toland qu'après l'arrivée de Vivian dans sa vie. Peut-être que l'escroquerie, c'est l'Église.

— Je ne vois pas un homme dans la position de Toland vouloir tuer des gens comme ça, même indirectement, estima Chitwood. Et d'ailleurs, qu'aurait-il à reprocher à la famille Watts ? Vivian les a aidés, mais elle n'a pas vraiment participé à l'escroquerie de ces hommes âgés. Tout ce qu'elle a fait, c'est vendre quelques maisons.

— En parlant de maisons, ajouta Gretchen, il y avait onze numéros de parcelles sur la liste d'Amber. Lydia n'a eu que cinq maris vieux et riches.

— Bien vu, dit Noah. Les autres références cadastrales correspondent à des maisons de vacances ou à des biens en location. Je pense qu'Amber essayait de dresser une liste de toutes les propriétés qui avaient changé de mains du fait des escroqueries de Lydia, Hugo, Nadine et Vivian.

— Alors Eden cherchait la même chose à peu près au même moment, souligna Gretchen.

— Elles ont forcément dû être en contact d'une manière ou d'une autre, conclut Chitwood.

— C'est pour ça qu'on a besoin des relevés téléphoniques, renchérit Josie. Amber a peut-être supprimé les appels passés entre Eden et elle dans son historique, mais les relevés les montreront quand même.

— D'accord, d'accord, admit Chitwood en levant les mains. Il semble clair que les sœurs se préparaient à révéler au grand jour les agissements des adultes, même si on ne sait pas comment. Ça ne nous dit toujours pas qui a tué Eden et Lydia ou qui a fait disparaître Amber.

— Je crois vraiment qu'il faut qu'on s'intéresse à Gabriel, déclara Noah. Ce type n'a clairement pas la lumière à tous les étages. C'est assez flagrant qu'il désapprouve les actions de sa famille et qu'il leur en veut pour tout ce qu'ils ont fait, sinon il n'aurait jamais approché Amber.

— D'accord, acquiesça le chef. Suivons cette logique. Gabriel décide de tuer ses sœurs et sa mère parce qu'elles ont menti et escroqué de l'argent à plusieurs hommes et qu'elles ont même poussé le docteur Jeremy Rafferty à se suicider. Il avait peut-être aussi l'intention de tuer son père, sans avoir encore trouvé le moyen de le faire. Mais avait-il prévu d'épargner Vivian ?

— Vivian pourrait facilement feindre l'ignorance, supposa Gretchen. Comme on l'a rappelé, elle n'a finalement rien fait, si ce n'est vendre des maisons pour Lydia.

Chitwood hocha la tête.

— D'accord, continuons, alors. Gabriel commence par sa tante Nadine. Il se rend dans le comté de Sullivan et la noie dans son étang. Puis il décide de tuer Eden. Il enlève Amber. Puis il tue Lydia. Il se débarrasse d'Eden et de Lydia au barrage de Russell Haven parce que c'est là que le corps du docteur Jeremy Rafferty a été repêché.

— Pousser un homme au suicide est un péché assez grave, souligna Noah. Bien pire que de convaincre un vieil homme riche et solitaire de vous épouser et de garder son argent après sa mort.

— Mais, encore une fois, quel rôle joue Thatcher Toland dans tout ça ? lança Mettner. D'après nos informations, il a parlé à Eden avant qu'elle ne quitte Philadelphie et, l'autre jour, il est passé chez Amber.

— Peut-être que Gabriel a confié son fardeau familial à Thatcher, suggéra Josie. Vivian a menti quand elle a dit ne pas connaître Nadine Fiore. On peut aisément penser qu'elle a menti aussi en disant que Thatcher ne connaissait pas Gabriel personnellement. Peut-être que Gabriel est allé voir Thatcher et lui a tout raconté. Peut-être que Thatcher s'est rendu compte que Gabriel nourrissait des idées troublantes sur leur expiation, et qu'il a voulu calmer le jeu. Il aurait lui pu dire qu'il s'en occuperait en parlant à Eden et à Amber, mais ça n'a pas suffi à Gabriel.

— Ça voudrait dire que Thatcher Toland n'est pas un prédicateur télé mielleux, dégoûtant et manipulateur qui ne cherche qu'à gagner de l'argent. Il a pourtant épousé une arnaqueuse, lâcha Gretchen. Je ne suis toujours pas convaincue par la théorie selon laquelle il ne sait absolument rien des anciennes activités de son épouse.

— Tu ne le crois pas sincère ? demanda Mettner.

— Je pense qu'aucun protagoniste de cette affaire n'est sincère, lui répondit Gretchen.

Un détail se frayait un chemin dans les ténèbres au fond de l'esprit de Josie, mais elle ne parvenait pas encore à le discerner. Elle tenta bien de se concentrer, mais elle ne parvenait pas à le cristalliser. Un détail à propos de leur théorie. Toutes les pièces semblaient s'imbriquer, et pourtant, quelque chose clochait, comme si le puzzle était presque complet, mais qu'une des pièces n'était pas à sa place, l'un des bords un peu trop grand ou trop étroit, trop arrondi ou trop droit. On peut forcer la pièce à rentrer, et ça paraît convenir jusqu'à ce qu'on trouve enfin la pièce qui va vraiment là. Ce n'est que quand celle-ci s'insère facilement et parfaitement à cet endroit qu'on se rend compte que la première pièce n'allait pas du tout là.

— Merde, souffla-t-elle.

— Qu'est-ce qu'il y a ? demanda Noah.

Elle secoua la tête.

— Je ne sais pas. Aucune importance. Pour l'instant, on doit se mettre au travail.

— Par où commencer ? lança Gretchen.

— Il faut qu'on trouve Gabriel Watts. C'est vraiment notre priorité absolue. On devrait demander à Hugo de repasser au commissariat pour un autre entretien. Ensuite, on parlera directement à Thatcher Toland. Je veux aussi les relevés téléphoniques d'Amber, Eden, Gabriel et Lydia.

La porte de la cage d'escalier s'ouvrit, et un courant d'air s'engouffra dans la pièce. Le sergent Dan Lamay entra en traînant les pieds, coiffé d'un bonnet de Père Noël, une guirlande lumineuse autour du cou. Il tenait un plateau de biscuits de Noël. Tout le monde se retourna vers lui et il se figea.

— Lamay, aboya Chitwood. À quoi vous jouez, bon sang ?

Dan jeta un œil à la porte fermée par-dessus son épaule, comme s'il se demandait s'il y avait un moyen de s'échapper sans répondre à la question du chef. Quand il comprit que c'était peine perdue, il leur fit face et tendit le plateau devant lui.

— C'est la fête de Noël. Ça vient de commencer, en bas. Je voulais juste savoir si l'un d'entre vous voulait y participer.

— La fête de Noël ? s'exclama Noah. C'est aujourd'hui ?

Dan s'approcha et posa les biscuits sur l'un des bureaux, puis recula comme si c'était un explosif qui risquait d'exploser à tout instant.

— Oubliez ce que j'ai dit. On se voit plus tard.

Une fois le sergent reparti, Gretchen se mit à dévorer les biscuits.

— Au moins, les fêtes de fin d'année sont propices à la gourmandise.

— Ça veut dire que la veille de Noël, c'est demain, fit remarquer Josie.

— M'en parlez pas, grogna Mettner en se levant. Écoutez, je peux vous aider. Je vais aller...

Avant qu'il n'ait pu terminer sa phrase, Chitwood posa une main sur son épaule.

— Assis, fiston. Vous restez ici pour attendre les relevés téléphoniques. Appelez aussi Hummel. J'ai cru comprendre qu'il s'était rendu à Danville hier soir pour examiner la maison de Lydia Norris. Voyez s'il a trouvé quelque chose.

Mettner serra les lèvres en une fine ligne. Josie savait qu'il voulait répondre et négocier – il voulait être sur le terrain, probablement à la recherche de Gabriel Watts. Mais il savait aussi qu'il suffisait d'un seul mot de travers pour que le chef le renvoie chez lui à attendre des nouvelles.

— D'accord, accepta-t-il en se rasseyant.

Chitwood pointa du doigt Josie et Noah.

— Vous deux, vous êtes sur Hugo et Thatcher Toland.

— Vous ne mettrez jamais la main sur Toland, déclara Mettner. Il est absent jusqu'à demain, à moins que ce ne soit un mensonge, auquel cas on dirait bien qu'il vous ignore déjà superbement.

— Mais demain, il doit prononcer son premier sermon dans la nouvelle mégaéglise, répliqua Josie. Et devine qui son épouse a personnellement invité à y assister ?

Tout le monde dévisagea le couple d'inspecteurs. Chitwood sourit.

— Très bien, tout le monde. Voyons ce qu'on peut faire. Quinn, Fraley, trouvez Hugo et voyez où vous en êtes avec le télévangéliste. Si vous n'arrivez pas à le coincer aujourd'hui, on se pointera à sa mégaéglise demain. Palmer et moi, on se remet sur la traque de Gabriel Watts. On va prévenir la presse.

## 42

Hugo Watts avait pris une chambre à l'*Eudora*, le meilleur hôtel de Denton. Haut de douze étages, il occupait la moitié d'un pâté de maisons. Le bâtiment était aussi vieux que la ville elle-même, et il devait à ses briques sophistiquées de figurer sur la liste des monuments historiques. Pénétrer dans son hall, c'était comme faire un bond de cent ans en arrière. La moquette émeraude était encore plus luxueuse que celle toute neuve de l'église du Redressement. Des meubles anciens cohabitaient avec des piliers de marbre qui s'élevaient jusqu'aux plafonds à caissons d'où pendaient des lustres en cristal diffusant une lumière douce et accueillante. Une musique instrumentale s'échappait d'une source invisible et flottait dans l'air.

Le directeur leur donna le numéro de la chambre de Hugo Watts quand ils lui expliquèrent qu'ils devaient lui annoncer un décès. Ils avaient préféré ne pas l'appeler préalablement – Josie ne voulait pas alerter Hugo et risquer qu'il s'enfuie. Ils dépensaient déjà des dizaines de milliers de dollars en ressources policières pour un seul homme de la famille Watts. Josie préférait jouer la surprise avec l'autre.

Au neuvième étage, des chariots de ménage attendaient

devant plusieurs chambres ouvertes, chargés d'articles de toilette, de serviettes et autres draps et taies. Hugo Watts avait placé un panneau « Ne pas déranger » sur sa poignée de porte pour indiquer qu'il ne voulait pas que le personnel de ménage entre ce matin-là. Josie frappa à la porte. Pas de réponse. Ils attendirent un long moment, puis Noah frappa, plus fort cette fois. Toujours rien.

— Monsieur Watts, lança Josie haut et fort. C'est la police de Denton. Nous devons vous parler.

Elle entendit des pas et, un instant plus tard, la porte s'ouvrit. Hugo se tenait là, vêtu d'un pantalon noir bien repassé et d'une chemise déboutonnée, ouverte sur un débardeur blanc. Ses manches de chemise étaient défaites et ses pieds étaient nus. Ses cheveux encore humides semblaient fraîchement peignés. Josie sentit un effluve de savon et de shampoing lorsqu'il passa la tête dans le couloir pour jeter un œil d'un côté puis de l'autre.

— Vous n'avez pas besoin de crier. Je préférerais qu'on évite les esclandres. Qu'est-ce qui se passe ? Pourquoi ne pas m'avoir appelé ?

— Ce que nous avons à vous apprendre ne se dit pas par téléphone, expliqua Noah.

Hugo rentra dans sa chambre, le visage fermé. Josie y lut de la peur.

— Pouvons-nous entrer ? demanda-t-elle en passant le seuil.

Noah la suivit et referma la porte derrière eux. En pénétrant dans la chambre, Josie s'aperçut que le lit était défait, un petit sac de voyage posé dessus, la fermeture Éclair ouverte. Un kit de rasage en dépassait. Une veste de costume et une cravate étaient drapées sur un fauteuil dans le coin, ses chaussettes et ses chaussures par terre juste devant.

Josie s'approcha de la fenêtre et admira la vue panoramique sur la ville. Depuis les étages supérieurs de l'*Eudora*, c'était toujours un spectacle à couper le souffle. Sur sa gauche, la télévision était allumée, sans le son. Le chef Chitwood et Gretchen passaient à l'écran, devant la maison de Gabriel Watts à Woodling Grove.

Noah se posta près de la porte de la salle de bains tandis que Josie restait à la fenêtre et Hugo près de la porte.

— Inspecteurs, je vous serais reconnaissant d'aller droit au but. Je dois partir dans vingt minutes.

— Vous allez quelque part ? demanda Noah.

Hugo boutonna une manchette de sa chemise.

— Je rentre chez moi. Lydia va s'occuper de l'organisation des funérailles d'Eden. Je lui ai laissé un message pour lui demander de me tenir au courant de la date. D'ici là, je ne sers pas à grand-chose ici.

— Vous n'avez pas regardé les informations au cours des dernières vingt-quatre heures ? lança Josie.

Hugo jeta un coup d'œil coupable à la télévision.

— Je n'y ai pas vraiment prêté attention.

— Votre fils a attaqué un officier de police, résuma Noah. Il est en fuite et nous pensons qu'il peut être impliqué dans la disparition de votre fille, Amber.

*Et dans son meurtre*, pensa Josie alors que la vague d'émotion qu'elle réprimait depuis des heures menaçait de la submerger. *Non*, se dit-elle. Elle refusait de suivre cette pensée et de croire à la mort d'Amber tant qu'elle n'en aurait pas la preuve.

— Votre ex-femme est décédée, ajouta Josie.

Hugo tourna la tête dans sa direction, bouche bée. Ses lèvres s'entrouvrirent et se fermèrent plusieurs fois avant qu'il n'arrive à articuler :

— Quoi ?

— Lydia a été assassinée. Quelqu'un l'a frappée à la tête et l'a jetée dans l'ascenseur à poissons du barrage de Russell Haven, où elle s'est noyée, expliqua Josie.

Hugo resta silencieux. Les yeux toujours rivés sur l'inspectrice, il s'efforça de fermer l'autre manchette de sa chemise, mais ses doigts tremblaient trop.

— Je suis vraiment désolé d'apprendre cette nouvelle, d'apprendre ces deux nouvelles, mais je n'ai rien à voir avec toutes ces histoires. Je ne peux pas vous aider.

— Ce n'est pas vrai, répliqua Josie. Je pense que vous pouvez nous aider. Plus important encore, je pense que vous pouvez vous aider vous-même. Je ne vous conseille pas de rentrer chez vous maintenant, monsieur Watts.

— Si j'étais vous, renchérit Noah, je resterais encore une nuit ou deux. Ils ont une très bonne sécurité ici.

Hugo Watts regarda Noah, puis Josie.

— Qu'est-ce que vous racontez ?

— Vous n'avez pas encore compris ? demanda Josie. Tous les membres de votre famille sont morts, à l'exception de votre fils et d'Amber, et nous ne savons pas où ils se trouvent. Vous êtes probablement le prochain.

Ses doigts tâtonnèrent de nouveau la manchette, toujours sans réussir à la boutonner.

— Pourquoi serais-je le prochain ?

Noah croisa les bras sur son torse et secoua la tête, comme s'il était déçu.

— Allons, monsieur Watts. Nous savons tous que vous n'êtes pas si stupide. Pourquoi ne seriez-vous pas le prochain ?

— Qu-qui est responsable, à votre avis ? Qui tue...

— Les membres de votre famille ? termina Josie, avant de tourner la tête vers Noah. Le lieutenant ici présent pense que c'est votre fils. Je n'en suis pas si sûre. Je me suis dit que si on discutait un peu, vous pourriez peut-être m'éclairer sur certains points et me convaincre une fois pour toutes.

Ses mains retombèrent et il resta ainsi, bras ballants.

— Certains points ? Quels points ? Je ne comprends rien. Vous pensez que mon fils a tué Eden et Lydia...

— Et tante Nadine, le coupa Noah.

— Et ma sœur, compléta Hugo. Et qu'il a enlevé Amber ? Qu'est-ce qui vous fait croire ça ?

— Les preuves, déclara Josie. Ce sont les preuves qui nous font croire ça.

— Quelles preuves ? Arrêtez d'être aussi énigmatique et dites-moi ce qui se passe !

Josie attendit un moment, jusqu'à ce qu'elle perçoive un léger tremblement dans sa mâchoire. Puis elle reprit :

— Ce qui se passe, c'est que nous savons tout sur les escroqueries que Nadine, Lydia, Vivian Toland et vous-même avez montées quand vos enfants étaient petits.

— Je ne sais pas de quoi vous parlez.

— Pas de souci, nous allons vous rafraîchir la mémoire, annonça Noah. Votre sœur était agente immobilière. Lorsqu'elle vendait une propriété à un homme âgé, riche et sans enfant, elle prévenait votre ex-femme, Lydia, qui entamait une relation avec cet homme. Elle finissait par l'épouser, il mourait, elle héritait de toute sa fortune et vous vous occupiez alors de la succession. Quand tout était signé et que Lydia voulait se débarrasser des biens immobiliers, Vivian intervenait et procédait à la vente. Lydia a fait ça quatre fois avant de se remarier avec vous, et cette union vous a alors donné accès à la richesse qu'elle avait accumulée.

Hugo contractait si fort ses mâchoires qu'il en tremblait.

— Nous ne savons pas précisément quel genre d'accord vous aviez passé avec Nadine pour l'intégrer à votre arnaque, mais ça n'a aucune importance. Ce n'est vraiment pas le sujet qui nous intéresse. Ce qui compte, c'est que ce que vous avez fait tous les quatre est moralement écœurant.

Hugo déglutit puis reprit la parole, la voix tendue.

— C'était peut-être moralement écœurant, mais ce n'était pas illégal.

Josie avait beaucoup réfléchi à cette question au cours des dernières heures.

— Non, en effet, ce n'était pas illégal. Il n'y a rien d'illégal à épouser un homme riche et plus âgé, tant qu'il est sain d'esprit et qu'il s'engage dans le mariage de son plein gré. Il n'y a rien d'illégal à s'occuper de la succession des maris successifs de votre ex-femme. Vous n'avez fait que votre travail d'avocat. Il n'y a rien d'illégal non plus à ce que Vivian Toland vende les propriétés de Lydia en tant qu'agente immobilière agréée en Pennsylvanie.

— Mais je ne pense pas que ces questions juridiques intéressent autant votre fils que les problèmes moraux et éthiques, poursuivit Noah. Après tout, il est maintenant membre de l'Église du Redressement. Nous avons discuté avec lui, hier, vous savez. Il a semblé insinuer que vous aviez tous de nombreux péchés à expier.

— Il est fou ! s'exclama Hugo. Je vous l'ai dit. Et alors ? Il se prend pour un genre de parangon de vertu depuis qu'il a rejoint cette Église, et il veut qu'on paie tous pour nos supposées fautes morales. C'est son problème, pas le mien.

— Ça deviendra votre problème s'il décide de vous retrouver et de vous faire expier vos péchés de gré ou de force, rétorqua Josie. Ce qui est intéressant, c'est que, lorsque nous avons discuté avec lui, il nous a surtout paru préoccupé par les péchés de ses sœurs. Pourquoi, à votre avis, monsieur Watts ?

— Aucune idée. Comme je l'ai dit : il est fou. Très bien, je vais rester ici si c'est ce que vous voulez, si vous pensez que c'est plus sûr, mais j'aimerais que vous partiez maintenant.

Josie l'ignora et poursuivit :

— Ce qui pourrait expliquer que Gabriel estime que vos filles ont quoi que ce soit à expier, c'est ce qu'elles ont fait au docteur Jeremy Rafferty. Ça ne s'est pas très bien terminé, hein ?

Un tremblement apparut dans les mains ballantes de Hugo, et il les serra en poings pour tenter de le maîtriser.

— Sortez. Dehors.

— Ce n'était pas seulement moralement écœurant, n'est-ce pas ? insista Josie. C'était bien illégal, cette fois. Envoyer une de vos filles se faire passer pour une patiente, la forcer à inventer des mensonges au sujet de son psychologue pour le faire chanter. Après vous avoir donné les 50 000 dollars réclamés, il s'est jeté dans le fleuve. Il s'est suicidé.

Les soubresauts remontèrent le long des bras de Hugo jusqu'à ses épaules.

— Si je dois vous le redemander, je n'hésiterai pas à appeler la sécurité. Sortez de ma chambre. Maintenant.

Josie et Noah restèrent là, laissant une longue minute s'écouler. Leurs postures se détendirent. Josie jeta un coup d'œil vers la télévision et vit le visage de Thatcher Toland. C'était un extrait de l'entrevue de l'autre jour, celle qui passait quand Josie l'avait croisé au *Komorrah's*. Le bandeau annonçait : « La nouvelle église de Thatcher Toland ouvre ses portes demain. » La séquence se termina et la photo du permis de conduire de Gabriel Watts apparut au-dessus d'un nouveau bandeau : « Un homme recherché pour son implication potentielle dans la disparition d'une femme. » La séquence complète passa, puis l'écran afficha un paysage enneigé de Noël. Des chutes de neige abondantes étaient attendues pour les fêtes, expliquait le message suivant. Lorsque Josie se retourna vers Hugo, il fixait lui aussi la télévision. Sa voix était plus douce lorsqu'il reprit enfin la parole :

— Veuillez partir, maintenant, inspecteurs.

Josie et Noah se dirigèrent lentement vers la porte et Hugo la leur ouvrit. Alors qu'ils passaient devant lui, Josie s'arrêta dans l'embrasure.

— Vous savez où nous trouver si vous souhaitez parler ou si votre fils se présente pour discuter de votre expiation.

Elle fit un pas dans le couloir. La porte était presque refermée quand Hugo les appela :

— Inspecteurs.

Ils se retournèrent. Seul un bout de son visage était visible dans l'entrebâillement.

— Si vous voulez déterrer des activités à la fois moralement écœurantes et illégales, vous vous adressez à la mauvaise personne. Il y a des choses bien pires qui peuvent se passer – et qui se sont passées quand mes filles étaient jeunes.

43

Dans la voiture, Josie monta le chauffage. Noah sortit du parking de l'*Eudora* et prit la route de la mégaéglise de Thatcher Toland, où Josie ne doutait pas une seconde qu'ils se heurteraient une fois de plus à des obstacles. Même si Paul avait dit à l'officier de patrouille que les Toland étaient à New York pour la campagne de presse, ni elle ni Noah n'y croyaient. Elle craignait que le seul moyen d'avoir accès au prédicateur soit d'assister à l'office inaugural.

— Qu'est-ce que c'était que cette histoire ? demanda Noah.

— Je ne sais pas trop, admit Josie.

Une fois de plus, les formes au fond de son esprit bougeaient, dissimulées derrière un voile, hors de sa vue et hors de portée.

— Il essaie de détourner notre attention, reprit-elle. La seule chose dont on peut être absolument certains en ce qui concerne Hugo Watts, c'est qu'il ment.

— C'est vrai.

Ils roulèrent en silence jusqu'à l'église du Redressement. Amber avait envahi les moindres recoins de l'esprit de Josie. La confrontation avec Hugo n'avait fait que cristalliser sa peur : si leur théorie sur Gabriel était correcte, et qu'il assassinait les membres de sa famille dans une démarche tordue d'expiation pour tous les torts à la fois immoraux et illégaux qu'ils avaient commis, alors pourquoi Amber serait-elle encore en vie ? Pourquoi Gabriel l'épargnerait-il ? Josie repensa aux résultats de l'autopsie de la docteure Feist qui indiquaient qu'Eden avait été détenue et battue à plusieurs reprises pendant environ deux semaines avant sa mort. Pourquoi Gabriel avait-il gardé Eden captive si longtemps avant de la tuer ? Avait-il tenté de la forcer à expier ses péchés d'une manière qui ne lui avait finalement pas convenu ? À quel point Gabriel était-il déconnecté de la réalité ? Une fois de plus, Josie avait l'impression qu'ils tentaient tous d'imbriquer des pièces qui n'allaient pas vraiment ensemble. Noah la sortit de ses pensées.

— Tiens, regarde : notre cher Paul.

Devant l'entrée de l'église du Redressement se trouvait Paul, un bloc-notes à la main. Il était accompagné d'un homme vêtu d'une sorte d'uniforme et d'une casquette de base-ball. Tous les deux étaient penchés sur le bloc-notes. De temps en temps, l'homme pointait du doigt un élément et parlait pendant que Paul écrivait quelques mots. Ils s'interrompirent et levèrent les yeux lorsque Josie et Noah se garèrent et descendirent de leur véhicule. Paul s'approcha, levant l'une de ses mains pour les inviter à s'arrêter.

— Comme je l'ai dit aux autres policiers hier soir, M. et Mme Toland ne sont pas là. Je peux leur demander de vous appeler dès que je les aurai au téléphone.

— Bien sûr, dit Josie. Comme toutes les fois où on nous a « promis » qu'ils nous appelleraient ?

Paul leva les yeux au ciel.

— Je ne fais que mon travail, mademoiselle.

— Inspectrice, le corrigea Noah. Dites simplement à M. Toland, si vous lui parlez, que nos questions ne prendront pas beaucoup de son temps. Ensuite, nous pourrons le laisser tranquille afin qu'il puisse se concentrer pleinement sur sa congrégation.

Cette phrase sembla apaiser Paul, et sa posture se détendit légèrement.

— Bien sûr.

Ils remontèrent en voiture et repartirent.

— Ça m'a physiquement fait mal d'être gentil avec ce type mais, comme on va devoir revenir ici demain, je ne veux pas trop l'énerver.

— Je sais.

Des flocons de neige voletaient dans l'air lorsqu'ils se garèrent sur le parking municipal à l'arrière du commissariat. Josie savait, grâce à leurs SMS, que le chef et Gretchen étaient toujours en train de superviser les recherches de Gabriel Watts. Dans la grande salle, Mettner était assis à son bureau, le livre de Thatcher Toland ouvert sur ses genoux. Devant lui, tout un buffet d'assiettes en carton bien garnies. La fête de Noël, se souvint Josie. La tristesse tomba au creux de son ventre comme une enclume quand elle se rappela que c'était Amber qui avait orchestré tout ça. Comme prévu, grâce à ses talents d'organisatrice, la fête s'était déroulée sans aucun accroc, malgré son absence.

Mettner se leva en les voyant.

— Je l'ai ! s'écria-t-il. Je l'ai trouvé.

Josie et Noah s'installèrent à leurs bureaux.

— Le passage ? demanda Josie.

— Oui ! Celui qu'Amber m'a lu quand elle essayait de me faire comprendre que Toland était un être humain exécrable.

— On t'écoute, dit Noah.

Mettner ouvrit le livre à une page marquée d'un Post-it jaune.

— Je vais vous lire tout le paragraphe, annonça-t-il avant de se lécher les lèvres et de se mettre à lire à haute voix. « Je prêchais tous les dimanches dans une petite église d'une petite ville, devant une petite assemblée. Chaque semaine, je me tenais devant eux et traitais de la parole et de la volonté de Dieu. Au début, j'adorais cet exercice mais, au fil des années, je me suis rendu compte que je confondais l'adoration avec la plénitude. Je ne satisfaisais pas mon âme en faisant ce travail, je profitais simplement des avantages d'être une personne respectée, écoutée et admirée. Je commençais à me sentir comme un imposteur. J'étais un imposteur. J'étais venu à l'église pour de mauvaises raisons. J'ai eu une crise de conscience, de foi. Était-ce vraiment ce que je devais faire ? Était-ce là ce que Dieu attendait de moi ? Je suis entré dans une période sombre pendant laquelle j'ai dû scruter attentivement mon âme et ne pas détourner le regard lorsque je n'aimais pas ce que je voyais. J'avais fait beaucoup d'erreurs et commis bien des péchés : l'orgueil, la gourmandise, l'envie, l'avidité et même la luxure. Les pires étaient probablement ceux de luxure auxquels je me livrais activement et délibérément, et qui souillaient si profondément mon âme que je désespérais que Dieu puisse un jour jeter un regard aimant sur moi. C'est à ce moment-là que je me suis éveillé. J'ai eu l'impression que Dieu lui-même se tenait à mes côtés et me disait : "Thatcher, tu n'effaceras jamais la tache sur ton âme, mais tu peux obtenir ma grâce si tu acceptes vraiment, et de tout ton cœur, la responsabilité de ce que tu as fait et si tu fais tout ce qui est en ton pouvoir pour expier tes fautes." Voyez-vous, lorsque j'étais jeune pasteur, je m'étais lancé dans une relation avec une personne que je n'aurais pas dû fréquenter, avec quelqu'un qui n'était pas en mesure de prendre le genre de décisions que je prenais aisément au quotidien. J'ai profité de cette personne. À l'époque, je me répétais que j'étais amoureux. C'était enthousiasmant et je croyais, à tort, être aimé en retour, alors qu'en fait, je ne pense pas l'avoir jamais véritablement vue pour qui elle était. J'ai simplement pris ce que je voulais d'elle, et cherché ma propre satisfaction sans jamais prendre en compte les obligations morales que j'avais envers elle ou envers le monde en général et, plus important encore, envers Dieu. »

Mettner releva la tête de son livre puis jeta un coup d'œil à Noah, puis à Josie.

— Je me suis renseigné, vous savez. Il y a eu beaucoup de spéculations en ligne sur ce passage en particulier depuis que le livre est sorti. Selon la théorie la plus en vogue, il aurait eu une liaison avec une femme mariée.

— Ce n'est pas ça, lâcha Noah.

— Vous n'y croyez pas ? demanda Mettner.

— Impossible, insista Noah.

Il se pencha et prit un morceau de fromage sur la planche apéritive que Lamay avait laissée pour eux.

— Il a raison, renchérit Josie. S'il avait commis un adultère, je pense qu'il l'aurait dit explicitement. Pourquoi le cacher ?

— Parce que si tu le dis franchement, les gens peuvent t'en vouloir. Toute la démarche d'« expiation » peut se retourner contre toi, expliqua Mettner en agitant le livre en l'air. C'est juste assez vague pour ne pas dégoûter les gens de lui au point de ruiner sa carrière.

Noah secoua la tête.

— Repense à ce qu'il écrit, Mett. Une personne qu'il n'aurait pas dû fréquenter. Une tache sur son âme. Il a profité de quelqu'un. Sa propre satisfaction. Obligations morales.

— Tout ça pourrait s'appliquer à l'adultère, répliqua Mettner.

— Vous passez tous les deux à côté de l'indice principal, les interrompit Josie. Passe-moi le livre.

Mettner le lui tendit, elle l'ouvrit au niveau du Post-it et glissa les doigts sur le texte jusqu'à retrouver la ligne qu'elle cherchait.

— Tenez : « Quelqu'un qui n'était pas en mesure de prendre le genre de décisions que je prenais aisément au quotidien. »

Qui ne serait pas en mesure de prendre le genre de décisions qu'il prenait aisément au quotidien ?

Les deux hommes la dévisagèrent. Les pièces du puzzle au fond de son esprit se déplaçaient à une vitesse vertigineuse.

— Vraiment ? s'étonna-t-elle. Vous ne voyez pas ?

Aucun d'eux ne répondit.

Elle balança le livre sur le bureau, renversant au passage une assiette de roulés à la saucisse.

— Un mineur ! s'écria-t-elle. Une fille ou un garçon de moins de dix-huit ans !

Leur expression se transforma à mesure qu'ils prenaient conscience de la situation. Les traits de Mettner s'affaissèrent, et sa peau prit une teinte blafarde. Noah grimaça comme s'il venait de manger un aliment acide.

— C'est de ça que parlait Hugo quand il a dit qu'on s'intéressait à la mauvaise personne.

— De quoi tu parles ? demanda Mettner.

Josie lui résuma leur entretien avec Hugo Watts.

— Qu'est-ce qui pourrait être pire que ce que Hugo a fait en forçant une de ses filles à accuser faussement le docteur Rafferty pour le faire chanter ? demanda Noah.

— Avoir une véritable relation sexuelle avec une mineure, répondit Josie.

Soudain, tous les mets étalés devant eux lui donnèrent la nausée.

Mettner reprit d'une voix éraillée :

— Oh mon Dieu, c'était Amber, c'est ça ? C'est forcément elle ou Eden, non ? Je veux dire, ça pourrait être Eden, mais elle lui a parlé dans le café. Elle a regardé toutes ses vidéos. Elle n'aurait pas fait ça si c'était elle, non ? Amber le détestait. Elle le détestait tellement qu'elle voulait que je choisisse entre elle et ma famille parce qu'ils voulaient rejoindre sa stupide Église. C'était elle, hein ? Il lui a fait des choses...

Sa voix se faisait de plus en plus étranglée.

— Il allait chez elle pour expier ses fautes. Mais elle avait déjà disparu.

Josie se leva et le poussa à se rasseoir.

— On n'est sûrs de rien. Mettner, tout ça, c'est juste une théorie. Tu le sais, non ? On pourrait très bien faire fausse route sur tout ou partie de l'affaire.

Mettner fixait ses genoux. Une larme coula sur sa joue.

— Mais tu ne fais pas fausse route, murmura-t-il. Tu ne fais jamais fausse route.

— Bien sûr que si, lui assura Josie. Écoute, notre priorité pour l'instant, c'est de retrouver Amber. Est-ce que tu m'écoutes ?

Noah s'approcha et posa une paume sur la nuque de Mettner.

— Finn. Je sais que c'est bouleversant. J'ai autant envie que toi d'étrangler ce type, mais Josie a raison. On doit faire notre boulot. Pour l'instant, on n'a qu'un seul objectif : retrouver Amber. Le mieux que tu puisses faire, en ce moment, c'est garder ton sang-froid, d'accord ? Tu nous as beaucoup aidés jusqu'à présent, et tout ça depuis ton bureau. On a encore besoin de toi. On peut compter sur toi ?

Mettner secoua lentement la tête. Il repoussa la main de Noah et se leva. Sans un regard pour ses collègues, il déclara :

— J'ai besoin de prendre l'air.

44

Mettner ne revint pas au commissariat. Josie et Noah rédigèrent encore quelques rapports, puis ils passèrent devant chez leur collègue pour s'assurer qu'il était bien là et qu'il ne jouait pas au justicier pour détruire Thatcher Toland. Son véhicule était garé dans l'allée. Les lumières étaient allumées au rez-de-chaussée. Josie descendit de voiture, s'approcha et jeta un œil par l'une des fenêtres. Les rideaux étaient juste assez ouverts pour qu'elle puisse voir à l'intérieur. Mettner était assis sur son canapé, la tête entre les mains. Elle avait envie de frapper à sa porte pour tenter de le consoler, mais elle savait qu'aucun d'entre eux ne pouvait dire ou faire quoi que ce soit pour lui pour l'instant – mis à part ramener Amber et, à chaque heure qui passait, cet espoir semblait se réduire.

Quand elle remonta dans la voiture, Noah brandit son téléphone.

— J'ai appelé l'*Eudora*. Hugo Watts y est toujours. Il n'a pas quitté sa chambre de la journée. J'ai aussi reçu des SMS de Gretchen et Hummel. Gretchen et le chef supervisent toujours les recherches autour de Gabriel. Ça ne donne rien, ils envisagent de laisser tomber. L'équipe de Hummel a fouillé la maison de Lydia Norris et n'a rien trouvé. La carte postale de Russell Haven était toujours là. Ils l'ont prise comme pièce à conviction, ont relevé quelques empreintes, mais aucune n'est enregistrée dans l'AFIS.

Josie grommela, la tête appuyée contre le dossier de son siège, les yeux fermés.

— Noah, où est Amber ?

Il ne répondit rien. Il n'y avait rien à répondre. Rien qu'il veuille dire à voix haute, comprit-elle. Si Gabriel avait enlevé Amber, comme tout portait à le croire, où la gardait-il captive ? Elle n'était pas chez lui. Il ne possédait aucune autre propriété. La seule autre possibilité, lui semblait-il, impliquait qu'Amber était déjà morte et qu'il s'était débarrassé du corps quelque part. À cette idée, la boule dans la gorge de Josie grossit si vite qu'elle craignit de s'étouffer.

Les fines averses de neige s'étaient muées en chutes épaisses. Les flocons tombaient en un voile régulier, beauté inattendue dans un monde d'horreur.

— Le chef veut qu'on se réunisse à 8 heures pour discuter d'un plan d'approche de Thatcher Toland à son église demain. L'office inaugural commence à 10 heures.

Josie rouvrit les yeux et fit un geste dédaigneux de la main.

— Très bien, allons confronter Toland. On lui dira qu'on sait qu'il a eu une relation inappropriée et illégale avec Amber ou Eden quand elles étaient mineures. Même s'il avoue, ce qu'il ne fera pas, ça ne nous aidera pas à retrouver Amber.

— Tu ne crois pas qu'il soit mêlé à cette affaire ? On l'a pourtant vu avec Eden avant qu'elle ne meure. Et il est allé chez Amber. C'est même la dernière personne à avoir vu Lydia Norris vivante.

— Tu penses qu'il est en train d'assassiner les membres de la famille Watts ? Dans quel but ? Pour les faire taire ? Pour les empêcher de le dénoncer ? Il a déjà admis publiquement qu'il avait eu une relation inappropriée, même s'il est resté vague.

— En Pennsylvanie, le délai de prescription pour les crimes sexuels contre un mineur est extrêmement long. Il pourrait toujours être poursuivi au pénal si sa victime est prête à témoigner.

— Eden est morte. Amber a disparu. Peu importe laquelle des deux c'était, aucune n'est là pour témoigner contre lui. Pourtant, je ne le vois pas se salir les mains.

— Alors on en revient à Gabriel, lâcha Noah avec un soupir de frustration. Qui ferait le sale boulot à la place de Toland.

— On tourne en rond.

— On a vraiment besoin d'éclaircissements de la part de Toland, résuma Noah. Demain. Je ne sais pas comment, mais il va nous parler.

— Ou c'est son avocat qui nous parlera, répliqua Josie.

Noah éclata de rire, ce qui fit retomber la tension dans la voiture.

— C'est vrai. On va où, maintenant ? On rentre à la maison ?

— Non, répondit Josie. Je dois passer quelque part d'abord.

Elle lui donna l'adresse de la maison de Devon Rafferty. La Land Rover se trouvait dans l'allée, désormais recouverte d'une fine couche de neige. Des guirlandes de Noël se balançaient sous l'avant-toit de la maison. Les lumières de ce que Josie se rappelait être le bureau de Devon étaient encore allumées. Elle frappa à la porte, le ventre noué. La main de Noah se glissa sous son manteau trop grand et trouva le creux de son dos.

— Tu fais ce qu'il faut. Elle mérite de savoir.

La porte s'ouvrit. Josie s'attendait à voir Lilly, mais c'était Devon qui la dévisageait.

— On peut discuter ?

45

Après avoir quitté Devon Rafferty, Josie tenta de s'endormir, en vain. Elle se repassait leur conversation en boucle dans sa tête. Mais surtout, elle n'arrivait pas à se débarrasser du souvenir des expressions fluctuantes de Devon. Tandis que Josie et Noah lui exposaient ce qu'ils savaient et ce qu'ils soupçonnaient de la mise en place par la famille Watts d'un piège tendu à son père et du chantage exercé contre lui, Devon était passée d'une émotion proche de l'excitation au soulagement d'avoir enfin des réponses, avant de s'enfoncer dans le désespoir et la colère. Elle les remercia sur le seuil de la porte, sans cesser de pleurer. Les parents de Trinity et de Josie devaient rester chez Josie et Noah jusqu'au lendemain de Noël. Tout le monde avait été ravi de voir le couple rentrer à temps pour le dîner, et ils avaient partagé un bon repas. Alors que tous riaient et bavardaient autour d'elle, Josie dut se mordre la langue pour ne pas évoquer l'affaire Jeremy Rafferty autour de la table et demander à Trinity de faire une émission sur lui. Même si Devon avait enfin des réponses, la vérité sur la disparition de son père était encore loin d'être rendue publique, si tant est qu'elle puisse l'être un jour.

Au fond de son lit, Josie serra le chapelet du chef jusqu'à ce qu'elle sombre enfin dans un sommeil agité. Le lendemain matin, Noah la réveilla en glissant une main sur son ventre. Elle se retourna et se lova contre son corps. Trout les avait déjà abandonnés après avoir entendu Christian et Shannon dans la cuisine. Au moindre espoir de nourriture, il n'hésitait jamais à laisser tomber ses maîtres. Josie aimait la sensation du corps de son mari contre le sien, ses mains qui l'exploraient, et pourtant, elle se sentait coupable de profiter de cet instant volé en sachant que le sort d'Amber était toujours indéterminé.

Comme s'il entendait ses pensées, Noah l'embrassa dans le cou et lui murmura :

— Arrête de faire ça.

— De faire quoi ? marmonna-t-elle.

Il l'embrassa délicatement sur les lèvres.

— De penser à l'affaire. Pour l'instant, sois ici avec moi. Promis, tu as le droit de te laisser aller.

Elle avait vraiment envie de profiter de ce moment. Les yeux noisette de Noah baissés vers elle étincelaient de mille feux. Josie se mit sur le dos et lui attrapa les épaules, l'attirant à elle.

— Change-moi les idées, lui demanda-t-elle.


Une heure plus tard, ils étaient douchés, habillés, nourris, partiellement caféinés et se tenaient dans la grande salle du premier étage du commissariat. Malgré le manque de sommeil de la semaine et son anxiété dévorante au sujet d'Amber, Josie se sentait plus alerte et plus lucide qu'elle ne l'avait été depuis des jours. Elle sirotait un grand café pendant que le chef faisait le point sur la situation. Mettner et Gretchen étaient à leur bureau, l'air encore plus hagard que la veille. Dehors, il y avait déjà près de huit centimètres de neige au sol, et les prévisions météorologiques en annonçaient beaucoup plus.

— Pour commencer, déclara le chef, impossible de retrouver cette petite merde de Gabriel, il n'est nulle part. C'est comme s'il s'était volatilisé. La brigade canine n'est arrivée à rien non plus. Ils ont perdu sa trace quelque part au fin fond des bois, donc ce n'est pas comme s'il avait pu simplement monter dans un véhicule. J'ai une petite équipe qui continue les recherches, et on a envoyé sa photo à tous les services de l'État. À ce stade, il ne nous reste plus qu'à attendre qu'il commette une erreur et qu'il réapparaisse. Cela dit, ce n'est pas lui qui m'intéresse le plus pour l'instant.

Le chef avait réussi à capter l'attention de tout le monde.

— J'ai jeté un coup d'œil aux relevés téléphoniques que vous avez tous pu obtenir – ils sont arrivés tôt ce matin. Devinez qui Gabriel Watts a appelé régulièrement au cours des six dernières semaines ?

— Thatcher Toland ? tenta Noah.

Le chef imita le bruit d'un buzzer de jeu télévisé.

— Faux ! Vivian Toland.

— Quoi ? s'exclama Gretchen.

— Vous en êtes sûr ? insista Mettner.

Chitwood leva les yeux au ciel.

— Non, je n'en suis pas bien sûr. Peut-être que c'était le Père Noël ou Rudolphe avec son foutu nez rouge. Bien sûr que j'en suis sûr ! Gabriel Watts et Vivian Toland se parlent au téléphone plusieurs fois par jour depuis six semaines. Le dernier appel entre eux remonte à deux jours avant que vous trois n'alliez chez lui et qu'il s'enfuie, fit-il en faisant un geste de la main vers Noah, Josie et Gretchen.

Quelques autres pièces trouvèrent soudain leur place dans le puzzle mental de Josie.

— C'est Vivian qui orchestre tout ça. Pour préserver la réputation de Thatcher et, surtout, sa situation financière. Elle sait tout. Elle sait ce que Thatcher a fait à l'une des sœurs Watts, et elle se sert de Gabriel pour les faire taire.

— Alors pourquoi tuer Lydia ? demanda Mettner.

— Elle était probablement au courant, supposa Josie. Hugo l'était, sans l'ombre d'un doute. Ils l'étaient probablement tous. Vivian prévoit sûrement de garder Gabriel près d'elle parce qu'il est d'une loyauté folle envers l'Église de Toland.

— Tu penses que Gabriel choisirait Thatcher Toland, un pédophile, plutôt que ses propres sœurs ? Sa propre famille ? s'étonna Noah.

— Tu as dit toi-même qu'il n'avait pas la lumière à tous les étages, intervint Gretchen. Peut-être que Vivian l'a manipulé et lui a fait croire que ce qui s'est passé entre Thatcher et l'une de ses sœurs était finalement la faute de la gamine.

— Mais pourquoi maintenant ? lança Mettner. Pourquoi est-ce que toute cette histoire ressort maintenant ? La famille Watts est au courant depuis des années. Pourquoi ça ne devient un problème qu'aujourd'hui ?

Chitwood brandit une pile de documents.

— Les relevés téléphoniques. J'ai ceux de Lydia Norris. Pas grand-chose d'intéressant, si ce n'est que, quelques heures après sa conversation avec Quinn et Palmer chez Amber, elle a reçu un appel, provenant de ce qui semble être un téléphone jetable, qui a duré neuf minutes et trente-sept secondes.

— Et peu après, elle se retrouve dans l'ascenseur à poissons, compléta Gretchen. Donc celui qui l'a appelée de ce numéro est probablement notre tueur.

— Mais on ne peut pas localiser le téléphone, rétorqua Noah. C'est une impasse. Avez-vous obtenu les relevés téléphoniques d'Eden Watts ?

Chitwood arqua l'un de ses sourcils broussailleux.

— Eh bien, oui. Elle était en contact avec Thatcher Toland depuis environ deux mois avant que sa meilleure amie ne la voie avec lui.

Josie se leva, prit les feuilles des mains de Chitwood et les rapporta à son bureau pour les feuilleter. Elle étudia les dates, puis se tourna vers son ordinateur et cliqua sur son navigateur internet. La recherche ne prit que quelques secondes.

— Le livre de Thatcher Toland est sorti quelques jours avant qu'il ne reprenne contact avec Eden.

— Et donc ? réagit Mettner.

— Donc peut-être que, lorsque son livre est sorti et s'est hissé au sommet des ventes, il a eu peur qu'Eden se manifeste et raconte publiquement ce qu'il lui avait fait. C'était sûrement elle, pas Amber. Amber le détestait à cause de ce qu'il avait fait à sa petite sœur. Sinon, pourquoi aurait-il passé autant de temps à parler avec Eden, ne rendant visite à Amber que cette semaine ?

Josie regarda ses collègues. Tous la fixaient comme s'ils s'attendaient qu'elle continue. Comme elle restait silencieuse, Noah reprit :

— Toland prend contact avec Eden pour s'assurer qu'elle a bien l'intention de garder le silence sur ce qu'il lui a fait, et ensuite quoi ? Elle refuse d'obéir ? Alors pourquoi quitter la ville sans même dire la vérité à sa meilleure amie ?

— Vous avez les relevés téléphoniques d'Amber ? demanda Josie au chef.

— Oui.

Il alla dans son bureau, ressortant quelques secondes plus tard avec une autre liasse qu'il tendit à Josie.

— J'y ai déjà jeté un coup d'œil. Toland reprend contact avec Eden et, peu après, Eden appelle Amber à trois reprises. Amber a effacé ces appels de l'historique de son téléphone, mais ils apparaissent toujours dans les données de son opérateur.

— Le livre de Toland sort, il est maintenant plus célèbre que jamais, commença à résumer Gretchen. Il décide d'approcher Eden pour s'assurer qu'elle ne le dénonce pas. Ils commencent à discuter. Eden en parle à Amber. Elles se mettent toutes les deux à consulter des annonces immobilières concernant des propriétés que leur mère a volées à des hommes, en gros. Qu'est-ce qui se passe exactement, ensuite ? Vivian apprend que son mari a contacté Eden, décide que la jeune femme est une trop grande menace pour leur Église, et elle demande à Gabriel de la tuer ? Et après ? Elle les fait tous tuer ?

— Ça ne colle pas tout à fait, hein ? dit Josie. C'est comme si un détail nous échappait encore.

Chitwood tapa dans ses mains.

— Eh bien, allons à l'église du Redressement et voyons si Vivian Toland peut nous éclairer. Le service commence dans dix minutes.

46

Une bonne douzaine de centimètres de neige recouvraient déjà le sol et les flocons tourbillonnaient toujours en un voile dense, si bien que leur cortège mit près d'une demi-heure pour arriver à l'église du Redressement. Alors qu'ils s'engageaient sur la longue route menant à l'édifice, les voitures affluaient dans l'autre sens, chacun conduisant lentement et prudemment, les mains crispées à 10 h 10 sur le volant.

— Qu'est-ce qui se passe ? dit Noah.

— Je parie que c'est la neige, répondit Josie. On attend trente à quarante centimètres. Toland a probablement préféré jouer la sécurité et renvoyer tout le monde à la maison avant que l'état des routes ne s'aggrave.

— Il est plutôt prévenant pour un pervers, hein ?

Ils se garèrent tous juste devant l'entrée. Personne ne fit attention à eux ni même ne les remarqua. Tout le monde était trop occupé à retourner vers le parking. Josie, Noah, Gretchen, Mettner et Chitwood se frayèrent un chemin à rebours de la foule et entrèrent dans le bâtiment. Ils suivirent le son de la voix de Thatcher Toland qui résonnait dans l'ancienne patinoire. Tandis qu'ils pénétraient dans l'enceinte par le niveau inférieur comme lors de la rencontre de Josie et Noah avec Vivian Toland, ils durent avancer face à un flot encore plus dense de fidèles qui se ruaient vers la sortie.

Thatcher Toland se tenait sur la scène, vêtu d'un costume vert foncé, micro à la main.

— Inutile de vous précipiter, disait-il à la foule. Restons calmes pour que tout le monde rentre en toute sécurité. Vivian et moi ne voudrions surtout pas que quelqu'un soit blessé pendant cette fête très sainte. Nous aurons tout le temps, à l'avenir, de nous retrouver tous ensemble en présence de Dieu.

Il n'y avait plus personne autour de l'estrade et les sièges du niveau inférieur étaient presque vides, mais les deuxième et troisième niveaux débordaient encore de gens qui essayaient de se frayer un chemin jusqu'à l'immense entrée. Josie regarda autour d'elle, mais ne vit Paul nulle part. Vivian était assise sur une chaise sur scène, à quelques mètres de Thatcher. Elle portait une robe rouge vif et des escarpins assortis. Ses cheveux étaient joliment coiffés et tenus de chaque côté par deux barrettes de la même couleur. Elle souriait d'un air guindé tout en gardant les yeux rivés sur son mari.

Tout le niveau inférieur était désert lorsque Vivian les aperçut enfin s'avancer ensemble vers la scène. Thatcher ne les remarqua pas tout de suite, concentré sur les fidèles qui tentaient toujours de sortir dans les niveaux supérieurs.

— Madame Toland, l'appela le chef. Bob Chitwood, chef de la police de Denton. Pouvez-vous nous accorder quelques minutes ?

Thatcher tourna la tête dans leur direction. Vivian se leva et lissa sa jupe sur ses cuisses, un sourire plaqué sur son visage. Le groupe se sépara devant les fonts baptismaux, Josie, Noah et Mettner passant d'un côté, Gretchen et le chef de l'autre.

— Madame Toland, nous aimerions vous parler, s'il vous plaît.

Le regard de Thatcher glissa sur eux puis sur sa femme. Le micro capta la fin de sa phrase.

— ... de quoi il s'agit ?

Les paroissiens encore présents aux deuxième et troisième niveaux se figèrent pour assister à la scène. Vivian, toujours souriante, fit trois pas vers son mari, leva les mains vers son torse et le poussa en arrière. Thatcher recula en titubant et s'effondra dans les fonts baptismaux. Josie entendit plusieurs cris de surprise et d'effroi au-dessus d'eux. Vivian retira en vitesse ses talons et se mit à courir.

Thatcher avait atterri plus près de Chitwood et de Gretchen. Alors qu'ils enjambaient le muret et entraient dans la cuve pour le sortir de là, Chitwood se tourna vers les autres.

— Allez, foncez ! Attrapez-la !

Josie, Noah et Mettner s'élancèrent à la poursuite de Vivian, qui venait de disparaître derrière la scène. Mettner était en train de regarder en dessous de l'estrade quand Josie l'aperçut se faufiler par une des portes du niveau inférieur et rejoindre le hall d'entrée.

— Par ici !

Noah se précipita à sa suite.

Quelques instants plus tard, Josie était de retour dans le hall, slalomant dans la cohue pour rattraper Vivian. Sa robe rouge jouait en la faveur de l'inspectrice : elle gardait un œil dessus tandis qu'elle traversait la foule qui cherchait à atteindre le parking. Certains fidèles s'arrêtèrent pour regarder Josie pourchasser Vivian. Dans son dos, elle percevait le murmure des curieux se demandant à voix haute ce qui se passait.

— Est-ce que c'est Mme Toland qui court ? lança l'un d'eux.

— Est-ce qu'elle... Est-ce qu'elle veut échapper à la police ? se demanda un autre.

Josie suivit Vivian sur la moitié du long couloir circulaire, puis à travers une double porte métallique surmontée d'un panneau indiquant « MARCHES ». De l'autre côté, Josie s'arrêta, l'oreille tendue pour entendre les bruits de pas de Vivian. On aurait dit qu'ils venaient d'en dessous. Josie se pencha par-dessus la rampe et vit un éclair rouge traverser l'un des paliers de l'escalier menant au sous-sol. Dévalant les marches deux à deux jusqu'à atteindre le niveau le plus bas, elle passa les portes donnant sur la cage d'escalier et cligna des yeux pour qu'ils s'adaptent à la faible lumière. Le couloir du sous-sol était gris, humide et en béton brut. Ils n'avaient pas pris la peine de rénover cette zone. De toute évidence, elle n'était pas ouverte au public.

Josie tourna sur elle-même pour comprendre par où Vivian s'était enfuie. Dans chaque direction, une succession de portes fermées. C'était comme si elle avait tout bonnement disparu — ce qui impliquait qu'elle s'était probablement réfugiée derrière l'une de ces portes. Josie choisit un côté et trottina d'une porte à l'autre. Elle les ouvrit toutes et se servit du flash de son téléphone pour balayer l'espace tandis que ses doigts cherchaient les interrupteurs aux murs.

La plupart des pièces étaient vides. Certaines n'étaient pas plus grandes qu'un placard, d'autres, plus spacieuses. Il y avait un ancien vestiaire collectif, avec des casiers où les sportifs rangeaient auparavant leur équipement et où traînaient encore quelques vieilles crosses de hockey et des patins à glace. Josie avait pleinement conscience des précieuses secondes qui s'écoulaient tandis qu'elle vérifiait chaque centimètre carré. Il n'y avait là que de la poussière et l'odeur légèrement rance du vieux matériel.

De retour dans le long couloir, Josie continua à vérifier chaque pièce. Manifestement, personne n'utilisait cet étage du bâtiment. Était-ce là que Gabriel et Vivian gardaient Amber ? Avaient-ils détenu Eden ici avant sa mort ? En poussant une autre porte ouvrant sur une pièce qui ne contenait que des toiles d'araignée, Josie se rendit compte que c'était l'endroit idéal pour séquestrer quelqu'un. Tant que les Toland s'arrangeaient pour que les ouvriers ne viennent pas à ce niveau, une victime pouvait aisément être détenue dans l'une des nombreuses salles sans que personne s'en aperçoive. Même si elle criait, il était peu probable que quiconque l'entende – c'était même quasiment impossible depuis une autre partie de l'édifice.

La double porte suivante menait à une autre cage d'escalier. Vivian s'était-elle simplement échappée à l'étage ?

— Merde, marmonna Josie.

Malgré la température plus fraîche ici – il faisait au moins dix degrés de moins qu'au premier étage –, la sueur perla sur son front. Elle devait prendre une décision : remonter à l'étage pour voir si Vivian n'avait pas fui dans l'un des niveaux supérieurs, ou continuer à fouiller les salles ici. Peut-être que Vivian se cachait toujours à ce niveau. Amber aussi était peut-être là. Le reste de l'équipe de Josie s'activait en haut, et elle savait que le chef avait déjà appelé des renforts. Si Vivian était remontée, il était possible qu'un membre de la police de Denton réussisse à l'intercepter. Et dans le cas contraire, jusqu'où irait-elle dans le blizzard en collant ?

Josie repensa aux blessures qu'Eden avait subies avant sa mort. Elle était encore en vie lorsqu'on l'avait emmenée au barrage. Et si Amber était ici en ce moment ? Et si elle était encore vivante ? Blessée, mais s'accrochant à la vie ?

Josie reprit son exploration, fouaillant chaque pièce méthodiquement, mais aussi rapidement que possible à la lumière de son téléphone, priant pour que sa batterie ne se vide pas trop vite. Elle arriva à un deuxième vestiaire, identique au premier : un grand espace collectif avec des casiers où les joueurs pouvaient ranger leurs affaires. Ici aussi, il restait des patins à glace, un bâton de gardien de but et un casque, tous recouverts de toiles d'araignée. Au fond, une petite pièce avec une fenêtre qui avait probablement été le bureau de l'entraîneur donnait sur la grande pièce. De l'autre côté, une salle plus grande. Au-dessus de la porte, un écriteau indiquait « KINÉSITHÉRAPIE ».

L'espace était entièrement vide, et une autre porte encore donnait sur le local technique.

Fermé à clé.

En fait, quelqu'un y avait posé un moraillon tout neuf, en acier inoxydable brillant et solide, reliant ainsi le cadre à la porte métallique. Un gros cadenas y était suspendu.

— Amber, murmura Josie.

Elle éclaira le mur à la recherche des interrupteurs et les alluma un par un. Seule la moitié d'entre eux fonctionnait encore, mais c'était suffisant. Josie frappa à la porte verrouillée.

— Amber ! cria-t-elle. Amber ! Tu es là ? Réponds si tu m'entends ! Amber !

Elle se figea et tendit l'oreille. Le bruit était vraiment étouffé, mais elle était convaincue d'avoir entendu quelque chose derrière la porte. Elle colla son oreille contre le panneau, sans parvenir à percevoir un son plus distinct. C'était déjà un espoir. Ce devait forcément être Amber. *S'il vous plaît, faites que ce soit Amber*, pria-t-elle silencieusement. Elle frappa de nouveau la porte de ses deux poings, criant à pleins poumons.

— Amber ! C'est Josie. S'il te plaît, réponds-moi ! S'il te plaît !

De derrière la porte lui parvint un hurlement incontestablement humain. Et désespéré.

Josie se mit à genoux et approcha ses lèvres le plus près possible de la fente sous la porte.

— Amber ? répéta-t-elle.

Un bruissement se fit entendre de l'autre côté. Puis la voix d'Amber répondit, éraillée et terrifiée.

— À l'aide ! Sors-moi de là ! Il me retient ici. S'il te plaît, fais-moi sortir. Tu dois me faire sortir avant qu'il ne revienne. Je t'en supplie !

Le cœur de Josie s'arrêta si longtemps qu'elle put compter les secondes entre deux battements et sa voix resta bloquée dans sa gorge.

— Josie ? cria Amber. Tu m'entends ?

Son cœur se remit à battre à tout rompre, si fort que tout son corps semblait pulser sur le même rythme.

— Oui ! s'étrangla-t-elle. Je t'entends ! Je suis là !

— Josie ! Josie ! Aide-moi ! Sors-moi de là !

Josie se releva et chercha autour d'elle de quoi ouvrir la porte. Elle courut jusqu'aux casiers du vestiaire et attrapa le vieux bâton de gardien de but. Au moment où elle revenait, des coups tambourinèrent contre la porte.

— Je t'en supplie ! hurla Amber. Il fait si noir ici. Je suis gelée. Je suis blessée. Il faut que... S'il te plaît, sors-moi de là.

Elle fondit en larmes, de lourds et bruyants sanglots qui déchirèrent le cœur de Josie. Un millier d'images de sa propre enfance défilèrent devant ses yeux. La maltraitance, la négligence, toutes les fois où elle avait été enfermée dans le placard sombre. Chancelante, Josie respira profondément pour se calmer.

— Amber, dit-elle d'une voix claire, je vais te sortir de là. Tiens bon.

Josie martela le cadenas avec le bâton, encore et encore, jusqu'à ce que ses bras et ses épaules lui fassent mal. La sueur coulait sur son visage. Soudain, le bâton se brisa.

— Josie ? couina Amber de l'autre côté de la porte.

Josie jeta le bâton et s'essuya le front du revers de la main.

— Je suis toujours là. Laisse-moi juste une seconde.

Elle alla récupérer une des paires de patins abandonnées dans les casiers. Devant la porte du local technique, Josie grimaça en glissant une main dans le patin, priant pour qu'il n'y ait pas d'araignées ou d'autres bestioles à l'intérieur. Une main dans le patin et une autre autour pour augmenter la puissance de ses coups, Josie abattit la lame sur la partie incurvée du cadenas. Au bout de plusieurs essais, le métal céda enfin. Josie lâcha le patin et arracha le cadenas du moraillon.

Elle jeta le cadenas au loin et ouvrit la porte d'un coup sec.

Devant elle, rien d'autre que le noir. Elle entra dans le petit local. La lumière du vestiaire filtrait derrière elle, éclairant le petit espace.

— Amber ?

Un corps la percuta. Des bras tremblants l'entourèrent.

Toute une gamme d'odeurs désagréables lui assaillit les narines. La joue d'Amber était moite contre le cou de Josie. Son corps mince, secoué de sanglots, vibrait contre elle. Josie se ressaisit et lui rendit son étreinte. Elle serra Amber contre elle d'un bras, tandis que son autre main caressait ses cheveux emmêlés. Dans sa tête, une voix répétait la même phrase soulagée : *Elle est vivante. Elle est vivante. Elle est vivante.*

— Tout va bien, c'est fini, réussit à articuler Josie. Sortons de là.

Une ombre grandit dans l'embrasure de la porte, et les deux femmes se retrouvèrent plongées dans la pénombre. Amber releva sa tête posée sur l'épaule de Josie et sursauta. Elle leva son bras frêle et s'écria :

— Il m'a enlevée ! Il m'a séquestrée !

Josie tourna la tête et aperçut Mettner. Il écarquilla les yeux.

— Quoi ? Je...

Derrière lui, une deuxième ombre bougea et, par-dessus l'épaule de Mettner, les yeux sombres de Gabriel étincelèrent de haine. La faible lumière se refléta sur le métal d'un pistolet. Josie repoussa Amber pour saisir son arme. D'une main experte, elle dégrafa son étui et dégaina. Elle ouvrit la bouche pour hurler « Mett ! » à l'instant où le pistolet dans la main de Gabriel se levait pour venir se positionner à l'arrière de la tête de son collègue. En une fraction de seconde, Josie perçut le choc et la confusion sur le visage de Mett, leva sa propre arme et fit un pas de côté pour mieux viser Gabriel.

— Lâche ton arme ! cria-t-elle.

Une autre voix répéta ces mêmes mots – Josie n'aurait pas

su dire si quelqu'un d'autre les avait prononcés ou si c'était l'écho de son ordre dans la minuscule pièce. L'index de Gabriel glissa vers la détente. Soudain, la déflagration d'un coup de feu résonna tout autour d'eux. Le monde entier sembla se figer alors que Josie se tenait là, le doigt toujours posé sur la détente, sans avoir tiré.

Elle entendit vaguement Amber crier. Puis Gabriel s'effondra par terre, laissant apparaître Noah qui se tenait derrière lui. De la fumée s'échappait en spirales du canon de son arme désormais pointée vers le sol. Il contourna Gabriel pour repérer son pistolet, puis l'écarta d'un coup de pied. Du sang jaillissait d'une blessure située juste sous la clavicule droite de Gabriel. Il fixait Noah, la respiration saccadée.

— C'est la dernière fois que tu t'approches de ma femme, marmonna Noah.

Mettner se retourna lentement, contemplant la scène, puis tomba à genoux en comprenant qu'il venait juste de frôler la mort. Amber rampa derrière Josie.

— Finn ! s'exclama-t-elle. Finn !

Il tourna la tête vers la voix. L'instant d'après, ils se serraient l'un contre l'autre, et Mettner la berçait en lui murmurant à l'oreille :

— Je ne te laisserai plus jamais partir. Jamais.

47

Pendant que Josie et Noah utilisaient son manteau trop grand pour compresser la blessure de Gabriel Watts, Finn sortit Amber de la pièce obscure. Il pressa son visage contre son torse lorsqu'ils passèrent devant la silhouette allongée de Gabriel et il la guida jusqu'au vestiaire. Josie dévisagea Noah, agenouillé de l'autre côté du corps.

— Merci, dit-elle doucement.

Noah acquiesça.

— Maintiens la pression, je vais appeler des renforts.

Josie maintint son manteau sur la plaie de Gabriel pendant que Noah sortait son portable pour appeler le central et le chef. Quand il raccrocha, il la remplaça.

— Vivian est toujours en fuite, mais elle est quelque part dans le bâtiment. Un des fidèles a dit l'avoir vue dans l'un des niveaux supérieurs. Les gens essaient toujours de sortir.

Il leva le menton vers Mettner et Amber, blottis l'un contre l'autre sur un banc du vestiaire.

— Fais-les sortir. Je vais rester ici avec lui jusqu'à ce que les secours arrivent.

Josie hocha la tête et se leva. Elle conduisit Mettner et

Amber dans le long couloir jusqu'au premier escalier qu'ils croi-sèrent. Elle les laissa dans l'immense entrée où des patrouilles venaient d'arriver et commençaient à bloquer toutes les issues afin que Vivian Toland ne puisse pas s'échapper. Elle retourna dans la cage d'escalier puis grimpa jusqu'au premier étage. Alors qu'elle en faisait le tour au pas de course, les gens conti-nuaient à s'agglutiner, les yeux rivés sur le spectacle qui s'offrait à eux en contrebas.

Elle s'arrêta brusquement en découvrant que ce qu'ils fixaient tous était un Thatcher Toland trempé, assis sur une banquette rembourrée en train de s'éponger le visage et les cheveux à l'aide d'une serviette en papier. Gretchen se tenait à côté de lui. Josie descendit pour les rejoindre. Comme si elle pressentait sa question , Gretchen expliqua :

— Il veut aider à retrouver Vivian.

Thatcher leva les yeux vers Josie.

— C'est ma faute, gémit-il. Mais vous devez comprendre que je ne m'attendais pas du tout à ce que ça se passe comme ça.

— Comme quoi ? demanda Josie.

Thatcher embrassa toute la scène d'un geste de la main comme si l'explication était évidente.

— Comme ça. Avec des gens morts, et ma femme... Je ne savais pas ! Elle m'a promis qu'après l'inauguration de cette église, je pourrais tout avouer. C'est ce que je voulais faire dès le début. Elle m'a promis que je pourrais le dire au monde entier, pour le meilleur ou pour le pire, qu'on pourrait essayer de devenir une famille, et qu'elle me soutiendrait, qu'elle resterait à mes côtés et porterait la tache de mon horrible péché. Même s'il y avait des poursuites pénales, m'a-t-elle dit. Je lui avais répété qu'Eden ne porterait jamais plainte contre moi. Elle aurait dû, à mon avis, même si son père m'avait fait chanter à propos de toute cette affaire à l'époque. Je l'ai dit à Eden quand je l'ai vue. Je suis allé décharger mon fardeau auprès d'elle et faire amende honorable. Je lui ai dit que ce qu'elle croyait qu'il s'était passé

entre nous n'avait aucune importance, quels que soient les sentiments qu'elle croyait avoir eus ou non – j'étais en tort. Point
barre. C'était une enfant. J'étais l'adulte. J'aurais dû la protéger,
et non pas profiter de son béguin d'écolière pour moi. Il m'a
fallu des années pour le comprendre.

Josie leva la main.

— Vous êtes allé voir Eden.

— Oui ! Comment pouvais-je aller sur des plateaux de télévision pour promouvoir mon livre, en faisant comme si j'étais un
genre d'expert du redressement des fautes, alors que je ne
m'étais jamais excusé auprès de la personne à qui j'avais fait le
plus de mal ?

— Pourquoi étiez-vous chez Amber l'autre jour ? l'interrogea Josie.

— Je voulais aussi lui parler. Eden m'avait dit combien sa
sœur l'avait aidée ! Je voulais juste lui parler, mais elle n'était
pas là. Il n'y avait que leur mère. J'ai essayé de lui parler. Eden
m'avait tout raconté. Elle m'avait tout dit des mariages intéressés
de sa mère et de la complicité de son père et de sa tante.

— Est-ce qu'elle vous avait dit que Vivian était aussi dans le
coup ?

Thatcher baissa la tête.

— Elle me l'avait dit, mais elle se trompait. Du moins, je
pensais qu'elle se trompait. J'ai confronté Vivian après avoir
parlé à Eden. Elle m'a dit qu'elle savait que Lydia avait épousé
des hommes plus âgés pour leur argent, mais qu'elle avait juste
géré la vente de leurs maisons après leur mort. Qu'elle n'était
pas vraiment au courant. En tout cas, j'ai dit à Lydia que je
savais tout. Pas seulement à propos des mariages, mais aussi à
propos du docteur Rafferty.

— Eden vous en a parlé ? s'étonna Josie.

— Oui. Elle essayait de m'expliquer que lorsque son père
m'a fait chanter, ce n'était pas son premier essai. Elle m'a
raconté comment sa sœur avait porté des accusations contre le

docteur Rafferty. Leur père avait poussé Amber à le faire pour pouvoir le faire chanter. Elle m'a dit à quel point cette histoire pesait sur Amber, et que c'était un regret et un fardeau pour elle. En fait, quand j'ai vu Lydia chez Amber, elle était en train de tout mettre à sac. Elle était persuadée qu'Amber avait gardé des preuves sur Rafferty et elle voulait les trouver et les détruire. J'ai tenté de lui dire de ne pas s'en soucier, que c'était la croix d'Amber et que c'était à elle de décider quoi faire des informations ou des preuves qu'elle avait éventuellement conservées. C'est à ce moment-là que Lydia m'a mis à la porte.

— Savez-vous si elle a trouvé quelque chose ?

— Je ne crois pas. Elle était très frustrée.

— Monsieur Toland, enchaîna Gretchen, avez-vous une idée de l'endroit où Vivian a pu aller et de pourquoi elle serait montée ici, au premier étage, au lieu de sortir du bâtiment ?

Il secoua la tête.

— Elle est prise au piège, déclara Josie. On doit faire sortir tous ces gens et, ensuite, on pourra la retrouver. Elle ne peut pas se cacher ici indéfiniment.

— Je vais escorter ces paroissiens jusqu'au rez-de-chaussée, décida Gretchen.

Elle s'éloigna et, tandis que Josie dévisageait Thatcher, d'autres pièces de son puzzle mental trouvaient peu à peu leur place.

— Que vouliez-vous dire par « on pourrait essayer de devenir une famille » ? Vous, Vivian et Eden ?

Il secoua encore une fois la tête, utilisant désormais la serviette en papier pour essuyer ses larmes.

— Non. Je voulais dire moi, Vivian et mon enfant.

— Votre enfant ? L'enfant que vous avez eu avec...

— Eden, termina Thatcher. Eden a porté mon enfant. Mais je ne l'ai jamais su. Je ne l'ai appris que lorsque je suis allé la voir pour lui dire à quel point j'étais désolé de l'avoir maltraitée et de m'être comporté si épouvantablement mal avec elle. Je n'étais même pas sûr qu'elle m'écouterait mais, Dieu la bénisse, elle a bien voulu le faire. Elle a accepté mes excuses. On a parlé pendant des heures à plusieurs reprises. Puis elle m'a dit qu'elle avait donné naissance à mon enfant toutes ces années auparavant. C'était comme si Dieu lui-même était descendu du ciel et avait arraché mon cœur de ma poitrine. Un enfant ! Né de mon plus grand péché ! Eden n'était même pas en colère contre moi. Elle m'avait pardonné depuis longtemps, disait-elle.

Josie voyait bien les failles de son raisonnement – il avait pensé que son épouse serait d'accord pour accueillir un enfant qu'il avait eu avec une jeune fille mineure alors qu'il était pasteur de sa première Église... Josie tenta de se mettre à la place de Vivian. Si Thatcher avait admis avoir eu une relation sexuelle avec une mineure, il aurait non seulement avoué une infraction pénale, mais aussi déclenché un véritable cauchemar en matière de communication pour leur Église. Alors un enfant ? La preuve vivante et tangible du crime de Thatcher ? Pour Vivian, une femme sans aucune pitié, ce serait logique de faire tuer Eden. Sans elle, qui pourrait témoigner de ce qui s'était vraiment passé ? Et qui de mieux placé que Gabriel pour faire le sale boulot ? Il n'aurait eu aucun mal à se rapprocher d'Eden. Même s'ils étaient éloignés, il restait son frère. Mais qu'en était-il de Lydia ? Amber ? Nadine ? Toutes ces femmes étaient probablement au courant de l'existence du bébé, comprit Josie. Mais pourquoi Vivian n'avait-elle pas fait tuer Amber ? Pourquoi la séquestrer au sous-sol de la nouvelle mégaéglise ? Pourquoi avoir gardé Eden si longtemps ? Cette approche semblait extrêmement risquée.

— Où est l'enfant ? demanda Josie.

— Je ne sais pas, répondit Thatcher. Seule Amber le savait. Quand le bébé est né, sa famille ne voulait pas laisser Eden le garder, alors Amber l'a pris et lui a trouvé une maison. C'est ce qu'a dit Eden.

— Amber avait quoi ? Seize, dix-sept ans ? Tous les

adultes dans sa famille savaient pour ce bébé et ils ont laissé à une adolescente le soin de décider de ce qu'elle allait en faire ?

Thatcher leva vers elle des yeux injectés de sang à cause de ses pleurs et de son plongeon dans la piscine chlorée.

— Elles craignaient que leur tante Nadine le tue. Amber a agi par désespoir. Elle a dit à Eden qu'elle avait emmené le bébé dans un endroit sûr où il pourrait être placé dans une famille d'accueil et être élevé dans un bon foyer.

Voilà pourquoi Vivian avait séquestré Amber : elle voulait qu'elle lui dise où se trouvait l'enfant. Josie frémit en pensant à ce qui se serait passé si Vivian avait réussi à mettre la main sur l'enfant de Thatcher et d'Eden.

Une bousculade au niveau des places assises du premier étage attira l'attention de Josie. Elle abandonna Thatcher sur son banc, se dirigea vers la porte la plus proche et remonta le couloir jusqu'à la tribune. Un homme se tenait là, pointant du doigt les gradins en face et criant :

— Elles se battent ! Elles se battent !

Josie suivit le doigt tendu et aperçut deux femmes engagées dans une lutte acharnée. L'une d'elles portait une robe rouge. L'homme sortit son téléphone.

— J'appelle la police !

— Je suis la police, lança Josie en se remettant à courir.

Elle se faufila entre les rangées de sièges jusqu'à atteindre l'autre côté de l'ancienne patinoire. Elle devait se forcer à ne pas regarder sans cesse en bas, car elle aurait eu le vertige. En s'approchant, elle entendit les deux femmes grogner et les vit rouler dans l'allée qui séparait deux des sections de sièges. Chacune d'elles essayait de frapper l'autre, tout en restant le plus près possible pour éviter les coups.

Vivian enserra l'autre femme et la souleva. Ses pieds quittèrent le sol et elle se retrouva le dos plaqué contre la première rangée de sièges. Leurs corps emmêlés basculèrent dans l'espace étroit entre les fauteuils et la balustrade à mi-hauteur. Josie s'approcha.

— Vivian Toland ! hurla-t-elle. Ne bougez plus. Arrêtez immédiatement et levez les mains.

La femme en dessous de Vivian se mit à crier :

— Elle va me tuer !

Cette voix lui était familière, mais Josie ne parvint pas à la resituer et, comme Vivian la chevauchait, son visage restait caché. Josie s'agrippa à la rambarde métallique et s'approcha des deux femmes.

— Vivian, répéta-t-elle. Arrêtez ! Les mains en l'air.

Vivian se redressa, dos à Josie, et porta une pluie de coups à la femme sous elle. Josie plongea en avant et saisit Vivian sous les aisselles pour l'éloigner.

— Lâchez-moi ! grogna Vivian en se débattant. Vous deux, écartez-vous de mon chemin !

Vivian s'arc-bouta contre Josie en prenant appui sur les sièges. Les deux femmes perdirent l'équilibre. Le corps de Josie partit vers l'arrière, le bas de son dos cogna la balustrade. Elle se sentit passer par-dessus bord alors que Vivian la repoussait. À l'instant où elle allait basculer dans le vide, Josie n'eut qu'une pensée : *C'est comme ça que je vais mourir.*

Des doigts agrippèrent son poignet. Son cerveau en état de choc se rappela immédiatement la froideur des doigts d'Eden Watts quand Josie luttait pour la sauver au barrage de Russell Haven. Josie s'attendait à ce que l'inévitable arrive, à sentir les doigts glisser et la lâcher, mais non, la poigne se resserra encore, l'arrachant à l'abîme. Elle tomba à quatre pattes, tellement soulagée de ne plus être au bord du vide qu'elle en avait du mal à respirer. Elle leva les yeux vers le visage souriant de Devon Rafferty.

Soudain, un coup de pied rapide et puissant lui écrasa le ventre. Vivian était toujours là. Alors qu'elle reculait pour mieux frapper Josie, Devon bondit par-dessus l'inspectrice et saisit l'assaillante à la gorge. Elles s'affrontèrent pendant ce qui sembla une éternité, tandis que Josie se remettait sur pied. Luttant toujours, elles se décalèrent vers la balustrade. Leurs deux corps enchevêtrés cognèrent le métal au niveau des hanches et l'élan les envoya valdinguer par-dessus bord.

— Non ! cria Josie en se jetant en avant, les mains tendues.

Elle réussit à saisir le coude gauche de Devon et un pan de la robe de Vivian. La balustrade coincée sous les aisselles, elle retenait les deux femmes. Devon leva aussitôt la main droite et s'agrippa au haut du bras de Josie. Lorsque Josie fut bien certaine que Devon avait une prise ferme, elle relâcha son coude gauche et Devon leva son bras, enroulant sa main gauche également autour du biceps de Josie. Vivian, elle, se débattait, chaque mouvement tirant de plus en plus sur les doigts de Josie. Le tissu de la robe se détendit et commença à se déchirer.

— Arrêtez de bouger, cria Josie.

La tension sur ses bras et ses épaules était si intense qu'elle craignait de s'évanouir. Vivian finit par lever les yeux vers elle alors qu'une grande partie de sa robe tombait en lambeaux, son corps brusquement attiré par le vide. Elle leva aussitôt une main et s'accrocha à l'avant-bras de Josie.

Elles restèrent ainsi suspendues pendant quelques interminables secondes. Josie avait vaguement conscience des cris tout autour. Sans personne pour l'aider, avec seulement la rambarde sous ses aisselles pour l'empêcher de basculer à son tour, impossible pour Josie de hisser les deux femmes pour les mettre en sécurité. Elles commençaient déjà à glisser. La sueur coulait du cuir chevelu de Josie. Une douleur vive partait de ses avant-bras et remontait dans ses coudes jusqu'à ses épaules.

— Je ne pourrai pas… tenir… plus longtemps…, haleta-t-elle.

Vivian, puis Devon glissèrent encore plus vers le rez-de-chaussée lointain, jusqu'à ce que les deux femmes ne soient plus maintenues en l'air que par une main de Josie. Ses muscles étaient étirés au maximum. Elle jeta un dernier regard paniqué en dessous et comprit qu'elle ne pourrait pas les sauver toutes les deux. Elle allait devoir en lâcher une. Elle allait devoir choisir laquelle des deux vivrait.

Josie n'avait pas envie de prendre une telle décision.

Elle fixa le sommet du crâne de chaque femme. Elle repensa à tous les cadavres que Vivian Toland et Gabriel Watts avaient laissés dans leur sillage au cours des deux dernières semaines, tout ça pour protéger un terrible secret, pour rester dans la lumière, par cupidité. Puis elle repensa à Lilly, la fille de Devon, et à son âme curieuse.

Et Josie lâcha Vivian Toland.

48

Pour la deuxième fois en moins d'une semaine, Josie se retrouvait à l'arrière d'une ambulance avec Sawyer Hayes. Cette fois, Amber était là, allongée sur un brancard tandis que Sawyer l'examinait, prenait ses constantes, l'enveloppait de couvertures et mettait en place une perfusion. Josie était assise sur le banc d'en face, affalée, les bras en compote. Elle ne les sentait toujours pas, pas correctement en tout cas, mais elle savait que, le lendemain matin, elle allait vraiment avoir mal.

Sawyer rentra les constantes d'Amber dans l'ordinateur.

— Je pense que ça va aller. Vous êtes un peu déshydratée. Quelques coupures et ecchymoses. Je vais devoir nettoyer la grosse entaille sur votre main mais, à part ça, vous avez eu beaucoup de chance.

Amber lui adressa un petit sourire.

— Merci.

Sawyer fouilla dans les tiroirs pour trouver des bandages et du désinfectant.

Amber se tourna vers Josie.

— Tu m'as sauvée.

Josie secoua la tête.

— J'ai eu de la chance. Nous avons toutes les deux eu de la chance aujourd'hui.

Sawyer prit la main d'Amber dans la sienne et lui sourit.

— Josie Quinn n'a pas de « chance ». Elle se démène jusqu'à réussir à résoudre une affaire.

Amber lâcha un petit rire, puis grimaça lorsqu'il aspergea sa blessure d'antiseptique.

— Désolé, je sais que ça pique.

Josie le dévisagea en haussant les sourcils.

— C'est la chose la plus gentille que tu aies jamais dite à mon sujet.

Sawyer tamponnait l'entaille dans la paume d'Amber.

— Oui, bon, ne t'y habitue pas trop.

On frappa aux portes de l'ambulance. Josie se leva, un peu chancelante, et tendit un bras tout engourdi pour les ouvrir. Noah se tenait là, enfoncé dans quinze centimètres de neige, Devon Rafferty à ses côtés. Elle était enveloppée dans une couverture et souriait à Josie.

Josie fit un pas dans ce tapis blanc.

— Devon, la salua-t-elle.

— Vous m'avez sauvé la vie, dit Devon. Je voulais juste vous remercier.

Josie ouvrit la bouche pour rétorquer qu'elle n'avait pas vraiment l'impression d'être une sauveuse – Vivian Toland avait quitté l'église dans une housse mortuaire. Mais ce n'était pas à Devon de vivre avec le choix que Josie avait fait, et elle changea donc de sujet.

— Pourquoi étiez-vous au milieu des sièges ?

Devon fronça les sourcils.

— Que voulez-vous dire ?

— Tout le monde était en train de quitter les lieux, mais vous étiez encore là.

— Oh, j'attendais que la foule se disperse un peu avant de partir, expliqua Devon. Je savais que ça allait être une cohue pas possible pour atteindre le parking, un peu comme quand tout le monde quitte un concert en même temps, vous voyez ? On se retrouve toujours coincé dans les embouteillages pendant des heures... Alors je suis restée là, à scroller sur mon téléphone, en attendant que l'église se vide un peu, et Vivian Toland est passée devant moi en courant. Je l'avais vue pousser son mari, vous savez, et je vous ai aussi tous vus la pourchasser. Je ne savais pas ce qu'elle avait fait, mais ça ne devait pas être un truc bien si la police était après elle. Bref, quand elle est passée devant moi, je lui ai fait un croche-pied. Elle s'est relevée, m'a donné un coup de poing et, bon, vous connaissez la suite. Qu'est-ce qui s'est passé ? Elle a essayé de tuer M. Toland ?

Josie jeta un coup d'œil à Noah.

— On ne peut rien vous dire, l'enquête est toujours en cours.

Devon acquiesça et resserra la couverture autour de ses épaules.

— Oui, oui, bien sûr. Je suis désolée. Ce n'est pas grave. Je n'aurais pas dû poser la question. Je voulais juste vous remercier de m'avoir sauvée et d'avoir été honnête avec moi au sujet de mon père. Je sais que ce n'est pas le moment, mais pourriez-vous dire à Amber que j'aimerais vraiment en discuter avec elle un jour ?

— Pas de problème, répondit Josie.

Elle préférait ne même pas imaginer à quel point cette conversation serait désagréable. Debout à ses côtés, Noah regarda Devon s'éloigner dans la neige. Josie leva les yeux vers lui. Même à travers le voile de gros flocons, elle devina à son expression que quelque chose n'allait pas.

— Qu'est-ce qu'il y a ?

Elle se demanda s'il était contrarié parce qu'elle s'était

retrouvée suspendue à une balustrade, une femme adulte au bout de chaque bras.

— Gabriel Watts n'a pas survécu à ses blessures.

— Je suis désolée, souffla Josie avant de lever difficilement un de ses bras toujours engourdis pour lui caresser le visage. C'est dur, hein ?

Il secoua la tête, projetant de la neige tout autour d'eux.

— Non, pas du tout. Ce n'est pas dur et c'est ce qui me turlupine. Il aurait certainement tué Mett, peut-être toi, ou même Amber. Il a tué Eden et Lydia, et sûrement sa tante. Je referais la même chose mille fois sans le moindre regret. Qu'est-ce que ça dit de moi ?

— Que tu es humain. On ne devrait pas avoir à prendre ces décisions dans le cadre de notre travail. Ces choix devraient appartenir aux jurys et aux juges, pas à nous.

Il resta un long moment immobile, tandis que les flocons s'accumulaient sur leurs épaules. Puis il soupira.

— Je vais aller voir Mettner.

Elle le suivit du regard jusqu'à ce que les bourrasques blanches l'engloutissent. Elle remonta dans l'ambulance, tapa ses pieds sur le rebord et se rassit. Sawyer était penché sur son ordinateur et Amber avait les yeux fermés. Elle les ouvrit en entendant Josie revenir.

— Je suis désolée, lui dit-elle. Toute cette situation est...

Elle n'acheva pas sa phrase.

— Pourquoi n'es-tu pas venue me voir ? lui demanda Josie. Ou l'un d'entre nous ? On aurait pu t'aider.

Amber secoua la tête.

— C'était mal, ce qu'on faisait. Illégal, même.

— Vous étiez des enfants, répliqua Josie. Votre père vous a forcées à le faire. C'est lui qui a fait chanter le psychologue.

Une larme coula sur la joue d'Amber.

— Le docteur Rafferty est mort à cause de moi, à cause de ce que mon père m'a demandé de faire. C'était un homme bon, il ne méritait pas ça. J'ai vécu avec cette honte toute ma vie. Je n'ai jamais voulu en parler à personne.

Josie resta silencieuse pendant un long moment avant de reprendre la parole.

— Et le bébé ?

Amber soupira lourdement.

— Quand Eden est tombée enceinte, elle voulait garder le bébé. Mes parents ont refusé catégoriquement. C'était censé être une escroquerie de courte durée, exactement comme la mienne avec le docteur Rafferty. Eden devait aller à l'Église de Thatcher Toland pendant quelque temps, s'arranger pour se retrouver seule avec lui à plusieurs reprises, puis inventer de terribles accusations pour que mon père le fasse chanter. Fin de l'histoire. Et c'est ce qui s'est passé. Les arnaques que mon père montait étaient toujours modestes. Il répétait que le truc, c'était de faire chanter ces types en leur demandant juste assez pour que ce soit intéressant, mais pas trop, sans quoi ils risquaient de préférer aller voir la police. Ça marchait bien... notamment avec le docteur Rafferty et avec Toland. Mais, quelques mois après que Toland a payé, Eden ne pouvait plus cacher sa grossesse. On a alors compris que ses « accusations » n'étaient finalement pas fausses du tout.

— Thatcher était déjà marié à Vivian à cette époque ?

Amber secoua la tête.

— Pas encore, mais elle avait déjà commencé à l'arnaquer. Elle avait vu ma tante, ma mère et mon père monter ces escroqueries au mariage avec des hommes naïfs, année après année, et accumuler des richesses. Quand Thatcher s'est présenté à l'agence immobilière parce qu'il cherchait une nouvelle maison, elle y a vu une opportunité : elle a pris exemple sur ma mère. Thatcher n'était pas très vieux, mais il était riche. Un mariage avec lui serait nettement plus lucratif qu'une carrière dans l'immobilier. C'est en tout cas ce que je l'ai entendue dire à mon père. Elle était déterminée à épouser Thatcher, ils avaient même fixé une date. Le bébé aurait tout gâché... Eden n'était même pas encore enceinte quand Vivian a découvert ce qui se passait. Elle avait vu Thatcher et Eden ensemble à l'église. Au lieu d'en parler à l'un ou à l'autre, Vivian a approché mon père en privé. J'étais assez malade à l'époque, je souffrais d'une mononucléose et je suis restée longtemps à la maison. J'étais donc là et j'ai tout entendu. Elle a débarqué chez nous un matin, après le départ d'Eden et de Gabe pour l'école. Elle était furieuse contre lui parce qu'il essayait d'escroquer sa cible. Elle lui a dit d'arrêter immédiatement, mais il l'a convaincue que soutirer 50 000 dollars à Thatcher ne mettrait pas du tout en péril son escroquerie à elle.

— Alors votre père est allé jusqu'au bout ? Eden a porté des accusations contre Thatcher, votre père l'a fait chanter et il a payé ?

— Oui.

— Tu as dit à Eden que Vivian avait confronté votre père ?

— Non, elle était déjà stressée à cause de ce qui se passait avec Thatcher. Je ne voulais pas en rajouter.

— Eden est tombée enceinte, et donc c'est quand son ventre a commencé à se voir que les gens ont compris ?

— Oui, Eden n'arrêtait pas de retourner à l'église. Je pense qu'elle voulait le dire à Thatcher. Elle n'entrait jamais à l'intérieur, mais elle passait à vélo devant et traînait dans la cour ou dans le parc en face. C'est là que Vivian l'a vue. Le lendemain, elle est venue à la maison. Eden et Gabe étaient à l'école. J'étais toujours malade à la maison et j'écoutais aux portes. Vivian a demandé à mon père si Eden était enceinte de l'enfant de Thatcher. Mon père n'a pas nié. À ce moment-là, mes parents n'avaient pas encore décidé ce qu'ils allaient faire à propos de la grossesse. Mon père a appelé ma mère, qui devait rentrer à la maison après avoir joué à l'épouse avec son nouveau mari vieux et riche. Vivian a menacé d'aller voir la police avec tout ce qu'elle savait sur mes parents et sur ma tante, à moins que mes parents n'acceptent d'abandonner le bébé. Quand Eden est rentrée à la maison, ils lui ont dit qu'ils avaient finalement décidé qu'elle ne pourrait pas garder le bébé et qu'elle devait aller vivre chez ma tante Nadine jusqu'à la naissance, et que celle-ci « s'occuperait de tout » après. Ma tante a clairement dit qu'elle se « débarrasserait » du bébé. J'ai accompagné Eden pour qu'elle ne soit pas seule.

— Nadine était donc bien aussi cruelle que tout le monde le disait, souligna Josie.

— Et plus encore. Eden et moi étions terrifiées. Elle m'a fait promettre d'aider le bébé quand il naîtrait. Je ne savais pas du tout comment m'y prendre. Et puis j'ai lu un article sur la loi Safe Haven, une loi en Pennsylvanie qui permet de laisser un bébé à l'hôpital ou dans un commissariat sans risquer d'être poursuivi. Lorsque la fille d'Eden est arrivée, je l'ai fait sortir de la maison avant même que Nadine ne le sache, et je l'ai déposée à l'hôpital. Celui de Towanda.

— Qu'est-ce que tu as dit à Nadine ?

Amber jeta un coup d'œil à Sawyer mais, s'il était en train de les écouter, il n'en montrait rien.

— Qu'Eden et moi nous étions occupées de tout et que le bébé n'était plus un problème. Elle nous a crues et voilà. Personne n'en savait rien jusqu'à ce que Thatcher sorte son livre et vienne s'excuser auprès d'Eden. Elle était tellement sous son charme et séduite par son envie de se racheter qu'elle lui a parlé du bébé... Je le sais parce qu'elle m'a appelée tout de suite après pour me l'avouer. Elle me répétait qu'elle était vraiment désolée, mais qu'elle devait le lui dire.

— Et c'est ce qui a été le déclencheur de tout ce qui a suivi.

— Gabriel m'a enlevée parce que Eden a dit à Thatcher, qui l'a répété à Vivian, que j'étais la seule à savoir où était le bébé – enfin, la fillette aujourd'hui. Mais je ne sais même pas ce qui est arrivé à cette enfant. Je sais seulement qu'elle était en sécurité quand je l'ai laissée à l'hôpital.

Josie tapota la jambe d'Amber.

— Ne t'inquiète pas, tout ira bien.

— Tu sais ce que Thatcher va faire ?

Josie secoua la tête.

— Non. Mais pour l'instant, toi et moi, on va juste penser à une chose : rentrer bien chaud à la maison. D'accord ?

## 49

## DEUX SEMAINES PLUS TARD

La neige avait recommencé à tomber. Les soixante centimètres apportés par le blizzard de la veille de Noël n'avaient jamais fondu, et voilà que des flocons s'échappaient de nouveau des lourds nuages sombres au-dessus de leurs têtes. Josie conduisait vers la maison de Devon Rafferty, traversant les collines au nord de l'université. À côté d'elle, Amber tripotait la lanière de son sac à main. Josie ne cessait de lui jeter des coups d'œil. Elle était encore meurtrie à de nombreux endroits, et un éclat en elle semblait terni par toutes ces épreuves. Elle avait tout de même l'air en meilleure santé, et Josie espérait qu'un jour elle retrouverait son ancienne personnalité, ou du moins qu'elle s'en rapprocherait le plus possible après le traumatisme subi.

— Tu n'es pas obligée de faire ça, lui lança Josie. Je vais faire demi-tour. Appelle Devon. Dis-lui qu'on n'a pas pu venir à cause de la neige.

Amber gloussa nerveusement.

— Non, non. Je veux juste le faire et qu'on n'en parle plus. Ça me ronge. Qu'est-ce qu'on dit à quelqu'un dont on a tué le père ?

— Tu n'as pas tué Jeremy Rafferty, répondit Josie doucement.

Amber tourna la tête vers la fenêtre. Elle caressait d'une main la longue cicatrice laissée par Gabriel au creux de la paume de l'autre.

— Si je n'avais pas menti, si j'avais tenu tête à mon père, si j'avais dit quelque chose, n'importe quoi, et que je ne m'étais pas laissée faire, il serait encore en vie aujourd'hui.

— Tu étais une gamine de quinze ans, rétorqua Josie. Élevée par des gens qui mentaient comme ils respiraient. C'était une situation impossible, Amber.

Celle-ci garda les yeux rivés sur les maisons enneigées qui défilaient tandis que Josie se rapprochait de la maison de Devon Rafferty.

— Quand on a été élevée dans le mensonge, on ne sait pas faire autrement. J'avais prévu de te donner cette liste. Celle de mon journal. Après ce qui s'est passé avec le docteur Rafferty, j'ai utilisé ce journal pour garder une trace de toutes les choses horribles que ma mère, mon père et ma tante faisaient, de toutes les personnes à qui ils mentaient et qu'ils arnaquaient. Je croyais que personne ne remarquerait ce carnet. C'était tellement enfantin pour une ado de quinze ans. Mais Nadine l'a flairé. Rien ne lui échappait. C'est un miracle qu'elle nous ait crues, Eden et moi, quand on a dit qu'on s'était « occupées » du bébé. Ou peut-être qu'elle n'y a pas cru du tout. Je n'en sais rien. Mais elle a trouvé le journal et l'a lu, et elle était dans une colère noire. Elle a arraché toutes les pages, les a brûlées et m'a dit que si j'osais dénoncer la famille, elle me tuerait. Tout comme elle avait tué le docteur Rafferty.

Josie enfonça le frein et la voiture se mit à déraper avant de s'immobiliser sur la route enneigée. Leurs deux corps furent secoués d'avant en arrière.

— Qu'est-ce que tu viens de dire ? fit Josie en se tournant vers Amber.

Les yeux de cette dernière se remplirent de larmes.

— Je suis tellement désolée, murmura-t-elle. Elle ne l'a dit qu'une seule fois, et uniquement à moi. Je ne savais pas si elle disait la vérité ou si c'était juste pour me faire peur. À l'époque, les journaux avaient parlé d'un suicide, et l'enquête de police l'a confirmé. Je n'ai jamais su si je devais la croire ou non. Je ne savais pas si elle avait vraiment réussi à le faire tomber dans le fleuve, ou si elle m'avait raconté ça pour semer le doute dans mon esprit, pour m'effrayer... En tout cas, ça a marché. J'étais terrifiée après cet épisode.

Derrière eux, des phares surgirent – un camion fonçait vers elles. Josie alluma ses feux de détresse et se rangea sur le bas-côté afin de laisser à l'autre véhicule suffisamment de place pour les contourner.

— Peut-être que le docteur Rafferty a menacé de dénoncer ta famille, et qu'elle t'a dit la vérité : ils l'auraient tué pour le faire taire. Dommage qu'on ne puisse pas demander à ton père.

Dans la longue liste de ce qui empêchait encore Josie de dormir la nuit, il y avait Hugo Watts. Il avait quitté l'hôtel *Eudora* après la débâcle de l'Église du Redressement la veille de Noël et s'était évanoui dans la nature.

Amber leur avait assuré que personne ne le reverrait jamais. Il avait mis de côté au moins la moitié de toute la richesse amassée par Lydia au fil de ses mariages, et avait probablement toujours prévu de disparaître si la police avait vent du moindre de ses agissements. Il y avait pourtant prescription pour à peu près tout ce qu'il avait fait, et depuis longtemps. Aucune poursuite pour fraude ou vol par extorsion ne pouvait être engagée contre lui. Mais s'il avait joué un quelconque rôle dans le meurtre de Jeremy Rafferty et que la police réussissait à le prouver, il risquait toujours un séjour en prison.

— La fuite de mon père me laisse à penser que ma tante disait la vérité concernant le meurtre du docteur Rafferty.

— Il faut que tu racontes tout ça à Devon. Elle n'a jamais

cru que son père s'était suicidé. Elle a besoin de l'entendre. Je sais que tu ne veux pas le faire, mais cette conversation pourrait vous faire plus de bien à toutes les deux que tu ne l'imagines maintenant. Que s'est-il passé après que Nadine a détruit le journal ? C'est à ce moment-là que tu as écrit les numéros, ou c'était juste avant d'être enlevée ?

Amber essuya ses larmes et Josie rejoignit la chaussée.

— C'était à l'époque où Eden et moi vivions avec Nadine, pendant la grossesse. Tous ses documents immobiliers étaient facilement accessibles. J'ai commencé par les feuilleter et consigner toutes les adresses, mais Eden avait peur qu'elle trouve mes notes et qu'elle pète un câble. Alors on a eu l'idée d'écrire les numéros de parcelles cadastrales pour les avoir toujours à portée de main en cas de besoin. On répétait souvent qu'on les dénoncerait quand on serait grandes, mais le docteur Rafferty est mort, et Eden est tombée enceinte de Thatcher Toland... Quand on s'est retrouvées seules, tout ce qu'on voulait, c'était oublier le passé et commencer une nouvelle vie. Et puis, les dénoncer, c'était nous dénoncer aussi. Eden avait eu un bébé et on l'avait abandonné. Ce n'était pas normal. On avait toutes les deux peur. Même quand Eden m'a appelée, quelques semaines avant tout ce chaos, on avait toujours peur.

— Vous aviez l'air proches, et pourtant tu n'avais pas parlé à Eden depuis presque dix ans avant ce coup de fil.

Amber soupira.

— On était proches pendant l'enfance parce qu'on n'avait pas le choix. Quand je suis partie à l'université, on a essayé de se voir. Elle est venue quelques fois pour déjeuner et dîner, mais c'était différent. Comme si... nous retrouver ensemble nous ramenait à toutes ces choses horribles dont on avait été coupables ou témoins. Ce n'était pas très plaisant. C'était même déprimant. On se rappelait mutuellement les pires choses qu'on avait faites dans la vie. On a alors décidé d'un commun accord qu'il valait mieux qu'on parte chacune de notre côté. La dernière fois que j'ai eu de ses nouvelles, c'était quand elle m'a dit que Thatcher l'avait contactée et qu'elle lui avait parlé du bébé.

— Pourquoi t'a-t-elle téléphoné ? Parce que Thatcher l'avait approchée ?

— Oui. Elle voulait que je sache qu'il avait « fait amende honorable », se souvint Amber, une note de dégoût dans la voix. Je n'arrive pas à croire qu'Eden ait gobé ses conneries, mais elle a tout gobé. Elle lui a même parlé du bébé, et pourtant on s'était juré qu'aucune de nous n'en parlerait jamais. À qui que ce soit. J'étais tellement bouleversée. Au début, elle a dit que ce n'était pas grave, qu'on n'avait vraiment pas de quoi s'inquiéter. Tu sais, c'était Thatcher qui avait tout à perdre. Elle s'était confiée à lui au sujet du bébé, de notre famille et de tout ce qu'ils avaient fait à d'autres personnes, et elle s'était sentie renaître. Elle était tellement sûre que le secret serait bien gardé avec lui.

— Mais elle s'est trompée.

— J'ai compris que Thatcher n'allait pas tenir sa langue quand Gabriel est venu me voir. Il m'a ordonné de lui dire où se trouvait l'enfant, sans quoi il y aurait de graves conséquences. C'est à ce moment-là que j'ai pris conscience que Thatcher voulait retrouver son enfant. C'était évident, en fait. Mais ça n'aurait rien donné de bon. J'ai eu peur...

Elle se tut et tourna finalement la tête vers Josie.

— Tu as eu peur qu'il tue l'enfant. Pour supprimer toute menace envers sa réputation.

— Sa fortune, rectifia Amber. Mes parents, ma tante Nadine, Vivian Toland ? Tout ce qui les intéressait, c'était l'argent.

La neige tombait plus dru encore. Josie hésitait vraiment à se rendre chez Devon, maintenant. Au moins, la tempête leur donnerait une excuse pour s'éclipser rapidement si la situation devenait trop inconfortable.

— Après ça, reprit Amber, Eden m'a envoyé l'article sur le

meurtre de tante Nadine. La coïncidence était trop grosse. C'est à ce moment-là qu'on a parlé de monter un dossier ou un truc du genre. Une liste de leurs méfaits qu'on pourrait présenter à la police si les choses tournaient mal.

— Et vous avez toutes les deux commencé à travailler sur les listes de biens immobiliers, comprit Josie. Vous avez tenté de faire correspondre les adresses avec votre liste de numéros de parcelles cadastrales.

— Voilà. J'avais prévu de te la montrer quand elle serait terminée. En attendant, j'ai mis le Post-it sur mon journal avec ton nom dessus parce que je me suis dit que si je mourais et qu'il ne restait que ces mystérieux numéros, tu finirais par trouver ce qu'ils voulaient dire.

Josie sourit.

— Pourquoi moi ?

Amber lui rendit son sourire.

— Parce que j'ai vu ce que tu réussissais à accomplir avec un gros tas de rien.

Josie s'esclaffa.

— D'accord, je vais prendre ça comme un compliment. Eh bien, tu avais raison de craindre que l'enfant d'Eden et de Thatcher soit en danger. Mais pas à cause de Thatcher. À cause de Vivian.

— Je n'avais même pas pensé à elle, admit Amber. Pour moi, elle n'était qu'une femme qui intervenait à la fin des escroqueries de mes parents. Bien sûr, je savais qu'elle n'avait épousé Thatcher que pour son argent, mais elle avait toujours su pour le bébé et elle n'avait jamais essayé de faire assassiner l'une de nous auparavant.

— Elle savait qu'Eden avait eu un bébé, certes, mais elle était convaincue que Nadine s'en était « débarrassée ».

— C'est vrai, concéda Amber.

— L'ADN sous les ongles de ta tante Nadine correspond à celui de ton frère. Tout porte à croire qu'il l'a tuée. Peut-être que, lorsque Thatcher est rentré chez lui après avoir « fait amende honorable » auprès d'Eden et qu'il a annoncé à Vivian que l'enfant était toujours en vie et qu'il souhaitait la retrouver, sa femme a décidé de faire intervenir Gabriel et de cibler Nadine d'abord.

— Ce serait logique... Nadine s'occupait de tout ou presque. Viviane s'est sûrement dit qu'elle avait menti, qu'elle ne s'en était pas « débarrassée », et a donc envoyé Gabriel pour qu'il découvre où se trouvait l'enfant. Il pensait que je le savais, c'est pour ça qu'il m'a enlevée.

— Pourtant, tu as dit qu'Eden avait bien confié à Thatcher que tu étais la seule à savoir ce qui était arrivé au bébé, lui fit remarquer Josie.

Amber haussa les épaules.

— Oui, mais je pense que Vivian voulait de toute façon tuer tous ceux qui étaient au courant, qu'ils sachent ou non où vivait l'enfant. J'ai supposé que c'était Thatcher qui avait envoyé Gabriel pour faire le sale boulot. Qu'il avait prévu d'éliminer toutes les personnes liées à ce secret : ma tante Nadine, Eden, ma mère, mon père, moi et cette pauvre enfant, une fois que j'aurais cédé et donné l'information. Avant que Gabriel ne m'enlève chez moi, il est venu me voir plusieurs fois. Il m'a menacée. J'ai appelé Eden en panique. Je lui ai dit qu'elle s'était trompée au sujet de Thatcher et qu'il en avait après l'enfant... Elle ne m'a pas crue. Elle pensait que c'était ma mère, mon père ou ma tante Nadine qui manipulaient Gabriel, qu'ils l'avaient convaincu de trouver l'enfant pour faire chanter Thatcher, puisqu'il était encore plus riche qu'avant. On n'était pas d'accord sur l'origine de la menace ou le commanditaire, mais on était d'accord sur une chose.

— Il fallait à tout prix protéger la fille d'Eden.

— Oui, confirma Amber.

Les pneus de la voiture glissèrent sur l'asphalte enneigé. Josie s'efforça de redresser le volant jusqu'à ce que le véhicule reprenne de la puissance, et elles grimpèrent ainsi tout en haut de la colline.

— Et c'est là que Gabriel t'a enlevée.

— Oui, répondit-elle doucement. Il a essayé de me tuer, tu sais. Trois fois. Il est entré dans la pièce, a pointé un pistolet sur ma tête et a appuyé sur la détente. La première fois, j'ai essayé de l'arrêter en lui disant que Finn devait déjà être en train de me chercher et qu'il était de la police, mais il ne m'a même pas laissée finir ma phrase. Après ça, il s'est excusé. À ce moment-là, je me suis dit qu'il n'allait pas me tuer parce qu'il pensait que je détenais des informations qu'il voulait absolument. Puis il a tiré trois fois dans ce petit local. Je suppose qu'il voulait me faire passer un message. Mes oreilles ont sifflé pendant des heures.

Josie sentit un frisson parcourir son corps. Elle pensa au Beretta chargé et aux trois balles manquantes que l'équipe d'identification criminelle avait effectivement retirées des murs en béton. Amber avait eu de la chance qu'aucune ne ricoche dans un si petit espace.

Le silence retomba dans l'habitacle. Amber se remit à caresser la cicatrice dans sa paume. Elle soupira lourdement et se tourna de nouveau vers la fenêtre. Quelques secondes plus tard, elle demanda :

— Que va faire Thatcher, par rapport à l'enfant ?

— Il prétend n'avoir toujours voulu faire que ce qui est juste. Il a admis avoir envisagé de retrouver la petite pour créer un lien avec elle, mais il se demande maintenant s'il ne devrait pas tout simplement laisser tomber. La fillette aurait quoi ? Dix ans, maintenant ? Il n'est pas sûr que ça vaille la peine de perturber sa vie. Il dit qu'il a juste essayé de faire ce qu'il pensait être ce qu'il fallait, et que des gens ont fini par en mourir.

Amber grogna.

— C'est à cause de son épouse, la meurtrière.

Enfin, l'allée de Devon Rafferty apparut dans la lumière des phares. Elle n'avait pas été déneigée, mais la Land Rover de Devon avait creusé des ornières suffisamment profondes pour avancer. Josie les suivit et se gara devant l'une des portes du garage.

Aucune d'elles ne bougea pendant un moment. Amber prit plusieurs profondes inspirations. Josie tourna la tête et vit la porte d'entrée s'ouvrir. Lilly souriait en agitant la main.

— Bon, allez, souffla Amber. Finissons-en.

50

La rencontre s'avéra aussi désagréable que Josie et Amber l'avaient craint. Dans l'entrée, Devon et Amber gardèrent leurs distances et se dévisagèrent. Josie fit les présentations puis observa chacune des femmes tenter un petit sourire, avant de se raviser. Aucune politesse ne fut échangée. Seule la présence de Lilly rendait ce moment un tant soit peu supportable – la petite fille babillait à côté de Josie, lui posait des questions sur le travail de la police et lui demandait ce que ça faisait de passer à la télévision.

Finalement, Devon tourna la tête vers Lilly.

— Je suis désolée, inspectrice. Bob devait venir la chercher – c'est sa semaine –, mais il est resté bloqué dans le Colorado à cause des intempéries. Lilly, va dans ta chambre, s'il te plaît. Tu peux avoir une heure de plus sur ta tablette.

Lilly fit la moue.

— Mamaaan, je veux parler avec l'inspectrice Quinn ! Je peux jouer sur ma tablette quand je veux.

Devon allait répliquer, mais Josie leva la main pour l'arrêter.

— Ça me va, Devon. Je serais ravie de rester avec Lilly pendant qu'Amber et vous... discutez.

Lilly glissa sa petite main dans celle de Josie et elle l'entraîna vers le fond de l'entrée.

— Je vais faire du chocolat chaud et on pourra regarder la neige.

— Lilly, dit Devon, sur le ton de l'avertissement.

La fillette leva les yeux au ciel.

— Je ne vais rien renverser, maman. Promis !

Un mince sourire aux lèvres, Devon se tourna vers Amber et fit un geste en direction de son bureau.

— Pourquoi ne pas nous installer ici ? Je vous promets de ne pas vous prendre trop de temps, surtout avec ce blizzard qui arrive.

Silencieusement, Amber acquiesça et entra dans la pièce, telle une femme qui marchait vers sa mort.

— Inspectrice Quinn ! lança Lilly en tirant Josie vers la cuisine. Tu aimes les marshmallows dans ton chocolat chaud ? Tu veux du lait ? De la crème fouettée ? On a tout ce qu'il faut. Assieds-toi.

Josie sourit et prit place devant l'îlot au centre de la cuisine. Comme toute la maison, l'espace était bigarré et chargé d'objets éclectiques.

— Je veux bien des marshmallows, s'il te plaît, répondit-elle.

— C'est ce que je préfère aussi !

Lilly s'affaira à leur préparer un chocolat chaud. Josie gardait les yeux braqués sur l'entrée. Elle revoyait les traits d'Amber au moment de passer dans le bureau de Devon. Josie ne pouvait s'empêcher de penser à Eden marchant vers sa mort au barrage de Russell Haven. Avait-elle eu la même expression que sa sœur, ou avait-elle été trop désorientée par son traumatisme crânien pour avoir peur de ce qui allait arriver ? Elle ne cessait de ressasser toute cette affaire. Certains détails la turlupinaient encore quand elle cherchait le sommeil, au cœur de la nuit.

Plusieurs questions en suspens, restées sans réponse. Pourquoi Gabriel avait-il choisi le barrage de Russell Haven ? Il avait tué Nadine dans son propre étang et y avait laissé son corps, mais il s'était assuré que les corps d'Eden et de Lydia soient retrouvés au barrage de Russell Haven. Où avait-il gardé Eden pendant tous ces jours avant de l'emmener au barrage ? L'équipe d'identification criminelle avait fouillé le sous-sol de la mégaéglise sans trouver aucune preuve qu'Eden y avait séjourné. Il n'y avait rien non plus dans la maison de Gabriel. La Mini Cooper d'Eden n'avait jamais été retrouvée. Et qui avait envoyé la carte postale du barrage de Russell Haven à Lydia ?

Tout le monde partait du principe que c'était Vivian ou Gabriel mais, en réalité, personne ne le savait vraiment.

À plusieurs reprises, elle avait soulevé ces questions en présence du chef Chitwood. Les deux premières fois, il y avait répondu en lançant quelques théories pour l'apaiser. Peut-être que Gabriel avait choisi le barrage de Russell Haven pour faire comprendre aux membres survivants de sa famille qu'ils devaient expier les péchés commis contre le docteur Rafferty. Peut-être que Gabriel avait eu le temps de faire le ménage après avoir retenu Eden prisonnière, ce qui expliquerait pourquoi qu'ils n'avaient pas retrouvé son ADN chez lui ou dans l'église. Peut-être qu'il y avait une autre planque dont aucun d'eux n'avait connaissance. Peut-être que Gabriel avait coulé la Mini Cooper d'Eden dans le fleuve et qu'ils ne la retrouveraient que l'été prochain, quand le niveau de l'eau aurait baissé. Peut-être que Gabriel ou Vivian avaient envoyé la carte postale pour titiller Lydia.

« Mais rien de tout ça n'a d'importance, Quinn, avait conclu le chef. Ce qui compte, c'est qu'on a trouvé le tueur et sa complice. Ils sont tous les deux morts, il n'y aura donc plus de victimes, et on a récupéré Amber. »

Lorsqu'elle était revenue vers lui une troisième, une quatrième puis une cinquième fois pour lui faire part de ses inquiétudes, il lui avait répondu : « Laissez tomber, Quinn. L'affaire est close. Vous savez très bien que toutes les affaires ne se terminent pas de manière complètement satisfaisante. La vie est chaotique, tout comme les meurtres et les enlèvements. Les pièces ne s'emboîtent pas toujours pour former une image parfaite à la fin. Il faut vivre avec. »

— Tu m'écoutes ? demanda Lilly.

Josie cligna des yeux et la petite fille réapparut devant ses yeux.

— Je suis désolée. Qu'est-ce que tu disais ?

— Je disais : parlons peu, parlons bien.

Josie tourna la tête vers Lilly, désormais assise en face d'elle, occupée à mélanger du cacao en poudre dans une tasse de lait fumant. Un sachet de petits marshmallows était ouvert à côté. Derrière elle, une immense fenêtre laissait voir un salon de jardin et une balançoire recouverts de neige. Josie rit.

— Tu viens de dire « parlons peu, parlons bien » ?

Lilly plongea la main dans le sachet de marshmallows et en attrapa une poignée qu'elle ajouta à sa tasse, faisant déborder le lait chocolaté.

— Ça, c'est pas vraiment « renverser », expliqua-t-elle à Josie. Et oui, c'est ce que je viens de dire. Mon père arrête pas de répéter ça. C'est pour dire qu'on va parler de choses vraiment sérieuses et pas de trucs idiots et pas importants comme les gens font tout le temps. J'ai regardé sur internet.

Elle se dirigea vers le comptoir et tira trois serviettes en papier du distributeur, puis retourna vers l'îlot pour éponger ce qui n'était « pas vraiment "renverser" ».

— Et qu'est-ce que c'est, alors, les choses séreuses ? demanda Josie.

Lilly poussa la tasse sur l'îlot vers Josie.

— Est-ce que tu as déjà participé à une course-poursuite ?

Soulagée que la petite ne lui redemande pas si elle avait déjà tiré sur quelqu'un, Josie répondit :

— Une course-poursuite avec des voitures qui se pourchassent à grande vitesse ? Je ne crois pas.

— Je ne vais pas mentir : ça me déçoit un peu.

Josie éclata de rire et prit une gorgée de son chocolat chaud, qui était si sucré qu'elle finirait probablement avec du diabète si elle tentait de le boire en entier.

— Bon, si tu devais participer à une course-poursuite, quel genre de voiture tu voudrais conduire ?

Josie décolla un marshmallow de la montagne qui fondait dans sa tasse et le goba.

— Un modèle assez petit et sportif, facile à manœuvrer.

— Quelle couleur ?

— Noir, imagina Josie.

Lilly plissa le nez en mélangeant sa propre boisson.

— C'est pas très rigolo.

— D'accord... Rouge, alors ? suggéra Josie.

— Oui ! Comme la nouvelle voiture de maman.

— Voilà, articula lentement Josie.

Soudain, le bourdonnement constant du tourbillon de ses réflexions sur l'affaire Watts s'arrêta. Puis tout s'accéléra. Les pièces du puzzle se déplacèrent à toute vitesse, à la recherche d'une nouvelle configuration.

— Ta mère a une nouvelle voiture rouge ?

Lilly s'arrêta de remuer et sourit à Josie, les yeux brillants de malice. Elle posa un index contre ses lèvres avec un regard vers l'entrée, mais Amber et Devon étaient toujours dans le bureau. La porte était fermée. Lilly se dirigea vers une porte dans un coin de la cuisine et fit signe à Josie de la suivre.

La porte s'ouvrait sur un petit couloir avec une machine à laver et un sèche-linge. À l'autre extrémité, une seconde porte. Lilly l'ouvrit et un courant d'air froid se faufila entre leurs jambes. Josie savait qu'elles avaient atteint le garage, mais elle ne devinait que des formes floues. Lilly descendit deux marches en béton. Josie resta sur ses talons et referma la porte derrière elles. Elle entendit quelques mouvements, puis un plafonnier s'alluma. Il y avait trois emplacements, séparés uniquement par des poteaux métalliques s'étirant du sol au plafond. La majeure partie de l'espace était occupée par du matériel de jardinage, des outils, du bois de chauffage, un fendeur de bûches, une tondeuse autoportée, une souffleuse à neige, une galerie de toit et trois kayaks. Tout au fond, un petit véhicule était entièrement recouvert de plusieurs bâches bleues, maintenues en place par des sacs de sable posés sur le capot et le toit. Lilly s'approcha et souleva le coin d'une des bâches. Un éclair rouge apparut en dessous.

Le cœur de Josie se mit à battre la chamade. Elle sentit à peine ses jambes qui la propulsaient vers la voiture. Lorsque Lilly reprit la parole, ses mots semblaient très lointains.

— Tu ne dois pas le dire à maman, d'accord ? Je n'ai même pas le droit de venir dans le garage. Parce qu'une fois, j'étais là et j'ai eu un accident avec un sécateur.

Josie contourna le véhicule et s'agenouilla à l'arrière. Elle souleva un pan de la bâche jusqu'à pouvoir lire la plaque d'immatriculation. Le duvet sur sa nuque se hérissa. Les battements de son cœur accéléraient en un crescendo inquiétant. Elle connaissait le numéro, car c'était elle qui avait lancé l'avis de recherche.

La Mini Cooper d'Eden Watts était garée dans le garage de Devon Rafferty.

Toutes les pièces du puzzle que Josie essayait en vain d'assembler depuis deux semaines se mirent enfin en place.

— Bordel de merde, murmura-t-elle.

— Ça va ? s'inquiéta Lilly.

L'inspectrice releva la tête. Lilly se tenait là, juste à côté d'elle. Le cerveau de Josie se mit en branle. Lilly. Amber. La tempête de neige. Josie n'avait pas son arme, c'était son jour de repos. Elle était là dans le cadre d'une visite de courtoisie, pour faire plaisir à Amber. Elle sortit son téléphone et ses doigts pianotèrent dessus un texto pour Noah. Un point d'exclamation rouge apparut à côté du message, signalant l'échec de l'envoi.

Josie prit une profonde inspiration pour calmer les battements de son cœur. Elle se leva.

— Lilly, si ta mère ne veut pas que tu viennes ici, alors je ne pense pas qu'on devrait être là. On retourne dans la maison ?

Un peu déçue, Lilly haussa les épaules.

— D'accord, si tu veux.

Josie posa une main sur son épaule et l'éloigna de la voiture.

— Je ne pense pas non plus qu'on devrait dire à ta mère qu'on enfreint ses règles, du moins pas aujourd'hui. Qu'est-ce que tu en dis ?

— Une policière qui apprend à ma fille à mentir à sa propre mère ?

La voix de Devon provoqua un frisson invisible de la tête aux pieds de Josie. Sous ses doigts, les muscles de Lilly se tendirent. Toutes deux levèrent les yeux et aperçurent Devon dans l'embrasure de la porte du garage. Un sourire glacial ourla ses lèvres.

— Lilly, reprit-elle. S'il te plaît, va dans mon bureau et demande à notre autre invitée de nous rejoindre ici. Après ça, j'aimerais que tu montes dans ta chambre. N'en sors pas avant que je vienne te chercher, c'est compris ?

Josie s'attendait à ce que Lilly proteste ou pose des questions, mais non. Elle se contenta d'un « D'accord, maman » résigné. La petite se redirigea vers la cuisine, et Devon s'écarta pour la laisser passer. Puis elle referma la porte.

Instinctivement, la main de Josie se porta à sa hanche, même si son holster n'était pas là. Devon s'avança vers elle. Josie avait envie de reculer, de fuir, mais elle ne bougea pas.

Devon s'immobilisa à quelques pas d'elle. Sans quitter Josie des yeux, elle tendit la main vers un pot de fleurs sur une étagère à proximité et en sortit un Glock 19. Avant que l'inspectrice n'ait le temps de réagir, elle arma le pistolet, poussant une balle dans la chambre. Il ne lui restait plus qu'à viser et tirer. Mais elle laissa retomber son bras.

— J'espère que vous me croyez si je vous dis que j'espérais ne pas en arriver là. Je vous aime bien et je vous respecte vraiment. Si Thatcher Toland n'était pas venu ici il y a trois semaines pour me raconter comment Eden Watts lui avait avoué que sa famille avait menti à mon père, l'avait manipulé et l'avait fait chanter, vous l'auriez découvert par vous-même.

Le téléphone de Josie était toujours dans sa main, mais comment appeler des renforts alors que Devon ne la lâchait pas du regard, en supposant qu'elle réussisse à avoir du réseau ? Jusqu'à ce qu'elle trouve une solution pour mettre tout le monde en sécurité, elle devait continuer à faire parler Devon.

— Thatcher Toland est venu vous voir ?

— Madame Rafferty ? lança Amber en franchissant la porte séparant la maison du garage.

Devon fixait toujours Josie, et répondit sans tourner la tête :

— Nous sommes là. Venez donc !

Amber croisa le regard de Josie tandis qu'elle marchait lentement vers elles, contournant les objets éparpillés dans le garage. Des yeux, Josie tenta de l'avertir. Mais Devon tenait toujours son arme, le bras ballant. Josie était convaincue qu'Amber ne l'avait pas vue quand elle la dépassa. Alors que la jeune femme avançait pour se poster à côté de Josie, Amber lui donna encore une fois l'impression de marcher vers sa propre perte.

— Qu'est-ce qui se passe ? demanda-t-elle d'une petite voix.

Devon tendit sa main libre, essaya d'attraper le haut du bras d'Amber et lui fit perdre l'équilibre, si bien qu'elle trébucha contre Josie. Toutes deux tombèrent sur le béton. Immédiatement, Josie se releva et s'interposa entre Devon et Amber, toujours au sol. Les deux mains autour du pistolet, Devon appuya le canon contre la poitrine de Josie. Celle-ci se demanda si la femme percevait les vibrations effrénées de son cœur à travers le métal de l'arme.

— Qu'est-ce que tu fais ? demanda Amber.

Sans quitter Devon des yeux, Josie répondit :

— C'est elle qui a tué Eden et ta mère.

Amber se releva péniblement, revint au côté de Josie, puis son regard glissa entre les deux femmes.

— Qu'est-ce que tu racontes ?

— Elle vient de m'avouer que Thatcher Toland est venu la voir après sa conversation avec Eden.

Le canon de l'arme s'enfonça un peu plus dans le sternum de Josie.

— Ta stupide sœur lui a tout raconté, comment votre famille a gâché la vie de mon père et l'a poussé au suicide. Thatcher pensait qu'Eden ou toi devriez venir me voir et vous « décharger de ce fardeau », en admettant ce que vous avez fait. Eden lui a dit que ça n'arriverait jamais, alors il a décidé de le faire à votre place. Il pensait que je méritais de connaître la vérité.

Du coin de l'œil, Josie vit la lèvre inférieure d'Amber trembler.

— Pourquoi aurait-il... ?

— Parce que, contrairement à toi et à ton horrible famille, Thatcher Toland n'est pas un menteur. Il est sincère. Tu le savais ? Cette histoire de télévangéliste, ce n'est pas de la comédie. Il est vraiment comme ça. Eden lui a dit ce que toi et ton père avez fait au mien – comment ton père t'a fait passer pour une patiente, t'a dit de mentir et de raconter que mon père t'avait fait des trucs horribles, et ensuite comment il l'a fait chanter. Thatcher voulait que je sache la vérité. J'ai attendu treize longues années pour savoir qui avait tué mon père et pourquoi. Treize années pour savoir pourquoi ma vie a été détruite. Tu pensais que j'allais laisser passer ça ?

— Quand je suis venue vous voir, intervint Josie, vous m'avez demandé de parler à ma sœur pour qu'elle présente l'affaire de votre père dans son émission. Vous m'avez montré le classeur. Mais vous... vous saviez déjà exactement ce qui s'était passé à ce moment-là. Vous m'avez menti.

— Évidemment ! s'écria Devon. Il fallait bien que je continue de jouer le rôle de la fille obsédée par la mort de son père. Tous ceux qui me connaissent savent que c'est mon seul centre d'intérêt. Imaginez qu'un jour, l'inspectrice la plus célèbre de Denton débarque chez moi et que je n'en parle même pas ? De quoi ça aurait l'air ?

— Mais nous n'étions que toutes les deux, insista Josie, toujours bien consciente du canon de l'arme braqué sur son cœur. Vous auriez pu simplement ne rien me dire et me laisser partir. Pourquoi ces mensonges ?

— Ça a marché, non ? Vous ne m'avez même pas soupçonnée.

C'était vrai, admit Josie intérieurement. Ça lui faisait mal de le reconnaître, mais c'était vrai. Pourtant, si Devon avait ressenti le besoin de jouer la comédie et de s'assurer que les soupçons ne se portent pas sur elle, il y avait bien une raison. Elle avait déjà tué Eden à ce moment-là. Elle l'avait déjà torturée et séquestrée pendant dix jours.

— Vous aviez prévu de tous les tuer, dit Josie.

Devon esquissa un sourire.

— Oh que oui. À part Nadine qui avait déjà été assassinée quand j'ai enfin réussi à trouver où elle habitait. Mais sa mort m'a donné une idée. Quoi de plus poétique que de noyer chacun de ces monstres exactement là où le corps sans vie de mon père avait été repêché ?

Devon ne semblait pas du tout fatiguée à force de tenir son arme en l'air.

— Eden est venue vous voir, devina Josie.

— Parce que Thatcher lui a dit qu'il m'avait parlé. Elle a paniqué. Elle avait peur que je m'en prenne à Amber ! C'est elle qui m'a raconté les mensonges qui ont causé la mort de mon père. Eden s'inquiétait pour son horrible sœur, alors elle s'est pointée sur le pas de ma porte un jour. Lilly était avec Bob, donc j'étais seule ici. Je l'ai laissée entrer. Elle s'est mise à parler, je me suis mise en colère. Je ne me souviens plus très bien de ce qui s'est passé, tout ce que je sais, c'est que je l'ai tellement frappée qu'elle n'a pas pu se relever avant un bon moment. Alors je l'ai gardée ici. Personne ne vient ici, sauf moi. Lilly n'a pas le droit de venir dans le garage. J'avais besoin de temps pour trouver quoi faire d'elle. Je ne pouvais pas la laisser repartir, hein ? Je devais la tuer, et si je devais la tuer, pourquoi ne pas éliminer tout le clan ? Ce sont des abominations. C'est Eden qui m'a dit que Nadine avait été assassinée. J'ai lu l'article, et voilà : je tenais mon plan.

— Vous avez tué ma petite sœur ? demanda Amber d'une voix chevrotante. Finn m'a dit qu'elle avait été torturée. Comment avez-vous pu... ?

Devon braqua son arme sur Amber qui poussa un cri et bondit en arrière, manquant tomber. Josie la rattrapa par le coude pour la stabiliser, mais Devon garda le pistolet vaguement pointé sur la tête d'Amber.

— Comment avez-vous pu tuer mon père ? Comment avez-vous tous réussi à vous regarder dans la glace chaque jour ? Ta sœur, ta mère et ta tante ont toutes eu ce qu'elles méritaient. Tu devais être la suivante, et ton frère et ton père après toi, mais tu as disparu, et tout est parti en vrille. En fait, tu étais censée mourir avec ta sœur. Je t'ai laissé un message à propos de Russell Haven sur ton pare-brise. Je savais que tu comprendrais immédiatement ce que ça voulait dire. Je me suis dit que tu viendrais, que tu verrais une personne que tu aimes mourir et que ce serait bien fait pour toi. Ensuite, je t'aurais tuée aussi. J'ai vu mon père décliner pendant des mois avant sa mort. Chaque jour, il était de plus en plus déprimé. Peut-être que si ta tante ne l'avait pas tué, il se serait quand même suicidé. Je voulais que tu saches ce que ça faisait, mais tu n'es pas venue au barrage.

— Elle avait déjà été enlevée par Gabriel à ce moment-là, souligna Josie.

Le message sur le pare-brise était l'un des éléments déroutants que Josie avait tournés et retournés dans sa tête au cours des deux dernières semaines. L'équipe avait supposé qu'il venait de Gabriel, mais Josie avait toujours été gênée par l'heure indiquée : 5 heures du matin. Si Amber quittait sa maison à 7 heures chaque jour, elle n'aurait jamais vu le message à temps. Ils savaient que Gabriel était à Denton depuis deux semaines, qu'il rôdait autour d'Amber et l'avait déjà accostée. Il aurait facilement découvert sa routine et se serait assuré de laisser ce mot à un moment où elle le verrait à coup sûr. Mais s'il l'avait simplement enlevée, pourquoi avoir laissé un message ? Bien sûr, Josie savait désormais que toutes ces questions étaient vaines, car Gabriel n'avait jamais écrit ces mots. C'était Devon, et elle n'avait manifestement pas pris le temps de faire du repérage pour être sûre qu'Amber verrait le message à temps pour arriver au barrage.

— Ça a quand même bien marché, non ? lança Devon. Une fois que j'en aurai fini aujourd'hui, il ne restera plus que ton père.

Elle fit encore un pas vers Amber, et le canon du pistolet frôla son front. Josie tenta de la distraire :

— C'est vous qui avez envoyé la carte postale de Russell Haven à Lydia Norris.

Devon acquiesça.

— Elle était sur ma liste. Je voulais qu'elle sache que quelqu'un quelque part savait ce qu'ils avaient fait. Que tout ça, ce n'était pas fini.

— Comment est-ce que vous avez contacté Lydia ensuite ?

— J'ai récupéré son numéro sur le portable d'Eden. Il a fallu que j'achète un téléphone jetable, pour qu'on ne puisse pas remonter jusqu'à moi, et je l'ai appelée. Figurez-vous qu'elle était déjà dans le coin. Je n'ai pas eu beaucoup de mal à la convaincre de me retrouver au barrage. Quelle petite chose fragile... Un bon coup sur la tête et elle était déjà inconsciente. Il ne me restait plus qu'à la cacher ici pour attendre le milieu de la nuit et la ramener au barrage. J'ai dû la cogner plusieurs fois pour m'assurer qu'elle ne se défendrait pas, mais elle ne s'est jamais réveillée. Je l'ai remorquée derrière moi dans un deuxième kayak. Simple comme bonjour.

Les rouages mentaux de Josie s'activèrent pour réexaminer toute cette affaire à la lumière de ces nouvelles informations : Thatcher Toland avait sorti son livre, qui était aussitôt devenu un best-seller, il avait retrouvé Eden pour faire amende honorable, elle avait accepté ses excuses et lui avait confié tout ce que la famille Watts avait fait de mal, y compris le chantage exercé sur le docteur Rafferty, qui avait conduit à son suicide supposé – Amber était alors la seule à savoir qu'il avait été assassiné. Puis elle lui avait parlé de leur enfant, et Eden avait prétendu que seule Amber savait ce qui était arrivé au bébé. Thatcher était rentré chez lui et avait tout répété à sa femme, en insistant sur son souhait de retrouver l'enfant. Vivian lui avait dit d'attendre l'inauguration de leur mégaéglise. Thatcher s'était ensuite présenté chez Devon pour lui révéler la vérité sur son père, puisque ni Eden ni Amber n'allaient s'y résoudre. Vivian avait envoyé Gabriel parler à Nadine, ou la tuer – quoi qu'il en soit, Nadine était morte. Pendant ce temps, Eden s'était rendue à Denton pour discuter avec Devon, qui l'avait alors séquestrée, torturée, puis l'avait emmenée au barrage de Russell Haven et l'avait laissée mourir là-bas. Devon avait également tenté d'attirer Amber au barrage mais, à ce moment-là, Gabriel l'avait déjà enlevée et la retenait dans le sous-sol de l'église, pour la forcer à avouer où se trouvait l'enfant. Devon avait ensuite assassiné Lydia.

Mais un détail gênait toujours Josie, quelque chose clochait dans ce déroulé.

— Pourquoi Thatcher Toland est-il venu vous voir pour se

décharger de ce fardeau au nom d'Eden ? Est-ce qu'il a fait la même chose avec tous les gens que les Watts ont arnaqués ? Qu'est-ce que vous ne nous dites pas ?

À la vitesse de l'éclair, Devon abattit la crosse de son pistolet sur le nez d'Amber. Josie entendit l'os craquer et Amber s'effondra par terre. L'inspectrice se plaça devant sa collègue et leva les deux mains pour essayer de calmer Devon, sans aucun succès. Elle tenait l'arme dans sa main droite et l'agitait en direction d'Amber. Des postillons s'échappèrent de ses lèvres quand elle s'écria :

— Vous croyez que tous les membres de sa famille sont des escrocs ? Elle est la plus fourbe, la plus perfide et la plus cruelle de tous.

Amber releva la tête, des larmes sur les joues, du sang autour du nez.

— Eden et moi étions des enfants, bafouilla-t-elle. On ne savait pas quoi faire. On n'avait aucune aide, aucun soutien. Tout ce qu'on voulait, c'était protéger ce bébé. C'est tout. Je ne connaissais pas la loi Safe Haven, je n'en ai entendu parler que des années après. Vous croyez que j'avais envie de venir vous voir ? Personne n'était censé découvrir la vérité. Même pas vous !

— Lilly, souffla Josie. Oh, mon Dieu. Lilly...

Elle baissa les yeux vers Amber.

— C'est la fille d'Eden et de Thatcher.

Le silence retomba.

Pour la première fois depuis son entrée dans le garage, Josie ressentit véritablement le froid, comme une créature vivante qui s'infiltrait dans son corps. Elle repensa à ce qu'Amber lui avait dit dans la voiture. *Quand on a été élevée dans le mensonge, on ne sait pas faire autrement.* Josie frotta la paume de sa main sur son front, s'évertuant encore une fois à repositionner toutes les pièces du puzzle dans son esprit.

Devon gardait l'arme pointée vers le crâne d'Amber.

— Mon père était mort. J'avais fait cinq fausses couches. Mon mari m'avait quittée. Un jour, cette gamine pitoyable se pointe sur le pas de ma porte avec un tout petit bébé. Elle m'a dit qu'elle travaillait au café où mon père passait tous les jours et qu'elle avait appris à bien le connaître. Elle a raconté qu'il était toujours bouleversé parce que je perdais bébé après bébé, et qu'il ne savait pas ce que je pourrais encore supporter. Après, elle m'a dit que sa sœur avait été violée, qu'elles avaient caché la grossesse à leurs parents et qu'elles avaient fugué. Elle répétait qu'elles avaient été tellement stupides, qu'elles n'avaient pas tout prévu, que c'était impossible de rentrer chez elles avec un bébé et qu'elles ne voulaient pas aller voir la police. Elle a ajouté qu'elle se souvenait que mon père parlait de moi et elle m'a demandé si je voulais toujours un bébé. Elle était très convaincante.

— Vous avez pris un bébé des bras d'une inconnue de dix-sept ans ?

Devon tourna brusquement la tête vers Josie et la foudroya du regard.

— Lilly aurait été placée en pouponnière. Qui sait où elle aurait fini ? Je lui ai offert un foyer stable et aimant. Elle était mon petit miracle, et elle m'a même permis de retrouver mon mari pendant quelque temps. Heureusement pour moi, on avait couché ensemble à plusieurs reprises neuf ou dix mois avant l'arrivée de Lilly. Après, il était parti au Moyen-Orient pour le travail pendant près d'un an. Ce n'était pas évident de le joindre pendant son séjour là-bas, ça m'a donné un sacré avantage. Quand il est revenu, Lilly avait déjà deux mois. Il était furieux que je ne lui aie même pas dit que j'étais enceinte, mais ça lui est passé dès qu'il l'a prise dans ses bras. On a passé cinq années formidables tous les trois, comme une vraie famille, avant que tout ne s'effondre encore une fois... Et Lilly est arrivée dans ma vie le jour de l'anni-versaire de mon père, expliqua-t-elle en donnant un petit coup de pied à Amber. Tu le savais, hein ? Tu l'as fait exprès ?

Amber fit non de la tête et s'essuya les joues du revers de sa manche.

— Tout ce que je savais, c'était que vous vouliez un bébé, que votre père était une personne formidable, et j'ai pensé que vous aussi puisqu'il vous avait élevée. Je me suis juste dit que Lilly serait en sécurité avec vous.

— Et elle l'était ! s'écria Devon. Elle l'était, jusqu'à ce que ta stupide sœur ouvre sa grande gueule.

Amber posa une main sur sa poitrine.

— J'étais censée être la seule à savoir où Lilly était ! Je ne l'ai jamais dit à Eden. C'était notre accord. Personne ne devait le savoir, pas même elle.

— Alors comment elle l'a su ? insista Devon en appuyant le canon de l'arme contre la tête d'Amber.

Josie essaya d'évaluer la situation : pourrait-elle ou non s'attaquer à Devon avant qu'elle ait le temps d'appuyer sur la détente ? Elle avait déjà le doigt dessus et elles se trouvaient très près l'une de l'autre. C'était trop dangereux.

— Je ne lui ai rien dit ! s'écria Amber. Je le jure. Après vous avoir confié Lilly, j'ai dit à Eden que je lui avais trouvé un très bon foyer. Elle n'a jamais posé de questions, jusqu'à ce qu'elle dise la vérité à Thatcher. Après sa confession, elle m'a appelée pour me poser plein de questions sur le bébé, par exemple comment je savais qu'elle était vraiment en sécurité. Je lui ai seulement répondu que je le savais, parce que la personne à qui je l'avais confiée voulait un bébé depuis très longtemps, et qu'elle serait une bonne maman. C'est tout ce que j'ai dit.

— Alors comment l'a-t-elle découvert ? hurla Devon.

Amber dévisagea Devon, ses grands yeux pleins de larmes, du sang s'échappant encore de ses narines.

— Je ne sais pas ! C'est peut-être juste que, quand on était adolescentes, il n'y avait pas tant de gens que ça dans notre entourage qui auraient accepté d'adopter un bébé sans poser de questions ? Elle savait à quel point je me sentais coupable de ce qu'on avait fait à votre père. Je ne m'en suis jamais remise... et j'étais au courant pour les fausses couches, votre père m'en avait parlé, mais pas dans un café. C'était quand je venais le voir en tant que patiente. Il était souvent au téléphone avec vous quand j'arrivais. Il était tellement désemparé par tout ce que vous traversiez. À l'époque, j'en parlais toujours à Eden, je lui répétais comme c'était horrible que vous ayez perdu tous ces bébés et votre père en plus. Je pense qu'Eden a compris et qu'elle a fait part de sa théorie à Thatcher. Mais je vous promets que je ne lui ai rien dit ! Elle n'aurait dû le dire à personne non plus.

Devon enfonça le pistolet contre son front.

— Thatcher Toland est venu ici à la recherche d'une petite fille. Il a dit qu'il savait tout ce que la famille Watts avait fait à mon père. Qu'il croyait que l'un de ses membres m'avait apporté un bébé et que ce bébé était le sien. J'ai menti et répondu que ce n'était pas vrai, bien sûr. Vous croyez vraiment que je le laisserais approcher ma Lilly ? Que je laisserais n'importe lequel d'entre vous mettre ses sales pattes de menteurs sur mon petit ange ?

— Pourquoi ne pas l'avoir tué, alors ? demanda Josie. Après Eden, c'est lui qui a le plus de droits sur Lilly.

Devon garda son arme braquée sur la tête d'Amber, mais jeta un coup d'œil à Josie.

— J'aurais bien fini par m'y résoudre, mais tuer un type aussi célèbre que Thatcher Toland ? Il aurait fallu pas mal de préparation.

Josie se rappela le livre que Devon lui avait offert.

— Vous n'étiez pas vraiment membre de son Église, n'est-ce pas ?

— Bien sûr que non, cracha Devon. Je n'ai lu son bouquin que pour en savoir plus sur lui. Je suis allée à l'église pour voir comment il était protégé.

Josie baissa les yeux vers Amber, qui tremblait.

— Après la mort de votre père, vous avez trouvé sur son bureau un dossier vide avec le nom « Ella Purdue ». Vous n'aviez aucune idée qu'Amber était Ella Purdue pendant tout ce temps ?

Devon secoua la tête.

— Non, bien sûr que non. Je pensais juste que c'était une ado stupide et effrayée. Quand elle a commencé à travailler comme attachée de presse ici, je l'ai reconnue, mais je n'ai jamais osé l'approcher. On avait passé un accord.

Josie s'efforça de se mettre à la place de Devon : une jeune épouse qui cherche désespérément à avoir un enfant, des fausses couches à répétition, un mariage raté, la mort mystérieuse et soudaine de son père... Quel petit miracle ça avait dû être lorsqu'une jeune fille s'était présentée sur son perron avec un bébé le jour même de l'anniversaire de son père. Josie n'avait pas trop de mal à comprendre que, dans l'esprit tordu de Devon, cette coïncidence avait ressemblé à une sorte de bénédiction de son père. Et tout s'était parfaitement déroulé pendant dix ans, jusqu'au jour où Thatcher Toland avait débarqué pour tout lui raconter. Il avait mis des noms sur les visages qui se cachaient derrière la mort de Jeremy Rafferty. Josie tenta d'imaginer le choc de Devon en comprenant que l'un de ces visages était celui de la jeune fille qui lui avait permis d'être mère.

Certes, Thatcher n'avait pas vu Lilly ce jour-là, mais ce n'aurait été qu'une question de temps avant qu'il ne comprenne tout. Un simple test ADN aurait fait voler la vie de Devon en éclats. Son complot visant à anéantir toute la famille Watts répondait à la fois à son besoin de vengeance et à celui de protéger sa fille. Vivian Toland et Gabriel avaient probablement fait le même raisonnement, mais eux voulaient éliminer les Watts pour protéger Thatcher.

— Bon, allez, fit Devon, en pressant le canon de l'arme si fort sur la peau d'Amber que celle-ci grimaça et recula. Je ne veux pas faire ça ici. Pas avec Lilly dans la maison. Il ne faudrait pas qu'elle pose trop de questions, alors, toutes les trois, on va aller se promener.

Finn et Noah savaient que Josie et Amber étaient venues voir Devon. Même si celle-ci cachait la voiture de l'inspectrice, comme elle l'avait fait avec celle d'Eden, elle ne gagnerait pas beaucoup de temps. Noah s'acharnerait sur elle et ne la lâcherait pas tant qu'il n'aurait pas découvert la vérité. *Super, nos meurtres seront résolus*, pensa Josie.

Devon les poussa vers le fond du garage où une autre porte menait à l'arrière-cour. Elles sortirent et avancèrent péniblement dans la neige. Josie guettait la moindre occasion d'utiliser son téléphone ou d'attaquer Devon par surprise, mais aucune ne se présenta. Devon restait derrière elles, visant tantôt l'une, tantôt l'autre, tandis qu'elles marchaient côte à côte jusqu'à la lisière entre le jardin et la forêt.

Le paysage était recouvert de neige et les flocons tourbillonnaient à un rythme effréné, si bien qu'il était difficile de voir à quelques mètres.

— Où est-ce que vous nous emmenez ? demanda Amber, dont les dents claquaient déjà.

— Dans un endroit où on ne vous retrouvera pas avant le printemps et, d'ici là, j'aurai trouvé une solution pour arranger tout ça.

Josie tenta de visualiser cette zone de Denton, comme elle l'avait déjà vue sur des images satellite. C'était un des coins les plus reculés de la ville, mais il y avait quand même des voisins à prendre en compte. Elle se creusa la tête pour se rappeler ce qui se trouvait à l'arrière de la propriété de Devon. Mais déjà, elles quittaient le sous-bois et débouchaient sur une clairière. Devant elles, au loin, la vague silhouette d'une grange et d'un silo à maïs. Une ferme. Des yeux, elle fouilla les alentours à la recherche d'une maison ou d'un véhicule. Un signe de vie, n'importe lequel.

Quelqu'un qui pourrait les aider.

— Ils ne sont pas chez eux, lâcha Devon, comme si elle lisait dans ses pensées. Ils sont au Costa Rica pour deux semaines. Ce n'est pas une exploitation en activité, un couple d'artistes l'a rachetée. Ils utilisent la grange et le silo comme studios.

Josie cligna des yeux pour chasser les flocons de neige qui s'accumulaient sur ses paupières. Ses dents se mirent aussi à claquer. La main froide d'Amber glissa dans la sienne et la serra. Elle devait agir. Un coup d'œil vers l'arrière lui permit de voir que Devon avait toujours le doigt sur la détente. Or la sécurité du Glock 19 se trouvait au niveau de la détente. Devon n'avait donc qu'à exercer une légère pression supplémentaire pour tirer et abattre l'une d'entre elles instantanément. Josie ne pouvait pas prendre le risque de la bousculer ou de tenter de la faire trébucher. Elle n'avait qu'une option : attendre la bonne occasion.

— Par là, leur intima Devon en agitant son arme sur leur gauche.

À côté de la grange, le terrain descendait en pente douce pour mener vers ce qui ressemblait à deux piliers de bois dépassant de la neige. Au-delà, un pont de corde, difficile à distinguer au milieu de tout ce blanc mais, en s'approchant, Josie discerna les fentes entre les planches, où les flocons s'engouffraient.

En arrivant au pied de l'ouvrage en bois, Amber hésita et se tourna vers Devon.

— Qu'est-ce que c'est ?

Josie, elle, savait très bien ce que c'était, mais elle essayait de comprendre comment Devon comptait les noyer dans un étang probablement gelé.

Devon appuya le canon de son pistolet contre la tempe d'Amber.

— Tais-toi et avance.

L'étang était immense. Le pont de corde s'étirait si loin que Josie ne voyait pas la rive opposée derrière le voile de neige.

Lorsqu'elles atteignirent le milieu, Devon leur ordonna de s'arrêter. Elle et Amber étaient au bord du pont, la rambarde en corde contre leur taille. Josie était face à Amber. Ensemble, elles formaient un étrange triangle, où Josie marquait l'angle le plus éloigné de là où Devon avait choisi de s'arrêter. Celle-ci se pencha légèrement et regarda par-dessus la corde. Josie l'imita et suivit son regard. À environ un mètre sous elles, elle devina ce qu'elle supposait être la surface de l'eau, complètement enneigée. Devon pointa son pistolet vers le bas et tira trois coups de feu en rafale. Amber recula et couvrit ses oreilles de ses deux mains. Josie pivota le haut de son corps pour prendre de l'élan, serra les avant-bras en une arme improvisée et frappa le dos de Devon, juste sous les omoplates.

Devon tituba vers l'avant. Elle lâcha le pistolet qui s'écrasa dans la neige sous le pont. Josie se laissa tomber à genoux et entoura de ses bras les jambes de la femme, avant de mobiliser toutes ses forces pour la soulever et faire basculer son corps par-dessus la rambarde, vers la surface gelée en contrebas.

La glace n'explosa pas sous le poids de Devon. Mais quand Amber atterrit par-dessus, elle céda. Josie avait bien tenté de rattraper la jeune femme avant qu'elle ne passe par-dessus la corde, mais elle avait tendu le bras une seconde trop tard. Dans sa chute, Devon avait attrapé l'un des bras d'Amber pour l'entraîner avec elle.

Horrifiée, Josie regarda les deux femmes s'enfoncer dans le trou aux rebords déchiquetés qui était apparu dans la surface gelée de l'étang. Leurs têtes dodelinèrent une fois, deux fois. Devon réussit à se redresser et, de ses mains, repoussa les épaules d'Amber vers le fond. Celle-ci ne remonta pas à la surface. Josie savait qu'une fois sous la glace, elle serait désorientée, très proche de l'hypothermie, et qu'il ferait nuit noire autour d'elle. Elle ne pourrait jamais retrouver l'ouverture par laquelle elle était tombée à l'eau.

Josie s'éloigna de quelques pas de là où Devon et Amber

avaient basculé et sauta sur l'étang. La neige amortit sa chute mais, sous ses pieds, elle entendit un craquement.

Les balles de Devon avaient ébranlé l'intégrité de la glace. Plus Josie s'approchait du trou, plus la surface se fissurait, et elle risquait bien d'être la prochaine à sombrer dans les eaux glaciales. En faisant de son mieux pour occulter le froid et la panique qui tentaient de faire exploser son cœur, Josie se mit à plat ventre et écarta autant que possible les bras et les jambes afin de répartir uniformément son poids sur la glace. Les muscles de ses bras n'avaient pas encore bien récupéré de l'épisode de l'église et toute pression provoquait une douleur qui remontait de ses poignets jusqu'à ses épaules. Elle l'ignora et continua à avancer. Alors qu'elle se frayait un chemin jusqu'au trou en écoutant les éclaboussures, elle perçut d'autres légers craquements. La neige s'accumula dans sa bouche et elle la recracha. La matière duveteuse s'accrochait partout, à son visage, à ses oreilles, à sa nuque, si froide qu'elle en paraissait désormais brûlante.

Du bout des doigts, elle sentit de l'eau, puis un fragment de glace. La tête de Devon surgit, des gouttes glissèrent sur sa tête comme sur une créature marine. Elle hurla et tendit la main vers Josie afin de trouver une prise. L'inspectrice roula rapidement sur le côté et continua à tâter les bords irréguliers de la glace. Devon s'enfonça de nouveau sous la surface. D'autres éclaboussures résonnèrent. Une autre main jaillit de l'eau.

Josie cligna plusieurs fois des yeux pour chasser les flocons qui s'accumulaient sur ses cils et, avec une clarté parfaite, vit la cicatrice dans la paume d'Amber. Elle tendit les deux mains vers le poignet d'Amber. Sous son corps, des minuscules fissures dans la glace émanaient une symphonie de craquements. Alors qu'elle s'agenouillait pour tirer le corps d'Amber de l'eau glacée, Josie sentit la glace céder progressivement sous son poids. Le haut du corps d'Amber refit surface. De sa main libre, elle tentait d'attraper la glace qui se désagrégeait aussitôt.

— Attrape mon autre main ! cria Josie.

Mais Amber était bien trop déboussolée, elle pliait les doigts dans le vide, sans jamais parvenir à trouver la main de Josie. Celle-ci sentit la glace bouger de nouveau sous ses jambes. Elle recula, toujours à genoux, attirant Amber vers elle, à la recherche d'une zone un peu plus solide.

Les notes discordantes de la glace fissurée montaient crescendo. Une autre main transperça la surface effritée près des genoux de Josie. Le visage de Devon apparut, la bouche tournée vers le ciel, aspirant goulûment l'air froid.

— Ai-ai... aide-moi ! haleta-t-elle, une main tendue en l'air. M-m-ma main. Prends-la.

Elle tendit la main vers celle encore libre de Josie. Le monde entier sembla alors se figer. La neige. Le sang dans les veines de Josie. L'air dans ses poumons. Deux mains. Amber et Devon. Elle se revit dans la mégaéglise, la veille de Noël. L'étage supérieur. Deux mains. Devon et Vivian. Josie croyait avoir fait le bon choix. Ce qu'elle ignorait alors, c'était qu'il n'y avait aucun bon choix dans cette situation. Mais aujourd'hui, il y en avait un. Elle tenait déjà une des mains d'Amber. Il lui suffisait d'attraper l'autre pour qu'Amber et elle soient enfin en sécurité. Si elle saisissait la main de Devon, elle devrait soit lâcher Amber, soit accepter qu'elles meurent toutes les trois. Elle ne pourrait pas les sauver toutes les deux. Impossible de tirer les deux femmes sur la glace qui se fissurait sous ses jambes. Dès qu'elle en aurait hissé une, la surface gelée déjà fragilisée éclaterait sous leur poids, et ce serait alors une course contre la mort pour atteindre le rivage. Josie savait qu'elle réussirait à soulever et traîner une femme sur la glace fragile, mais pas deux.

Alors, comme elle l'avait fait dans l'église, Josie pensa à Lilly. Elle saisit l'autre main d'Amber et tira.

51

UN MOIS PLUS TARD

Les applaudissements qui fusaient du salon de Josie ne pouvaient signifier qu'une chose : un *touchdown* venait d'être marqué au Super Bowl. Dans la cuisine, elle secoua la tête et s'approcha de la table pour verser de la *salsa* au milieu d'un immense plateau de nachos. À ses pieds, Trout surveillait le moindre de ses mouvements comme si elle pratiquait une opération chirurgicale. Misty passa avec un plateau de coquilles Saint-Jacques enrobées de bacon et donna un petit coup de hanche à son amie. En souriant, elle jeta un œil au plateau de nachos et lui lança :

— Pas mal du tout !

Josie était ravie d'avoir une mission en cuisine qui n'impliquait rien qui puisse potentiellement déclencher un incendie. Puisqu'elle avait désormais l'approbation de Misty, elle souleva le plateau et rejoignit le salon. Contournant plusieurs invités assis par terre devant la télévision avant d'atteindre la table basse, elle posa les nachos à côté de l'urne de sa grand-mère. Une fois de plus, Harris avait insisté pour que Lisette soit aux premières loges des festivités.

Les applaudissements redoublèrent. Josie leva la tête vers

l'écran, puis se faufila vers l'entrée où se tenait Sawyer Hayes, adossé à l'embrasure de la porte. Il lui adressa un petit sourire.

— Tu n'aimes pas le football américain ?

— Ce n'est pas que je n'aime fondamentalement pas ça, répondit Josie. Mais je n'organise généralement pas de fête pour le Super Bowl.

Sawyer s'esclaffa et Josie se dit que c'était peut-être la première fois de sa vie qu'elle entendait un véritable rire s'échapper de ses lèvres. Cette scène lui rappela son père décédé, Eli. *Et le revoilà*, pensa Josie. Cet éclair de tristesse qui accompagnait chaque instant de joie après la perte d'un être cher. On ne pouvait plus avoir l'un sans l'autre – c'était ce que Lisette avait tenté de lui faire comprendre sur son lit de mort. « Il faut que tu apprennes à vivre avec les deux, ma chérie. La peine et le bonheur. » À partir du moment où l'on perd quelqu'un, le chagrin fait partie intégrante de la vie, de sa propre identité. Josie songea à la douce, drôle et curieuse petite Lilly Rafferty. Malgré tout ce qu'Amber avait mis en place pour la protéger, elle avait perdu la seule mère qu'elle ait jamais connue. Une mère qui était aussi une meurtrière. Lilly ne s'en souviendrait pas. Elle ne se souviendrait que de la Devon aimante et gentille. Josie savait que cette perte la tourmenterait pour le restant de sa vie, et elle était triste que la fillette soit confrontée à l'omniprésence du chagrin dans tous ses instants de joie, dès son plus jeune âge. Au moins, Lilly pourrait vivre avec Bob, l'ex-mari de Devon. Après la mort de Devon, Josie avait révélé à Thatcher Toland la véritable identité de Lilly. Il avait simplement demandé à la rencontrer, avec Bob, non pas en tant que père biologique, mais en tant que prédicateur de l'Église de sa mère. Après les avoir vus ensemble, Thatcher avait décidé qu'il serait mieux pour tout le monde que Lilly vive auprès de Bob, qu'elle avait toujours considéré comme son père. Il avait confié en privé à Josie qu'il n'interviendrait jamais dans la vie de Lilly, mais qu'elle serait son unique héritière.

Dans le salon, quelqu'un cria :

— Faute !

Josie se détourna de Sawyer et embrassa la pièce du regard. Noah était là, bien installé dans le canapé avec Harris sur ses genoux. Paula, la fille de Gretchen, était à côté d'eux. Gretchen travaillait, mais Josie avait promis de lui garder un plateau-repas que Paula lui rapporterait. Patrick, le frère de Josie, et sa petite amie s'entassaient également sur le canapé. Shannon et Christian avaient choisi des chaises pliantes au fond de la pièce. Même Drake avait réussi à venir, et il regardait le match assis sur le sol, près de Trinity. Dan Lamay, sa femme et sa fille avaient accepté leur invitation, tout comme l'ancienne belle-mère de Josie, Cindy Quinn. Tout ce petit monde avait trouvé place sur des chaises d'appoint.

Mettner et Amber étaient aussi de la partie, serrés l'un contre l'autre dans le gros fauteuil. La tête d'Amber reposait dans le creux de l'épaule de son compagnon. Tandis que tous les autres suivaient le match très attentivement, elle somnolait, bien à l'abri dans le cocon de ses bras. Le plan, c'était que tout le monde mange beaucoup, boive quelques verres, regarde le grand match et, surtout, le nouvel épisode de l'émission de sa sœur jumelle. Josie espérait que cette fois-ci, à la fin de la deuxième soirée télé spéciale Trinity, tout le monde serait encore là.

Misty apparut avec plusieurs bouteilles de bière. Elle se faufila entre Josie et Sawyer et lança à la ronde :

— Besoin d'un remontant ?

Plusieurs mains se tendirent et la soulagèrent de son fardeau. Mettner s'écarta d'Amber, déposa un baiser sur ses lèvres avant de traverser la pièce pour aller récupérer la dernière bouteille. Amber replia ses jambes sous elle et leva les yeux vers la télévision. Bientôt, ses paupières se refermèrent.

— Elle a toujours du mal à dormir la nuit ? chuchota Josie.

Mettner soupira.

— Oh, oui. Mais on y travaille. Elle voit un psychothérapeute maintenant, on espère que ça va l'aider. Mais je me sens si... impuissant. J'ai l'impression que je ne peux rien faire d'autre que la regarder souffrir. Je ne peux pas arranger la situation.

Josie se tourna vers Amber, mais ses yeux restaient clos. Même si elle était réveillée, il y avait trop de bavardages dans la pièce et de bruits sortant des haut-parleurs pour qu'elle puisse entendre leurs messes basses.

— Il faut du temps, Mett. Beaucoup, beaucoup de temps, affirma-t-elle avant de jeter un coup d'œil à Noah. Et du soutien. Crois-moi, être là quand elle souffre et l'écouter, c'est déjà beaucoup. Être là quoi qu'il arrive, quand bien même tu ne peux rien arranger, c'est la meilleure chose que tu aies à lui offrir pour le moment.

Lui aussi tourna la tête vers Noah, avant de revenir vers elle.

— Je ne vais nulle part, souffla-t-il.

Ils ne dirent plus rien pendant quelques instants, et Josie avait bien conscience que Sawyer, juste à côté d'elle, écoutait leur conversation. Mettner avala encore quelques gorgées de bière puis s'essuya les lèvres d'un revers de main.

— Est-ce qu'elle le sait ? demanda Josie.

— Eh bien, oui, enfin, je suppose qu'elle le sait... Tu penses que je devrais la demander en mariage ?

Josie gloussa.

— Ne nous emballons pas. À ta place, j'attendrais qu'elle aille mieux.

Une salve de « Allez ! » furieux s'éleva dans la pièce. Quelqu'un s'écria :

— Arbitre de mes deux !

Mettner pâlit.

— Tu crois qu'elle va me dire non ?

— Je crois que tu dois consacrer un peu de temps à établir

une relation de confiance avec elle avant de la demander en mariage.

— Tu crois qu'elle ne me fait pas confiance ?

— Je crois qu'elle n'a jamais fait confiance à personne, rectifia Josie. Pas véritablement. Amber a grandi dans une famille de menteurs. Elle n'a jamais connu que la duperie. Des gens qui tiennent un certain discours, prétendent agir d'une certaine façon, puis font en fait le contraire. Je pense qu'elle a du mal à faire confiance. Le mieux que tu puisses faire pour elle, c'est d'être un repère stable. Chaque jour, tu dois lui montrer que tu ne vas aller nulle part.

Il regarda Amber à l'autre bout de la pièce. La jeune femme ouvrit les yeux et, pendant une fraction de seconde, Josie y lut une panique totale. Puis elle battit des paupières et parut comprendre où elle était. Sa poitrine se gonfla – elle semblait soulagée. Elle remarqua que Mettner et Josie la scrutaient et leur offrit un sourire timide.

— Tu as raison, dit Mettner à Josie. Ma demande peut attendre qu'elle aille mieux. Je ferai tout ce qu'il faut pour lui montrer que je suis là et que je ne bouge pas, patronne.

— Ce n'est pas à moi que tu dois le dire, souffla Josie en lui mettant un léger coup de coude.

Il lui adressa un petit sourire. En trois enjambées, il traversa la pièce et reprit sa place dans le fauteuil tout contre Amber. Josie les fixa : ils se dévisageaient comme s'ils étaient seuls au monde. Son cœur se gorgea d'un peu de sérénité.

On sonna à la porte. Les griffes de Trout cliquetèrent sur le parquet tandis qu'il courait voir qui c'était. Josie ouvrit et vit le chef Chitwood debout sur le perron, un plat à gratin recouvert de papier d'aluminium entre les mains.

— J'arrive trop tard ? Je peux encore me joindre à vous ?

Josie esquissa un sourire déconcerté.

— Bien sûr, répondit-elle en s'écartant pour le laisser entrer.

Apportez ça à la cuisine. Misty vous dira quoi en faire. C'est elle qui s'occupe de la partie restauration.

Chitwood passa devant elle et salua Sawyer de la tête au passage. Josie rejoignit celui-ci.

— Je suis contente que tu sois venu.

Elle leva les yeux et le vit hocher la tête. C'était probablement la meilleure réponse qu'elle pouvait espérer de lui, pensa-t-elle. Puis il tourna la tête et croisa son regard. Pendant un court instant, elle vit dans ses yeux la même étincelle bleue que celle que Lisette avait toujours eue. Josie en eut le souffle coupé.

— Tu sais ce que Lisette m'a dit juste avant de mourir ?

— Non, bredouilla Josie.

Ils étaient tous les deux avec leur grand-mère quand celle-ci avait rendu son dernier souffle. Avant son départ, elle avait prononcé quelques mots à chacun, en privé, dans le creux de l'oreille.

— Elle m'a dit : « Mon chéri, il faut que tu trouves ta famille. »

# UNE LETTRE DE LISA

Un immense merci d'avoir choisi de lire *Les Jeunes Noyées*. Si vous avez aimé ce roman et que vous voulez être tenu au courant de toutes mes nouvelles parutions, il vous suffit de vous inscrire grâce au lien ci-dessous. Votre adresse mail ne sera communiquée à personne et vous pouvez vous désinscrire à tout moment.

*france.bookouture.com/subscribe/*

C'est l'un des plus grands plaisirs de ma vie que de continuer de vous proposer les aventures de Josie Quinn. Il faut que vous sachiez que le barrage de ce livre est complètement fictif. J'ai pioché dans les caractéristiques de plusieurs barrages que j'ai étudiés et j'ai inventé le mien. D'habitude, j'aime me rendre sur le terrain chaque fois que c'est possible pour me documenter mais, à cause du Covid, je n'ai pu me rendre sur aucun de ces barrages. J'ai dû me fier à mon expert en barrages, à plusieurs personnes qui avaient visité ces lieux, à internet et à ma propre imagination. Comme toujours, je fais de mon mieux pour rendre les détails de la procédure policière aussi authentiques que possible. Certains éléments se trouvent forcément modifiés pour ne nuire ni au rythme ni au plaisir de lecture. Tout cela pour dire que toute erreur ou inexactitude dans ce livre est de mon fait.

J'adore mes lecteurs. Vous êtes les meilleurs du monde entier, et j'aime sincèrement avoir de vos nouvelles. Vous pouvez me contacter via les réseaux sociaux, mon site web et ma page Goodreads.

Par ailleurs, et si le cœur vous en dit, je vous saurais gré de laisser un commentaire et peut-être de recommander *Les Jeunes Noyées* à d'autres lecteurs. Les avis et le bouche à oreille contribuent grandement à faire découvrir mes livres à des personnes qui ne les connaissent pas encore. Comme toujours, je vous remercie pour la passion infatigable qui vous anime pour cette série. Je suis stupéfaite et profondément émue par votre enthousiasme ! J'espère vous retrouver prochainement !

Merci,

Lisa Regan

www.lisaregan.com

 facebook.com/LisaReganCrimeAuthor

## REMERCIEMENTS

Chers fabuleux lecteurs, merci d'avoir rejoint Josie dans une nouvelle aventure. Bon nombre d'entre vous ont suivi mon parcours personnel en même temps que le parcours fictif de Josie. Vous savez que mon père est mort inopinément et très soudainement en avril 2021, alors que j'avais presque terminé le tome 12. À l'époque, je pensais que l'une des épreuves les plus difficiles à surmonter après sa mort serait de mettre un point final à ce roman. Rien n'était plus éloigné de la réalité. Lorsque j'ai commencé à écrire le tome 13, une partie du choc de sa mort s'était dissipée et je me suis retrouvée seule sur l'île rocailleuse du deuil, en proie à des souffrances émotionnelles et créatives. Chers adorables lecteurs, mon père me répétait bien des choses – des formules motivantes, en quelque sorte – et notamment, très simplement : « Va travailler. » Et c'est ce que j'ai fait. J'ai sauté dans les eaux traîtresses qui entouraient la petite île de mon deuil et je me suis efforcée, tant bien que mal, de nager jusqu'au rivage. Je me suis démenée comme un diable pour vous offrir un bon livre. J'espère que j'ai réussi.

Merci, comme toujours, à mon mari, Fred, et à ma fille, Morgan, qui ne m'ont pas laissée paniquer. Merci à mes premières lectrices : Dana Mason, Katie Mettner, Nancy S. Thompson et Torese Hummel. Merci à Matty Dalrymple et à Jane Kelly, mes secouristes critiques du livre, qui m'ont encore une fois sauvé la mise ! Merci à ma grande amie et assistante hors pair, Maureen Downey, qui m'a soutenue tout au long de l'écriture : je ne suis pas sûre que ce livre existerait sans ton soutien indéfectible et ton inébranlable confiance en moi. Merci à mes grands-mères : Helen Conlen et Marilyn House ; à mes parents : feu Billy Regan, Joyce Regan, Rusty House et Julie House ; à mes frères et belles-sœurs : Sean et Cassie House, Kevin et Christine Brock, Andy Brock ; ainsi qu'à mes adorables sœurs : Ava McKittrick et Melissia McKittrick.

Merci également à tous mes plus fidèles soutiens, qui font passer le mot : Debbie Tralies, Jean et Dennis Regan, Tracy Dauphin, Claire Pacell, Jeanne Cassidy, Susan Sole, les Regan, les Conlen, les House, les McDowell, les Kay, les Funk, les Bowman et les Bottinger ! Comme toujours, merci à tous les incroyables blogueurs et chroniqueurs qui continuent de suivre Josie ou qui l'ont rencontrée quelque part au milieu de la série et qui la soutiennent avec un si bel enthousiasme ! Cela me touche vraiment.

Merci à Rusty House, Van Wagner et Miranda Kessel pour leur aide concernant tous les aspects techniques liés aux barrages, y compris les ascenseurs et les échelles. Merci à Michelle Mordan et à Ken Fritz d'avoir répondu à toutes mes questions sur les ambulances et les personnels de premiers secours. Merci à Karmen Harris pour toute l'aide qu'elle m'a apportée sur les questions médicales et relatives aux autopsies dans ce livre. Merci, comme toujours, au sergent Jason Jay, qui a répondu à mes incessantes questions à toute heure du jour et de la nuit. Merci à Lee Lofland de m'avoir toujours mise en contact avec les meilleurs experts !

Merci à Jenny Geras, Kathryn Taussig, Noelle Holten, Kim Nash et à toute l'équipe de Bookouture, y compris mon adorable relectrice, Jennie, à la fois sainte et génie, ainsi que ma correctrice, Jenny Page. Et enfin, merci à ma formidable éditrice, Jessie Botterill : tu n'as jamais perdu confiance en moi, et c'est tellement précieux à mes yeux. Je te remercie de m'avoir si souvent éloignée de cette falaise métaphorique. Merci d'avoir été si patiente et solide. Merci de m'avoir guidée tout au long de cette période périlleuse avec grâce, chaleur, gentillesse et empathie. Chaque mail d'encouragement a été une bouée de sauvetage à laquelle je me suis accrochée pour continuer à avancer. Tu es un être humain exceptionnel. Je te suis immensément reconnaissante.